Von Heather Graham sind als
Heyne-Taschenbücher erschienen:

Die Geliebte des Freibeuters · Band 04/37
Die Wildkatze · Band 04/61
Die Gefangene des Wikingers · Band 04/72

HEATHER GRAHAM

DIE LIEBE DER REBELLEN

Roman

Deutsche Erstausgabe

WILHELM HEYNE VERLAG
MÜNCHEN

HEYNE ROMANE ›FÜR SIE‹
Nr. 04/77

Titel der Originalausgabe
LOVE NOT A REBEL
Aus dem Amerikanischen übersetzt von Monika Koch

5. Auflage

Printed in Germany 1995
Umschlagillustration: Pino Daeni/Schlück
Umschlaggestaltung: Atelier Ingrid Schütz, München
Satz: Compusatz GmbH, Berlin
Druck und Bindung: Elsnerdruck, Berlin

ISBN 3-453-05497-0

PROLOG

Verrate die Liebe nicht!

Cameron Hall
Tidewater, Virginia
Juni 1776

»*Amanda!*«

Die Schlafzimmertür flog auf, und im selben Augenblick dröhnte ein Kanonenschuß über das Wasser. Amanda wurde unsanft aus ihren Träumen gerissen und sprang aus dem Bett. Mit nackten Füßen hastete sie über den blankpolierten Fußboden zu den hohen Fenstern hinüber. Dabei folgte ihr Danielle auf dem Fuß. Im Hafen lagen Schiffe, und auf allen wehte die britische Flagge. Als eine zweite Kanone abgefeuert wurde, breitete sich schwarzer Pulverdampf über dem Wasser aus.

»Das ist Lord Dunmore! Er zielt auf das Haus!« stieß Amanda entsetzt hervor. Als sie herumfuhr, gewahrte sie Danielles verachtungsvollen Blick.

»Ja, *Highness*! Er will sich an Cameron rächen – ungeachtet der Dienste, die Sie ihm erwiesen haben.«

Amandas Augen blitzten wütend. Sie hatte ihren Teil der Abmachung mit dem Gouverneur der Krone erfüllt, und dennoch bedrohte er Cameron Hall! Nachdem er aus Williamsburg verjagt worden war, hatte er furchtbare Zerstörungen entlang der Küste angerichtet. Und jetzt war er hier! Plötzlich krampfte sich ihr Herz angstvoll zusammen. Er wußte es! Er wußte, daß in den Lagerhäusern Waffen und Pulver versteckt waren! Aber *sie* hatte es ihm nicht verraten! Es gab nichts mehr, womit man sie hätte erpressen können, aber auch sonst wäre sie nicht so weit gegangen. Jetzt nicht mehr – nicht gegen Eric.

»Amanda –«

»Pst! Ich muß mich beeilen!« Damit lief sie eilig zum Schrank hinüber. »Hilf mir!« kommandierte sie energisch, während sie aus dem Nachthemd stieg und mit bebenden Fingern ihr Korsett zu schnüren versuchte.

Danielle folgte nur zögernd. »Was wollen Sie denn machen?«

»Die Sklaven, die Diener und Arbeiter in den Wald schicken! Außerdem werde ich ein Wörtchen mit Dunmore reden!«

»Und falls Ihr Vater oder Lord Tarryton bei ihm sind?«

»Verdammt!« fluchte sie aufgeregt. »Ich muß nachdenken –«

»Sie hätten lieber nachdenken sollen, bevor Sie sich auf die Rolle der Spionin eingelassen haben, Mylady!« bemerkte Danielle kummervoll.

»Hör auf!« befahl Amanda, während sie sich ein Kleid über den Kopf zerrte. Dann zog sie ihre Strümpfe an und streifte die Strumpfbänder über. Was hatte sie getan? Sie wußte nicht mehr, ob sie für den Sieg oder besser für die Niederlage der Briten beten sollte.

Nein, sie wollte nicht nachdenken. »Jetzt noch die Schuhe«, murmelte sie, während sie in ihre Schnallenschuhe stieg. »So, Danielle«, begann sie, doch dann versagte ihr die Stimme. Unter der Tür stand ein britischer Offizier. Lord Robert Tarryton. Amanda realisierte augenblicklich, daß er von der Landseite her gekommen sein mußte, während man den Scheinangriff vom Wasser her inszeniert hatte.

»Hallo, Amanda.« Dann musterte er sie einige Augenblicke lang fast andächtig. »Oh, *Highness*, welch faszinierender Anblick! Ich hätte viel früher kommen sollen, um Sie zu holen!«

»Das wäre wohl nicht gut möglich gewesen!« bemerkte sie verächtlich, während sie fast mitleidig sein helles Haar und seine regelmäßigen Gesichtszüge betrachtete, die sie einmal für schön gehalten hatte. Doch irgendwann hatte sie den grausamen Zug in seinem Lächeln entdeckt! Tja, sie hatte diesen Mann viel zu spät durchschaut.

»Ich bin gekommen, Sie zu begleiten«, erklärte Tarryton.

Panik ergriff Amanda. »Ich werde nicht mitkommen.«

»Wie bitte? Will sich die Prinzessin der Tories jetzt etwa auf die Seite der Rebellen schlagen? Seien Sie keine Närrin! Cameron weiß, wer uns benachrichtigt hat. Außerdem kann ich mir denken, daß meine Berührungen sicher zärtlicher ausfallen werden als seine!« Langsam trat er näher und ließ dabei seine Blicke über die elegante Erscheinung gleiten. Dabei zuckten seine Gesichtsmuskeln unentwegt. Vermutlich störte ihn die starke Ausstrahlung, die dieser Raum auch in Abwesenheit des Hausherrn auf jeden ausübte.

»Woher soll Eric denn etwas wissen?« Amanda war empört. »Ich habe jedenfalls nichts verraten!«

»Doch, Lady. Deshalb sind wir ja hier! Natürlich werden wir Sie nicht zurücklassen!«

Als er auf sie zutrat, war ihr Mund plötzlich wie ausgetrocknet. Danielle versuchte, sich ihm in den Weg zu stellen, doch Tarryton schob sie nur achtlos zur Seite. Amanda wehrte sich nach Kräften und zerkratzte ihm sogar die Wange, aber er lachte nur und drehte ihr brutal die Arme auf den Rücken. »Schluß mit dem dummen Spiel, *Highness*! Sie haben uns gerufen, und da sind wir!«

»Nein!« schrie sie voller Entsetzen. *Sie* war die Betrogene. Sie hatte zwar von der Existenz der Waffen in den Lagergebäuden gewußt, doch von ihr hatte es niemand erfahren. Wütend wehrte sie sich gegen ihn.

Danielle war gestolpert und lag leblos am Boden. »Sie haben sie umgebracht!« Amanda zerrte an seinem Griff. »Oh, wie sehr ich Sie hasse! Wie sehr ich Sie –«

»Keine Angst! Sie lebt noch. Schicken Sie jetzt lieber die Leute aus dem Haus, denn wir werden es in Brand stekken!«

»Ich werde niemals mit –«, begann Amanda, doch dann

ging ihr plötzlich die Bedeutung seiner Worte auf. Er wollte Cameron Hall in Brand stecken! »Nein!« Mit neuer Energie stürzte sie sich auf ihn und schlug wild um sich. Plötzlich war ihr das Backsteinhaus mit den vielen Schornsteinen wichtiger als alles andere. »Das dürfen Sie nicht! Sie dürfen das Haus –«

Bleich vor Zorn packte er sie fester. »Ich habe den Befehl, das Haus anzuzünden«, erklärte er. »Allerdings –«

»Allerdings?« Amanda warf den Kopf in den Nacken.

»Wenn Sie freiwillig mit mir an Bord der *Lady Jane* gehen, die wir von Ihrem Mann gekapert haben, werde ich dafür sorgen, daß sich der Schaden in Grenzen hält. Ihre Leute können später zurückkommen und das Feuer löschen.«

Sekundenlang starrte Amanda ihn an und überlegte fieberhaft. Eigentlich hatte sie keine andere Wahl, denn Tarryton hätte sie genausogut unter Protest davonschleifen können. »Gut, ich komme mit«, sagte sie und schluckte mühsam die Tränen hinunter. Sie durften das Haus nicht einäschern!

Brutal drängte Tarryton sie aus der Tür, wobei er sich ein Taschentuch gegen seine blutende Wange preßte. Im Treppenhaus war die gesamte Dienerschaft versammelt. Amanda schluckte und sah sie dann alle der Reihe nach an: Pierre, Margaret, Remy und Cassidy.

»Rasch! Verlassen Sie alle das Haus! Es soll in Brand gesteckt werden!«

»Sieh einer an – die Hexe der Tories!« rief Margaret.

Amanda erbleichte, doch als Robert nach der Frau schlug, rief sie laut: »Nein!« Lächelnd wandte sich Tarryton daraufhin Amanda zu und bot ihr seinen Arm. »*Highness*?«

Mit zusammengebissenen Zähnen akzeptierte Amanda sein Angebot. Während er sie die Treppe hinuntergeleitete, hielt sie den Blick gesenkt, und als Remy vor ihr ausspuckte, straffte sie nur die Schultern und schwieg. Es stimmte, daß sie zu den Tories gehörte, doch der Rest war bitterste Ironie. An der Tür riß sie sich los und drehte sich noch einmal zu den Dienern um. »Verlassen Sie das Haus! Rasch!«

»Dieses Haus ist ein Hort der Rebellion gegen den von Gott ernannten König von England! Gehen Sie oder Sie werden in den Flammen umkommen!« rief Robert über die Schulter zurück, während er Amanda ins Freie zog. Auf der Veranda besprach er sich rasch mit einem seiner Lieutenants. Der junge Mann warf Amanda einen argwöhnischen Blick zu und nickte dann. »Das Haus wird es überstehen, die Lagerhäuser aber nicht!« konstatierte Robert.

Während Tarryton sie zu seinem Pferd zerrte, stieg Amanda Qualmgeruch in die Nase. Einer der Tabakschuppen stand bereits in Flammen, und das Feuer bedrohte das danebenliegende Lagerhaus, in dem sich das Pulver befand. Die Wiese, die sanft zum Fluß abfiel, war grüner denn je, doch die Luft war voller Rauch. Vom Hügel aus konnte Amanda erkennen, daß von Lord Dunmores Schiff Männer zur *Lady Jane* hinüberruderten, die am Kai vertäut lag.

»Steigen Sie auf! Wir werden reiten«, zischte ihr Robert zu. Amanda drehte sich der Magen bei dem Gedanken um, daß sie diesen Mann einmal geliebt hatte. Widerwillig ließ sie sich hinaufhelfen, und Sekunden später waren sie bereits auf dem Weg zur Anlegestelle. Amanda war ganz und gar in Teilnahmslosigkeit versunken.

Als sie beim Schiff angekommen waren und Robert ihr vom Pferd helfen wollte, hallte eine weitere Kanonensalve über den Fluß. Die Männer in britischen Marineuniformen, die die *Lady Jane* seeklar machten, zuckten und hielten nach dem Angreifer Ausschau.

»Verdammt!« fluchte Tarryton, doch Amanda nahm nur benommen wahr, daß sich Schiffe näherten. Schiffe, die nicht die Flagge der Krone gehißt hatten.

»Er ist da!« rief Amanda völlig überrascht, denn eigentlich hätte er in New York oder New Jersey sein sollen.

»Ja, er ist gekommen, aber was wird er tun, wenn er Sie findet? Möglicherweise werden Sie hängen! *Highness*, ich glaube, Sie sollten für unseren Sieg beten! Los jetzt!« Er umfaßte ihre Taille, riß sie vom Pferd und hastete mit ihr über die Gangway an Deck.

Captain Jannings, einer von Lord Dunmores Leuten, verbeugte sich mit leisem Bedauern. »*Highness*! Wir werden zwar augenblicklich angegriffen, doch fürchten Sie nichts. Ich werde Sie unbeschadet Lord Dunmore übergeben, der Sie dann nach England in Sicherheit bringen wird!«

Amanda stiegen die Tränen in die Augen. Früher hätte sie viel darum gegeben, solche Worte zu hören, doch jetzt war sie ausgeliefert. Ihre Träume waren in den Wirren politischer Auseinandersetzungen zerbrochen, aber Cameron Hall würde alles überstehen. In dem Augenblick, als die Briten gelandet waren, um die Waffen aus den Lagerhäusern zu holen, war ihr Schicksal besiegelt gewesen. Die Wahrheit interessierte jetzt niemanden mehr!

Wieder schlug eine Kanonenkugel ganz in der Nähe ein, und ein Mann schrie auf. Der Kampf hatte begonnen, obwohl sie noch nicht einmal das offene Wasser erreicht hatten. Der junge Captain riß hastig das Fernglas an die Augen. »Verdammt, es ist Cameron! An die Kanonen! Sergeant, geben Sie Befehl zum Feuern!«

Robert packte Amanda an der Hand und zerrte sie rasch in die große Kapitänskajüte hinunter, von wo aus man einen prächtigen Ausblick auf die Wasseroberfläche hatte. In Tarrytons Augen leuchtete die Vorfreude auf den Sieg. »Er wird sterben, Amanda! Das verspreche ich Ihnen.«

Amanda fühlte sich einer Ohnmacht nahe. Wieder krachte ein Schuß, und Sekunden später füllte sich der Raum mit schwarzem Pulverdampf. »Das wird Ihnen nicht gelingen!« protestierte sie.

»Doch! Ich schwöre, daß ich ihn töten werde!« Mit

zwei Schritten war er neben ihr und riß sie in seine Arme. »Ich werde ihn töten, und ich werde Sie besitzen, noch bevor sein Leichnam erkaltet ist.«

Als sie nach ihm schlug, lachte er nur. »Beten Sie lieber, daß es so kommt, Mylady! Er hat von Ihrem Verrat erfahren und wird Sie töten.«

Mit voller Wucht traf ihn Amandas Knie in der Lendengegend, so daß er rückwärts taumelte. Amanda klammerte sich an einen Balken, um sich für einen weiteren Angriff zu wappnen, doch in diesem Augenblick wurde die Tür von einem uniformierten Highlander aufgerissen.

»Lord Tarryton! Sie werden gebraucht! Ich bin hier, um Sie zu beschützen, Mylady. Ich bin Lieutenant Padraic McDougal.«

Robert warf Amanda einen wütenden Blick zu, der finstere Rache verhieß. Dann richtete er sich mühevoll auf und verließ aufrecht aber mit zusammengebissenen Zähnen die Kabine. Der Highlander verbeugte sich kurz und bezog seinen Posten vor der Tür. Amanda hielt sich die Ohren zu, als die Kanonen wieder dröhnten, und lief dann rasch zum Fenster hinüber. Mit vollen Segeln rauschte die *Good Earth* auf sie zu. Die Enterhaken waren bereit. Die Männer hingen in der Takelage und warteten nur darauf, auf die *Lady Jane* hinüberzuspringen. Das Schiff hatte Eric gehört, bis es ihm die Briten weggenommen hatten. Und nun befand sie sich an Bord. Niemals würde Eric ihr ihre Unschuld glauben!

Schaudernd wandte sie sich ab. Vielleicht war es aber noch nicht zu spät! Bestimmt waren sie noch nicht weit vom Ufer entfernt. Wenn es ihr gelang, das Deck zu erreichen, konnte sie möglicherweise allem entkommen. Sie konnte niemandem trauen. Robert hatte bestimmt nicht vor, sie Lord Dunmore zu übergeben. Und Eric – würde sie vermutlich töten. Entschlossen riß sie die Tür auf, doch erstarrte augenblicklich.

Überall wurde Mann gegen Mann gekämpft. Den Highlander konnte sie nicht entdecken. Es herrschte ein unglaubliches Durcheinander. Vor ihren Augen wurde ein junger Captain von einem Riesen mit dem Säbel durchbohrt. Rasch trat Amanda einen Schritt zur Seite, als zwei ineinander verkrallte Kämpfer vor ihr niederstürzten. Dabei wäre sie fast in einer Blutlache ausgerutscht, die aus der Kehle eines bärtigen Rotrocks auf die Schiffsplanken sprudelte. Als sie sich gehetzt umsah, versteinerte sie. Sie hatte Eric entdeckt.

Im Bug der *Lady Jane* drang er mit gezücktem Säbel auf Robert Tarryton ein. Beide Männer waren ausgezeichnete Fechter, doch niemand bewegte sich so leicht und elegant wie Eric Cameron. Hin und wieder blitzten die blanken Klingen im Sonnenlicht, das jedoch den Pulverdampf kaum mehr durchdringen konnte. Mit energischen, zielbewußten Stößen drang Eric so lange auf Robert ein, bis er diesen hilflos in die Enge getrieben hatte.

»Guter Gott, jemand muß mir helfen!« rief Robert laut, worauf sofort fünf von Dunmores tapfersten Männern sich um ihn stellten. Amanda hörte Erics furchtloses Lachen und wußte, daß er die Herausforderung geradezu genoß. Die Gefahr schreckte ihn nicht, denn es ging um seinen Besitz.

Hilflos faßte sie sich an die Kehle, während sie die Angriffe der Männer verfolgte und sah, wie Eric sie mutig parierte. Ohne zu wissen, was sie tat, bückte sie sich und hob einen Säbel auf. Als sie wieder aufblickte, sah sie gerade noch, wie Robert Tarryton in die Takelage kletterte und von dort aus über Bord sprang.

»Wollen Sie mich etwa herausfordern, Madam?«

Ein junger Mann in der typischen Wildlederkleidung der Leute aus dem westlichen Teil von Virginia und einer blutigen Schulterwunde stand plötzlich vor ihr. Erschreckt folgten Amandas Augen seinem Blick, und erst dann bemerkte sie den blutbeschmierten Säbel in ihrer Hand. Am liebsten hätte sie geschrien und die Waffe von sich geschleudert. Ein solches Blutbad hatte sie noch nie erlebt und sich so etwas auch im Traum nicht vorstellen können. Stumm schüttelte sie den Kopf, doch der junge Mann meinte es ernst. »Mylady, Sie müssen sich stellen!«

»*Highness*!« rief jemand laut. »Das ist sie! Diese Frau muß sie sein!«

Entsetzt hob Amanda die Waffe. »Nein, ich werde nicht kämpfen, aber aufgeben werde ich auch nicht!« Warnend stieß sie mit der Waffe in Richtung auf den jungen Mann, bis dieser zurückwich. Dann machte sie auf dem Absatz kehrt und stürzte in die Kapitänskajüte. Keuchend versuchte sie die Tür hinter sich ins Schloß zu werfen, was ihr nicht gelang. Doch ihr Highlander war nun zur Stelle und schob sich zwischen sie und die Verfolger. Er kam jedoch nichtmal mehr dazu, seine geladene Brown Bess zu heben, sondern wurde von einem Säbel durchbohrt. Er fiel krachend gegen die sofort sich öffnende Kajütentüre und landete vor Amanda auf den Planken.

»Oh, Gott!« schrie sie gequält, während sie neben ihm auf die Knie sank und ihre Hand auf seine Wunde preßte.

In diesem Augenblick begriff sie, daß alles vorüber war. Die Schüsse und das Säbelklirren waren verstummt, und Stille hatte sich ausgebreitet. Doch noch bevor Amanda einen einzigen Gedanken fassen konnte, trat aus dem Pulverdampf, der noch immer über dem Deck lag, ein hünenhafter, breitschultriger Mann. Er war außergewöhnlich groß, schmal in den Hüften und stand herausfordernd breitbeinig auf den Planken.

Trotz der Entfernung spürte Amanda die Spannung, die in der Luft lag. Sollte sie sich freuen, daß er noch am Leben war, oder lieber beklagen, daß er nicht umgekommen war? Sie senkte den Blick und bemühte sich verbissen um Lieutenant McDougal. Doch der Mann war tot, und irgendwann mußte sie einsehen, daß sie nichts mehr für ihn tun konnte. Sie mußte sich wohl oder übel mit dem Riesen befassen, der näher gekommen war.

Amanda griff nach dem schweren Gewehr des Lieutenants und kam stolpernd auf die Füße. McDougal konnte ihr nicht mehr helfen, obwohl sie ihn in diesem Augenblick bitter nötig gehabt hätte. Der Blick des Riesen ließ sie erbeben und schnitt wie ein Messer durch ihre Seele.

Cameron. Lord Eric Cameron. Oder richtiger Major General Lord Cameron, dachte Amanda und war einem Zusammenbruch nahe.

»Eric«, flüsterte sie tonlos.

»*Highness*«, entgegnete er nur. Seine dunkle, ein wenig heisere Stimme ließ sie erschauern. Ohne Amanda aus den Augen zu lassen, zog er ein Taschentuch aus seiner Uniformjacke und reinigte die Klinge seiner Waffe. »Ein unverhofftes Treffen!« murmelte er und schob seinen Säbel in die Scheide zurück. »Eigentlich müßte ich als Adjutant von General Washington bei ihm sein, doch wie hätte ich untätig bleiben können, als ich die dringende Warnung von Brigadier General Lewis, dem Kommandeur der Bürgerwehr aus Virginia, erhielt, daß unsere Waffen und sogar mein Haus in Gefahr und wir alle verraten worden seien!«

»Eric –«

»Wie du sehr wohl weißt, wurde Lord Dunmore, der überaus galante königliche Gouverneur von Virginia, 1775 aus Williamsburg vertrieben. Seitdem hat er mit der *Fowey* die Küstengebiete im Namen des Königs heimgesucht. Er war immer so verdächtig gut über alle Vorgänge informiert! Und am Neujahrstag dieses Jahres hat er mit den siebzig Kanonen seiner Flotte Norfolk dem Erdboden gleichgemacht und sich nun sogar an meinem eigenen Haus vergriffen!«

»Wenn du mir zuhören würdest –«

»Nein, Amanda. Das habe ich schon viel zu lange getan. Ich hatte gehofft, daß du wenigstens soviel Ehrgefühl hättest, um dich neutral zu verhalten, wenn du uns schon nicht deine Loyalität schenken konntest! Doch jetzt weiß ich, woran ich bin.« Eric hatte ganz ruhig gesprochen, doch man konnte deutlich die Anspannung hinter seinen Worten spüren. »Wirf das Gewehr weg!« befahl er in warnendem Ton.

Verzweiflung überkam Amanda. Sie hatte in diesem Konflikt ihre Seite gewählt, doch mit diesem Verrat hatte sie nichts zu tun. Sie hob den Kopf und versuchte, ihre Angst zu verbergen. Früher war alles fast wie ein Spiel gewesen, Zug und Gegenzug. Eric hatte sie immer wieder gewarnt. Falls sie ihn hinterginge, würde sie dafür bezahlen. Nun meinte er, sie ertappt zu haben, doch sie war völlig unschuldig!

Hochaufgerichtet stand er in drohender Haltung vor ihr. Seine engsitzende, weiße Kniehose zeichnete deutlich jeden Muskel seines Körpers nach, und die Uniformjacke mit den Epauletten betonte seine breiten Schultern noch zusätzlich. Die Handschuhe verbargen zwar seine Hände, doch sie kannte sie nur zu gut. Sie kannte ihre Stärke und auch ihre Zärtlichkeit. Doch in diesem Moment zählte nur sein Blick. Die stahlblauen Augen glitzerten silbrig vor lauter Zorn und bannten Amanda mit solcher Macht, daß sie die Waffe in ihrer Hand schon fast vergessen hatte. Obwohl sie das unhandliche Ding kaum halten konnte, wollte sie jetzt nicht nachgeben und Schwäche zeigen.

Am liebsten hätte sie ihn angeschrien und ihm klargemacht, daß sie England gegenüber immer loyal gewesen war. Sie folgte einzig ihrem Herzen, was er genauso für sich in Anspruch nahm. Im Grunde wußte Amanda, daß Eric ihre Überzeugung achtete und sein Zorn sich lediglich gegen diesen Verrat richtete. »Ich bin daran absolut unschuldig!« erklärte sie schließlich hitzig.

Er zog höflich fragend die Brauen hoch. »Unschuldig, *Highness*?«

»Ich sage dir doch –«

»Und ich sage dir, daß ich genau weiß, daß du für die Briten spionierst und unter dem Namen *Highness* bekannt bist. Ich habe dich nämlich immer wieder mit falschen Informationen versorgt, die regelmäßig ihren Weg zu Dunmore gefunden haben! Du hast mich hintergangen – wieder und wieder!«

Amanda schüttelte den Kopf und mußte heftig schlukken, da ihr die Angst die Kehle zuschnürte. So kalt und haßerfüllt hatte sie Eric noch nie erlebt. Als sie ihn noch abgelehnt und verabscheut hatte, war er äußerst geduldig und beharrlich gewesen. In jedem Augenblick war er für sie dagewesen, ganz gleich, was geschehen war. Sie hatte sich die größte Mühe gegeben, ihr Herz nicht an ihn zu verlieren. Doch seit sie ihn liebte, war sie ganz und gar verloren. Ihr blieb nichts weiter als der verzweifelte Versuch, ihre Würde und ihren Stolz zu wahren. Sie mußte stark sein und sich daran erinnern, wie man kämpfte.

Das allerdings schien noch nie schwieriger gewesen zu sein, als gerade jetzt, wo Eric den gesamten Türrahmen ausfüllte. Seine dunklen Haare waren nur mit einem Band zusammengefaßt, und seine Augen blickten Amanda eindringlich an. »Gib mir das Gewehr!« wiederholte er. Dabei klang seine Stimme ein wenig heiser und schien ihre Haut fast körperlich zu streicheln. Das Kommando eines Kolonialisten, das allerdings noch die Erziehung in Oxford ahnen ließ. In diesem Land, in dem nach Ansicht der Briten nur Kriminelle lebten, war Eric Cameron eindeutig einer der Ihren, doch gleichzeitig besaß er die Kraft und die Stärke, die die Kolonialisten auszeichneten. Die Strategie des Krieges war ihm vertraut und ebenso der Kampf Mann gegen Mann, denn neben den Generälen waren auch die blutdürstigen Irokesen seine Lehrmeister gewesen. Er war wild und ungezähmt wie das Land selbst. Daran änderten auch sein Titel und seine höflichen Manieren nicht allzuviel.

»Amanda!« Langsam kam er auf sie zu.

»Bleib stehen!« warnte sie ihn.

Er schüttelte nur wütend den Kopf. »Gleich ist meine Geduld zu Ende, Amanda! Ich werde mir das Gewehr holen, und wenn ich dich deswegen umbringen muß!«

»Nein!« Ihre Stimme war fast nur ein Flüstern. »Laß mich einfach gehen. Ich schwöre, daß ich absolut unschuldig –«

»Ich soll unsere *Highness* entwischen lassen? Dafür

würde man mich hängen!« Er trat wieder einen Schritt näher. »Schieß doch, aber sieh zuerst nach, ob deine Waffe auch geladen ist!« Während er noch spöttisch lächelte, machte er urplötzlich einen Satz, packte die Waffe und schleuderte sie quer durch den Raum. Dabei löste sich der Mechanismus, und die Kugel schlug krachend in der Wand ein.

Sekundenlang starrte er sie an, doch dann glitt ein bitteres Lächeln über seine Lippen. »Das Gewehr war geladen, Mylady, und du hast damit genau auf mein *Herz* gezielt!«

Noch nie hatte sie kältere Augen gesehen. Voller Panik überlegte sie. Ein kühner Sprung in die Chesapeake Bay könnte vielleicht ihre Rettung sein! Wenn es ihr gelänge, sich in nördlicher Richtung zu General Howes Truppen durchzuschlagen – Erics Augen sagten ihr, daß sie von ihm keine Gnade zu erwarten hatte.

»Nun, *Highness* –«

»Warte!« Amanda schluckte. Plötzlich fühlte sie sich einer Ohnmacht nahe, denn die Erinnerung ließ sie zittern. Sie kannte ihn so gut, kannte seine Zärtlichkeit, aber auch seine Entschlossenheit und die Macht seines Willens. Seine silberblauen Augen blickten so eiskalt, daß sie um ihr Leben fürchtete. O Gott, rette mich vor dem Mann, den ich liebe! betete sie im stillen.

»Worauf? Auf die Rettung? Keine Sorge, die wird nicht kommen!«

Ihre Augen ruhten auf dem Gewehr. Eric hatte es mit solcher Wucht weggeschleudert, daß es bei dem Aufprall zerbrochen war. Sie setzte sich mit letzter Kraft urplötzlich in Bewegung, aber sie war nicht schnell genug. Eric packte sie mit einer Hand, während die andere sich in ihre Haarmähne krallte. Vor Schmerz und Entsetzen schrie sie auf, als er sie herumriß und mit seinen Armen umklammerte. Wütend trommelte sie gegen seine Brust, während ihr Tränen der Verzweiflung in die Augen traten. Fluchend drehte er ihr die Handgelenke auf den Rücken, so daß sie ganz dicht an seinen Körper gepreßt wurde. Als sie völlig wehrlos war, warf sie den Kopf in den Nacken und blickte Eric unverwandt in die Augen.

Sanft strich er ihr mit einer Hand über das Kinn und die Wange, während die andere ihren Körper unverändert fest gepackt hielt. »So wunderschön und gleichzeitig so verlogen! Doch damit ist jetzt endgültig Schluß! Gib auf, mein Liebes!«

Als ihre Blicke einander begegneten, durchfuhr sie ein heißer Blitz. So leidenschaftlich wie diese Auseinandersetzung war auch ihre Liebe gewesen. Tränen brannten in ihren Augen, doch sie konnte nicht nachgeben. War es Liebe oder Haß? Sie schüttelte den Kopf und lächelte wehmütig. »Niemals, Mylord!«

In diesem Augenblick ertönten Schritte, und kurz darauf erschien ein junger Soldat, der bei Amandas Anblick vor Staunen kaum den Mund zubekam. »Wir haben sie endlich erwischt! Diese *Highness* hat den Briten unser Schiff und alle unsere Geheimnisse übergeben!«

»Ja«, wiederholte Eric leise und fixierte Amanda unverändert, »wir haben sie gefunden!« Sekunden später stieß er sie fluchend von sich.

Amanda taumelte, doch sie fing sich gerade noch und stand hochaufgerichtet vor der Wandtäfelung. Wie seltsam, dachte sie, das Meer war so ruhig, daß sie kaum die Schiffsbewegungen spüren konnte, doch in diesem winzigen Raum tobte ein heftiger Sturm!

Der junge Mann pfiff leise durch die Zähne. »Kein Wunder, daß sie unsere Männer so leicht hat täuschen können!« murmelte er.

Diese Bemerkung schmerzte Eric. Amanda war schöner denn je. Sie drückte sich gegen die Wand, doch aufgeben wollte sie nicht. Ihr Busen hob und senkte sich heftig mit jedem Atemzug, und ihre bleiche Haut schimmerte wie Marmor. Sie trug ein grünes Seidenkleid mit einem Mieder aus Goldbrokat, Hals und Schultern waren nackt, und unter ihren roten, aufgesteckten Locken musterten ihn ihre grünen Augen kühl und abweisend. Nur zu gern hätte er ihr die Nadeln aus der Frisur gezogen und zugeschaut, wie sich die Flut ihrer Locken über ihren Rücken ergoß. Es war unerträglich, sie so kühl und unnahbar zu sehen. Verdammt, ihre Augen beunruhigten ihn entsetzlich! Selbst jetzt noch. »Ja, das war nicht weiter schwer!« bemerkte er.

»Ob sie sie hängen werden?« fragte der Soldat. »Hängen wir Frauen, General?«

Eiskalte Furcht ergriff Amanda, und sie schluckte die aufsteigenden Tränen hinunter. In ihrer Phantasie hörte sie bereits die Trommeln. Tod durch den Strang war die übliche Strafe für Verrat. Sie fühlte den Strick um ihren Hals und das Scheuern des Hanfs auf ihrer Haut. Dunmore hatte Eric dieses Ende prophezeit, falls er ihn jemals zu fassen bekommen sollte. Doch Eric hatte sich nicht darum geschert. Was Eric wohl dazu brachte, sich so loyal einem hoffnungslosen Fall zu verschreiben? Voll leidenschaftlicher Begeisterung hatte er seinen angestammten Besitz in England verlassen und nicht nur sein Vermögen, sondern auch seinen Ruf, seinen Titel und letztlich sogar sein Leben in den Dienst der Rebellion gestellt. Auch sie hatte immer wieder ihr Leben für ihre Sache riskiert, und im Augenblick sah es ganz so aus, als ob sie verloren hätte.

Der junge Soldat starrte Amanda immer noch an und seufzte schließlich leise. »Mylord, Sie können unmöglich zulassen, daß man sie aufhängt!«

»Nein, das stimmt«, nickte Eric mit ironischem Lächeln. »Das kann ich unmöglich zulassen, denn schließlich ist sie meine Frau.« Während der junge Mann sich noch von seiner Überraschung erholte, herrschte Eric ihn an: »Sagen Sie Daniel, daß er Kurs auf Cameron Hall nehmen soll, und lassen Sie diesen Lieutenant wegtragen! Alle Briten bekommen ein Seemannsgrab, die Unseren nehmen wir mit nach Hause.« Dann wandte er sich wieder an Amanda. »Wir beide werden uns später sprechen.« Damit verbeugte er sich und verließ, gefolgt von dem jungen Mann, die Kabine.

Zitternd blieb Amanda zurück. Eric und sie waren so lange getrennt gewesen, doch nun hatte der Krieg sie eingeholt und tobte um so erbitterter in ihrem Innern. Nachdem zwei Männer den Leichnam des Highlanders hinausgezerrt hatten, warf sich Amanda seufzend auf die Koje und blickte zur Küste hinüber, der sie sich langsam näherten.

Weiß und beeindruckend schön erhob sich Cameron Hall auf der Hügelkuppe. Das elegante Herrenhaus wirkte so friedlich, als ob es niemals in Gefahr gewesen wäre. Offenbar hatte Robert Wort gehalten, und man hatte die Brände in kürzester Zeit löschen können. Nirgendwo am Haus und den kleinen Nebengebäuden waren irgendwelche Brandspuren zu erkennen. Nur die Lagerhäuser an der Anlegestelle waren niedergebrannt, doch sie waren nicht weiter wichtig. Für Amanda zählte nur das Haus. Manchmal glaubte sie schon, daß sie es mehr liebte als Eric! In großer Not hatte sie dort Zuflucht gefunden, und während der vergangenen turbulenten Monate hatte sie so manches Mal die Portraits ihrer Vorgängerinnen in der Ahnengalerie betrachtet und versucht, sich das Leben der Frauen vorzustellen, deren Haus sie gepflegt und bewahrt hatte.

Plötzlich lief ihr ein kalter Schauer über den Rücken. Mit Sicherheit wollte Eric nicht, daß man sie hängte, doch welche andere Strafe gab es? Vielleicht konnte sie schwören, daß sie das Haus nicht verlassen und daß sie sich nie mehr in das Kriegsgeschehen einmischen würde? Sie schloß die Augen, als sie die Anlegekommandos vernahm, und stellte sich vor, wie die Männer an Deck die Segel der *Lady Jane* bargen. Dann hörte sie, wie der Steg hinuntergelassen wurde und die Männer unter Jubelrufen das Ufer betraten.

Die Patrioten hatten diesen Sieg dringend gebraucht! Die Briten näherten sich New York, und Washington verfügte über keine Männer mehr, um sich ihnen entgegenzustellen. Die Kolonisten hatten es mit einer der fähigsten Armeen der Welt zu tun. Sah Eric das denn nicht? Letztendlich würden die Briten siegen und Eric hängen! Und ebenso George Washington, Patrick Henry, die beiden Adams, Hancock und alle übrigen Narren!

Als sich die Tür öffnete, sprang Amanda auf. Eric hatte Frederick geschickt, um sie zu holen. Diesem Buchdrukker aus Boston hatte Eric vor einiger Zeit das Leben gerettet und damit einen getreuen Gefährten gewonnen.

»Wo ist Eric?« fragte Amanda.

»Ich habe Befehl, Sie zum Haus zu eskortieren, Mylady.«

»Mich eskortieren?«

»Ja, Mylady. Von uns haben Sie nichts zu befürchten.« Er verstummte für einen Augenblick. »Selbst als Spionin nicht.«

»Frederick, ich –«

Traurig sah er sie an. »Oh, Mylady, ausgerechnet Cameron Hall! Wie konnten Sie das nur tun?«

»Ich bin unschuldig, Frederick«, erwiderte Amanda kummervoll.

»Ja, aber –«

»Ich habe keinerlei Beweise.«

»Mir genügt Ihr Wort, Mylady.«

»Dafür danke ich Ihnen.« Mit Mühe unterdrückte sie die Tränen der Rührung.

Als sie das Deck betraten, verstummten die Männer, die noch mit Aufräumungsarbeiten beschäftigt waren. Sie waren keine regulären Marinesoldaten, sondern eine bunt zusammengewürfelte Bürgerwehr. Die Männer aus dem westlichen Landesteil waren unschwer an ihren Wildlederjacken mit Fransen zu erkennen, und die Veteranen des Siebenjährigen Krieges trugen noch ihre alten, blauen Uniformen. Manche der Gesichter waren Amanda vertraut. Krampfhaft versuchte sie, nicht zu stolpern, und machte sich schon auf die ersten Beschimpfungen gefaßt.

Doch die Spannung löste sich rasch, als einer der Männer plötzlich eine alte schottische Melodie vor sich hinpfiff, und nach und nach verbeugten sich die Männer grüßend. Verwirrt verließ Amanda das Schiff und kletterte in den Wagen, der sie auf dem Kai erwartete. Pierre saß auf dem Kutschbock, doch er wandte sich nicht zu ihr um. Als Amanda zum Schiff zurückblickte, salutierte der alte Kapitän zum Abschied.

Verwirrt blickte Amanda zu Frederick hinüber, der ebenfalls eingestiegen war. »Das verstehe ich nicht.«

»Jeder Mann zollt einem besiegten Feind Respekt.«

»Aber eigentlich müßten sie mich doch hassen!«

»Einige tun das mit Sicherheit, doch die meisten respektieren, wenn man für seine Überzeugung eintritt. Jeder, der Ihr Geheimnis kennt, hätte natürlich gewünscht, daß Sie die Seite Ihres Mannes ergriffen hätten.«

»Aber ich kann doch nicht mein Herz verleugnen!«

»Niemand kann das, Mylady«, meinte Frederick und schwieg, während sich der Wagen in Bewegung setzte.

Amanda schob die Vorhänge zurück und blickte über die sanft ansteigenden Wiesen zum Haus empor. Der eindrucksvolle Bau mit den vielen, hohen Fenstern und der breiten Veranda beherrschte die gesamte Umgebung. Amanda hatte dieses Haus vom ersten Augenblick an geliebt. Das Treppenhaus aus sorgfältig poliertem Mahagoni und die umfangreiche Ahnengalerie der Camerons hatten es ihr ganz besonders angetan.

Nachdem der Wagen angehalten hatte, öffnete Pierre den Wagenschlag, doch er vermied Amandas Blick. Am liebsten hätte sie ihm ihre Unschuld ins Gesicht geschrien, doch er würde ihr ohnehin nicht glauben, weil er sie mit Robert hatte weggehen sehen. Rasch wandte sie sich ab und lief die Stufen zum Haus so hastig empor, daß Frederick nur mit Mühe folgen konnte.

»Lord Cameron wird in Kürze hier sein, Mylady.«

Amanda nickte nur schweigend. Den Gedanken an Flucht verwarf sie sofort wieder. Es würde ihr nicht gelingen. Viele dieser Menschen glaubten ihr möglicherweise oder liebten sie sogar, doch Eric war ihr Herr, und es ging ihnen um die Freiheit und nicht um Amandas persönliches Schicksal. »Vielen Dank, Frederick«, sagte sie nur und stieg seufzend die Treppe hinauf.

Schweigend folgte ihr Frederick. Während sei in ihrem blutbespritzten und rauchgeschwärzten Kleid durch die Ahnengalerie ging, hatte sie das Gefühl, als ob die Blicke aller Vorfahren vorwurfsvoll auf ihr ruhten. Sie hätte sich gern zur Wehr gesetzt, doch sie wußte, daß es keinen Sinn hatte. Sie war verloren. Ob Eric wohl ihr Portrait entfernen würde?

Als Frederick die Tür ihres Schlafzimmers hinter ihr schloß, war Amanda endgültig allein. Ein Stöhnen entrang sich ihrer Kehle. Es war ihr unmöglich, hier auf Eric zu warten, wo alles sie an bessere Zeiten erinnerte! Sie wußte noch wie heute, wie sie ihn anfangs verachtet hatte. Doch seine Entschlossenheit und sein fester Wille hatten ihre Wirkung auf sie nicht verfehlt. Eric hatte sie so sehr begehrt! Ja, das war einmal, aber heute...

Langsam glitt ihr Blick über das wunderschön gearbeitete Bett aus dunklem Holz, das mit grüner Seide und Brokat verkleidet war und auf einem Podest stand. Hinter diesen Vorhängen hatte sie sich immer sehr geborgen gefühlt. Als ihre Blicke zur Uhr auf dem Kaminsims wanderten, sah sie, daß es schon fast sechs Uhr war. Draußen brach allmählich die Dunkelheit herein. Doch von Eric keine Spur! Unruhig ging Amanda auf und ab.

Nachdem es endgültig Nacht geworden war, trat Erics schwarzer Kammerdiener Cassidy nach kurzem Klopfen ins Zimmer und sah Amanda mit traurigen Augen an.

»Was ist, Cassidy? Verurteilen Sie mich auch?«

»Nein, Lady Cameron. Ich glaube, daß man nicht alles mit den Augen sehen kann.« Er war ihr Freund – aber Erics ebenfalls.

Trotzdem lächelte Amanda. »Ich danke Ihnen, Cassidy.«

»Ich habe Ihnen ein wenig Wein und ein Stück gebratenen Truthahn mitgebracht, Mylady.« Mit diesen Worten trat er kurz auf den Flur hinaus und kehrte gleich darauf mit einem Silbertablett zurück. »Cato und Jack werden Ihnen heißes Wasser für ein Bad heraufbringen.«

»Vielen Dank, Cassidy.« Amanda lächelte, denn Cassidys Akzent erinnerte sie immer wieder an Erics vornehme Oxforder Aussprache. Cassidy war als Sklave geboren, doch hier in Cameron Hall war er zu einem freien Mann geworden. In diesem Augenblick wurde ihr klar, daß sie nicht länger frei war. Obwohl sie sich in ihrem eigenen Haus befand, war sie eine Gefangene!

Schweigend stellte Cassidy das Tablett ab. Kurz darauf erschienen Cato und Jack und füllten die Sitzbadewanne. Amanda dankte ihnen höflich. Margaret mochte sie ruhig als Toryhexe beschimpfen, doch die anderen hatten vielleicht begriffen, daß das Leben ein wenig komplizierter war.

»Wo ist Lord Cameron?« fragte sie den Kammerdiener.

»Beschäftigt, Mylady. Sie wollen Lord Dunmore noch ein wenig verfolgen und ihn ein für allemal von dieser Küste vertreiben.«

Beschäftigt – vielleicht kommt er ja überhaupt nicht mehr zurück, und sie mußte tagelang hier ausharren. Sie räusperte sich. »Wird er – wird er zurückkommen, oder wird man mich wegbringen?«

»Oh, nein. Er kommt schon zurück.«

Das klang nicht sehr beruhigend, dachte Amanda. Wahrscheinlich hätte sie von allen anderen Menschen weniger zu befürchten als von ihrem Ehemann! »Darf Danielle zu mir kommen?«

»Leider nicht, Mylady.«

»Geht es ihr gut?«

»Ja.« Cassidy verbeugte sich und verließ zusammen mit den anderen das Zimmer. Kurz darauf drehte sich der Schlüssel im Schloß.

Amanda setzte sich zwar automatisch an den Tisch,

doch im Grunde war ihr der Appetit vergangen. Sie nippte nur an ihrem Weinglas und starrte blicklos in die Dunkelheit hinaus. Nach einer ganzen Weile löste der Gedanke an das erkaltende Wasser ihre Starre. Vielleicht kam Eric ja auch erst nach Tagen zurück. Rasch trank sie ihr Glas leer, um sich Mut zu machen. Dann schlüpfte sie schnell aus ihren Kleidern und tauchte voller Wonne in das warme Wasser, um auch den letzten Schmutz aus ihren Haaren zu spülen. Aber Angst und Furcht ließen sich nicht abwaschen. Was würde Eric dazu sagen, daß sie mit Robert Tarryton eine Abmachung getroffen hatte, um das Haus zu schonen? Bestimmt würde er ihr nicht glauben oder vielleicht sogar behaupten, daß es ihre Idee gewesen sei.

Als Amanda schließlich aus der Wanne stieg und sich in ein riesiges Leinenhandtuch hüllte, fröstelte sie in der kühlen Nachtluft. Sie hätte Cassidy bitten sollen, Feuer im Kamin zu machen! Langsam ging sie zum Fenster hinüber und entdeckte zu ihrer Überraschung, daß auf den ausgedehnten Wiesen und unten am Hafen rege Aktivität herrschte. Offenbar kampierte das halbe Militär auf ihrem Grund und Boden.

Oh, Gott, schenke mir Mut! betete sie im stillen. Oder laß mich wenigstens auf der Stelle im Fußboden verschwinden! Doch Gott erhörte ihre Gebete nicht.

Erschreckt fuhr sie herum, als sie einen Luftzug fühlte. Offenbar hatte Eric die Tür ganz leise geöffnet und starrte bewegungslos zu ihr herüber. Als sich ihre Blicke trafen, drehte er sich um und verriegelte die Tür. Dann lehnte er sich gegen die Füllung und fixierte seine Frau.

»Nun, *Highness*, die Zeit der Abrechnung ist gekommen.« Er hatte es ganz leise gesagt, doch die Drohung war unverkennbar gewesen.

Amandas Herz klopfte so heftig, daß sie kein Wort herausbrachte.

Eric wartete eine zeitlang auf ihre Antwort. Doch als sie schwieg, kräuselte ein spöttisches Lächeln seine Lippen.

Finster entschlossen kam er auf sie zu. »Ja, Mylady, der Tag der Abrechnung ist da!«

Ja, seit ihrer ersten Begegnung in Boston war viel Zeit vergangen. Damals hatte der Krieg seinen Anfang genommen und gleichzeitig auch ihre stürmische Beziehung.

TEIL I

Sturm im Teekessel

1. Kapitel

Boston, Massachusetts
16. Dezember 1773

»Whiskey, Eric?« fragte Sir Thomas.

Eric Cameron stand am Fenster. Irgend etwas hatte ihn nach Unterzeichnung der Verträge in das bezaubernde Stadthaus von Sir Thomas Mabry gezogen. Ab und zu ratterte ein Wagen über das Pflaster, doch sonst war alles ruhig. Da das Haus auf einer Anhöhe lag, bot sich Eric ein weiter Blick über die Stadt. Die Kirchtürme schimmerten im Mondlicht, und die weite Grünfläche der Gemeinde war um diese Zeit verlassen und still. Trotzdem spürte Eric, daß eine gewisse Spannung über der Stadt lag. Er konnte dieses Gefühl nicht begründen, aber es war ganz deutlich vorhanden.

»Eric?« – »Oh, Verzeihung!« Rasch wandte er sich wieder seinem Gastgeber zu und nahm ihm das Glas ab. »Vielen Dank, Thomas.«

Thomas Mabry stieß mit Eric an. »Auf Ihr Wohl, Sir, und auf unser gemeinsames Unternehmen mit der *Bonnie Sue*. Möge sie unter einem guten Stern segeln – und uns beiden Profit bringen!«

»Auf die *Bonnie Sue*!« Sir Thomas und er hatten soeben beschlossen, gemeinsam in einen Überseesegler zu investieren. Erics Tabak- und Baumwollieferungen sollten weiterhin im selben Umfang direkt nach England gehen. Doch angesichts neuer Handelszölle wollte er versuchsweise mit eigenen Schiffen Luxusgüter aus Südeuropa und vielleicht sogar aus Asien importieren, die er bisher über London bezogen hatte.

»Ich bin gespannt, ob es zu der Bürgerversammlung kommt, von der man überall hört«, bemerkte Sir Thomas, während er ebenfalls aus dem Fenster blickte. »Siebentausend sollen es sein.«

»Und weshalb versammeln sie sich?«

»Wegen der Teesteuer! Dümmer hätte das Parlament in London wirklich nicht handeln können!«

Leicht amüsiert trank Eric fast sein ganzes Glas aus. »Sind Sie etwa auf Seiten der Rebellen?«

»Ich? Das hört sich an wie Landesverrat, nicht wahr?« Sir Thomas schnaubte ein wenig und lachte. »Aber ich will Ihnen etwas sagen: Daraus kann nichts Gutes entstehen! Durch den Sonderrabatt, den die britische Regierung der British East India Company eingeräumt hat, werden eine größere Anzahl unserer hiesigen Händler aus dem Geschäft gedrängt. Irgend etwas wird passieren, und zwar genau hier, wo Agitatoren wie Adams und John Hancock... Nun, es wird mit Sicherheit Unruhen geben!«

»Das macht unser kleines Abkommen allerdings nur noch interessanter«, stellte Eric fest.

»Das ist wahr«, stimmte Thomas lachend zu. »Entweder werden wir beide reich oder wir werden gemeinsam baumeln, mein Freund! So sieht es aus.«

»Möglicherweise.« Eric grinste.

»Nachdem wir uns jetzt lange genug über das Geschäft und die politische Lage der Kolonien ausgesprochen haben«, meinte Sir Thomas, »sollten wir nun aber schleunigst wieder zur Gesellschaft im Ballsaal zurückkehren. Anne Marie wird das Herz brechen, wenn Sie nicht wenigstens einmal mit ihr tanzen.«

»Das dürfen wir natürlich nicht zulassen!« Eric hatte der Tochter seines alten Freundes versprechen müssen, die Unterhaltung möglichst kurz zu machen. »Ich fürchte, ich muß mich beeilen, denn ihre Tanzkarte ist immer so rasch voll.«

Sir Thomas lachte und klopfte Eric auf die Schulter. »Aber sie hat nur Augen für Sie, mein Freund!«

Eric lächelte höflich, doch er war nicht damit einverstanden. Anne Marie hatte muntere Augen, und es verband sie eine herzliche Freundschaft. Mehr nicht. Nur ungern gab Eric zu, daß sein gewaltiges Vermögen ihm selbst dann Chancen auf dem Heiratsmarkt eröffnet hätte, wenn er bereits achtzig, kahlköpfig und tattrig gewesen wäre. Doch er war noch nicht einmal dreißig und im Vollbesitz seiner Kräfte. Vielleicht würde Anne Marie ihn ja eines Tages erobern, doch im Augenblick wollte er sich noch nicht einfangen lassen.

Ein kurzes Klopfen an der Tür, und schon erschien die Dame höchstpersönlich: ein hübsches, blondes Mädchen mit riesigen, blauen Augen. Sie strahlte Eric an und hakte ihn unter. »Eric, jetzt ist es aber wirklich genug!«

»Erlaube ihm wenigstens, seinen Whiskey auszutrinken, meine Tochter!«

»Ich beeile mich auch«, versprach Eric, während er lächelnd sein Glas hob. Doch das Lächeln verschwand augenblicklich, als er plötzlich aus dem Augenwinkel heraus drüben im Ballsaal eine Farbe aufblitzen sah, die ihm äußerst bekannt vorkam. Als sich die Tänzer ein Stückchen weiterbewegt hatten, konnte er das Mädchen sehen, das so plötzlich seine Aufmerksamkeit erregt hatte. Sie trug ein gewagt ausgeschnittenes Seidenkleid in kräftigem Blau, und eine zauberhafte Lockenpracht ergoß sich über ihre nackten Schultern. Ihr Haar war ziemlich dunkel, doch sobald das Licht darauf fiel, erstrahlte es in einem intensiven Rot, wie man es gelegentlich bei Sonnenuntergängen erleben konnte.

Als sein Blick ihr Gesicht streifte, stockte ihm der Atem. Ihre smaragdgrünen, ausdrucksstarken Augen wurden von einem dichten Wimpernkranz eingerahmt. Dazu eine schmale, fast aristokratisch anmutende Nase, hohe Backenknochen, zart gewölbte Brauen und ein wohlgeformter Mund mit hübschen Lippen. Nur die etwas voller geratene Unterlippe unterbrach wohltuend die absolute, marmorne Vollkommenheit ihrer Züge und wirkte sehr verführerisch, als sie ihrem Partner zulächelte. Gleich unterhalb des Ohrs hatte sie sich ein schwarzes Samtfleckchen aufgeklebt, das den Blick nur noch intensiver auf ihre kleinen, wohlgeformten Ohren lenkte.

Irgendwie kam sie ihm sehr bekannt vor, doch er konnte sich beim besten Willen nicht erinnern, wo er sie schon einmal gesehen hatte. Dabei war dieses Gesicht unvergeßlich! Seit er sie entdeckt hatte, hatte er weder gesprochen noch sich vom Fleck gerührt, und doch hatte er sich lebendiger gefühlt als je zuvor. Bisher hatte er ein eher unabhängiges Leben geführt, ohne jedoch seine Herkunft zu vergessen. Doch noch nie hatte ihn eine Frau so beeindruckt, behext und mit hungrigen, heißen Sehnsüchten erfüllt!

»Eric, kommen Sie?« fragte Anne Marie verdrossen.

Thomas Mabry lachte. »Ich glaube, er hat soeben eine Freundin entdeckt.«

»Eine Freundin?« erkundigte sich Eric höflich fragend.

»Ja, Lady Amanda Sterling. Sie kommt aus Virginia, genau wie Sie. Allerdings hat sie die letzten Jahre in London auf einer Schule für junge Damen verbracht. Sie waren vermutlich immer auf See, wenn die junge Dame zu Hause war.«

»Ja, das ist durchaus möglich«, entgegnete Eric. Lady Amanda Sterling kannte er allerdings! Doch ihre Begegnung lag schon viele Jahre zurück. Damals hatten sie beide an einer Jagd teilgenommen, und die kleine Amanda war gerade erst sieben Jahre alt gewesen. Sie hatte ihm während der Jagd mit ihrem Pony so ungeschickt den Weg abgeschnitten, daß sie beide abgeworfen worden waren. Als er sie daraufhin kurzerhand übers Knie gelegt hatte, hatte ihn das wilde Kind kräftig gebissen. Unzweifelhaft war das Kind inzwischen erwachsen geworden.

»Tanzen wir, Eric?« Anne Marie zog ein bezauberndes

Schmollmündchen. »Ich verspreche Ihnen, daß ich Sie vorstellen werde.«

Sir Thomas lachte, während Eric Anne Marie formvollendet seinen Arm bot. »Es ist mir eine Ehre!«

Anne Marie strahlte Eric an, während sie in seinen Armen über das Parkett glitt, doch seine Augen verfolgten unentwegt seine Entdeckung. Er sah, wie sie mit ihrem Partner flirtete, daß ihre Augen nur so glitzerten. Manches an ihrem Verhalten erinnerte ihn an sich selbst, und er vermutete, daß sich dieses Mädchen weniger von Konventionen leiten ließ, als mehr dickköpfig ihren eigenen Weg zu verfolgen. Als ihr Lachen an sein Ohr drang, durchlief es ihn heiß und kalt. Diese Frau mußte er besitzen! Wer wohl der Mann war, der sie zum Lachen gebracht hatte?

Anne Maries Augen waren seinem Blick gefolgt. »Das ist Damien Roswell – ihr Vetter.«

»Ihr Vetter?« wiederholte Eric und umfaßte Anne Marie fester.

Doch sie nickte nur mit weiser Miene. »Ich muß Sie warnen – die Dame ist verliebt.«

»So?« In diesem Alter waren Gefühle noch Eintagsfliegen, doch Amandas Augen waren wild und leidenschaftlich – vermutlich gehörte sie zu den Mädchen, die man am besten rasch verheiratete.

»Und er liebt sie ebenfalls«, ergänzte Anne Marie.

»Wer ist ›er‹?«

»Lord Tarryton. Lord Robert Tarryton. Sie kennen einander schon sehr lange. Amanda wird im kommenden März achtzehn Jahre alt, und es wird allgemein erwartet, daß Tarryton dann Lord Sterling um Amandas Hand bitten wird. Irgendwie scheint alles gut zu passen. Beide Familien sind loyale Tories und nicht unvermögend. Weshalb runzeln Sie denn die Stirn?«

»Tue ich das?« Er kannte diesen Tarryton nur flüchtig. Der alte Lord Tarryton hatte sich in den Indianerkämpfen ausgezeichnet, doch Eric bezweifelte, ob ihm der junge das Wasser reichen konnte. Ihre Besitzungen lagen nicht so weit voneinander entfernt, daß man sich nicht gelegentlich getroffen hätte, doch bisher hatte Eric nur gehört, daß Tarryton eine Ehe mit der verwitweten Duchess of Owenfield anstrebte. Da die Lady noch jung und kinderlos war, bestand mit Sicherheit die Möglichkeit, ihren Titel auf Lord Tarryton zu übertragen.

»Sie sehen vielleicht finster drein! Es gehört ja geradezu Mut dazu, sich von Ihnen den Hof machen zu lassen!« beschwerte sich Anne Marie.

Eric grinste. Er mochte diese Übertreibungen und war froh über Anne Maries Freundschaft. Als er ihr das gerade sagen wollte, versagte ihm die Stimme und er starrte nur wortlos über ihre Schulter. Amanda Sterling hatte den Tanz beendet und flüsterte mit ihrem Begleiter. Schließlich küßte sie ihn auf die Wange und sah zu, wie er sich Mantel und Hut aushändigen ließ und diskret und unauffällig verschwand. Nach kurzer Überlegungszeit nahm Amanda einen Kapuzenumhang vom Haken und folgte ihrem Vetter in die Nacht hinaus.

»Ja, aber –«

»Was ist los?«

»Sie hat gerade das Haus verlassen.«

»Amanda? Nein!« Anne Marie war entsetzt. »Wie kann sie mir das nur antun! Falls Lord Sterling zurückkommt –«

Eric sah sie nur scharf an.

»Manchmal bleibt er die ganze Nacht über fort, aber nicht immer«, erklärte Anne Marie hastig.

Eric begriff, daß Lord Sterling offenbar häufiger die Bordelle der Stadt aufsuchte und seine Tochter in der Obhut von Sir Thomas zurückließ. »Und falls er zurückkommt?«

»Ach, er ist so –«

»Ich kenne Sterling«, bemerkte Eric ruhig.

»Ich habe immer Angst, daß er ihr – einmal etwas antut. Seiner eigenen Tochter! Ich beneide sie nicht! Da nützen auch kein Reichtum und kein Titel! Ich hoffe nur, daß Robert sie bald heiratet!«

Eric küßte Anne Marie auf die Wange. »Ich werde ihr nachreiten und sie zurückbringen.« Dann ließ er sich seinen Überrock geben und verließ ebenfalls das Haus.

Fast unmittelbar spürte er wieder, daß eine gewisse Spannung über der Stadt lag. Irgend etwas schien vorzugehen. Als ihm der Stallknecht sein Pferd brachte, erkundigte er sich deshalb: »Haben Sie eine Ahnung, was in der Stadt vorgeht?«

Dunkle Augen rollten ahnungsvoll. »Man spricht von einer Tee-Party, Lord Cameron. Ich fürchte, es kommen stürmische Zeiten!«

»Mag sein«, brummte Eric zustimmend und trieb sein Pferd an. Er war beunruhigt, denn überall waren Schritte und leises Rufen zu vernehmen. Entschlossen ritt er in die Dunkelheit davon.

Frederick Bartholomew lief zitternd die Straße entlang. Dichter Nebel waberte um die Laternen, und die Masten der stolzen Segler, die von England aus die Kolonien belieferten und dicht an dicht im Hafenbecken lagen, waren nur noch undeutlich zu erkennen. Kaltes Wasser schwappte gegen die Kaimauern, doch plötzlich erhob sich ein leichter Wind und vertrieb die schwersten Schwaden.

Und plötzlich war es mit der Ruhe vorbei. Eine schrille Stimme rief: »Heute nacht wird der Hafen zum Teekessel werden!« Und Sekunden später hörte man von überallher Schritte, die zum Hafen eilten.

Wir müssen einen seltsamen Anblick bieten, dachte Frederick. Etwa fünfzig Männer tauchten urplötzlich aus dem Nichts auf und näherten sich den Schiffen. Auf den ersten Blick konnte man sie für Indianer halten, denn sie waren halbnackt. Viele hatten ihre Haut gefärbt und dunkle Perücken und Kriegsbemalung angelegt. Hastig ruderten sie zu den Schiffen hinüber und verteilten sich schnell.

Etwas aus dem Hintergrund beobachtete Frederick, wie

der ›Häuptling‹ höflich vom Kapitän den Schlüssel zu den Teekisten forderte. »Los, Männer!« ertönte schließlich das Kommando. Zuvorkommend entschuldigten sich die ›Indianer‹, bevor sie die Wachen niederschlugen, und dann flogen in kürzester Zeit dreihundertvierzig Teekisten ins brackige Hafenwasser. Die Männer arbeiteten rasch und zielstrebig. Gegenwehr gab es keine, da die Briten nicht im Traum mit einem derartigen Überfall gerechnet hatten und die Mehrheit der Bevölkerung ohnehin auf Seiten der ›Indianer‹ stand.

Schweigend beobachtete der Buchdrucker Bartholomew, wie Teekiste um Teekiste über Bord ging, doch sein Freund Jeremy Duggin, der neben ihm stand, meinte: »Das wird ein starkes Gebräu!«

»Und es wird Folgen haben«, erinnerte ihn Frederick.

»Wir hatten doch überhaupt keine andere Wahl, Mann! Wenn die Briten uns nicht bis aufs Hemd ausziehen sollen–«

»Los, Leute, beeilt euch! Hinterlaßt die Decks so sauber, wie wir sie vorgefunden haben!« Die älteren Männer hatten die Aktion geplant, und die jüngeren, unter denen sich auch viele Harvardstudenten befanden, hatten sie tatkräftig unterstützt. Jetzt reinigten sie blitzartig die Schiffe und gaben die Schlüssel mit höflicher Verbeugung an die Kapitäne zurück.

»Los, hauen wir ab!« rief jemand. »Die Briten werden bestimmt nicht lange auf sich warten lassen!«

»Los, Jeremy!« rief Frederick. »Das gilt auch für uns!« Mittlerweile froren alle jämmerlich. Rasch kletterten sie in die Boote.

»Der Hafen ist ein einziger Teekessel!« brüllte einer der Männer. »Es braust und kocht, und das Ergebnis werden wir alle bald zu spüren bekommen.«

Die Briten besaßen eine schlagkräftige Armee, dachte Frederick. Falls es Krieg gab ...

Nachdem die ›Indianer‹ wieder festen Boden unter den Füßen hatten, marschierten sie unverzüglich zur großen, alten Ulme, dem sogenannten Freiheits-Baum, wo sie sich versammelten. Sie versuchten keineswegs, ihre Tat geheimzuhalten, denn sie waren zahlreich. Der Gouverneur konnte sie unmöglich alle aufknüpfen!

Während sich die anderen nach einer Belobigung auf den Heimweg machten oder ihre Kneipen aufsuchten, wurde Frederick unruhig, denn für ihn war die Nacht noch lange nicht zu Ende. Wenige Augenblicke später tauchten zwei Männer aus dem Dunkel auf. Der eine war Paul Revere, ebenfalls ein Buchdrucker, und der andere der wohlhabende und vielbewunderte John Hancock, ein Vetter des berühmten Patrioten Samuel Adams. Daß die Briten ihm seine *Liberty* gekapert hatten, hatte ihn auf die Seite der Rebellen gebracht. »Haben Sie die Waffen, Frederick?« wollte er wissen.

Frederick nickte nur.

»Wir hoffen nicht, daß es zu einer Auseinandersetzung kommt, doch die Söhne der Freiheit müssen vorbereitet sein«, warnte Revere, bei dem Frederick nicht nur sein Handwerk, sondern außerdem auch seine Überzeugung gelernt hatte. Mittlerweile druckten sie beide Handzettel und Pamphlete für die gemeinsame Sache.

»Ich habe sie aus Virginia. Ein guter Freund kauft im Westen die Waffen von den Indianern«, erklärte Frederick nervös. Dieses Geschäft war nicht mit der Tee-Party zu vergleichen, denn hierbei ging es um Hochverrat. »Der Wagen steht in der Nähe des Friedhofs, am Ende der Straße.«

»Ausgezeichnet, Frederick. Gehen Sie jetzt vor! Die Männer werden Ihnen folgen. Falls Sie einen Rotrock zu Gesicht bekommen, flüchten Sie! Sam hat berichtet, daß wir irgendwo eine undichte Stelle haben und daß die Briten wissen, daß wir uns Waffen besorgen. Machen Sie schnell und seien Sie vorsichtig!«

Frederick nickte. Er nahm seine Pflicht ernst, doch es war nicht leicht gewesen, seiner jungen Frau Elizabeth zu erklären, daß es bei dieser Sache um die Zukunft ihres kleinen Sohnes ging. Sie waren freie Menschen, die sich ihre Mitspracherecht bereits im Jahr 1215 durch die Unterzeichnung der Magna Charta erworben hatten. Auch als Kolonisten waren sie gute Engländer. Nicht die Steuern waren das Problem, sondern die Tatsache, daß sie sie bezahlen sollten, ohne im Parlament darüber mitentscheiden zu können.

An Krieg dachte niemand ernsthaft, doch es gab immer wieder Stimmen, die ein großes Blutbad voraussagten – aber jetzt wollte Frederick lieber nicht daran denken. Er wollte nur schnell noch die Männer zu dem Wagen führen, damit er endlich nach Hause gehen konnte. Er ging langsam, so daß die Söhne der Freiheit unauffällig folgen konnten. Er hatte den Wagen beinahe erreicht, als vor ihm sein Kontaktmann aus dem Nebel auftauchte, kurz grüßte und im Friedhof verschwand. Nachdem er das Versteck der Waffen passiert hatte, atmete er tief durch. Doch gleichzeitig hörte er eilige Schritte hinter sich, und als er sich umdrehte, sah er eine Frau in weitem, wehenden Mantel hinter sich.

»Damien?« hörte er sie rufen.

Fredericks Herz klopfte, denn sie konnte nur ihn gemeint haben. Rasch verschwand er um die nächste Ecke und wollte gerade die Straße überqueren, als er plötzlich einen Rotrock vor sich sah.

»Halt!« rief der Soldat.

Niemals! Hastig lief Frederick über die Straße und hörte hinter sich die Frau rufen: »Nein!« Der Schuß einer Brown Bess krachte durch die Nacht, doch instinktiv wußte Frederick, daß sich die Frau dem Soldaten in den Arm geworfen hatte. Der Schuß ging fehl und traf ihn lediglich an der Schulter. Mit Mühe unterdrückte er einen Aufschrei, packte seinen verwundeten Arm und lehnte sich schwach gegen die nächstbeste Hauswand.

Hinter ihm gab es einen heftigen Wortwechsel zwischen dem Soldaten und der Frau. Wer war sie und weshalb hatte sie ihn gerettet? Mit geschlossenen Augen dankte Frederick seinem Schöpfer für das große Glück, und als er sie wieder öffnete, merkte er, daß ihm die Knie den Dienst versagten. Langsam sank er an der Wand hinunter.

Als plötzlich Hufschläge ertönten, versuchte Frederick sich wiederaufzurichten und sich von der Wand abzustoßen. Er mußte unbedingt ein Versteck finden, und zwar schnellstens! Schwankend stolperte er auf die Straße.

In diesem Augenblick war das Pferd neben ihm. Eric hatte alle Mühe, seinen schwarzen Hengst zu bändigen, als dieser scheute. »Ruhig, Junge!« rief er und sprang herunter.

Erschreckt taumelte Frederick zurück und stürzte. Der Mann, der auf ihn zukam, war riesengroß und trug einen warmen, pelzgefütterten Überzieher. Im Unterbewußtsein nahm er handgearbeitete Stiefel und eine untadelig weiße Kniehose wahr. Ganz offenbar hatte er es mit einem Mitglied der Gesellschaft zu tun, und er selbst trug Indianerkleidung!

»Was, um alles in der –«, begann der Fremde.

Doch Frederick unterbrach ihn. »In Gottes Namen, Mann, töten Sie mich, aber machen Sie es kurz!« Als er seine Arme zur Verteidigung hob, traf ihn ein stahlharter Blick. Der Mann hatte ein energisches Kinn, war dunkelhaarig und trug keine Perücke. Allein seine Größe und sein trainierter Körper wirkten schon bedrohlich.

»Langsam, mein Freund!« besänftigte ihn der Fremde grienend. »Da Sie bestimmt kein Indianer sind, vermute ich, daß Sie bei dem Aufruhr im Hafen beteiligt waren. Stimmt das?«

Frederick schwieg verbissen, denn sein Schicksal war ohnehin längst besiegelt.

»Dort müssen Sie suchen!« hörte man eine Stimme in der Dunkelheit rufen. »Ich habe einen von ihnen in diese Richtung laufen sehen!«

»Warten Sie!« Frederick erkannte die verzweifelte Stimme der Frau sofort wieder.

Der Fremde neben ihm zuckte zusammen und schien verwirrt zu sein. »Offenbar ein Rotrock!« murmelte er. »Kommen Sie, wir müssen fort! Ich habe nämlich noch einiges vor!«

Mit diesen Worten nahm er seinen Mantel ab und hüllte Frederick darin ein.

»Ich bin doch kein Kind mehr! Ich bin verheiratet und habe einen Sohn!« protestierte Frederick.

»Sie haben keine andere Wahl! Los, stützen Sie sich auf mich! Wir müssen uns beeilen.«

»Werden Sie mich den Briten verraten?«

»Und Ihr Kind zur Waise machen? Nein, Mann. Natürlich werden sich die Briten rächen, aber ich sehe nicht ein, daß Sie dafür büßen müssen.«

Frederick war nicht gerade klein, doch trotzdem nahm ihn der Fremde auf den Arm und hob ihn auf seinen Hengst. Dann stieg er hinter ihm in den Sattel und murmelte: »Ich glaube, wir sollten uns westwärts halten.«

Frederick atmete heftig, um die Schmerzen in seiner Schulter zu unterdrücken. Dann schluckte er. »Mein Haus liegt am Ende dieser Straße, Mylord.« Jetzt war es geschehen! Er hatte dem Fremden gesagt, wo er wohnte, und damit Elizabeth und das Baby in Gefahr gebracht.

»Zeigen Sie mir den Weg. Ich werde Sie nach Hause bringen.«

Doch noch bevor Frederick antworten konnte, stürmte der Wachsoldat um die Ecke, die Frau direkt hinter ihm. »Sir! Ein Mann wird vermißt! Geben Sie doch endlich diese idiotische Suche auf und helfen Sie mir!« rief die Frau.

Mißtrauisch hielt der Soldat inne und starrte auf die zusammengesunkene Gestalt auf dem Pferd. In diesem Augenblick trat Fredericks Retter vor. »Amanda!« Rasch zog er sie an sich. »Sie ist mit mir verlobt, Officer. Ihr Vater wäre mit Sicherheit entsetzt, wenn er erführe, daß sie um diese Zeit allein unterwegs war. Möglicherweise... Mein Freund, bitte haben Sie ein Herz! Wenn Sie den Vorfall melden, wird mir meine Beute vielleicht sogar noch streitig gemacht!«

»Was? Ich soll –«, wollte die Frau protestieren.

Doch der Fremde packte die Frau fester, und Frederick konnte sein eindringliches Flüstern gut verstehen. »Falls Sie Ihrem Damien helfen wollen, sollten Sie den Mund halten!«

»Mir ist es sehr recht, wenn Sie mir die Lady abnehmen, Mylord.« Der Soldat schien ehrlich erleichtert. »Ich suche nämlich einen gefährlichen Rebellen – Wer ist der Mann auf dem Pferd?« fragte er plötzlich mißtrauisch.

»Mein Freund hat ein wenig zu tief ins Glas geschaut. Wir waren bei Sir Thomas Mabry eingeladen. Na, Sie wissen doch, wie das ist. Junge Männer trinken manchmal ein bißchen zuviel, nicht wahr, Mandy?«

Ihr Rücken versteifte sich, doch Sekunden später strahlte sie den Wachsoldaten an. »Ja, es war wirklich eine herrliche Party!«

»Offenbar werden heute nacht überall Parties gefeiert!« Der Soldat salutierte. »Wenn Sie sich um alles kümmern, Sir, werde ich mich jetzt empfehlen.«

»In Ordnung. Ich danke Ihnen.«

Nachdem die Schritte des Soldaten auf dem Pflaster verklungen waren, zischte die Frau: »Wer sind Sie, Sir? Und wo ist Damien? Was wissen Sie über ihn?«

»Ich weiß nur, daß Sie auf dem besten Weg waren, die Männer des Königs auf direktem Weg zu ihm zu führen, Mademoiselle!«

»Was soll das heißen?« fragte sie hitzköpfig.

»Für lange Erklärungen ist jetzt keine Zeit! Dieser Mann braucht dringend Hilfe.«

»O Gott, er ist angeschossen worden. Bestimmt gehört er zu den Rebellen!«

»Er ist ein Mensch, der blutet, Mylady! Und wir werden ihm helfen. Und danach werde ich Sie nach Hause bringen.«

»Das wird nicht nötig sein.«

»Doch, Mylady. Und jetzt lassen Sie mich den Arm um Ihre Schultern legen und singen! Und Sie müssen uns führen, denn ich kenne den Weg nicht.«

Frederick blieb gar nichts anderes übrig. Während sie eng aneinandergedrängt die Straße entlangtaumelten, hörten sie überall die Rufe der Soldaten. Doch dank ihrer Schauspielkünste blieben sie unbehelligt. Fieberhaft überlegte Frederick, wer der Fremde wohl war. Ohne Zweifel ein vornehmer Mann, doch der sanfte Unterton in seiner Stimme deutete eher auf eine Herkunft aus Virginia hin. Vielleicht war alles nicht so schlimm, wie es den Anschein hatte, denn in Virginia gewann George Washington immer mehr Anhänger. Doch gleichzeitig war er auch mit Lord Fairfax befreundet, der der Krone gegenüber loyal war. Es zeichnete sich ab, daß man sich in Zukunft für eine der beiden Seiten entscheiden mußte. Und dieser Tag war nicht mehr allzu fern.

Als sie vor Fredericks Haus angekommen waren, zog ihn der große Mann mit geübten Griffen vom Pferd, während die Frau an die Tür klopfte. Für einige Sekunden weiteten sich Elizabeths Augen vor Entsetzen, doch dann zog sie die drei geistesgegenwärtig ins Haus.

»Frederick!« rief sie, nachdem die Tür geschlossen war.

»Er ist in die Schulter getroffen worden«, erklärte der Fremde rasch. »Wir müssen schnellstens die Patrone entfernen! Aber zuallererst muß die Farbe herunter, falls wir Besuch bekommen. Er ist ein wenig mitgenommen.«

»Die Farbe!« Die junge Frau schnappte nach Luft.

Verwirrt irrten Elizabeths Augen von einem zum anderen. Die junge Frau war sehr gepflegt gekleidet, und der Mann war ohne Zweifel ein Gentleman.

»Kann ich ihn hier hinlegen?« fragte der Fremde drängend.

»Oh! Aber selbstverständlich!«

Frederick wurde immer wieder für kurze Zeit ohnmächtig, während sie ihn niederlegten und wuschen. Er trank einige tiefe Züge des hausgemachten Whiskeys, während sich der Fremde an seiner Schulter zu schaffen machte. Mit Tränen in den Augen preßte ihm Elizabeth immer wieder die Hand auf den Mund und flehte ihn an, sich still zu verhalten.

»Lassen Sie mich das machen!« erklärte die junge Frau unvermittelt. Als der Fremde und Elizabeth sie fassungslos anstarrten, zuckte sie nur die Achseln. »Ich habe einige Erfahrung auf diesem Gebiet.«

»Wie bitte?« Der Fremde wollte seinen Ohren nicht trauen.

»Mein Vater ist schon häufiger angeschossen worden«, antwortete sie und bat lächelnd um ein Messer.

In diesem Moment wurde Frederick endgültig ohnmächtig, und Eric beobachtete fasziniert, wie Lady Amanda Sterling mit geübten Fingern die Kugel aus der Schulter des Mannes entfernte.

»Ich glaube, der Knochen ist unverletzt.« Dann wandte sie sich an Elizabeth, die nur fassungslos die Hände rang. »Reinigen Sie die Wunde mit Alkohol, damit sie sich nicht entzündet!«

Elizabeth Bartholomew sank auf die Knie und umfaßte Amandas Hände. »Ich danke Ihnen von ganzem Herzen. Ich...«

»Bitte!« Amanda Sterling errötete leicht. »Danken Sie mir nicht. Gott allein weiß, wie ich hierher gekommen bin! Ich möchte auf der Stelle gehen, denn im Haus von Verrätern...« Energisch zog sie Elizabeth hoch, wobei ihre Kapuze zurückrutschte und ihre roten Haare im Feuerschein aufleuchteten. »Ich muß jetzt wirklich gehen! Lassen Sie mich los!«

»Lady Sterling wird Sie ganz bestimmt nicht verraten«, erklärte Eric entschieden.

Amanda warf ihm einen überraschten Blick zu, doch sie widersprach ihm nicht. »Warnen Sie lieber Ihren Mann. Was er tut, ist Verrat gegen den König!«

»Wird sie uns bestimmt nicht verraten?«

»Nein, darauf gebe ich Ihnen mein Wort!« Eric nahm

Amandas Arm. »Ich werde zurückkommen, sobald ich Lady Amanda zu Hause –«

»Ich kann sehr gut allein nach Hause gehen.«

»Im Augenblick wimmelt die Stadt von britischen Soldaten und Freiheitskämpfern. Ich habe Anne Marie versprochen, Sie sicher nach Hause zu bringen.«

Angesichts seiner Überlegenheit knirschte Amanda mit den Zähnen. »Also gut!« Dann wandte sie sich noch einmal an die völlig aufgelöste Elizabeth. »Passen Sie auf ihn auf!« murmelte sie, bevor sie rasch auf die Straße trat.

Eric folgte ihr auf dem Fuß und packte sie am Arm, bevor sie ihm davonlaufen konnte. Als sie stolz den Kopf in den Nacken warf, lächelte er. »Haben Sie irgendwo ein Pferd?«

»Nein, ich –«

»Sie sind in einer Nacht wie dieser den ganzen Weg zu Fuß gegangen? Sie müssen verrückt sein!«

Amanda versuchte, ihm ihre Hand zu entziehen, doch schon fühlte sie sich hochgehoben und aufs Pferd gesetzt. Als er hinter ihr aufstieg, versteifte sich ihr Rücken. »Ihre Manieren sind ausgesprochen roh!«

»Und Sie sind eine Närrin!«

»Sie können mich gern zu Sir Thomas zurückbringen, doch vorher muß ich unbedingt Damien finden!«

Eric zögerte. Falls der junge Roswell etwas mit den Rebellen zu tun hatte, dann wußte er, wo er ihn finden würde. Er zügelte sein Pferd so heftig, daß ihr Körper eng gegen ihn gepreßt wurde und ihm der Duft ihrer Haare in die Nase stieg. »Also gut, machen wir uns auf die Suche.«

Eine ganze Weile ritten sie daraufhin durch die verlassenen Straßen, bis Eric in einer abgelegenen Gegend vor einer Taverne seinen Hengst zügelte. »Rühren Sie sich nicht von der Stelle!« befahl er, während er abstieg und zur Tür hinüberging.

Drinnen drängten sich einfach gekleidete Arbeiter um ein Feuer. Kaum jemand war betrunken, vielmehr war man in ernsthafte Gespräche vertieft. Bei Erics Eintritt wandten sich ihm alle Augen zu, und als die Männer seine feine Kleidung registrierten, erbleichten sie. Ein Mann, der ganz offensichtlich der Wirt war, kam ihm entgegen.

»Mylord, was kann ich –«

»Ich möchte Mr. Damien Roswell sprechen.«

»Mylord, er ist heute nicht –«

»Ist schon gut, Camy.« Der gutaussehende Mann, der mit Amanda getanzt hatte, löste sich aus der Gruppe und streckte die Hand aus. »Sie sind Lord Cameron, nicht wahr? Aber weshalb suchen Sie mich?« erkundigte er sich vorsichtig.

Eric räusperte sich. »Nicht ich suche Sie, sondern eine Dame!«

»Amanda!« stieß er hervor. »Dann weiß sie also, daß –«

»Sie hat keine Ahnung, aber trotzdem ist es wahrscheinlich besser, wenn Sie mitkommen.«

Damien nickte nur und verließ unverzüglich mit Eric die Taverne.

»Damien, endlich! Hast du mir Angst eingejagt!« rief die junge Frau, während sie vom Pferd rutschte und ihm entgegenlief.

»Amanda! Du hättest mir nicht folgen sollen!«

»Ich dachte, du könntest vielleicht in Schwierigkeiten geraten«, entgegnete sie besorgt.

Damien wandte sich an Eric. »Ich bin Ihnen zu großem Dank verpflichtet, Mylord! Wirklich! Falls ich Ihnen jemals einen Gefallen tun kann –«

»Ich werde mich an Sie wenden«, versprach Eric und verabschiedete sich dann. »Guten Abend, Mylady!«

»Mylord«, entgegnete sie steif.

Wenn sie eine Katze gewesen wäre, hätte sie bestimmt einen Buckel gemacht und gefaucht, dachte Eric und lächelte insgeheim. Dieses Mädchen hatte ein Feuer in ihm entzündet, und er war entschlossen zu warten, denn er war sicher, daß er sie wiedersehen würde. Grüßend zog er seinen Hut, bevor er wieder auf sein Pferd stieg und davonritt.

»Wer war denn dieser arrogante – Kerl?« hörte er sie flüsternd fragen.

»Aber, Mandy! Welche Ausdrucksweise!« tadelte Damien seine Kusine.

»Sag, wer war er?«

»Lord Eric Cameron von Cameron Hall.«

»Oh!« Sie schnappte nach Luft. »Der!«

Eric schmunzelte. Ganz offensichtlich hatte sie sich ebenfalls an ihre erste Begegnung erinnert. Er freute sich schon auf ihr nächstes Wiedersehen.

2. Kapitel

Als Frederick zu sich kam, lag er immer noch auf dem Sofa und sah, wie Elizabeth und der Fremde an der Haustür mit einem Rotrock sprachen.

»Ich versichere Ihnen, Sergeant«, sagte der Fremde gerade, »daß ich keine Ahnung von irgendwelchen Unruhen im Hafen habe und auch von geschmuggelten Waffen weiß ich nichts. Ich muß Sie ausdrücklich um Diskretion bitten, denn ich habe gerade vor einer halben Stunde hier mit einer jungen Dame der Gesellschaft einen Besuch gemacht und bin nur noch einmal zurückgekommen, um den Bartholomews eine Stellung auf Cameron Hall anzubieten. Doch wie ich höre, ist Fredericks Arbeit hier recht erfolgreich.«

»Er druckt verräterische Pamphlete!« behauptete der Sergeant. »Das können Sie mir glauben!«

»Wie bitte? Ist der Mann denn kein freier Engländer mehr mit allen seinen Rechten? Ich verstehe wirklich nicht, was das alles miteinander zu tun haben soll! Wir haben gerade Kräutertee getrunken, als Sie uns so abrupt unterbrochen haben. Ich möchte jetzt endlich meine Ruhe haben, genau wie diese anständigen Leute! Haben Sie mich verstanden?«

»Aber gewiß, Mylord!« Der Sergeant salutierte. »Gute Nacht, Mylord!«

Mylord. Mylord Cameron. Frederick lächelte. Von diesem Mann hatte er bereits gehört. Er hatte sich tapfer im Siebenjährigen Krieg mit den Indianern herumgeschlagen und saß im Rat des Gouverneurs von Virginia. Im Gegensatz zu den Abgeordneten im House of Burgesses wurden die Ratsmitglieder auf Lebenszeit gewählt, was eine große Ehre bedeutete. Frederick war sich bewußt, daß diese Männer eigentlich eine loyale Einstellung zur Krone besaßen. Aber trotzdem hatte Lord Cameron *ihm* das Leben gerettet!

Nachdem die Tür verschlossen und verriegelt war, lehnte sich Elizabeth zitternd gegen das Holz. »Ich glaube, ich werde ohnmächtig. Schon wieder waren Sie unser Retter! Oh, Mylord, wir verdanken Ihnen unser Leben! Falls Sie einen Wunsch haben –«

»Den habe ich tatsächlich!« lachte Eric. »Ich hätte gern einen anständigen Schnaps und möchte mich einen Augenblick lang mit Ihrem Mann unterhalten.«

Elizabeth nickte nur und verschwand nach einem besorgten Seitenblick auf Frederick in der Küche.

Eric zog sich einen Stuhl neben das Sofa und setzte sich. »Nun möchte ich aber genau wissen, was heute nacht hier los war.«

»Aber das müssen Sie doch wissen?«

»Ich komme aus Virginia und bin geschäftlich hier. Ich bin mehr oder weniger zufällig in die Sache hineingeraten und habe keine Ahnung.«

Frederick holte tief Luft. Dieser Mann war hartnäckig. »Eigentlich haben wir das alles nicht geplant.«

»Das können sie mir nicht weismachen! Seit dem sogenannten Massaker im Jahr 1770 hat es in der Stadt gegärt!«

Das ›Massaker‹ war eigentlich ein Straßenkampf gewesen. Ungefähr fünfzig unzufriedene Bürger hatten britische Wachen angegriffen, die darauf Befehl erhalten hatten, in die Menge zu schießen. Drei Menschen waren umgekommen und acht verwundet worden, von denen später noch einmal zwei gestorben waren. John Adams und Josiah Quincy hatten den angeklagten Captain verteidigt, dem man den Schießbefehl jedoch nicht hatte nachweisen können. Letztlich wurden zwei Soldaten wegen Totschlags verurteilt und aus der Armee ausgestoßen. In der Folgezeit wurde das Ereignis immer wieder von Politikern und Rednern benutzt, um die Bevölkerung gegen die Briten aufzuwiegeln.

»Trotzdem haben wir das nicht gewollt!« beharrte Frederick. »Sie können sich ja unter der gesamten Bevölkerung umhören! Die britische Regierung hat der British East India Company für den Tee, den sie nach Amerika verkauft, Steuernachlaß angeboten, was einer Monopolstellung gleichkam und viele unserer Händler aus dem Geschäft gedrängt hätte. Wir haben Gouverneur Hutchinson angefleht, die Teeladung nach England zurückzuschicken, doch er hat unsere Bitten abgelehnt. Nach einer großen Versammlung im Old South Meeting House sind wir zu seinem Amtssitz marschiert, doch er hat uns nicht einmal empfangen.« Frederick senkte den Kopf. »Auf ein Zeichen von Sam Adams hin haben wir schließlich die Schiffe besetzt und den Tee in das Hafenbecken gekippt.«

Eric schwieg einige Augenblicke. »Ihnen ist doch klar, daß das Folgen haben wird?«

»Aber natürlich.«

»Wir entfernen uns weiter und weiter voneinander«, murmelte Eric gedankenverloren vor sich hin. »Ich glaube allerdings nicht, daß man Sie wegen Ihrer Teilnahme an der Tee-Party verfolgt, sondern eher wegen der Waffen, die möglicherweise gegen die Briten eingesetzt werden. Sagen Sie mir alles!«

Frederick erschrak zutiefst. »Waffen?« Nervös fuhr er sich mit der Zunge über die Lippen. Leugnen hatte ganz offensichtlich keinen Sinn. »Es gibt noch keine bestimmten Pläne. Jedenfalls bleiben die Waffen nicht in der Stadt. Aber mehr sollte ich wirklich nicht sagen.«

»Das ist im Augenblick auch nicht nötig.« Eric starrte einige Minuten lang schweigend in die Flammen, bevor er weitersprach. »Ich wüßte gern, ob ein gewisser Damien Roswell aus Virginia in diese Sache verwickelt ist?«

Frederick hielt den Atem an. »Mylord, Sie können mich gern anzeigen! Aber Namen werde ich Ihnen nicht –«

»Es ist schon gut«, beschwichtigte Eric. »Ich habe genug gehört.«

In diesem Augenblick trat Elizabeth ein und reichte Lord Cameron ein Glas Whiskey. Eric dankte ihr mit einem Lächeln.

»Werden Sie mich anzeigen?« fragte Frederick flüsternd, und als Eric sich zu ihm umwandte, bemerkte er, daß dieser Mann kaum zehn Jahre älter war als er. Wahrscheinlich war er nicht einmal dreißig.

»Ich glaube kaum, daß ich dann soviel Theater gespielt und die Soldaten angelogen hätte!«

»Und wie steht es mit der Lady, die meinen Arm gerettet hat?«

Langsam schüttelte Eric den Kopf. »Nein, von ihr haben Sie nichts zu befürchten.«

»Sie ist ganz reizend.«

»So reizend auch wieder nicht, mein Freund. Sie hat keine Ahnung von den Zusammenhängen und es liegt in ihrem ureigensten Interesse, den Mund zu halten.«

Frederick nickte erleichtert. »Wir sind Ihnen zu allergrößtem Dank verpflichtet!«

»Gott schütze Sie, Mylord!« Mit diesen Worten fiel Elizabeth auf die Knie.

Lächelnd strich ihr Eric übers Haar. »Sie sind wirklich zu beneiden, mein Freund. Sie haben eine liebende Frau und einen Sohn. Die sind es wert, daß sie sich Ihre zukünftigen Pläne sehr gut überlegen.«

»Mein Sohn ist die Zukunft. Ich tue das alles allein für ihn! Da ich kein Lord bin und unsere Familie schon seit Generationen in diesem Land lebt, bindet mich nichts mehr an unser Mutterland.«

Eric lachte und stand auf. »Mein lieber Mann! Meine Vorfahren waren bereits hier, als Jamestown noch in den Kinderschuhen steckte.« Er verstummte für einige Augenblicke. »Mein Vater, mein Großvater und auch mein Urgroßvater sind in Virginia begraben. Dieses Land liegt mir am Herzen, und ich möchte gern alles tun, um es zu erhalten.«

»Würden Sie auch kämpfen, Mylord?« wollte Frederick wissen.

»Das weiß Gott allein. Wir sollten alle um Frieden beten. Aber jetzt muß ich wirklich gehen!«

Elizabeth brachte seinen Umhang, doch als er sich schon zur Tür wandte, hielt Frederick ihn noch einmal auf. »Mylord!«

Als Eric sich umdrehte, sah er Fredericks ausgestreckte Hand. »Ich danke Ihnen von ganzem Herzen, Lord Cameron. Mein Leben lang werde ich Ihr getreuer Diener sein!«

Eric ergriff Fredericks Hand. »Ich heiße Eric, und ich weiß Freunde zu schätzen, Frederick! Ich werde mich immer daran erinnern, daß ich in dieser Stadt Freunde habe.«

»Ja, Mylord – Eric, das stimmt. Und zwar die allerbesten.«

Eric bestieg Joshua und ließ den Hengst das Tempo bestimmen. Die Schritte der Soldaten waren endgültig verhallt, und es war still geworden. Doch so ruhig wie vorher würde es nie wieder werden, dachte Eric. Die Nachricht von dieser Tee-Party würde sich in Windeseile bis nach England verbreiten. Auf seiner Suche nach Amanda und Damien hatte er nur einen kurzen Blick auf die Szene werfen können, doch er hatte begriffen, daß es diesen Menschen ernst war. Sie wollten ihre Rechte und Freiheiten als Engländer vom englischen Parlament respektiert wissen, ansonsten würden sie sich selbst die Gesetze geben. Auch mich hat diese Nacht verändert, dachte Eric, doch er wußte auch, daß diese Unzufriedenheit schon seit dem Siebenjährigen Krieg in ihm gegärt hatte. Ob es wohl wieder zum Krieg kommen würde?

Niemand sprach diese Gedanken offen aus. Seufzend blickte Eric zu Fredericks Haus zurück. Diese beiden jungen Leute waren so leidenschaftlich und fest entschlossen, notfalls für ihre Überzeugung zu sterben. Er konnte es ihnen nachfühlen, denn ihn bewegten ähnliche Gedanken. Für sein Land würde er alles tun. Doch gegen wen würde er kämpfen müssen?

In diesem Augenblick dachte er auch an Lady Sterling und daran, wie leidenschaftlich sie versucht hatte, Elizabeth davon zu überzeugen, daß ihr Mann ein Verräter sei. Sie stand loyal auf Seiten der Briten, doch instinktiv wußte Eric, daß Frederick von ihr nichts zu befürchten hatte. Sie hatte zwar keine Ahnung, daß ihr Vetter Damien für die Freiheitskämpfer Waffen schmuggelte, doch sie vermutete etwas, und die Angst, die sie um ihn hatte, verschloß ihr den Mund. Armes Mädchen! Falls der närrische Tarryton sich tatsächlich einer anderen zuwandte, stand ihr eine herbe Enttäuschung bevor. Und die Wahrheit über Damien würde ebenfalls nicht leicht zu verdauen sein!

Leise stieg er vor Thomas Mabrys Haus vom Pferd und klopfte vorsichtig an die Tür. Anne Marie öffnete fast augenblicklich. Ganz offensichtlich hatte sie auf ihn gewartet.

»Ist Lady Amanda gut nach Hause gekommen?«

Anne Marie nickte und zog ihn ins Haus. »Sie schläft schon. Glücklicherweise ist alles gutgegangen! Lord Sterling ist nämlich zurückgekommen, weil er morgen in aller Frühe nach Hause fahren will. Amanda wird die nächsten Wochen bei einer Tante in South Carolina verbringen. Ich möchte nicht wissen, was geschehen wäre, wenn sie nicht zu Hause gewesen wäre!«

Eric runzelte die Stirn. »Was hätte er denn schon gemacht? Sie ist doch seine Tochter!«

Anne Marie schenkte Eric ein Glas Whiskey ein. »Ach, manchmal mache ich mir große Sorgen um sie! Sie ist so impulsiv und übersieht die Gefahren. Es ist wie mit Damien. Ihn liebt sie über alles, und schon ist ihr alles gleichgültig. Sie setzt sich über alles hinweg und benimmt sich trotzig und widerspenstig. Oh, vielleicht hätte ich das nicht sagen sollen?« Erschrocken legte sie die Hand auf den Mund. »Jedenfalls danke ich Ihnen von ganzem Herzen, Eric.«

Zart küßte er sie auf die Wange. »Es ist mir eine Freude, wenn ich Ihnen helfen kann, Anne Marie.« Dann trank er sein Glas aus und reichte es ihr zurück.

»Wohin gehen Sie jetzt?« erkundigte sie sich.

»Zurück in mein Quartier. Und morgen früh wieder zurück nach Virginia.«

Anne Marie begleitete ihn vors Haus und sah zu, wie er die Zügel vom Pfosten löste und auf sein Pferd stieg.

Lächelnd blickte er zu ihr hinunter. »Ich hoffe, ich werde Sie bald wiedersehen! Grüßen Sie Ihren Vater herzlich von mir!«

»Das werde ich tun, Eric. Und Ihnen noch einmal vielen Dank! Vielen, vielen Dank!«

Während langsam die Morgendämmerung emporstieg, empfand Eric plötzlich regelrechtes Heimweh und meinte bereits, die kühle Brise vom Wasser her zu spüren. Bisher hatte seine ganze Liebe seinem Besitz gegolten, doch wenn er daran dachte, wie sehr er diesen Frederick um seinen Sohn beneidete, wurde es vielleicht doch allmählich Zeit zum Heiraten. Cameron Hall brauchte einen Erben, der das Land ebenso liebte, wie Eric das tat.

Eric hatte den Gedanken noch nicht ganz zu Ende gedacht, als ihm der Verdacht kam, daß dieser plötzliche Gefühlsausbruch vielleicht auch durch Amanda Sterling und die gemeinsamen Erlebnisse der vergangenen Nacht hervorgerufen worden sein könnte. Er lächelte versonnen. Schon als kleines Mädchen war sie leidenschaftlich und manchmal geradezu hochmütig gewesen. Er erinnerte sich lebhaft an ihre zornigen, grünen Augen und an ihren eisernen Willen, mit dem sie damals alles klaglos ertragen hatte. Ihrem Vater hatte sie nichts erzählt, doch ihm hatte sie leise zischend die Pest an den Hals gewünscht.

Seit dieser Zeit war allerdings einiges anders geworden. Sieh dich vor, mein Freund, ermahnte er sich selbst. Im Augenblick waren die Zeiten nicht gerade günstig, um sich in Lady Sterling zu verlieben, denn für ihn stand ziemlich sicher fest, daß es in nächster Zeit zum Krieg kommen würde. Natürlich hoffte er, daß er die Situation zu schwarz sah, doch so recht konnte er nicht daran glauben. Mit Macht zog es ihn nach Hause, wo er sich außerdem genauer über Lord Sterlings Tochter erkundigen konnte – ihn würde sie so schnell nicht loswerden! Falls Tarryton tatsächlich die Absicht haben sollte, die Duchess of Owenfield zu heiraten, mußte er sich Lady Sterling aus dem Kopf schlagen, denn Eric hatte sich bereits für sie entschieden!

Während Eric sich langsam seinem Quartier näherte, ließ er die Ereignisse der vergangenen Nacht noch einmal vor seinem inneren Auge ablaufen. Ja, diese Nacht hatte ihn tatsächlich verändert. Er hatte Dinge erlebt und gesehen, die er in Zukunft nicht mehr würde übersehen können. Die Zeichen waren deutlich genug, und alle sprachen für einen bevorstehenden Konflikt. In diesem Augenblick wußte er noch nicht, daß sein nächstes Zusammentreffen mit Lord Sterlings Tochter ihn in mindestens ebenso große Turbulenzen stürzen würde wie die Ereignisse der vergangenen Nacht.

3. Kapitel

Tidewater, Virginia
Juni 1774

Noch nie war eine Sommernacht so schön gewesen wie diese, dachte Amanda. Überall im weitläufigen Park leuchteten Lampions in sanften Farben, und die Sommerblüten wiegten sich im leichten Abendwind. Alle Anzeichen deuteten darauf hin, daß es ein wunderbar ruhiger Abend werden würde. Amanda war sehr erleichtert, denn sie konnte das ewige Gerede über eine mögliche Loslösung vom englischen Mutterland inzwischen nicht mehr hören. Hatten denn alle Leute in Virginia und den übrigen Kolonien vergessen, daß ihnen das Mutterland im entsetzlichen Krieg gegen die Franzosen und Indianer nach Kräften beigestanden hatte? Natürlich mußten Steuern gezahlt werden! Man konnte doch nicht im Ernst erwarten, daß die Bevölkerung des Mutterlandes die Ausgaben in den Kolonien finanzierte!

Im Augenblick war die Teesteuer Tagesgespräch. Seit der Nacht, in der die Bevölkerung von Boston den gesamten Tee aus Protest in den Hafen gekippt hatten, gab es kein anderes Thema mehr. Kurz darauf hatten die Briten den Hafen für jegliche Einfuhren geschlossen, und mittlerweile bekam auch das entfernte Virginia die Auswirkungen zu spüren.

Amanda interessierte sich nicht besonders für Politik, doch da im Augenblick jedermann darüber sprach, kam ihr zwangsläufig manches zu Ohren. Außerdem war sie genau in jener Nacht in Boston gewesen, so daß jeder sie nach ihren ganz persönlichen Eindrücken fragte. Die Teesteuer war ihr gleichgültig. Damiens Aktivitäten machten ihr viel größere Sorgen. Und sobald sie an ihn dachte, fiel ihr auch wieder Lord Cameron ein. Dieser Mann hatte es tatsächlich gewagt, sie in eine Sache hineinzuziehen, die stark nach Verrat roch! Er hatte sie überhaupt nicht gefragt, sondern einfach nur herumkommandiert. Doch aus Sorge um Damien hatte sie es sich gefallen lassen müssen. Wenn sie doch nur wüßte, in was ihr Vetter da seine Nase gesteckt hatte!

Während sie ihre Hände betrachtete, erschauerte sie. Cameron hätte Damien anzeigen können und den jungen

Buchdrucker ebenfalls, doch er hatte es nicht getan. Irgendwie war sie froh, daß sie ihn während der vergangenen Monate nicht zu Gesicht bekommen hatte, und insgeheim hoffte sie, daß es auch weiterhin so bliebe. Damien wollte sie sich heute abend vorknöpfen und ein ernstes Wörtchen mit ihm reden, aber nur heimlich, damit ihr Vater nichts bemerkte. Für ihn bestand die Tugend einer Frau allein in ihrer Schönheit und der liebevollen Sorgfalt, mit der sie sich um den Besitz ihres Mannes kümmerte. Seiner Meinung nach war Politik nichts für Frauen, doch Amanda konnte ihm da nicht völlig recht geben. Überall im Land waren die Männer auf die Mitarbeit ihrer Frauen, Mütter und Schwestern angewiesen, um dem Boykott entgegenwirken zu können. Man stellte nur noch Kleider aus selbstgewebten Stoffen her und zog allerlei Kräuter im Garten, um daraus Tee zu bereiten.

»Aber daran will ich heute abend nicht denken«, flüsterte Amanda halblaut vor sich hin. Diese wunderschöne Nacht sollte durch nichts gestört werden. Vom Balkon im Obergeschoß von Sterling Hall überblickte sie die Auffahrt, und der Wind trug den Blütenduft bis zu ihr hinauf. In Kürze würden sich die Musiker auf der Galerie oberhalb der Halle einrichten, und dann würden nach und nach die elegant gekleideten Gäste eintreffen. Amanda war erst vor einer Woche von ihrem Besuch bei ihrer Tante in South Carolina zurückgekehrt, und dieses erste Fest des Sommers sollte für sie von ganz besonderer Bedeutung sein. Während die ersten Wagen vorfuhren und Amanda im Mondlicht die Wappen auf den Türen leuchten sah, dachte sie an Lord Robert Tarryton, der sicher zu den ersten Gästen gehören würde. Sie malte sich aus, wie sie ganz langsam die große Freitreppe hinunterschritt und er nur Augen für sie hatte. Natürlich würde er wieder einmal der eleganteste Mann des Abends sein. Durch seine Größe überragte er ohnehin fast alle. Und wenn sie an seine blaßblauen Augen dachte und an seine weißblonden Haare – dann sah sie ihn auf sich zukommen, fühlte, wie sich seine Arme um ihre Taille legten, und dann schwebte sie mit ihm über die Tanzfläche und kurz darauf hinaus in den Garten und mitten hinein ins Labyrinth, wo er auf die Knie sank und sie um ihre Hand bat –

»Amanda! Amanda! Die Gäste treffen bereits ein. Komm sofort!« Die harte Stimme ihres Vaters riß sie brutal aus ihren Träumen.

»Ja, Vater. Ich komme schon«, antwortete sie gehorsam. Sein barscher Ton schmerzte sie, denn schließlich war sie sein einziges Kind, und sie fragte sich oft, weshalb er sich ihr gegenüber so ablehnend verhielt. Haßte er sie, weil sie kein Sohn geworden war, oder trug er es ihr nach, daß ihre Mutter bei ihrer Geburt gestorben war? Amanda fand keine Antwort und hatte es im Lauf der Zeit gelernt, ihr Herz zu verschließen und nichts mehr an sich herankommen zu lassen. Danielle hatte sich immer rührend um sie gekümmert, und auch der Butler Harrington hatte ihr insgeheim seine Zuneigung geschenkt. Doch jetzt – jetzt gab es Robert. Lord Robert Tarryton. Sie war schrecklich verliebt ihn ihn und rechnete fest damit, daß er sich heute abend erklären würde. Natürlich hatte sie auch andere Männer gekannt, mit denen sie gelacht und geflirtet hatte, doch ihr Herz hatte sie nicht verschenkt. Trotz gelegentlicher Spöttereien von allen Seiten war auch ihr Vater der Meinung, daß sich ein Mädchen unter achtzehn Jahren noch durchaus Zeit mit dem Heiraten lassen konnte. Nach ihrem Schulaufenthalt in London war sie in die Kolonien zurückgekehrt und hatte sich dabei im November des vergangenen Jahres in Lord Robert Tarryton verliebt, mit dem sie früher schon befreundet gewesen war.

»Amanda!«

»Ich komme schon, Vater!« rief sie und verließ fluchtartig ihren Ausguck, doch oben an der Treppe hielt sie sekundenlang inne. Während die ersten Gäste die Halle betraten, suchten Amandas Augen ausschließlich nach Robert, den sie doch so gern mit ihrem Auftritt beeindruckt hätte.

Nach den ersten Stufen bemerkte sie einen Mann, der dem Butler Hut und Handschuhe reichte und einige Worte mit dem Mann wechselte. Unwillkürlich sah er zu ihr nach oben, als ob er ihren Blick gefühlt hätte – genau wie sie es sich vorgestellt hatte. Nur leider war dieser Mann nicht Robert Tarryton.

Es war Lord Eric Cameron. Wie kam denn der, um Himmels willen, ausgerechnet hierher? In *ihr* Haus! Die Gedanken in ihrem Kopf überschlugen sich, während sie ihn unverwandt anstarrte. Heute abend erschien ihm ihr Haar dunkler als damals, und außerdem war er größer, als sie ihn in Erinnerung hatte. Er trug einen königsblauen Gehrock mit passender Kniehose aus Seide, dazu ein spitzenverziertes Hemd, weiße Strümpfe und Schnallenschuhe. Doch trotz dieser feinen Aufmachung unterschied er sich beträchtlich von den anderen Anwesenden, was vielleicht auf sein leicht gebräuntes Gesicht mit den hohen Wangenknochen und dem eckigen, ausgeprägten Kinn zurückzuführen war. Als sich ihre Blicke trafen, bedachte er Amanda mit einem kleinen, spöttischen Lächeln, das ihr seltsamerweise winzige Schauer über den Rücken jagte. Erschrocken tastete ihre Hand nach ihrer Kehle. Sekunden später hätte sie diese Geste gern ungeschehen gemacht, doch sie konnte ihre Augen nicht von ihm abwenden. Und umgekehrt ging es Eric genauso. Er starrte unverwandt nach oben und fragte sich insgeheim, wie es möglich war, daß sich die kleine, grünäugige Hexe mit den roten Haaren, die ihn damals so herzhaft gebissen hatte, so wenig verändert hatte.

Ob Tarryton ihr schon die Neuigkeit berichtet hatte? Vom Gouverneur persönlich hatte Eric gehört, daß sich der junge Mann voller Wonne auf die Aussicht gestürzt hatte, eine junge, vermögende Duchess samt Titel zu heiraten. Nach einem Blick auf Amanda bezweifelte Eric, daß sie es schon wußte. Ob sie ahnte, wie zauberhaft schön sie aussah, während sie ein wenig verwirrt dort oben auf der Treppe stand? Sie war so schlank, daß sie größer wirkte, als sie in Wirklichkeit war. Ihr rotes Haar bildete einen lebhaften Kontrast zu ihrem weißen, glänzenden Kleid und dem blassen Teint. Auf der einen Seite war es mit einem Kamm so zurückgesteckt, daß sich die Locken wie ein brennender Wasserfall über die andere Schulter ergossen.

Am heutigen Abend strahlte alles an ihr. Ihre Wangen waren von einer sanften Röte überzogen, und ihre Augen schimmerten dunkel. Still lächelte Eric vor sich hin, denn er spürte förmlich ihre Lebenskraft und die Entschlossenheit, für das zu kämpfen, was ihr wichtig war. Als sie ihr Kinn ein wenig emporreckte, stellte er amüsiert fest, daß sie nicht nach ihm Ausschau gehalten hatte. Offenbar war es also noch nicht bis zu ihr gedrungen, daß sie gegen ein Vermögen und einen Titel eingetauscht worden war.

Amandas kühle Reaktion auf Erics tiefe Verbeugung ließ ihn vermuten, daß sie ihm wegen der Vorfälle in Boston noch zürnte, doch damit mußte er leben. Ein leichtes Zucken ihrer Augenbrauen war die einzige Antwort, bevor sie unten angekommen war und sich augenblicklich den Pflichten einer aufmerksamen Gastgeberin widmete. In kürzester Zeit war sie von Gästen umringt, und alle drängten sich danach, sie zu begrüßen.

»Mandy! Liebste Mandy, du siehst ja phantastisch aus!« hörte Eric jemanden überschwenglich rufen, und dann erkannte er Lady Geneva Norman, eine der reichsten Erbinnen dieser Gegend, der außerdem noch zahlreiche Besitzungen in England gehörten. Auf ihre etwas lautstarke Art war sie eine Schönheit und hatte auch Eric beeindruckt, doch er hielt sich inzwischen sorgfältig von ihr fern, da sie ihre Verehrer nur gar zu gern an der Nase herumführte. Insgeheim war er froh, daß er nicht darauf angewiesen war, eine vermögende Frau heiraten zu müssen. Seine Vorväter hatten in Tidewater die ertragreichsten Ländereien erworben, und gleichzeitig besaß er auch noch die Güter in England, in der Gegend, aus der seine Familie stammte. In aller Ruhe konnte Eric auf ihre Spielchen eingehen und ihre Schönheit genießen, ohne etwas Ernstes daraus werden zu lassen.

Allmählich jedoch zweifelte er daran, daß sein Leben weiterhin so ungestört verlaufen würde wie bisher. Seit der Nacht in Boston hatte er sich mehr und mehr Leuten angeschlossen, die die Krone von England mit Sicherheit als unsichere Kandidaten bezeichnen würde. Seine Freunde nannten das Selbstmord, was er da tat, doch er konnte nicht anders und mußte einfach seinen Überzeugungen folgen.

»Lord Cameron!« bellte es quer durch den Raum, und schon eilte Lord Nigel Sterling mit ausgestreckter Hand auf Eric zu. Sekundenlang schoß Eric durch den Kopf, was Anne Marie ihm über diesen Mann erzählt hatte, doch Amanda sah nicht so aus, als ob sie irgendwelchen Schaden davongetragen hätte. »Eric! Ich wollte schon lange mit Ihnen sprechen. Mir sind ja schreckliche Sachen zu Ohren gekommen!«

Lächelnd ergriff Eric Lord Sterlings Hand. »So, so! Das macht mich aber neugierig. Ich möchte sie ebenfalls hören.«

»Kommen Sie, trinken wir einen Brandy in meinem Arbeitszimmer! Dort sind wir ungestört.«

Achselzuckend folgte Eric seinem Gastgeber, einem vierschrötigen, untersetzten Mann mit mächtigem Kinn und flinken, glänzenden Augen. Welchen Beitrag dieser Mensch zur Erzeugung seiner schönen Tochter geleistet hatte, war Eric ein Rätsel. Besonders sympathisch war ihm dieser machtbesessene, ungehobelte Mann wirklich nicht. Doch heute abend war er in seinem Haus zu Gast. Und nach der großen Auseinandersetzung, die sie im Rat des Gouverneurs gehabt hatten, schuldete Eric seinem Gastgeber diese private Unterredung. »Gern, Nigel, wenn es Ihnen am Herzen liegt. Aber ich möchte gleich vorausschicken, daß ich meine Ansicht keinesfalls ändern werde.«

Während sie den Raum durchquerten und Eric höflich

Freunden und Bekannten zunickte, beobachtete er, wie sie sofort die Köpfe zusammensteckten. Feixend stellte er fest, daß er bereits zum schwarzen Schaf geworden war.

»Da bist du ja endlich, Amanda! Kennst du Lord Cameron – ach, ja! Ihr kennt euch ja schon von früher. Inzwischen war Amanda in England in einer Mädchenschule und anschließend noch für einige Zeit bei einer Tante in South Carolina. Erinnern Sie sich an meine Tochter, Cameron?«

»Wir sind uns erst kürzlich begegnet, Nigel. Und zwar bei Thomas Mabry in Boston.«

»So? Demnach haben Sie auch an dem kleinen Fest teilgenommen?«

»Ja.« Dabei ließ er Amanda nicht aus den Augen, die angesichts seines verschwörerischen Lächelns verlegen geworden war. Er küßte ihre Hand, und als seine Lippen dabei hauchzart ihre Haut berührten, spürte er, wie sich Amandas Puls beschleunigte. »Es war ein unvergeßlicher Abend«, bemerkte er und sah ihr tief in die Augen, während seine Finger sanft über die Adern ihres Handrückens strichen.

Fast unmerklich weiteten sich ihre Augen, und sie entzog ihm rasch ihre Hand. »Wie schön, Sie wiederzusehen, Lord Cameron.«

Glatt gelogen, dachte Eric fast ein wenig wehmütig, denn aus der Nähe betrachtet war sie noch viel zauberhafter. »Mylady!« murmelte er und verbeugte sich.

»Reserviere Lord Cameron einen Tanz, mein Kind«, sagte ihr Vater. »Doch zuerst möchte ich mich kurz mit Ihnen unterhalten, Eric.«

Dieser Cameron machte sich über sie lustig, dachte Amanda, während sie den beiden nachsah. Seit der Jagd vor vielen Jahren hatte er sich nicht im geringsten verändert und war immer noch genauso arrogant wie damals. Falls er es jemals wagen sollte, Damien in irgend etwas hineinzuziehen, würde sie ihn ohne Zögern einen Verräter nennen.

Und das mit Recht, denn Eric Cameron war ein Verräter. Es war noch keine zwei Wochen her, daß er im Rat des Gouverneurs aufgestanden war und der Versammlung seinen Rücktritt angeboten hatte. Das Ereignis war Tagesgespräch gewesen. Der Gouverneur hatte sein Angebot nicht angenommen und ihn gebeten, die Sache noch einmal zu überdenken. Die ganze Kolonie hatte sich entrüstet, und Robert Tarryton hatte Cameron einen Narren und Verräter geschimpft. Ein Wunder, daß man ihn nicht auf der Stelle aufgehängt und gevierteilt hatte! Im House of Burgesses waren derartige Reden an der Tagesordnung, und der Gouverneur hätte sicher alle Hände voll zu tun gehabt, wenn er alle diese Personen hätte aufhängen wollen, doch Cameron gehörte nun einmal nicht zu dieser Gesellschaftsklasse. Er war ein Lord und damit automatisch verpflichtet, seinen König und dessen Gouverneur zu unterstützen.

Nach allem, was man gehört hatte, hatte Cameron dank seiner Erziehung in Oxford eine sehr eindringliche Rede gehalten und sich grundsätzlich bereiterklärt, die Sache zu überdenken. Gleichzeitig aber hatte er auch darauf hingewiesen, daß allein die Zeit nichts an seiner Überzeugung ändern würde. Er fühlte mit den Männern, die sich in der Bruton Parish Church zum Gebet versammelt hatten, und ebenso mit jenen, die den Tee in das Hafenbekken gekippt hatten. Cameron bezweifelte, daß er mit solchen Gedanken dem Gouverneur von großem Nutzen sein könnte, denn im Grunde standen ihm die Mitglieder des House of Burgesses und Männer wie Patrick Henry wesentlich näher. Außerdem war er häufiger Gast in ganz bestimmten Kneipen von Williamsburg.

»Er ist einfach der aufregendste Mann in den Kolonien!« hörte Amanda hinter sich sagen und beobachtete, wie Lady Genevas Augen Lord Cameron folgten.

»Etwa Cameron?« fragte sie ungläubig.

Geneva nickte. »Er ist doch hinreißend, nicht wahr? Ein starker, rebellischer Mann, der sich vor niemandem beugt. Sobald er den Raum betritt, drehen sich alle nach ihm um. Fühlst du diese Ausstrahlung denn nicht? Mir ist ganz heiß!«

Ein kleiner Schauer durchrieselte Amanda, als sie sich daran erinnerte, wie er sie angesehen und wie seine Lippen ihre Haut gestreichelt hatten. Doch gleichzeitig schüttelte sie energisch den Kopf, um diese Gedanken zu verdrängen. Ungeduldig hielt sie nach Robert Ausschau. »Lord Cameron ist im Grunde seines Herzens ein Verräter und sonst gar nichts. Ich kann mir gar nicht erklären, weshalb Vater ihn überhaupt eingeladen hat.«

»Es kann durchaus sein, daß seine Freundschaft eines Tages von unschätzbarem Wert ist. Die Reformer vertrauen Cameron, aber seltsamerweise tun das auch seine Gegner. Dein Vater ist mit Sicherheit kein Dummkopf, mein Kleines, und ich denke, daß er sich die Freundschaft dieses Mannes erhalten möchte.«

»Hast du ähnliche Pläne, Geneva?«

Geneva lachte. »Sieh an, das Tigerbaby zeigt seine Krallen! Ich bin ja bereits mit ihm befreundet, doch ich bezweifle, daß das ein Leben lang anhalten wird. Ich liebe das lustige Leben, doch unser stolzer Lord Cameron verfolgt im Augenblick einen etwas anderen Weg. Vielleicht muß er eines Tages im Heu schlafen oder wird sogar aufgehängt – wobei ich mir allerdings vorstellen kann, mit ihm im Heu zu liegen. Aber einstweilen mußt du dir noch keine Gedanken machen, Kleines. Noch ist das Rennen nicht entschieden.«

»Mit dem Ausgang dieses Rennens habe ich nichts zu tun«, entgegnete Amanda zuckersüß. »An einem Verräter der Krone habe ich keinerlei Interesse.«

Geneva lächelte Amanda über den Rand ihres Fächers an. »Ist etwa Lord Tarryton der Grund?«

»Glaub doch, was du willst«, fauchte Amanda.

»Wenn du möchtest, kann ich dir einige Neuigkeiten berichten.«

»Also gut, Geneva. Da bin ich aber gespannt.«

»Lord Tarryton ist mit der Duchess of Owenfield aus England verlobt. Sie ist Witwe, und da ihr verstorbener Ehemann keine Erben hat, wird Robert Duke of Owenfield.«

»Ich glaube kein einziges Wort!« stieß Amanda entsetzt hervor.

»Du kannst ja Robert fragen«, erwiderte Geneva. »Doch jetzt mußt du mich entschuldigen. Die Männer strömen ja förmlich in das Arbeitszimmer deines Vaters, und ich möchte ebenfalls erfahren, wie sich Lord Cameron verteidigen wird.« Hastig durchquerte sie die Halle und drängte sich durch die Menge am Eingang. Dann schlich sie vorsichtig über die Terrasse bis zu den Fenstertüren, von wo aus sie die Unterhaltung mitanhören konnte.

Amanda blickte sich suchend um, doch Robert war nirgendwo zu entdecken. Sie konnte nicht glauben, was sie soeben gehört hatte. Bestimmt log Geneva. Robert liebte sie, obwohl sie ihm keinen Titel, sondern nur eine große Mitgift mit in die Ehe bringen konnte. Es gab keinen Grund, weshalb sie nicht heiraten sollten. Schließlich stammten sie beide von hier, und sie konnte sich nicht vorstellen, daß Robert in England ebenso glücklich werden würde.

Als sie Geneva folgen wollte, um mehr von ihr zu erfahren, wurde sie plötzlich von zahlreichen Gästen umringt, denen sie als höfliche Gastgeberin natürlich Rede und Antwort stehen mußte. Es dauerte eine ganze Weile, bis sie endlich ebenfalls in den Garten schlendern konnte. Geneva war nirgends zu sehen, aber dafür entdeckte Amanda Robert, der sich im Arbeitszimmer mit Lord Hastings, Lord Cameron und ihrem Vater unterhielt.

»Wenn Sie das tun, stellen Sie sich praktisch gegen uns, Cameron!« erklärte Hastings gerade.

Cameron erhob sich von seinem Platz vor dem Schreibtisch und hakte die Daumen in seinen Gürtel. »Ich muß doch sehr bitten, Hastings! Das House of Burgesses hat beschlossen, öffentlich für unsere Schwesterstadt zu beten. Wollen Sie etwa behaupten, daß sich jemand durch ein Gebet beleidigt fühlt?«

»Sie mußten aber nicht unbedingt daran teilnehmen!« erwiderte Robert hitzig.

Cameron zog lediglich eine Augenbraue in die Höhe. »Nein, Sir, das mußte ich nicht, aber ich wollte es. Die Briten haben den Hafen von Boston –«

»Die Briten! Wir sind die Briten!« unterbrach ihn Amandas Vater.

»Selbstverständlich ist meine Herkunft britisch, doch ich bin ein Virginier. Ich bin Untertan Seiner Majestät, und genau diese Rechte beanspruche ich auch. Ich habe dem Gebet beigewohnt –«

»Boston ist außerdem nicht unsere Schwesterstadt, jedenfalls dann nicht, wenn man sich dort so aufführt!« rief Hastings aufgeregt.

»Ich respektiere Ihre Meinung«, erklärte Cameron mit einer Verbeugung und wandte sich dann an seinen Gastgeber. »Ich kann mich nicht dafür entschuldigen, was ich in meinem innersten Herzen fühle. Ich kann dieses Gebet nicht verurteilen. Lord Dunmore hat das House of Burgesses aufgelöst, doch ich nehme an, daß sich dessen Mitglieder um so regelmäßiger treffen werden. Sie haben Repräsentanten für den Continental Congress gewählt. Es muß schnellstmöglich eine friedliche Lösung der Probleme gefunden werden, wenn wir nicht –«

»Verdammt, Cameron, Sie sind ein ausgezeichneter Offizier und obendrein noch ein vermögender Mann! Wir alle respektieren und bewundern Sie, aber diese verräterischen Reden können wir unmöglich dulden!« empörte sich Sterling und schlug zur Bekräftigung mit der Faust auf die Tischplatte.

»Das sind mit Sicherheit keine verräterischen Reden, Sir! Unsere Schwierigkeiten mit dem Mutterland müssen wirklich rasch gelöst werden. Ich habe angeboten, meinen Platz im Rat zu räumen, weil ich weiß, wie sehr meine

Ansichten Sie alle belasten. Ich denke, diese Lösung ist nur vernünftig, da Sie meine Ansichten offenbar nicht teilen können. Und nun, Gentlemen –«

Er brach abrupt ab, und Amanda erkannte entsetzt, daß er die neugierige Zuhörerin entdeckt hatte. Rasch zog sie sich hinter eine Säule zurück, doch das spöttische Lächeln hatte sie gerade noch gesehen. Er wußte genau, daß sie nach Robert Ausschau gehalten hatte! Lord Cameron hatte sich Sekunden später wieder in der Gewalt, doch Robert, der sie ebenfalls gesehen hatte, ging einen Schritt auf das Fenster zu.

Lord Sterling runzelte äußerst mißbilligend die Stirn. »Robert –«

»Sir, ich würde ebenfalls gern ein wenig Luft schnappen«, unterbrach ihn Eric Cameron. »Wollen wir nicht eine kleine Pause einlegen?« Und noch bevor jemand Einwände erheben konnte, hatte er sich verbeugt und den Raum verlassen.

»Ja, aber –«, stotterte Lord Sterling, doch Robert unterbrach ihn schnell.

»Sir, es ist schrecklich heiß! Bitte entschuldigen Sie mich für einen Augenblick.«

Noch bevor er aus dem Zimmer stürzte, hatte Amanda bereits wieder die Halle betreten. Geneva war es tatsächlich inzwischen gelungen, Lord Cameron mit Beschlag zu belegen, und Amanda sah zu, wie sich die beiden auf der Tanzfläche drehten. Sie verdienten sich gegenseitig, dachte Amanda, doch im selben Augenblick zögerte sie. Die beiden waren wirklich ein gutaussehendes Paar – der große, dunkelhaarige Mann und daneben die blonde Schönheit, die er eng umfaßt hielt. Wenn man in ihre schräggestellten Katzenaugen blickte, konnte man die Spannung zwischen ihnen fast körperlich fühlen. Diese Geneva war eine Lügnerin, redete sich Amanda ein. Ihr Robert heiratete keine andere Frau!

Während Amanda noch beobachtete, wie Geneva Lord Cameron etwas zuflüsterte und dann mit ihm verschwand, bemerkte sie, wie Robert Tarryton sich durch die Menge drängte und auf sie zueilte. Sie war so überglücklich, ihn zu sehen, daß sie ihm impulsiv um den Hals fiel und ihn küßte. Sekundenlang zögerte er, doch dann riß er sie heftig in seine Arme und küßte sie wie ein Verhungernder. Während seine Hände ihr Haar zurückstrichen, eroberte seine Zunge ihren Mund.

Erschrocken zuckte Amanda zurück. Es war weniger seine Leidenschaft, die sie störte, als vielmehr die Nähe der übrigen Gäste.

»Amanda! Ich vergehe vor Sehnsucht. In der vergangenen Nacht waren wir nicht eine einzige Sekunde allein!« rief er, doch sie legte ihm nur einen Finger auf die Lippen, um ihn zum Schweigen zu bringen.

»Kommen Sie, wir gehen ins Labyrinth!« schlug sie vor und faßte seine Hand. Dann zog sie ihn die Gartentreppe hinunter und weiter in das Gebüsch, wo sie schon als Kind gespielt hatte. Leise rauschte der Wind in den Blättern, und sanftes Mondlicht beleuchtete ihren Weg.

»Amanda!« rief Robert, doch sie lachte nur, während sie um die letzte Hecke bogen und plötzlich vor dem plätschernden Brunnen der Venus standen. Die Marmorstatue der Göttin überragte das Wasserbecken, und zwei bezaubernde Cupidos spielten mit ihren langen Marmorlocken. Daneben erwartete eine schmiedeeiserne Bank die Pärchen, die ihren Weg bis dorthin gefunden hatten.

Atemlos sank Amanda nieder. »Oh, Robert!« flüsterte sie voller Entzücken. »Endlich sind wir allein!«

Wieder raschelte der Wind in den Büschen, doch Amanda störte sich nicht daran. Lächelnd zog sie Robert neben sich auf die Bank. »Ich muß unbedingt mit Ihnen sprechen.«

Als sie vertrauensvoll den Kopf an seine Schulter lehnte, beugte er sich langsam zu ihr hinunter, bis seine Lippen ihren Mund berührten. Es war ein süßer, zärtlicher Kuß, doch plötzlich fühlte sich Amanda gepackt, und fiebrige Finger nestelten an ihrem Mieder und betasteten die nackte Haut. Eine innere Stimme warnte Amanda, daß sie sich nicht ganz korrekt benahm, aber sie war so verliebt, daß sie eine Zeitlang nicht darauf hören wollte. Als seine Küsse und Berührungen jedoch immer drängender wurden, überkam sie plötzlich die Angst, ihn schon zu weit gereizt zu haben.

»Schluß jetzt! Bitte!« stöhnte sie, während sie seine unruhig suchenden Finger packte und auf ihren Schoß zog. Doch er schien sie nicht zu hören, sondern starrte sie nur schwer atemend an. »Robert –«

»Ich vergehe vor Sehnsucht!«

»Wir müssen Geduld haben! Robert –«

»Aber ich will nicht warten! Diese Lippen und diese zarte Haut treiben mich zum Wahnsinn! Schließlich bin ich ein Mann! Oh, Gott, verstehen Sie denn nicht, daß ich Sie besitzen muß?«

»Aber, Robert! Wir müssen noch warten. Mein Vater –« Nein, es ging eigentlich nicht um ihren Vater, sondern es war allein ihre Erziehung, die ihr im Weg stand. Sie war Lord Sterlings Tochter, und für ein Mädchen ihres Standes gehörte es sich einfach, mit irgendwelchen Zärtlichkeiten bis nach der Hochzeit zu warten.

»Lassen Sie sich wenigstens küssen!«

Amanda war entsetzt, als er sie fast gewaltsam wieder in die Arme nahm. Bisher hatte sie das Ganze eher als Spiel betrachtet, doch diese gierigen Hände wollten mehr.

»Robert!« Hastig entzog sie sich ihm und sprang auf, doch er war blitzschnell hinter ihr und packte sie an den Schultern.

»Amanda!« stöhnte er heiser. »Empfinden Sie denn gar keine Sehnsucht? Mein Leben würde ich für eine Berührung geben, doch was tun Sie? Sie quälen und foltern mich! Ich kann das einfach nicht länger aushalten!«

Voller Mitleid wandte sie sich zu ihm um, doch gleichzeitig war sie auf der Hut. Ihr Verlangen war längst nicht so stark wie seines. Viel lieber wollte sie ihm nur nahe sein und sich von ihm geliebt wissen. Alles andere hatte noch

Zeit. »Nein, Robert, ich möchte warten, bis wir verheiratet sind.«

»Verheiratet!«

In demselben Augenblick, als er das Wort so verächtlich hervorstieß, wußte Amanda, daß Geneva nicht gelogen hatte. Mitleid mit Lord Tarryton war gänzlich unangebracht! Schmerzerfüllt wäre sie beinahe umgesunken, und am liebsten wäre sie auf der Stelle gestorben. »Also ist es wahr!« Sie wich vor ihm zurück. »Sie werden also tatsächlich diese Duchess wegen ihres Vermögens heiraten!«

»Amanda –«

Hilflos streckte er die Hand nach ihr aus, doch das schlechte Gewissen stand ihm deutlich im Gesicht geschrieben. »Ich habe keine andere Wahl, Amanda, aber deswegen muß sich zwischen uns ja nichts ändern.«

»Sie haben keine andere Wahl!« schrie Amanda aufgebracht. »Sie erbarmenswerter Feigling! Wie können Sie es wagen!« Und schon schlug sie ihm mit aller Kraft mitten ins Gesicht.

Verblüfft schnappte Tarryton nach Luft, und seine Augen verengten sich. »Es ist genauso, wie ich es sage.«

»Kommen Sie mir nie wieder zu nahe!«

»Ich bin kein Feigling, Mylady. Wenn Ihr Vater Ihnen erst einen Ehemann ausgesucht hat, werden wir uns wieder sprechen! Ich kann schon förmlich hören, welche Entschuldigungen Sie vorbringen werden, um sich dieser Verpflichtung zu entledigen!«

»Bah! Sie reden sich heraus, Mylord! Sie wollen mich nicht, doch dieses *Nein* wollen Sie nicht aussprechen. Habe ich recht? Nun, es ist verständlich, denn schließlich werden Sie ja Herzog. Heiraten Sie ruhig Ihre Duchess! Ich kann nur hoffen, daß dieser Titel Ihr Herz und meine Seele wert ist!«

»Verdammt, Amanda!« rief Robert und zerrte sie erneut in seine Arme. »Sie haben kein Recht, so mit mir zu sprechen. Wenn Sie erst einmal mit einem Mann wie Lord

Hastings mit seinem Doppelkinn und seinem Bauch verheiratet sein werden, wird die Welt plötzlich ganz anders aussehen! Keinen Augenblick werden Sie mich vergessen, und dieses ganze Getue –«

»Wie können Sie es wagen –«, begann Amanda, doch ihre Stimme zitterte vor Erregung und Schmerz.

»Es ist doch wahr! Erst machen Sie mich heiß, und dann darf ich Ihnen plötzlich nicht zu nahe treten!«

»Lassen Sie mich los!«

»Sie werden ja sehen! Wenn Ihr Vater Sie erst mit einem alten Kerl verheiratet hat, werden Sie sich ganz schnell an mich erinnern. Die Welt ist nun einmal kein Märchenland, Mylady!«

»Lassen Sie mich auf der Stelle los!«

Doch er hörte nicht hin. Statt dessen küßte er sie hart und fordernd, so daß sie heftig gegen seine Brust trommeln mußte, um nicht gänzlich aufgesogen zu werden. Nie hätte Amanda gedacht, daß sie sich einmal gegen Lord Tarryton würde wehren müssen und daß ihre Liebe sich in einen Alptraum verwandeln würde. Ausgerechnet hier, neben dem Venusbrunnen fiel alles in Scherben.

»Nein!« schrie sie, nachdem sie sich mühsam von ihm befreit hatte. Gleichzeitig grapschten seine Finger nach den Trägern ihres Kleides, doch sie gab nicht auf, sondern strampelte wie eine Wilde in seiner Umarmung. Als sie sich endlich von ihm losgerissen hatte, stolperte sie und stürzte zu Boden, doch Sekunden später war er bereits über ihr.

»Amanda –«

Der weitere Satz blieb ihm im Hals stecken, denn urplötzlich wurde er von hinten gepackt und im hohen Bogen in die Büsche geschleudert. Amanda erkannte im ersten Schrecken nur einen großen Schatten, doch auf den zweiten Blick erkannte sie Cameron.

Blitzartig war Robert wieder auf den Beinen. »Wie können Sie es wagen!« Wie ein gereizter Stier stürzte er auf seinen Angreifer los.

Geschickt wich Cameron aus und ließ Robert genau in seine Rechte laufen, worauf er wie ein Häufchen Elend zu Boden sackte, doch stöhnend rappelte er sich noch einmal auf.

»Verdammt, das alles geht Sie nichts an! Weshalb mischen Sie sich ein? Es ist eine ganz private Angelegenheit!«

»So?« bemerkte Cameron spöttisch. Langsam kreuzte er die Arme vor der Brust und blickte spöttisch auf Amanda hinunter. »Nach einem glücklichen Verhältnis sieht das aber nicht gerade aus, oder?«

»Das geht Sie überhaupt nichts an!« schrie Robert.

»Ich denke doch, denn ich habe deutlich gehört, wie die Dame Sie gebeten hat, sie loszulassen.«

»Das geht Sie überhaupt nichts an!«

Inzwischen hatte sich Amanda wieder halbwegs gefaßt. Angesichts der peinlichen Situation, in der sie sich befand, war sie leicht errötet und hätte am liebsten beide Männer zum Teufel gewünscht. »Mistkerl!« schnaubte sie.

»Amanda –«, begann Robert.

»Ich hasse Sie, Sie Feigling!«

Als Robert wieder auf Cameron losging, packte dieser nur seinen Arm und drehte ihm ihn auf den Rücken. »Ich kann ja gut verstehen«, sagte er dabei ganz leise, »daß dieses Mädchen in Ihnen ein Feuer entzündet hat, und ich glaube ebenfalls, daß sie einen Mann zum Wahnsinn treiben kann. Aber Sie haben das *Nein* deutlich gehört. Bisher hatte ich angenommen, Sie seien ein Aristokrat, von dem man Manieren erwarten darf. Stimmt das etwa nicht?«

Amanda war sehr bestürzt, daß ausgerechnet Cameron Zeuge ihrer Erniedrigung geworden war. Sie schluckte heftig und trat einen Schritt auf ihn zu. »Lord Cameron, immer mischen Sie sich in mein Leben ein! Welches Schicksal hat Sie mir nur geschickt?« Und gleichzeitig schlug sie ihn.

Er verzog kaum das Gesicht. »Einmal gestatte ich Ihnen diese Freiheit, Mylady, doch tun Sie das nicht wieder! Und was Sie angeht –«, mit diesen Worten packte er Robert und schob ihn in Richtung auf den Ausgang. »Das Abenteuer ist vorbei, mein Herr!«

»Ich behaupte noch einmal, daß Sie keinerlei Recht zu derartiger Einmischung haben!«

»In diesem Punkt irren Sie, mein Freund. Das Wohlergehen und das Benehmen dieser Dame sind sehr wohl meine Angelegenheit. Heute nacht habe ich Ihnen Ihr Benehmen noch einmal durchgehen lassen, Lord Tarryton! Doch falls Sie dieser Dame noch einmal zu nahe treten sollten, werde ich Sie töten!«

»Wie bitte?«

»Sie haben ganz recht gehört! Ich bin nämlich das schreckerregende Monster, das man ihr als Ehemann ausgesucht hat, Lord Tarryton! Ich habe ihren Vater um ihre Hand gebeten, und was ihn betrifft, so ist er einverstanden.« Cameron verbeugte sich vor Amanda. »Ich bin tatsächlich Ihr Schicksal!«

4. Kapitel

»Ich glaube Ihnen kein Wort!« stieß Amanda erstarrt hervor. Natürlich mußte es eine Lüge sein! Von Roberts Verhalten war ihr noch ganz schwindlig, und ihr Herz schmerzte. Es war einfach unerträglich, daß sich nach Robert nun offensichtlich auch ihr Vater von ihr abgewandt hatte. Instinktiv wich sie einen Schritt zurück und schüttelte den Kopf. »Sie sind ein Lügner, Sir.«

Seine silberblauen Augen verengten sich leicht, denn er schätzte es ganz und gar nicht, wenn man ihn einen Lügner nannte. »Das ist nicht wahr, Mylady«, entgegnete er in sanftem Ton und wandte sich dann an Robert. »Ich nehme an, daß Sie mich verstanden haben, Lord Tarryton. Als verlobter Mann sollten Sie sich um Ihre Braut kümmern. Gehen Sie jetzt endlich!«

»Amanda«, flehte Robert erneut. »Wir können ja später noch einmal über alles sprechen.«

»Niemals mehr, Lord Tarryton! Und ich Dummkopf habe diesen Menschen wirklich geliebt!« flüsterte sie leise vor sich hin.

»Amanda –«

»Lord Tarryton!« bellte Eric. »Jetzt reicht es aber!«

Eingeschüchtert ging Robert schließlich wortlos an Amanda und Eric vorüber. Als seine Schritte verklungen waren, fuhr Amanda wütend zu Cameron herum.

»Es tut mir leid, daß man Ihnen so wehgetan hat«, nahm ihr dieser sofort den Wind aus den Segeln. »Tarrytons Verlobung ist schon seit einiger Zeit im Gespräch, doch ich nehme an, daß derartige Gerüchte nicht bis nach South Carolina gedrungen sind.«

»Ich bin keineswegs verletzt, Lord Cameron«, log Amanda, die ihren Schmerz und ihren Kummer nicht zugeben wollte. Sie brauchte weder Hilfe noch Mitleid und wäre am liebsten allein gewesen. »Gehen Sie, Sir! Sie sind noch viel abscheulicher als er. Sie hatten keinerlei Recht –«

»Da bin ich ganz anderer Meinung, Lady Sterling.« Auf einmal klang seine Stimme sehr kühl und fast ein wenig bedrohlich. »Ich wollte nicht spionieren, doch als ich Ihren Schrei hörte, nahm ich an, daß Sie meine Hilfe benötigten. Oder habe ich etwa die Situation mißdeutet und Sie nur unterbrochen, statt gerettet?«

Es dauerte einige Sekunden, bis Amanda die ganze Tragweite dieser Äußerung aufgegangen war. Als sie sich schließlich wütend auf ihn stürzen wollte, packte er ihre Arme und drehte sie ihr auf den Rücken, so daß sie hilflos gegen seinen Körper gepreßt wurde.

»Ich habe Sie gewarnt! Noch einmal werden Sie mich nicht schlagen!«

»Machen Sie sich nicht über mich lustig!«

»Das würde mir nicht im Traum einfallen, Mylady.«

»Lassen Sie mich los!«

»Haben Sie mich jetzt verstanden?«

»Ich fürchte, daß wird mir niemals gelingen, Lord Cameron!«

»Aber den Versuch sollten Sie schon machen.«

»Lassen Sie mich jetzt gehen!«

»Ich denke nicht daran, Mylady.«

Amandas Haare leuchteten im Mondlicht, als sie wütend den Kopf in den Nacken warf und sich krampfhaft um Haltung bemühte. »Glauben Sie etwa, daß ich mich danach sehne, von Ihnen umarmt zu werden? Muß ich mich jetzt vielleicht nach einem weiteren Retter umsehen?«

Eric lachte herzlich, und Amanda mußte unwillkürlich an Genevas Bemerkung denken. *Der aufregendste Mann in den Kolonien*. Gleichzeitig spürte sie ganz bewußt seine starken Arme, die sie eng an seinen muskulösen Körper preßten. Ihr Atem ging heftiger.

»Mylady, ich glaube, Sie sind noch genauso hochmütig wie damals als Kind.«

»Und Sie sind noch genauso brutal wie damals. Und schlimmer! Heute sind Sie noch dazu ein Verräter!«

»Mit dieser Behauptung sollten Sie ein wenig vorsichtiger umgehen, Mademoiselle! Ich bin kein Verräter, sondern besitze nur meine eigenen Ansichten. Bin ich brutal, wenn ich mich lediglich vor Ihren Angriffen zu schützen suche? Soll ich etwa wehrlos dastehen und mich blutig kratzen lassen? Gelüstet es Sie nach Blut, Mylady?«

Er hielt unverändert ihre Handgelenke umklammert und hatte die letzten Worte so dicht vor ihrem Mund geflüstert, daß sie fast die Berührung seiner Lippen spürte. Der kühle Satin seiner Jacke berührte ihre nackte Haut, und Amanda war plötzlich äußerst unbehaglich zumute.

»Tarryton ist ein Narr, eine solche Schönheit gegen Geld einzutauschen.«

»Sie haben kein Recht, ihn zu verurteilen.«

»Stimmt. Eigentlich wollte er Sie ja auch nicht eintauschen, sondern wollte beides haben.«

Amanda versuchte, Eric gegen das Schienbein zu treten, doch er zog sie nur lachend mit sich auf die Bank hinunter. »Vorsicht, Mylady! Es ist wirklich schwer, nett zu Ihnen zu sein! Dauernd wollen Sie mir wehtun!«

»Sie tun mir weh!« entgegnete Amanda, die sich auf seinem Schoß sehr unwohl fühlte. Der Griff an ihren Handgelenken hatte sich zwar gelockert, doch sie war nach wie vor bewegungsunfähig.

»Das tut mir leid. Nur zu gern würde ich Ihnen jeden Wunsch erfüllen.«

»Sie lügen.«

»Aber niemals, Mylady!«

»Da ich Sie ohnehin niemals heiraten werde, erübrigt sich jede weitere Diskussion.«

»Oh, Mylady, Sie machen mich unglücklich!« stöhnte er in gespielter Verzweiflung, aber insgeheim amüsierte er sich köstlich.

Amanda fühlte sich lebhaft an den Vorfall während der Jagd erinnert. Er war der große Erwachsene gewesen und sie das kleine Kind. Doch jetzt waren seine Berührungen völlig anders. Im Mondlicht sah sein gut geschnittenes Gesicht sehr geheimnisvoll aus, und sie schwankte zwischen dem Wunsch, einfach wegzulaufen, und einer gewissen Neugier. Bebend fragte sie sich insgeheim, wie es sich wohl anfühlte, wenn er sie küssen würde, wie Robert das getan hatte.

»Lassen Sie mich auf der Stelle los!« bat sie, doch Erics Lächeln vertiefte sich nur, und plötzlich wußte sie, daß er ihre Gedanken gelesen hatte. Er hielt ihre Handgelenke jetzt nur noch mit einer Hand und streichelte mit der anderen ihre Wange.

»Ich werde schreien!«

»Tun Sie es doch!« entgegnete er herausfordernd.

Doch sie tat es nicht, sondern stöhnte nur leise, als seine Lippen die ihren berührten und die Hitze seines

Körpers auf sie überströmte. Entschlossen und fordernd drängte seine Zunge gegen ihre Zähne und eroberte schließlich ihren Mund. Amanda fühlte Erics Atem und roch den Duft seines Körpers. Unvermittelt entriß sie Eric ihre Hand, doch als sie ihn wegdrängen wollte, fand sie vor lauter Zittern nicht mehr die Kraft dazu. Sie war in seinen Armen gefangen und überließ ihm nur widerstrebend ihren Mund. Doch je mehr sie die berauschenden Gefühle genoß, desto unsicherer wurde sie. Schließlich stiegen ihr sogar die Tränen in die Augen, und sie fühlte instinktiv, daß sie in dieser Nacht, die die schönste ihres Lebens hätte werden sollen, endgültig ihre Unschuld verloren hatte. Sie hatte erlebt, wie die Liebe, an die sie so fest geglaubt hatte, achtlos beiseitegestoßen wurde. Und in dieser Sekunde machte sie die Erfahrung, daß man einen Menschen ablehnen, aber doch gleichzeitig unter seinen Küssen erschauern konnte.

Atemlos und voller Entsetzen löste sie sich schließlich von Eric und betastete zitternd ihre Lippen. Dann verschränkte sie ihre Arme vor der Brust. »Hören Sie auf!« herrschte sie ihn an, während sie aufsprang und vor ihm zurückwich. In diesem Augenblick haßte sie ihn und Robert gleichermaßen. Niemals mehr wollte sie sich verlieben, schwor sie sich. Und ganz bestimmt nicht in diesen Mann, der sie mit seinen silbern schimmernden Augen ein wenig ratlos und gleichzeitig ernst betrachtete. »Hören Sie endlich auf! Sie sind in Wirklichkeit auch nicht besser als er.«

»Oh, doch«, entgegnete er sanft und erhob sich. »Ich habe nämlich die Absicht, Sie zu heiraten.«

»Heiraten!«

»Ja, heiraten. So ungewöhnlich ist das nun auch wieder nicht!«

Geflissentlich überhörte sie den spöttischen Unterton. »Sie sind ein Abenteurer, ein Rebell, Sir, den ich nicht respektieren kann. Ich werde Sie ganz bestimmt nicht heiraten. In Boston konnten Sie mir Angst einjagen und mich tyrannisieren, doch hier wird Ihnen das nicht gelingen! Inzwischen kennen Sie meine Gefühle Ihnen gegenüber, und ich kann mir nicht vorstellen, was Sie an mir finden!«

»Ihr Vater hat mein Angebot aber durchaus ernstgenommen, und was meine Gefühle angeht: nun, ich bin entzückt!« Er lachte.

Amanda errötete und blickte zum Sternenhimmel empor. »Sie sind auch nicht anders als Robert. Es ist reine Wollust, die Sie treibt.«

Er grinste. »Das haben Sie gesagt, Mylady, aber ganz unrecht haben Sie nicht. Allerdings steckt möglicherweise noch ein wenig mehr dahinter.«

Amanda schlang die Arme fest um ihren Körper und wich noch einen Schritt zurück. Irgendwie bezweifelte sie, daß ihr Vater tatsächlich sein Einverständnis gegeben hatte. Schließlich waren im Augenblick alle gegen Cameron. Obwohl sein Besitz zu den größten und ältesten im Lande gehörte, legte er sich wegen der Sache der Rebellen mit jedermann an.

»Ich glaube Ihnen nicht, Sir. Nein, ich kann mir nicht vorstellen, daß mein Vater tatsächlich sein Einverständnis gegeben hat.«

»Mylady, ich lüge nie!« belehrte er sie. Als er auf sie zukam, wäre sie am liebsten davongelaufen, doch der Blick seiner funkelnden Augen fesselte sie auf der Stelle. Zwiespältige Gefühle beherrschten sie, als er die Hand nach ihr ausstreckte. Seine Nähe und seine männliche Ausstrahlung ließen ihr kaum noch Luft zum Atmen. Kurz streiften seine Finger ihre Wange. »Ich werde Sie nicht drängen, Mylady. Falls Sie wirklich ganz entschieden etwas gegen mich haben, betrachte ich die Sache als erledigt. Ich möchte nur, daß Sie sich alles noch einmal gründlich überlegen, bevor Sie Lord Tarrytons – nun, sagen wir – Angebot akzeptieren.«

Besinnungslos holte ihre Hand zum Schlag aus, doch Cameron hatte sie gepackt, bevor sie recht begriff, was geschah. Zart drehte er ihre Hand um und strich sanft mit dem Finger über die Innenfläche. Schließlich drückte er seine Lippen darauf. Sofort ging Amandas Atem stoßweise, und das Herz schlug ihr im Hals. Sie wollte nur noch fort!

»Ich habe Sie gewarnt, Mylady!«

Amanda lächelte zuckersüß. »Möglicherweise ist es erstrebenswerter, die Geliebte eines loyalen Bürgers zu sein, als die Ehefrau eines Verräters.«

»Meinen Sie? Ich glaube, Sie irren sich gründlich, Lady Sterling. Tarryton ist doch nur ein Kind, das schon bei den Erwachsenen mitspielen will. Der ist wirklich nichts für Sie. Ich will ja nicht bestreiten, daß er Sie begehrt, vielleicht sogar liebt, doch er hat nicht den Mut, um Sie zu kämpfen! Am Ende wären Sie bestimmt ziemlich enttäuscht.«

»Aha! Soll das heißen, daß Sie mich niemals enttäuschen werden?« fragte sie in herausforderndem, sarkastischem Ton.

Statt einer Antwort packte Eric sie und küßte sie. Obwohl sie wimmerte und wütend gegen seine Brust trommelte, wich er nicht einen Millimeter zurück. Gierig schloß sich sein Mund über ihren Lippen. Heißes Begehren durchloderte ihren Körper, als seine Zunge ihren Mund eroberte, und schob jede Vernunft beiseite. Zitternd preßte sich Amandas Körper gegen Eric, und sie spürte, wie das Begehren von ihren Lippen über ihre Brüste bis in ihren tiefsten Bauch flutete, so daß sie unwillkürlich die Schenkel zusammendrückte.

Genau in diesem Augenblick ließ er sie unvermittelt los und sagte mit überlegenem Lächeln: »Sie sollten mich heiraten, Mylady, denn ich kann Ihnen versprechen, daß ich Sie nie enttäuschen werde.«

»Mein Leben lang werde ich gegen Sie kämpfen!«

»Das mag sein, doch enttäuscht würden Sie nicht. Nun, Mylady, müssen Sie mich entschuldigen.«

Doch Amanda wollte unbedingt das letzte Wort haben.

»Sie sind ein Verräter, Lord Cameron! Sie verraten nicht nur Ihren König, sondern auch Ihren Stand!« erklärte sie bebend.

Er verbeugte sich tief. »Ganz wie Sie meinen, Mylady! Ich lehne es ab, mich länger mit Ihnen zu streiten.« Damit machte er auf dem Absatz kehrt und verschwand.

Amanda sank auf die Bank nieder und spürte, wie ihr die Tränen in die Augen stiegen. Zitternd preßte sie die Hände vor ihr Gesicht, denn sie wollte nicht weinen. Dieser Mann hatte Gefühle in ihr geweckt, die sie bisher noch nie empfunden hatte. Sie verabscheute ihn, genauso wie sie ihn schon in Boston verabscheut hatte. Ganz offenbar hatte er die Geschichte von Roberts Verlobung bereits gekannt. Alle Welt außer ihr hatte Bescheid gewußt. Bei diesem Gedanken rollten die ersten Tränen über ihre Wangen. Robert! Wie konnte er ihr das antun! Wie konnte er von Sehnsucht und Liebe sprechen, obwohl er längst mit der Duchess of Owenfield verlobt war? Und ihr dann auch noch anzubieten, seine Geliebte zu werden!

Zornig wischte sie sich die Tränen vom Gesicht und schüttelte ihren Rock zurecht. Dann richtete sie ihre Frisur, so gut das ging, und bereitete sich innerlich darauf vor, als strahlende Gastgeberin im Saal zu erscheinen und sich zu amüsieren, zu lachen und zu tanzen, als ob nichts geschehen wäre.

»Amanda!«

Bei diesem noch entfernten Ruf war sie blitzartig auf den Beinen und strahlte. »Damien!« rief sie entzückt und wartete ungeduldig darauf, daß er endlich den Weg zu ihr fand. Von Kindesbeinen an war ihm das Labyrinth ebenso vertraut wie ihr, und so dauerte es nicht lange, bis er vor ihr stand.

Lachend fiel sie ihm um den Hals. »Damien! Ich freue mich, dich zu sehen! Ich dachte, du wärst mit deinem Bruder von Philadelphia aus nach Boston und New York unterwegs. Irgendwie habe ich immer Angst, daß ihr in Schwierigkeiten geraten könntet.«

Damien schüttelte den Kopf, und sekundenlang verdunkelten sich seine Augen. »Ich pflege Schwierigkeiten sorgfältig aus dem Weg zu gehen, wie du weißt«, erklärte er und lachte. »Als ich von diesem Fest gehört habe, bin ich auf schnellstem Weg hergekommen, denn ich dachte, daß meine liebe Kusine mich möglicherweise brauchen könnte.«

Amanda löste sich aus seinen Armen und nahm ihren gutaussehenden und sehr elegant gekleideten Vetter näher in Augenschein. Sein ernster Gesichtsausdruck sagte ihr alles, und sie seufzte. »Demnach wußtest du es also auch! Offenbar hat die ganze Welt von der Verlobung gewußt. Ich muß sagen, ich komme mir reichlich dumm vor.« Wenn sie sich nicht zusammengenommen hätte, wäre sie bestimmt wieder in Tränen ausgebrochen.

»Der verdient dich doch überhaupt nicht, Amanda!« rief Damien impulsiv und legte den Arm um ihre Schulter. Dann führte er sie zurück zur Bank, und sie setzten sich.

»Das kann schon sein, aber ich habe ihn geliebt. Was soll denn jetzt werden?«

»Vergiß ihn! Es werden andere um deine Hand anhalten, dich lieben.«

»Das erste Angebot habe ich schon«, erwiderte Amanda mit einem bitteren Auflachen. »Aber die Liebe fehlt. Aus heiterem Himmel ist plötzlich Lord Cameron hier erschienen und hat bei Vater um meine Hand angehalten.«

»Cameron?« fragte Damien verwundert.

»Ja, der Verräter. Soviel Verrat in einer einzigen Nacht! Nach allem, was ich weiß, soll Vater bereits seine Zustimmung gegeben haben!«

Damien war aufgesprungen und lief unruhig hin und her. Dann baute er sich vor seiner Kusine auf. »Du weißt schon, daß er der begehrteste Junggeselle des Landes ist, nicht wahr, Mandy? Zahllose Mütter haben bisher vergeblich ihre Angeln nach ihm ausgeworfen. Eigentlich müßtest du dich geehrt fühlen.«

»Dir scheint er offensichtlich zu gefallen!« fauchte Amanda. »In Boston hatte ich auch schon den Eindruck, als wärt ihr die besten Freunde! Aber ich muß dich warnen, Damien. Sieh dich vor! Du weißt, daß der Mann ein Verräter ist.«

Eine ganze Weile sah Damien seine Kusine nachdenklich an. »Nein, liebe Mandy, diesen Eindruck habe ich wirklich nicht.«

Entsetzt sprang Amanda auf und packte ihn an den Schultern. »Das sagst du doch nicht im Ernst! Ich – ich weiß, daß er zumindest Dinge getan hat, über die man besser nichts weiß. Außerdem hört er auf die Reden von Fanatikern und Narren!«

Damien schüttelte den Kopf und sah seine Kusine fast mitleidig an. »Ich glaube nicht, daß man diese Männer als Fanatiker oder Narren bezeichnen darf, Mandy.« Doch als sie ihn weiter verständnislos ansah, packte er entschlossen ihre Hände. »In Philadelphia habe ich den Schriftsteller und Buchdrucker Benjamin Franklin getroffen. Ich –«

»Den Benjamin Franklin, der den *Poor Richard's Almanac* herausgibt?« Franklin lebte in Pennsylvania, und sein Almanach war nicht nur in den Kolonien, sondern auch in Kanada beinahe so weit verbreitet wie die Bibel.

»Ja, genau der! Benjamin Franklin. Er genießt großes Ansehen und ist wirklich ein weiser, alter Mann.«

»Er fordert zu Aufruhr und Aufstand auf, wie ich gehört habe.«

»Du würdest ihn mögen, Mandy!«

»Oh, Damien, du machst mir Angst, wenn du so sprichst! Franklin will nur den Krieg herbeireden.«

»Nein, niemand hat Interesse am Krieg. Wenn du dir nur ein einziges Mal die Reden dieser Männer anhören würdest, würdest du alles besser verstehen.«

»Was soll ich verstehen? Wir sind Engländer. Natürlich müssen wir für die Anwesenheit der britischen Truppen Steuern bezahlen. Kannst du mir verraten, was ohne unsere tapferen britischen Soldaten im Siebenjährigen Krieg aus uns geworden wäre? Unsere Bürgerwehr war doch lediglich ein Haufen pathetischer Großmäuler! Eine dürftige Verteidigung!«

»Na, na!« protestierte Damien. »Uns hat damals gerettet, was wir über die Kriegsführung der Indianer gelernt hatten. George Washington diente als Freiwilliger unter General Braddock, als die britischen Truppen von den Franzosen und den Indianern überwältigt wurden. Damals hat der junge Washington die Truppen nach Virginia zurückgebracht. Und Robert Rogers Schutztruppe erwies sich als so geschickt und diszipliniert, daß sie sogar in die britische Armee eingegliedert wurde.«

»Aber letztlich haben die britischen Verstärkungen dem entsetzlichen, blutigen Krieg ein Ende gemacht. Ohne die Armee der Krone wären wir verloren gewesen. Und das weißt du ganz genau.«

Damien schwieg einige Zeit. »Im September wird sich der Continental Congress in Philadelphia versammeln, um gegen die Sperrung des Hafens von Boston und verschiedener anderer Maßnahmen zu protestieren.«

Amanda seufzte. »Ach, ich kann dieses dauernde Kriegsgerede nicht mehr hören!«

Damien lachte. »Als 1756 der Siebenjährige Krieg ausbrach, warst du noch nicht einmal geboren, liebe Kusine! Und bei seinem Ende im Jahr 1763 warst du immer noch ein kleines Mädchen. Kannst du mir erklären, woher du alle diese Weisheiten hast?«

Amanda senkte den Kopf, denn ihr war eingefallen, daß sie Lord Cameron im letzten Kriegsjahr zum ersten Mal begegnet war. Damals hatte Lord Hastings eine Jagd veranstaltet, bevor die Ersatztruppen aus Virginia zum letzten Gefecht aufgebrochen waren. Lord Cameron hätte nicht gehen müssen, da sein Vater bereits im Krieg gefallen war. Sein Großvater hatte es ihm jedoch freigestellt. Sie erinnerte sich noch gut daran, wie jung er damals gewesen war. Er hatte regelrecht darauf gebrannt, sich in den Kampf zu stürzen. Und zu ihr war er überaus grob gewesen.

Amanda erschauerte ein wenig. Damals hatte sie noch nicht allzuviel über den Krieg gewußt, aber sie hatte die Tränen der Frauen gesehen, die ihre Väter, Männer, Söhne und Liebhaber verloren hatten. Ganz zu Anfang des Krieges waren die Akadier aus Nova Scotia vertrieben worden. Die französisch-stämmige Bevölkerung hatte sich mitsamt ihrer Insel zwar schon seit geraumer Zeit in englischem Besitz befunden, doch in Kriegszeiten traute man der Bevölkerung nicht und vertrieb sie mehr oder minder gewaltsam an die Küsten von Maine, Massachusetts und Virginia. Einige wenige Glückliche erreichten das französische Siedlungsgebiet in Louisiana, doch die meisten mußten sich bei den verhaßten Engländern und Amerikanern Arbeit und eine neue Heimat beschaffen. Auch in Sterling Hall arbeiteten einige Akadier, obwohl Amandas Vater diese Leute von Herzen verachtete. Amanda bedauerte die armen Menschen und versuchte nach Möglichkeit, ihnen ihr Los zu erleichtern. Auch ihre Kammerzofe Danielle stammte aus Akadien. Sollte jetzt etwa dieses ganze Elend des Krieges wieder von neuem beginnen?

»Ich bin bestimmt keine Expertin, Damien, aber ich mache mir große Sorgen um dich!«

»Himmel, nein, das brauchst du doch nicht! Ich falle immer wieder auf die Füße, was du eigentlich wissen müßtest.«

»Ich werde daran denken, wenn sie dich aufknüpfen!«

»Das wird niemand wagen. Und deinem Verlobten wird man ebenfalls nichts tun!«

»Verlobter!«

»Du hast gesagt, daß Lord Cameron um deine Hand –«

»Angehalten hat? Wie es genau war, weiß ich nicht. Jedenfalls ist Lord Cameron hier aufgetaucht und hat Robert und mich mit der Ankündigung überrascht, daß er mit meinem Vater gesprochen und dieser seinen Vorschlag nicht gerade abgelehnt hätte. Doch dann –«

»Dann hat er erklärt, daß er mich nur heiraten möchte, wenn ich absolut damit einverstanden bin.« Nach einer kleinen Pause fuhr sie fort: »Kannst du dir vorstellen, weshalb Vater auf einen solchen Vorschlag eingegangen ist? Er ist doch ein überzeugter Royalist! Vielleicht ist ja auch alles frei erfunden.«

»Verdammt!«

»Du sollst nicht fluchen, Damien!«

»Wer? Etwa ich? Du kannst das doch viel besser, Mandy! Manchmal fluchst du wie ein Seemann!« Doch dann wurde er plötzlich ernst. »Wer kennt deinen Vater eigentlich wirklich? Mich hat er jedenfalls noch nie gemocht.«

Amanda runzelte die Brauen, denn Damien sprach die Wahrheit. Er war der Sohn des jüngeren Bruders ihrer Mutter. Von ihrem Vater war er eigentlich immer nur als Familienmitglied toleriert worden. Von wirklicher Zuneigung keine Spur. Damiens älterer Bruder Michael, der inzwischen in Philadelphia wohnte, hatte Sterling Hall nach Möglichkeit gemieden, weil ihm jede Heuchelei zuwider war. »Aber bestimmt schätzt Vater dich«, begann Amanda zögernd.

Sogleich fiel Damien ihr unwillig ins Wort. »Ich will ja nicht gemein sein, meine liebe Kusine, doch manchmal überlege ich mir schon, ob er *dich* überhaupt liebt! Ach, ich bin taktlos! Komm, wir wollen zurück ins Haus gehen. Vorhin hat dein Vater nach dir gefragt, und ich möchte keinesfalls seinen Unwillen auf mich ziehen! Und außerdem –«

»Außerdem?«

»Du solltest tanzen und dich vergnügen und wenigstens so tun, als ob es der schönste Tag deines Lebens sei.«

Bei dem Gedanken an die Szene, die sich erst vor kurzer Zeit abgespielt hatte, wurde Amanda ein wenig blaß. Doch dann besann sie sich, warf ihre Haarmähne zurück und befestigte den Kamm über ihrem Ohr neu. »Bin ich so schön genug, Damien?«

»Schön genug? Du siehst hinreißend aus. Alle Welt

wird dir zu Füßen liegen.« Mit diesen Worten nahm er ihren Arm und geleitete sie durchs Labyrinth. »Erinnerst du dich noch daran, wie oft wir als Kinder hier gespielt haben? Ich liebe dieses Fleckchen Erde über alles.«

Nachdem sie ins Freie getreten waren, blieben sie stehen. Lampions beleuchteten die Wege und die Veranda, und hinter den Fenstertüren konnte man die Silhouetten der Gäste erkennen – eine Versammlung elegant gekleideter Männer und wunderschöner Frauen mit prachtvollen Frisuren und Abendkleidern nach der neuesten Mode. Deutlich fühlte Amanda, daß sich in dieser Nacht einiges verändert hatte und sie erwachsen geworden war. Sie sah das Leben zwar immer noch als Spiel, doch der Einsatz war merklich höher geworden, so daß sie nun leise erschauerte.

»Alles wird anders werden, nicht wahr, Damien?«

»Wer kann schon in die Zukunft sehen!« entgegnete dieser achselzuckend. »Los, wir wollen uns möglichst unauffällig in die Halle schleichen und uns dort unter die tanzenden Paare mischen.«

Doch so einfach, wie er sich das vorgestellt hatte, war es nicht. Gleich am Eingang liefen sie Amandas Vater in die Arme.

»Damien«, sagte dieser scharf, »ich möchte mit dir sprechen! Und mit dir –«, zischte er leise, fast drohend, während seine kalten Augen Amanda von Kopf bis Fuß musterten, »mit dir werde ich später reden!«

»Ah, Lady Sterling!«

Beim Klang der vertrauten Stimme fuhr Amanda herum. Es war tatsächlich Eric Cameron, der sich formvollendet vor ihrem Vater verbeugte. »Es ist schade, Sir, aber so wie es aussieht, wird Ihre reizende Tochter mich nicht haben wollen. Sie hat mir aber vor einigen Minuten wenigstens diesen Tanz versprochen.«

»Vor einigen Minuten?«

»Ja, Sir. Darf ich bitten?« Er nickte Lord Sterling kurz zu. Dann ergriff er Amandas Hand und zog das Mädchen auf die Tanzfläche, wo sich gerade die ersten Paare formierten. Aufmunternd lächelte er ihr zu. »Tanzen Sie, Lady Amanda! Ich weiß, daß Sie es schaffen. Werfen Sie Ihr wunderschönes Haar zurück und schenken Sie mir ein Lächeln! Soll doch die ganze Welt zum Teufel fahren! Alle tuscheln über Ihr skandalöses Benehmen. Mit einem verlobten Mann im Labyrinth zu verschwinden! Sie sollten denen zeigen, daß Sie auf derlei Geschwätz nichts geben!«

»Wie können Sie annehmen, daß ich jemals etwas auf solches Geschwätz gegeben hätte?« fragte sie kämpferisch, doch schon hatten seine Arme sie umfaßt, und sie wirbelten davon.

»Das vielleicht nicht, aber Ihr Stolz ist Ihnen wichtig.«

»Tatsächlich?«

»Sehr wichtig sogar, glaube ich.«

»Etwa so wichtig, daß ich mit einem Demagogen tanzen sollte?«

»Ich, ein Demagoge? Nein, Mylady, diese Gabe ist mir nicht gegeben!«

»Wie können Sie das sagen, Lord Cameron! Überall im Land spricht man von Ihnen.«

»Das ist möglich, doch die wirklichen Reden haben Sie noch nicht gehört, Mylady. Die greifen Ihnen ans Herz und verändern alles. Waffen und Blutvergießen bewirken keine Veränderungen. Leider fehlt mir die nötige Beredsamkeit, um damit die Welt zu verändern.«

Bei diesen Worten lief Amanda eine Gänsehaut über den Rücken, obwohl es eigentlich keinen Grund dafür gab. Vielleicht war es eine kleine Warnung, daß sie möglicherweise eines schönen Tages auf seine Beredsamkeit angewiesen sein könnte. Nein, niemals wollte sie auf ihn angewiesen sein. Er war und blieb ein Verräter! »Sie sind ein Schuft, ein Halunke und ein Lügner.«

Lachend beugte er sich zu ihr hinunter, und in diesem Augenblick fiel ihr auf, daß alle sie beobachteten. »Glauben Sie das im ernst, Mylady? Schade. Ich habe nämlich geglaubt, daß Sie ausgezeichnet zu mir passen. Wie gesagt, ich habe die Hoffnung noch nicht aufgegeben, daß Sie eines Tages meine Meinung teilen werden – natürlich erst, wenn sich Ihr Herz von diesem Schmerz erholt hat.«

»Diese Enttäuschung werde ich überleben, doch ich werde bestimmt niemals auf den Gedanken kommen, ich könnte gut zu Ihnen passen, Mylord.« Sie strahlte ihn an, während sie immer schneller über die Tanzfläche wirbelten. Die hitzige Atmosphäre zwischen ihnen steigerte sich, als ob ein Gewitter bevorstünde. Dieser Mann war wirklich unglaublich von sich selbst überzeugt! Doch als Amanda an seine Berührungen dachte und seine Augen unverwandt auf ihr ruhten, stockte ihr der Atem, und ihr Herz klopfte zum Zerspringen. Daß er eine solch erregende Wirkung auf sie ausübte, ärgerte sie maßlos.

»Achtung, lächeln Sie süß! Lady Geneva beobachtet uns nämlich.«

»Vielleicht ist sie ja eifersüchtig. Haben Sie nicht eben erst mit ihr getanzt?«

»Das ist wahr, aber ich habe ihr keinen Heiratsantrag gemacht.«

»Aha. Aber vielleicht haben Sie ihr ja andere Vorschläge gemacht?«

»Macht die Eifersucht diese hübschen Augen so grün, mein Schatz?«

»Ich bin nicht Ihr Schatz, und meine Augen sind schon von Geburt an grün.«

»Lady Geneva pflegt ihre eigenen Vorschläge zu machen«, bemerkte Eric leise, worauf Amanda ihn am liebsten einfach stehengelassen hätte. Sie wußte, daß die beiden ein Liebespaar gewesen waren und ärgerte sich, daß ihr diese Vorstellung ganz und gar nicht gefiel.

»Ich habe genug. Können wir nicht damit aufhören?«

»Oh, nein, jetzt fängt der Spaß doch gerade erst an.« Er wirbelte sie herum, daß ihr wundervolles Haar und ihr Kleid nur so flogen. Ohne sie loszulassen, tanzte er mit ihr auf die Veranda hinaus und hörte ihr Lachen, als er sie mit kühnem Schwung hinunter auf die Wiese hob. Unter dem

Mondlicht tanzten sie weiter, und Amanda warf lachend den Kopf in den Nacken. In einer Beziehung hatte Eric ja recht: es machte ihr Freude, sich den Konventionen zu widersetzen und allen Schwätzern zu demonstrieren, daß sie keineswegs litt, sondern sich im Gegenteil köstlich amüsierte. Als Eric ihr Lachen hörte, konnte er sich ein breites Grinsen nicht verkneifen.

Irgendwann waren ihre Kräfte erlahmt, und sie blieben mitten auf der Wiese stehen. Eric war plötzlich ganz ernst geworden und blickte Amanda eindringlich an. »Ich habe so allerlei gehört, was mir nicht gefällt, Amanda. Ich möchte Ihnen nur sagen, daß ich immer für Sie da sein werde, falls Sie mich einmal brauchen sollten.«

»Ich werde Sie ganz bestimmt nicht brauchen!« verkündete sie, obwohl sie insgeheim unsicher geworden war. Trotz der warmen Nachtluft fröstelte sie, und beim Gedanken an die schrecklichen Ereignisse dieser Nacht, hätte sie sich am liebsten in seine starken Arme geflüchtet und sich wärmen und trösten lassen. Obwohl sein Satz so freundlich geklungen hatte, wußte Amanda doch sehr genau, daß Eric ein willensstarker Mann war und es ihr bestimmt nicht gelingen würde, sich seinem eisernen Willen und seiner Entschlossenheit zu widersetzen. Nein, dachte sie, an einen wie ihn werde ich mein Herz und meine Seele niemals verlieren! Doch beim Gedanken an die neuartigen Gefühle, die sie durch ihn kennengelernt hatte, vibrierte ihr Körper unerträglich.

»Sie – Sie können mich unmöglich lieben, denn Sie kennen mich ja nicht einmal!« rief sie.

»Aber ich weiß eine ganze Menge über Sie«, gab er zurück und lächelte. »Außerdem dürfen Sie nicht vergessen, daß ich wollüstig bin.«

»Sie begehren mich nur, weil ich Ihnen nicht auf der Stelle bereitwillig um den Hals gefallen bin wie die anderen Damen. Sie schätzen den Kampf und möchten siegen, bevor Sie Ihrer Beute den Fuß auf den Nacken setzen. Aber mit mir wird Ihnen das nicht gelingen, Sir!«

»Kann sein, aber ich liebe nun einmal die Herausforderung.« Er schwieg einige Augenblicke und deutete schließlich über Amandas Schulter. »Ein wirklich interessanter Abend! Ihr abgewiesener Liebhaber tröstet sich bereits, wie ich sehe.«

»Wie bitte?« Amanda fuhr herum und erstarrte, als sie Robert und Geneva auf der Veranda entdeckte. Die beiden hielten einander umschlungen, und Genevas kehliges Lachen drang bis in den Garten. Dann küßten sich die beiden ausführlich.

Amanda überlegte keine Sekunde. Augenblicklich legte sie die Arme um Eric und reckte sich auf die Zehenspitzen, wobei sich ihr Körper verlangend gegen den seinen drückte. Gleichzeitig preßte sie ihre Lippen auf seinen Mund und fuhr ihm mit den Fingern durch die Haare. Als sie dann auch noch seine Lippen mit ihrer Zunge betastete, geriet plötzlich die Welt aus den Fugen.

Als sich sein Mund öffnete, waren die Rollen auf einmal vertauscht. Sie umarmte ihn nicht, sondern lag in seinen Armen, und ihre Füße hatten den Kontakt zum Boden verloren. Als seine Zunge ihren Mund erforschte, war ihr, als nähme er ihre Seele in Besitz und berührte ihr Herz mit heißen Flammen. Seine Hand auf ihrer Brust ließ sie erschauern.

»Oh –«, stöhnte sie, als seine Lippen von ihr abließen.

Er hielt sie weiterhin innig umarmt, doch seine Lippen lächelten spöttisch. »Hat das in etwa Ihren Vorstellungen entsprochen, Mylady? Ich glaube, Sie haben es ihm heimgezahlt. Der arme Kerl scheint völlig fassungslos zu sein! Soll ich Sie jetzt loslassen und damit seine Qual beenden? Oder wollen Sie die Tortur fortsetzen? Ich bin zu allen Schandtaten bereit.«

»Oh! Oh, Sie Mistkerl!« stieß Amanda wütend hervor. »Lassen Sie mich herunter! Und zwar auf der Stelle!«

Eric befolgte ihren Befehl so prompt, daß sie gefallen wäre, wenn sie nicht die Arme um seinen Hals geschlungen hätte.

»Lord Cameron!«

»Ja, mein Schatz? Was ist jetzt schon wieder? Offenbar kann ich es Ihnen nicht recht machen.«

»Ich verabscheue Sie!«

»Dann darf ich ja wirklich auf die Küsse gespannt sein, die ich bekommen werde, wenn Sie erst Ihre Liebe für mich entdeckt haben werden!«

»Küsse! Ich werde auf Ihre Leiche spucken, wenn man Sie aufgehängt hat!«

»Pst! Er kommt näher, Geneva ebenfalls, und plötzlich ist auch Lord Hastings auf der Terrasse. Wirklich verblüffend, wieviele Gäste heute abend frische Luft brauchen! Rutschen Sie jetzt ganz langsam hinunter!« Möglichst unauffällig ließ er sie zu Boden gleiten, so daß sie zwar noch nahe vor ihm stand, ihre Haltung aber völlig unverfänglich war. Amandas Augen blitzten wütend, doch sie beherrschte sich, denn sie wollte keinesfalls ihren Vater durch noch mehr Geschwätz über ihr skandalöses Benehmen gegen sich aufbringen.

»Das werden Sie mir eines Tages büßen!« versprach sie ihm lächelnd.

»Büßen? Aber weshalb denn, Mylady? Dabei wollte ich Ihnen doch nur aus einer schwierigen Lage heraushelfen! Sie sind ja regelrecht rachsüchtig. Wenn wir erst verheiratet sind, werde ich Ihnen das austreiben!«

»Vielleicht werde ich Sie ja sogar heiraten!« schleuderte sie ihm in sein grinsendes Gesicht. »Und zwar kurz bevor die Schlinge an Ihrem Hals befestigt wird! Wie ich erfahren habe, sollen Sie ja recht wohlhabend sein.«

»Ich lade Sie herzlich ein, sich Cameron Hall einmal anzusehen, Mylady. Wenn Sie einmal nach Williamsburg kommen, müssen Sie unbedingt mein Gast sein – ganz gleich, ob ich da sein werde oder nicht! Ich werde Mathilda Anweisungen geben, Sie jederzeit zu empfangen. Oh – jetzt wird es ernst! Ihr Vater ist soeben auf die Terrasse gekommen und hält wahrscheinlich nach uns Ausschau.« Er hob die Hand und winkte.

Nigel Sterling, der mißmutig die Hände in die Taschen seines Gehrocks geschoben hatte, reagierte sofort und kam über die Wiese auf sie zu. Amanda haßte den berechnenden, lauernden Blick seiner eiskalten Augen. »Da sind Sie ja, mein lieber Eric!«

»Diese Nacht ist einfach überwältigend schön. Diesem Zauber konnten ihre hübsche Tochter und ich einfach nicht widerstehen. Verzeihen Sie mir!«

»Ich verzeihe Ihnen gern, daß Sie jung und begeistert sind, Cameron – anderes dagegen verzeihe ich Ihnen nicht!« erklärte Nigel und lächelte herzlich. Doch als sein Blick auf Amanda fiel, versteinerten sich seine Züge. »Die ersten Gäste brechen auf, meine Tochter. Bitte kümmere dich um sie und verabschiede sie.«

»Aber selbstverständlich, Vater. Entschuldigen Sie mich, Lord Cameron.«

Eric küßte ihr höflich die Hand, und als er die Augen wieder hob, hauchte sie ein süßes »Auf Wiedersehen!«

»Aber ich gehe noch nicht – jedenfalls noch nicht gleich«, protestierte Eric und zog verwegen eine Augenbraue in die Höhe.

Rasch machte Amanda kehrt und lief ins Haus, und kurze Zeit später folgte auch ihr Vater und nahm neben der Haustür Aufstellung, während sie sich am Fuß der Treppe von den Hardings und Lord Hastings verabschiedete. Danielle brachte die Garderobe, und alle dankten Amanda für den zauberhaften Abend. Sobald sie ihr den Rücken gekehrt hatten, würden sie mit Sicherheit über alle Vorfälle tratschen, dachte Amanda, doch es war ihr herzlich gleichgültig. Sie lachte unbeschwert und ließ niemanden merken, wie entsetzlich es ihr in Wirklichkeit ging.

Als sich Mrs. Newmeyer überschwenglich über das herrliche, üppige Büfett äußerte und bedankte, realisierte Amanda amüsiert, daß sie es nicht einmal wahrgenommen hatte. Und dann stand plötzlich Robert vor ihr und starrte sie mit gepeinigtem Blick an – als ob er der Betrogene wäre! Da Amandas Vater in diesem Moment in eine Unterhaltung vertieft war, gelang es Robert, Amanda ungesehen beiseite zu ziehen.

»Mein Gott, wie konnten Sie das nur tun!« flüsterte er hitzig.

»Was denn?«

»Ich habe Sie in seinen Armen gesehen! Das war äußerst ungehörig!«

»Ungehörig! Daß ich nicht lache! Dieser Mann hat mich um meine Hand gebeten! Sie dagegen – Sie machen mir ungehörige Angebote!«

»Er wird Sie niemals heiraten«, knurrte Robert.

»So?«

»Es ist alles nur ein abgekartetes Spiel. Er ist unermeßlich reich. Sie erben zwar eines Tages ein Vermögen, doch an seines reicht es beim besten Willen nicht heran. Er kann seinen Vorschlag einfach nicht ernst gemeint haben. Sie sind schließlich –«

»Ich bin wohl nicht reich genug? Ach, lassen Sie mich doch in Ruhe, Robert! Im Gegensatz zu dem, was Sie denken, soll es auch Menschen geben, die morgens nicht nur neben ihrem Vermögen aufwachen wollen.«

Ein mürrischer Ausdruck trat auf Roberts Gesicht. Plötzlich sah Amanda ganz klar, was sie an Robert nicht mochte, und wunderte sich im stillen über ihre Hellsichtigkeit, obwohl der Schmerz noch im Herzen saß.

»Sie werden ihn niemals heiraten, denn er ist ein fanatischer Patriot.«

»Ein Patriot? Nun, zur Zeit hat dieses Wort recht unterschiedliche Bedeutungen! Aber um Sie zu beruhigen: Ich habe durchaus die Absicht, ihn zu heiraten.«

Ein Hüsteln ließ Amanda herumfahren. Lord Cameron stand genau hinter ihr, und seine Augen glänzten vor Vergnügen. »Gute Nacht, mein Schatz«, sagte er leise und zog sie ein wenig beiseite. »Ich werde bald wiederkommen – denn wir müssen die Pläne für die Hochzeit besprechen.«

Am liebsten hätte sie ihm kräftig gegen das Schienbein getreten, doch sie wagte es nicht, weil Robert sie nicht aus den Augen ließ. Statt dessen rang sie sich ein Lächeln ab. »Gute Nacht.« Und nach einer kleinen Pause: »Mein Schatz.«

Mit einer tiefen Verbeugung verabschiedete sich Eric von ihr und wechselte an der Tür noch einige Worte mit Amandas Vater. Wütend wandte Robert sich ab und verließ ebenfalls das Haus. Amanda mußte sich zusammennehmen, um sich vor den anderen Gästen nichts anmerken zu lassen. Als letzter trat Damien zu ihr, der ungefähr eine Stunde entfernt wohnte. Amanda küßte ihn auf die Wange und war einverstanden, ihn in nächster Zeit einmal nach Williamsburg zu begleiten.

»Gute Nacht, junger Mann!« Amanda beobachtete den Händedruck zwischen ihrem Vater und Damien und mußte Damien im stillen recht geben. Ihr Vater schien ihn tatsächlich nicht zu mögen. Hilflos ballte sie die Fäuste und wünschte, daß man es ihm wenigstens nicht so deutlich ansehen würde.

Nachdem alle das Haus verlassen hatten, trat Danielle zu Lord Sterling. »Haben Sie noch einen Wunsch, Sir?«

Schon der winzige französische Akzent störte Amandas Vater beträchtlich, und er musterte Danielle voller Ablehnung. Obwohl sie sich zur vollsten Zufriedenheit um ihre Aufgaben im Haus und bei der Betreuung der Sklaven kümmerte, hatte Lord Sterling niemals ein gutes Wort für sie. Amanda vermutete, daß Danielle ausschließlich ihretwegen im Haus blieb. Danielle hatte keine Angehörigen mehr, denn ihr Ehemann und ihre kleine Tochter waren im Frachtraum des Schiffes, das sie von Port Royal auf Nova Scotia nach Virginia gebracht hatte, umgekommen. Später hatte sie auch ihren Bruder verloren.

»Nein. Sie können gehen«, antwortete Lord Sterling. Dann fiel sein kalter Blick auf seine Tochter. »Und nun zu dir, Tochter!«

»Ja, bitte?« fragte Amanda ängstlich.

»Komm zu mir!«

Dieser Ton gefiel ihr nicht, doch sie war viel zu erschöpft, um zu protestieren. Statt dessen folgte sie wortlos. »Ja?«

Völlig überraschend traf sie ein so heftiger Schlag mitten ins Gesicht, daß sie auf die Knie fiel. Ihr Schmerzensschrei alarmierte Danielle, die den Raum noch nicht ganz verlassen hatte.

»Mischen Sie sich nicht ein!« herrschte Lord Sterling die Dienerin an. »Sonst lasse ich Sie auspeitschen. Gehen Sie endlich!«

Danielle zögerte einige Sekunden, doch dann tat sie weiter einen Schritt vorwärts.

Mit schwindelndem Kopf richtete Amanda sich auf und hob die Hand. »Es geht mir gut, Danielle. *Tu peux t'en aller maintenant*«, bat sie sie flehentlich.

Amandas Vater haßte diese Sprache, und sein Zorn wuchs. »Laß dir nicht noch einmal einfallen, meinen Verabredungen zuwiderzuhandeln!«

»Wie bitte?« wunderte sich Amanda.

»Lord Cameron hat mir mitgeteilt, daß er an einer Heirat, die dir zuwider ist, nicht interessiert ist. In Zukunft werde ich die Sache in die Hand nehmen und dir einen Mann aussuchen!«

»Nein!« schrie sie empört. »Du wirst mich nicht zum Heiraten zwingen! Das glaube ich nicht.«

»Mach dir keine Gedanken! Lord Cameron will dich nicht mehr.«

»Aber du kannst mich doch nicht mit irgend jemandem verheiraten!«

»Du wirst den heiraten, den ich dir aussuche! Und wenn du nicht gehorchst, wirst du die Peitsche kennenlernen. Geh mir aus den Augen!«

Trotzig blieb sie stehen und spürte, wie ihre Wange anschwoll und ihr die Tränen in die Augen stiegen. »Ich – ich hasse dich!« zischte sie.

Zu ihrer Überraschung grinste ihr Vater. »Hasse mich

ruhig, wenn es dir hilft. Du trägst meinen Namen und wirst mir gehorchen. Und jetzt geh in dein Zimmer!«

Fluchtartig lief Amanda die Treppe hinauf und warf erleichtert die Tür hinter sich ins Schloß. Sie war froh, ihn nicht mehr sehen zu müssen, doch als sie ihre elende Lage überdachte, warf sie sich schluchzend aufs Bett. Was hatte sie nur getan, daß sie einen solchen Alptraum erleben mußte? Aller Zauber war vergangen, und dunkel ahnte sie, daß es noch schlimmer kommen würde. In kürzester Zeit hatte sich ihr Leben völlig verändert, und das wirklich nicht zum Besten.

5. Kapitel

Während der darauffolgenden Wochen hielt sich Amanda nach Möglichkeit von ihrem Vater fern. Eine ganze Zeitlang war er geschäftlich verreist. Doch auch nach seiner Rückkehr speiste jeder meistens in seinen eigenen Räumen. Für das Mädchen war es keine leichte Zeit. Einerseits mußte sie noch die Enttäuschung mit Robert verarbeiten, und andererseits wurde ihr erst jetzt so richtig bewußt, wie wenig sich ihr eigener Vater um sie scherte. Bisher hatte sie angenommen, daß er nur besonders eigensinnig und ernst wäre, doch nun mußte sie feststellen, daß er ihren Anblick geradezu verabscheute.

Ganz obendrein quälten sie auch noch die Gedanken an Eric Cameron. Trotz ihrer herben Ablehnung hatte es ihm geradezu Spaß gemacht, Robert hinters Licht zu führen und ihr bei der kleinen Rache behilflich zu sein. Seit dem Fest hatte sie kein Sterbenswörtchen mehr von ihm gehört. Ein ganz klein wenig war sie enttäuscht, denn eigentlich hielt sie ihn für einen Mann, der nicht so ohne weiteres aufgab, was er begehrte. Aber wahrscheinlich begehrte er sie eben nicht genug, hatte sie sich getröstet. Wenn sie an seine Berührungen, sein Lachen und an seine eindringlich blickenden Augen dachte, errötete sie und warf sich im Bett unruhig von einer Seite auf die andere. Er wußte zuviel, dachte sie und redete sich ein, daß sie damit nur Boston und Damien meinte. Doch das war nicht alles: auch über sie wußte er viel zuviel. Er hatte sie bis auf den Grund ihrer Seele durchschaut.

Wenn ihr ihre Lage manchmal völlig aussichtslos erschien, war ihr sogar der Aufenthalt in Sterling Hall vergällt. Obwohl sie ihr wunderschönes Zuhause liebte, dachte sie dann nur noch an Flucht. Doch wohin hätte sie sich wenden können? Mit Sicherheit konnte sie jederzeit zu ihrer Tante nach South Carolina reisen oder auch zu Sir Thomas Mabry nach Boston, doch beide würden sie ebenso selbstverständlich nur mit Wissen und dem Einverständnis ihres Vaters aufnehmen. Und wie stand es mit Philadelphia, wo Damiens Bruder Michael lebte? Nein. In Philadelphia und auch in Boston gärte es augenblicklich so sehr, daß man dort nicht sicher war. Außerdem war sie eine loyale Untertanin der Krone, die nicht unter Rebellen leben wollte. Sterling Hall war und blieb eben ihre Heimat. Etwas Schöneres als Virginia im Sommer konnte es auf der ganzen Welt nicht geben.

Amanda dachte an den weiten Fluß, die milde Luft, den Singsang der Sklaven auf den Feldern, die melodischen Unterhaltungen der akadischen Diener und Arbeiter und bekam plötzlich Lust auf einen Spaziergang. Als sie unter den Eichen, die die Auffahrt säumten, entlangging, fiel ihr wieder ein, daß ihr Vater einmal erwähnt hatte, sie möglicherweise noch einmal nach England schicken zu wollen. Mittlerweile wußte sie, daß er sie nur aus dem Weg haben wollte, bis er sie eines Tages nach seinem Gutdünken als Werkzeug für seine Pläne benutzen könnte. Mit klopfendem Herzen beschloß sie, sich keinesfalls einfach abschieben zu lassen. Unter gar keinen Umständen!

Nachdenklich blickte sie von der Hügelkuppe, auf der das Herrenhaus lag, hinunter auf das weite Land, das sich bis zum Fluß hin erstreckte. Sterling Hall war ein großer Besitz, der völlig eigenständig war. Unterhalb des Hauses lagen zahlreiche Wirtschaftsgebäude wie Räucherei, Wäscherei, Ställe, Scheunen, Schmiede, Schusterei und Unterstellplätze für Wagen, Karren und Kutschen. Unmittelbar dahinter lagen die Unterkünfte der Sklaven und die etwas größeren Häuser der Dienerschaft und der Freigelassenen. Soweit das Auge reichte, erstreckten sich die Tabaksfelder, die zu den ertragreichsten des Landes gehörten. Amandas Vater konnte sich nicht selbst um die Wirtschaft kümmern, da er mit seinen politischen Ambitionen und dem gesellschaftlichen Leben völlig ausgelastet war. Außerdem trank und spielte er viel zu gern.

Amanda wußte, daß ihr Vater in Williamsburg eine Geliebte hatte und auch immer wieder mit einer seiner Sklavinnen schlief. Als Damien ihr an ihrem fünfzehnten Geburtstag diese Tatsachen mitgeteilt hatte, hatte sie ihm empört eine Ohrfeige versetzt, doch Danielle hatte auf ihre Frage hin alles bestätigt. Seitdem war sie allen Gedanken an den Liebesakt aus dem Weg gegangen. Auch als sie sich so unsterblich in Robert Tarryton verliebt hatte, hatte sie sich eigentlich immer nur ein harmonisches Zusammenleben mit ihm in Sterling Hall ausgemalt. Durch Eric Camerons Berührungen waren zum ersten Mal Lustgefühle und Neugier in ihrem Körper erwacht. »Wird mich dieser Mann denn ewig verfolgen?« flüsterte sie und preßte ihre Hände gegen ihre brennendheißen Wangen. Sie wollte die Gedanken an ihn und an alle Vorkommnisse während des Festes entschlossen aus ihrem Kopf verbannen! Vielleicht sollte sie tatsächlich verreisen, damit sie sich nicht auch noch alle Einzelheiten über Tarrytons Hochzeit mit seiner Duchess anhören mußte.

»Amanda! Amanda!«

Danielle stand mit dunklen, ängstlich aufgerissenen Augen auf der Veranda und wischte sich die Hände an der Schürze ab. Dann winkte sie Amanda zu. »*Ma petite,*

Ihr Vater fragt nach Ihnen! Sie sollen in sein Arbeitszimmer kommen!«

Amanda erstarrte. Sie wollte ihn nicht sehen, doch genausogut wußte sie, daß es keinen Ausweg gab. Er hatte sie gänzlich in der Hand, solange sie in diesem Haus lebte.

Entschlossen straffte sie ihre Schultern. »Vielen Dank, Danielle. Ich komme!« Auf dem Weg zu seinem Arbeitszimmer strich sie sich ihren Baumwollrock glatt und prüfte den Sitz ihrer Haare. Dann klopfte sie kurz und trat nach seiner Aufforderung ins Zimmer.

Nigel Sterling saß an seinem Schreibtisch vor einem Kontobuch und rechnete in aller Ruhe einige Zahlenreihen zusammen. Nachdem er das erledigt hatte, hob er den Kopf und betrachtete sie mißbilligend. »Wir verreisen.«

»Wie bitte?« fragte Amanda völlig verblüfft. »Ich möchte aber gar nicht verreisen.«

»Das ist mir gleichgültig. Ich habe in Williamsburg zu tun. Der Gouverneur hat mich eingeladen und ganz ausdrücklich darauf bestanden, daß ich dich mitbringe. Also fahren wir.«

Amandas Herz machte einen Satz, denn von Wegschikken war keine Rede gewesen. »Gut. Wann fahren wir?«

»Heute nachmittag. Pünktlich um drei Uhr.« Dann wandte er sich wieder seinen Zahlenkolonnen zu und war für niemanden mehr zu sprechen.

Als Amanda wieder in die Halle trat, blickte ihr Danielle mit ängstlichen Augen entgegen.

»Alles in Ordnung«, beruhigte Amanda sie sofort. »Wir werden heute nachmittag nach Williamsburg fahren.«

»Soll ich mitkommen?«

»Danach habe ich nicht gefragt, aber du mußt einfach mitkommen, denn sonst –«

»Sonst?« wiederholte Danielle fragend.

»Sonst kann ich ihn nicht ertragen«, vollendete Amanda ihren Satz ganz ruhig und lief dann rasch davon.

Pünktlich um drei Uhr war sie fertig. Sie hatte ein weißes Musselinkleid mit kleinen aufgedruckten rosa Blüten und einen farblich passenden Mantel gewählt. Dazu trug sie weiße Schuhe und einen breitkrempigen Strohhut mit Federschmuck. Danielle sah in ihrem blaßgrauen, schmalen Kleid und einem kleinen Hut trotz ihres Alters immer noch wunderschön aus, dachte Amanda, während sie zwischen ihren Koffern warteten.

Schließlich erschien ihr Vater und gab seine letzten Anweisungen. Nachdem das Gepäck verstaut war, bat er die Damen in den Wagen. Danielle musterte er nur mit einem langen Blick und zuckte dann die Achseln. »Keine Unterhaltungen auf Französisch!« befahl er, während er einstieg.

»Ja, Mylord!« antwortete Danielle und schlug die Augen nieder.

Amanda, die die kleine Szene sehr genau beobachtet hatte, wußte plötzlich, daß ihr Vater früher auch Danielle so mißbraucht hatte, wie er es jetzt mit seiner Mulattin tat. Bei dem Gedanken wurde ihr übel, und sie war froh, daß sich ihr Vater die gesamte Fahrt über hinter seiner Zeitung verschanzte. Niemand sprach, und Danielle und sie starrten während der langen Fahrt unverwandt aus dem Fenster, bis endlich die ersten Häuser von Williamsburg auftauchten. Von diesem Augenblick an konnte Amanda sich entspannt zurücklehnen. Während der geschäftlichen Besprechungen ihres Vaters blieb ihr sehr viel Zeit, um auszugehen, sich mit Freunden zu treffen und Pläne für die Zukunft zu schmieden.

Als der Wagen vor dem Amtssitz des Gouverneurs hielt, wurden Amanda und ihr Vater begrüßt und in die Halle geleitet, während man Danielle zu den Dienstbotenzimmern im dritten Stock hinaufführte. Interessiert musterte Amanda die Waffensammlung, die die Wände der Halle zierte.

»Ah, Lord Sterling!«

John Murray, Earl of Dunmore und gleichzeitig Gouverneur des Staates Virginia, war ein beeindruckender, großgewachsener Mann mit roten Haaren und bernsteinfarbenen Augen. Amanda mochte sein feuriges Temperament und seine energische, aber freundliche und meistens sehr überlegte, kluge Art, mit der er seine Aufgaben bewältigte. Er trug gelbe Kniehosen und dazu einen senffarbenen Gehrock. Sein gepudertes Haar war im Nacken zu einem einfachen Zopf zusammengefaßt.

Lächelnd beugte er sich über Amandas Hand. »Lady Amanda! Sie sind ja eine wirkliche Schönheit geworden! Meine Frau wird untröstlich sein, daß sie Sie nicht sehen kann!«

»Oh, vielen Dank, Mylord!« bedankte sich Amanda ein wenig verlegen. »Ist Ihre Frau denn nicht da?«

»Heute nachmittag geht es ihr nicht gut«, erwiderte er und strahlte. »Wie Sie vielleicht wissen, erwarten wir ein Kind.«

»Ich hatte keine Ahnung, Mylord, aber es freut mich um so mehr!« Mit diesen Worten trat Amanda höflich einen Schritt zurück, damit die beiden Männer einander begrüßen konnten.

»Nigel! Das freut mich! So frisch und munter wie immer!«

»Genau wie Sie, John!«

»Kommen Sie! Lassen wir den Tee nicht kalt werden.« Er hakte Amanda unter und führte sie durch den großen Ballsaal in den Garten hinaus. Dort wartete bereits ein Diener neben einem verschwenderisch mit Leinen und Silber gedeckten Teetisch.

Amanda bedankte sich höflich, als man ihr Tee einschenkte, doch als sie in einen kleinen Fleischkuchen biß, wurde ihr auf einmal klar, daß sie in Gegenwart ihres Vaters nichts hinunterbringen konnte.

»Ist es nicht ein wunderbarer Tag?« fragte John Murray, worauf ihm Amanda höflich zustimmte. Allerdings wunderte sie sich insgeheim, daß sie in die Unterhaltung einbezogen wurde. Niemand räusperte sich, um ihr auf diese Weise anzudeuten, daß junge Damen an einem ausführlichen Gespräch unter Männern nicht interessiert sein dürften.

Während sie an ihrer zweiten Tasse Tee nippte, beobachtete sie einen kleinen Vogel und wünschte, sie könnte so leicht wie er einfach davonfliegen. Irgendwann registrierte sie, daß das Gespräch verstummt war und die beiden Männer sie schweigend anstarrten. Errötend stellte sie ihre Tasse auf den Tisch. »Es tut mir sehr leid, aber ich war ganz in Gedanken.«

»Oh, wer könnte Ihnen das verdenken! Ein so hübsches, junges Mädchen sollte wirklich nicht mit zwei älteren Herren Tee trinken! Ich habe gehört, daß Lord Cameron um Ihre Hand angehalten hat, junge Dame«, bemerkte Dunmore.

Sanfte Röte überzog Amandas Gesicht, und sie reckte stolz ihr kleines Kinn in die Höhe, ohne ihren Vater anzusehen. »Soviel ich weiß, hat er mit Vater über diese Möglichkeit gesprochen.«

»Aber Sie lehnen ihn ab.«

»Ich –«, sie zögerte, als sie den Blick ihres Vaters auf sich gerichtet fühlte. Schließlich lächelte sie hinreißend. »Meines Wissens sympathisiert er mit Männern, von denen ich nicht allzu viel halte, Mylord. Seine politischen Ansichten stimmen mit meinen überhaupt nicht überein.«

»Seine politischen Ansichten! Nigel, haben Sie das gehört?« Dunmore lachte herzlich. »Seit wann interessieren sich denn junge Damen für Politik?«

Amanda lächelte, doch angesichts der Blicke, die die beiden Männer tauschten, wurde ihr zusehends unbehaglich. Schließlich wandte sich Dunmore ihr wieder zu.

»Wissen Sie, daß er einer der reichsten Männer von Virginia ist? Außerdem ist er jung und wird wegen seines Mutes, seines Ehrgefühls und seiner Aufrichtigkeit von allen Menschen geschätzt. Schon möglich, daß er manchmal sehr eigensinnig und durchaus temperamentvoll sein kann, doch soviel ich gehört habe, muß man ihn dazu schon gehörig reizen. Adlige und andere reiche Partien hat er allesamt ausgeschlagen – und uns dann alle mit diesem Antrag überrascht. Da Sie nicht unter die Hoheiten rechnen, junge Dame, und die Besitzungen Ihres Vaters in Europa eher ärmlich sind, kann mit Recht davon ausgegangen werden, daß Lord Cameron einzig und allein von Ihrer Schönheit betört ist. Sie sollten sich geehrt fühlen, Mylady!«

Geehrt! Wenn sie an seine Umarmung und an ihre Gefühle dachte und sich daran erinnerte, wie Robert sich vor ihm geduckt hatte, stieg Übelkeit in ihr hoch.

Als sie nichts entgegnete, fuhr Lord Dunmore mit seinem Loblied fort. »Von allen Seiten höre ich, daß er ein überaus gutaussehender Mann ist und faszinierende Augen besitzt. Können Sie mir angesichts dieser Vorzüge Ihre Aversion gegen diesen Mann erklären, meine Liebe?«

»Ich –«, Amanda zögerte, weil sie die Wendung des Gesprächs überrascht hatte. Solch vertraute Dinge sollten eigentlich allein zwischen Vater und Tochter besprochen werden. Nicht einmal ihrem Vater hätte sie gestehen können, daß der eigentliche Grund für ihre Ablehnung die enttäuschte Liebe zu einem anderen Mann gewesen war. Bei Lord Cameron fühlte sie sich wie eine gegängelte Marionette, und sein wissendes, spöttisches Lächeln machte sie ganz krank. »Um ehrlich zu sein«, sagte sie schließlich lächelnd, »kann ich Ihnen diese Frage nicht beantworten! Wer kann das schon?«

Gedankenvoll nickend lehnte sich Lord Dunmore zurück. »Das letzte Wort in dieser Sache hat Ihr Vater«, erinnerte er sie. »Eric Cameron gehört zu meinen fähigsten Kommandeuren. Demnächst wird er mit mir nach Westen ziehen, um einen Aufstand der Shawnees niederzuschlagen. Er ist in der Lage, in kürzester Zeit eine Menge Leute aufzubieten, und ist schon aus diesem Grund ein wichtiger Mann für mich.«

»Das kann ich mir denken«, stimmte Amanda vorsichtig zu und versuchte verstohlen am Gesicht ihres Vaters abzulesen, wohin diese Unterhaltung führen sollte. John Murray war ein viel zu beschäftigter Mann, um seine Zeit unnötig zu vergeuden. Doch ihr Vater musterte sie lediglich durch schmale Augenschlitze.

»Lieben Sie unser England und den König?« fragte Lord Dunmore plötzlich völlig überraschend, wobei er sie wie eine Angeklagte anstarrte.

»Aber selbstverständlich!« stieß Amanda erschrocken hervor.

»Ausgezeichnet!« bemerkte Dunmore zufrieden und beugte sich dann näher zu ihr hinüber. »Ich habe nämlich eine Aufgabe für Sie, Lady Amanda.«

Angesichts des verschwörerischen Tons wurde Amanda von ängstlichen Vorahnungen befallen. Ihre Hände begannen zu zittern.

»Wie bereits gesagt, wird Lord Cameron in Kürze mit mir nach Westen ziehen, um die Indianer in ihre Schranken zu weisen. Cameron hat mir sein Wort gegeben.«

Eine wunderbare Nachricht, dachte Amanda, doch was hatte sie damit zu tun?

»Ich möchte gern, daß Sie sich bis zu diesem Tag mit ihm treffen.«

»Wie bitte, Mylord?«

»Sie tun es für England, Lady Amanda. Ihr Vater ist ganz meiner Ansicht. Treffen Sie ihn, freunden Sie sich mit ihm an. Tun Sie so, als ob Sie sein Angebot in Erwägung zögen.«

Erst als ihre Teetasse zu Boden fiel, merkte Amanda, daß sie in der Erregung aufgesprungen war. »Oh, nein, das kann ich unmöglich tun! Ich liebe zwar mein Vaterland von Herzen und würde mein Leben dafür geben, doch das ist zuviel!«

»Er trifft sich häufig in einer Kneipe mit einigen Hitzköpfen von zweifelhafter, politischer Überzeugung. Ich muß unbedingt erfahren, ob Cameron noch loyal zur Krone steht! Außerdem wüßte ich gern, welche Pläne diese sogenannten Patrioten gegenwärtig aushecken.«

»Aber diese Männer sagen doch nur ihre Meinung, Mylord. Wenn man die alle verhaften wollte –«

»Da mögen Sie recht haben, doch für Cameron gilt das nicht. Er ist sehr angesehen, und viele würden ihm blindlings folgen. Falls er tatsächlich an heimlichem Waffenhandel beteiligt ist, so ist er erwiesenermaßen ein Verräter, und man muß ihm das Handwerk legen.«

»Aber ich – ich kann das nicht tun.«

Dunmore lehnte sich zurück und überließ Amandas Vater die nächste Runde. »Du kannst es, Amanda, und du wirst es tun! Keine Widerrede!«

»Vater –«

»Lord Dunmore trägt einen Haftbefehl gegen deinen Vetter Damien in der Tasche.«

»Was sagst du da?« stieß Amanda hervor. Entsetzen malte sich auf ihrem Gesicht, und ihre Ohren dröhnten. Ein Blick auf den Gouverneur genügte, um sie zu überzeugen, daß ihr Vater die Wahrheit gesagt hatte. »Was hat Damien verbrochen?« fragte sie mit dumpfer Stimme, denn insgeheim kannte sie die Antwort bereits. Schon seit langer Zeit hatte sie einen gewissen Verdacht gehegt. Aus diesem Grund war sie Damien auch in Boston gefolgt, um ihn nach Möglichkeit von Dummheiten abzuhalten.

»Damien Roswell ist einer ganzen Reihe von Verbrechen schuldig. Wir wissen mit Sicherheit, daß er Waffen und Munition geschmuggelt hat und daß er im Besitz aufrührerischer Schriften gewesen ist und diese auch verteilt hat.«

»Aufrührerische Schriften! Dann können Sie gleich die gesamte Kolonie aufhängen, Lord Dunmore!«

»Ich kann zweifelsfrei beweisen, daß er Waffen geschmuggelt hat«, erinnerter Dunmore sie mit sanfter, fast unglücklich klingender Stimme.

Amanda wurde es kalt ums Herz. Sie wußte, daß sie es nicht ertragen könnte, wenn Damien etwas zustoßen sollte, ganz gleich, welche Dummheit er begangen hatte.

»Das bedeutet Verrat. Von Rechts wegen können wir

ihn hängen. Doch Damien ist nur ein kleiner Fisch, und da er Ihnen offenbar so viel bedeutet, wollen wir ihn nur ungern zum Sündenbock für die Haie machen.«

Wie betäubt sank Amanda auf ihren Stuhl zurück. Das durfte einfach nicht wahr sein! Energisch reckte sie ihr Kinn und wußte in diesem Augenblick, daß sie ihrem Vater das niemals verzeihen würde. Sie haßte ihn von ganzem Herzen. »Was wollen Sie wissen?«

»Alles über Cameron. Was er vorhat, was er plant und was er womöglich schon vorbereitet hat. Ich muß wissen, ob er mich möglicherweise in den größten Schwierigkeiten im Stich zu lassen beabsichtigt.«

»Falls ich diese Informationen bekommen sollte –«

»Dann werde ich den Haftbefehl für Ihren Vetter zerreißen.«

»Es – es macht mir nichts aus, zu spionieren, solange es England dient. Aber ich muß Sie warnen: Lord Cameron ist kein Dummkopf.«

»Das ist mir klar. Dieser Mann ist mein Freund, auch wenn wir eines Tages Feinde sein sollten. Sie werden sich anstrengen müssen, um überzeugend zu wirken. Nur Mut, meine Liebe! Ich muß unbedingt wissen, ob er hinter mir steht oder nicht.«

»Eigentlich nennt man das Erpressung«, empörte sich Amanda.

Lord Dunmore erhob sich, und es war ihm deutlich anzumerken, daß er über die Situation nicht gerade glücklich war. Im Gegensatz dazu schien ihr Vater ihre Qual geradezu zu genießen. Bestimmt war alles sein Vorschlag gewesen.

»Denken Sie noch einmal in Ruhe nach, mein Kind! Sie tun uns wirklich einen sehr großen Gefallen. Die Entscheidung liegt ganz bei Ihnen.« Er legte ihr wie zur Bekräftigung kurz die Hand auf die Schulter und ließ sie dann mit ihrem Vater allein.

Eine Zeitlang ruhten Amandas Augen auf ihrem Vater, und als sie schließlich sprach, geschah das mit großem

Nachdruck. »Ich hasse dich. Ich werde dir das niemals verzeihen!«

Ihr Vater stand auf und trat ganz nahe neben sie. Dann packte er mit schmerzhaftem Griff ihr Kinn und bog ihren Kopf nach oben. »Du wirst tun, was ich dir sage! Die ganzen Jahre über habe ich auf diesen Augenblick gewartet, in dem du mir nützlich sein würdest. Jetzt ist er gekommen, und du wirst mir gehorchen. Die Bewunderung des Königs ist mir sicher. Doch falls du dich weigern solltest, wird Damien aufgeknüpft. Verstanden?«

Ruckartig entwand sie sich seinem Griff und senkte ihren Kopf, damit er die Tränen, die in ihren Augen standen, nicht sehen konnte. »Wie ich Lord Dunmore bereits gesagt habe, ist Eric Cameron kein Narr! Er weiß, daß ich nichts für ihn übrig habe!«

»Dann wird es Zeit, daß du ihn vom Gegenteil überzeugst.«

»Er wird mir nicht glauben.«

»Überzeuge ihn!«

»Und wie soll ich das anstellen? Soll ich mich etwa an ihn wegwerfen?«

Sterlings Lippen verzogen sich zu einer lächelnden Grimasse. »Falls nötig, ja.«

Empört sprang Amanda auf. »Du bist ein Ungeheuer!« schrie sie ihm ins Gesicht. »Kein Vater würde so etwas von seinem Kind verlangen!«

Sein Grinsen wurde breiter. »Ich mag ein Ungeheuer sein, aber du bist die Brut einer Hure!« zischte er leise. »Dieses Erbe kann dir jetzt nur nützlich sein.«

Sekundenlang war Amanda wie versteinert, doch dann brach es aus ihr hervor. »Nein! Wie kannst du nur so von meiner Mutter sprechen!« Voller Wut stürzte sie sich auf ihn.

Doch Lord Sterling packte sie nur und hielt sie eisern fest. Ihr wurde übel, als sie seinen Atem auf ihrem Gesicht fühlte und seine Augen sie von oben bis unten haßerfüllt musterten. »Liebend gern würde ich dich auspeitschen.

Vergiß nie, daß ich Damien in der Hand habe!« An seinem leeren Blick konnte sie erkennen, daß es ihm ernst war. »Du solltest dich allmählich umziehen. Damien befindet sich in der Stadt. Ich habe ihn von unserem Kommen unterrichtet und ihm erlaubt, dich heute abend auszuführen. Er wird dich um sieben Uhr abholen. Laß dir ja nicht einfallen, ihn zu warnen. Andernfalls ist er auf der Stelle ein toter Mann!«

Mit diesen Worten ließ Nigel sie stehen und ging davon. Wie betäubt sank Amanda auf ihren Stuhl und wunderte sich, daß die Sonne noch schien und die Vögel immer noch sangen. Was hatte sie nur verbrochen, daß ihr Vater sie so sehr verabscheute? Weshalb bezeichnete er ihre Mutter als Hure und wollte sie in derselben Rolle sehen? Sie preßte sich die Faust auf den Mund und biß sich auf die Knöchel. Insgeheim verfluchte sie Damien für seine Dummheit. Er war doch einer der wenigen Menschen, auf dessen Zuneigung und Liebe sie sich verlassen konnte!

Und jetzt sollte sie Lord Cameron zum Fraß vorgeworfen werden! Ja, anders konnte man das nicht nennen. Wenn er sie begehrt hätte – und sei es auch nur, um sie zu besitzen –, dann hätte er sich bestimmt inzwischen blicken lassen. Wie sollte sie sich jetzt verhalten? Ihr Vater hatte ja keine Ahnung, was an jenem Abend vorgefallen war. Natürlich würde sich Lord Cameron über einen so plötzlichen Sinneswandel mehr als nur wundern!

Irgendwann erhob sie sich und ging ganz in Gedanken zum Haus zurück. Mit Freuden würde sie ihrem Vaterland dienen und auch Lord Dunmore einen Gefallen erweisen, aber ausgerechnet so etwas! Sie erschauerte. Und als sie sich an Eric Camerons Gesicht erinnerte, an seine energischen Züge und an seine Kraft, wollte das Zittern überhaupt nicht mehr enden. Mit Mühe erreichte Amanda ihr Zimmer und warf sich aufs Bett. Sie hatte Angst, und sie kannte den Grund nur zu genau. Dieser Mann war kein Narr. Falls er Verrat witterte und sie dabei ertappte ...

Als Eric Cameron den Schankraum der Raleigh Tavern betrat, verstummten wie auf Kommando alle Gespräche. An diesem Ort trafen sich Menschen mit den unterschiedlichsten politischen Ansichten. Für sie war Eric ein Lord und damit automatisch ein getreuer Untertan des Königs. Schon aus Rücksicht auf seine ausgedehnten Besitzungen. Die Anwesenden, die in der Mehrzahl Farmer, Pflanzer oder auch Händler waren, nickten dem neuen Gast respektvoll zu, doch gleich darauf richteten sie ihre Aufmerksamkeit wieder auf ihren Teller oder ihr Glas Bier. Lord Cameron ignorierte die mißtrauischen Blicke, legte seinen Umhang ab und nahm an einem Tisch in der Nähe der Hintertür Platz.

Beflissen eilte der Wirt herbei. »Ich freue mich, daß Sie uns die Ehre geben, Lord Cameron!«

»Sagen Sie, ist Colonel Washington da?«

Der Mann wirkte verlegen. »Nun, ja, ich weiß nicht –«

»Schon gut«, lachte eine Stimme hinter Eric. Washington hatte unbemerkt von den Privaträumen aus den Schankraum betreten. Er war von großer, breitschultriger Statur und hatte seine dunklen, inzwischen leicht ergrauten Haare mit einem Band im Nacken zusammengefaßt. »Dieser Mann ist ein Freund von mir«, erklärte er. »Wir sind verabredet. Kommen Sie, Eric, die anderen warten schon auf Sie.«

Eric erhob sich und folgte dem Colonel auf den Flur hinaus. Washington war um einige Jahre älter als Cameron. Er stammte aus der Gegend um Fredericksburg, doch seit einiger Zeit lebte er auf einem wunderschönen Besitz namens Mount Vernon, der etwas näher am Meer lag und Eric immer wieder an Cameron Hall erinnerte. Es war nicht nur die faszinierende Ähnlichkeit der Herrenhäuser, die Eric begeisterte, sondern ebenso Washingtons große Liebe zu seinem Besitz und allem, was damit zusammenhing. Im Grunde waren die beiden Männer einander sehr ähnlich, auch was ihre Geschäftstüchtigkeit anging. Sie hatten zum Beispiel beide eine Menge in den

Ohio-Chesapeake-Canal investiert, um die Expansion der Kolonien über die Berge nach Westen voranzutreiben. Washington hatte eine sehr reiche Witwe aus Williamsburg geheiratet. Martha Custis war nicht gerade eine elegante Schönheit, doch offensichtlich fand Washington bei ihr die Wärme und Häuslichkeit, die er brauchte. Eric kannte Martha sehr gut und schätzte neben ihrer Klugheit auch ihre Fähigkeit, aufmerksam zuhören zu können.

Ganz offensichtlich hatte Washington der Tod seiner Adoptivtochter im vergangenen Jahr mehr mitgenommen, als er zugeben wollte, dachte Eric, während er seinem Freund durch den Flur folgte. Vielleicht waren ja die gegenwärtigen politischen Schwierigkeiten eine willkommene Ablenkung. Mit Sicherheit würde auch die Sorge um den Besitz George nicht ruhen lassen. Er hatte Mount Vernon nach dem Tod seines Bruders und dessen Angehörigen geerbt, und seit diesem Tag war der Besitz seine ganze Leidenschaft. Eric konnte ihn nur zu gut verstehen, denn ihm ging es mit Cameron Hall nicht anders. Die beiden Männer hatten einander kurz nach dem Siebenjährigen Krieg in Williamsburg kennengelernt und seitdem in zahlreichen Diskussionen immer wieder die Handlungsweise der Krone gegenüber den Kolonisten kritisiert. Seit dem bewußten Abend in Boston hatte Eric sich immer häufiger mit Washington und verschiedenen Mitgliedern des House of Burgesses getroffen, doch er hatte noch längst nicht das Vertrauen aller gewonnen. Manche mißtrauten ihm noch immer.

Im Jahr 1769 hatte der damalige Gouverneur von Virginia, Lord Botetourt, Unfrieden gestiftet, weil er das Parlament des Staates angesichts des heftigen Protestes der Abgeordneten gegen das Stempelsteuergesetz aufgelöst hatte. Eric war damals noch ein junges Mitglied des Oberhauses gewesen, und seine Stimme hatte wenig Einfluß auf die Entscheidung gehabt. Letztlich hatten sich die Wogen geglättet, nachdem das Stempelsteuergesetz zurückgezogen worden war. Im Augenblick war das Parlament wieder einmal aufgelöst worden, doch diesmal hatte Eric seinen Platz im Rat des Gouverneurs geräumt. Ihm war klar, daß er einen gefährlichen Weg eingeschlagen hatte. Durch seine Herkunft gehörte er eigentlich zu den Tories, doch die Begegnung mit dem jungen Buchdrucker Frederick Bartholomew und die Erlebnisse der damaligen Nacht hatten vieles verändert. Auch die feurigen Reden von Patrick Henry hatten ihr Teil dazu beigetragen. Viele Menschen hielten diesen Mann lediglich für einen närrischen Krawallmacher, doch Eric imponierte er durch seine Redegewandtheit und seine Prinzipien. Er sprach seine Gedanken freimütig aus, ohne auf sein Leben, seinen Besitz oder seine Position Rücksicht zu nehmen.

Eric Camerons Familie war bereits in den ersten Jahren des siebzehnten Jahrhunderts nach Virginia gekommen. Im Vergleich zum Mutterland waren die Kolonien neue, rauhe und aufregende Länder. Eric Cameron war in Oxford zur Schule gegangen, hatte die Besitzungen der Camerons in England in Augenschein genommen und auf Reisen durch Frankreich, Italien und einige deutsche Staaten festgestellt, daß er nichts so sehr liebte wie sein Heimatland Virginia, wo sich noch alles im Umbruch befand und jeder seine kühnen Träume zu verwirklichen suchte. Es fiel Eric noch nicht leicht, es auszusprechen, doch innerlich war ihm längst klar, daß sich die Kolonien eines Tages vom Mutterland lösen würden. Es war einfach nicht zu leugnen, daß sich der Spalt von Tag zu Tag vergrößerte, aber trotzdem mochte noch niemand so recht an einen bevorstehenden Krieg glauben.

»Hier hinein!« kommandierte Washington, während er die Tür zu einem kleinen Nebenzimmer aufstieß. »Heute abend müssen sie mit der Gesellschaft von Thomas, Patrick und mir vorliebnehmen. Ich bereite mich schon auf die Abreise vor.«

»Abreise?«

»Ja. Der First Continental Congress tritt im September zusammen, und Peyton Randolph, Richard Henry Lee,

Patrick Henry, Richard Bland, Benjamin Harrison, Edmund Pendleton und ich werden Virginia dort vertreten.«

»Eine erlauchte Versammlung«, bemerkte Eric in anerkennendem Ton.

Washington grinste. »Ich danke für das Kompliment.«

Bei ihrem Eintreten sprang Patrick Henry auf, der mit Thomas Jefferson vor dem Kamin gesessen hatte. »Ah, Lord Cameron. Willkommen!«

Patrick Henry war ein rauhbeiniger Geselle aus dem Westen des Landes, der sich herzlich wenig um die Kleidermode seiner zivilisierten Landsleute kümmerte. Das feurige Temperament, das die Menschen in Scharen auf seine Seite führte, war in jeder seiner Bewegungen zu spüren. Freudig erregt durchquerte Eric den Raum und schüttelte ihm die Hand. Im Vergleich zu diesem Mann war Jefferson das ganze Gegenteil: ein ruhiger, besonnener Mann, der sich elegant kleidete und ausgezeichnete Manieren besaß. In der letzten Zeit war er allerdings zusehends ernster und leidenschaftlicher geworden.

»Eric, setzen Sie sich und trinken Sie erst einmal einen Brandy!« forderte ihn Jefferson augenzwinkernd auf.

Er ist ebenfalls gealtert, stellte Eric fest und überlegte, ob nicht die ernste, politische Lage Schuld daran trug. »Vielen Dank! Dieses Angebot nehme ich gern an.« Mit diesen Worten zog er sich einen Stuhl an den Kamin und nahm das Glas, das Washington ihm reichte.

»Wie wir gehört haben, werden Sie in Kürze mit Lord Dunmores Miliz gegen die Shawnees ausrücken, nicht wahr?« begann Jefferson die Unterhaltung.

Eric nickte. Die letzte Entscheidung stand zwar noch aus, doch für ihn war alles klar. »Man hat mich gebeten, einige Männer gegen unseren gemeinsamen Feind zu führen. Die Entscheidung ist mir nicht schwergefallen.«

Washington betrachtete seinen Freund eindringlich. »Mein Freund, Lord Fairfax, bereitet seine Rückkehr nach England vor. Vielleicht sollten Sie es genauso halten?«

Eric schüttelte lächelnd den Kopf. »Nein, für mich ist

das nicht die richtige Lösung. Ich bin nämlich kein Engländer, sondern ein Virginier!«

Nach einem kurzen Blickwechsel mit den anderen meinte Jefferson lächelnd: »Mir sind Gerüchte zu Ohren gekommen, daß ein beherzter Lord in Boston genau im richtigen Augenblick aufgetaucht sei, um einem verletzten – nun, sagen wir – Indianer zu Hilfe zu kommen. Haben Sie ebenfalls davon gehört?«

»Andeutungsweise«, bemerkte Eric.

»Seien Sie vorsichtig, mein Freund!« warnte ihn Washington eindringlich.

»Hat sich dieses Gerücht denn bestätigt?«

»Aber nein!« Henry grinste.

Eric beugte sich nach vorn und starrte gedankenvoll ins Feuer. »Ich möchte Sie alle bitten, ausgesprochen vorsichtig zu sein. Ich habe nämlich ganz andere Sachen gehört: Thomas Gage wurde zum Gouverneur von Massachusetts ernannt. Vom König hat er den Befehl erhalten, Sam Adams und John Hancock zu verhaften.«

»Dazu muß man sie erst haben. Stimmt's?« Mit dieser Frage erhob sich Henry und ging mit kraftvollen, federnden Schritten zum Kamin hinüber. Er lehnte sich gegen den Sims und blickte Eric direkt ins Gesicht. »Nur Gott weiß, was die Zukunft bringen wird, Lord Cameron. Falls es zur Entscheidung kommen sollte, so hoffe ich, daß ein Mann von Ihrer Klugheit und Weitsichtigkeit unsere Sache unterstützen wird. In Ihrer Position hätte selbst ich Schwierigkeiten, die richtige Entscheidung zu treffen. Unsere Abgeordneten machen es sich ebenfalls nicht leicht.«

»Vielleicht kann ein Krieg ja vermieden werden«, meinte Eric.

Der besonnene Washington fluchte leise. »Das war lange Zeit unsere Hoffnung, für die wir auch immer noch beten. Aber erinnern Sie sich doch an den letzten Krieg, Eric! Ich habe mein Kommando zurückgegeben, als man mich mit der Begründung degradiert hat, ich sei ein Kolonist. Das hat mich sehr lange gewurmt.«

»Das Stempelsteuergesetz wurde zwar zurückgezogen, doch mit dem Townshend-Gesetz wurden unsere Freiheiten weiter eingeschränkt. Wir haben immer in dem Glauben gelebt, Engländer zu sein, doch seit man angefangen hat, uns die Bürgerrechte zu verweigern, haben wir den Gedanken allmählich aufgegeben«, ließ sich Jefferson vernehmen.

»Die Townshend-Gesetze wurden ebenfalls zurückgezogen«, warf Eric ein.

»Außer der Teesteuer«, erinnerte ihn Jefferson.

»Außerdem hat man sie nur zurückgezogen«, mischte sich nun auch Henry in die Debatte ein, »weil Lord North entdeckt hat, daß die Kosten der Erhebung die Steuer bei weitem übertreffen würden!«

Alle lachten herzlich, doch als es plötzlich klopfte, verstummten sie. Washington ging rasch zur Tür.

»Eine Dame wartet draußen«, meldete der Gastwirt.

»Eine Dame?«

»Ja, Lady Sterling. Sie hat nach Lord Cameron gefragt.«

»Cameron!« Erstaunt sah Washington seinen Freund an, der sich gerade eine Pfeife stopfte. Als dieser jedoch nur die Achseln zuckte und eine Augenbraue hob, huschte ein Lächeln über Washingtons Gesicht.

»Wahrlich eine der schönsten Frauen von Virginia!« bemerkte Jefferson.

»Die Tochter eines wichtigen Mannes«, ergänzte Patrick in bedeutungsvollem Ton, in dem alle Bedenken mitschwangen.

»Tatsache ist«, murmelte Eric, »daß ich Lord Sterling um die Erlaubnis gebeten habe, der jungen Dame den Hof machen zu dürfen. Doch leider war ihr Herz offensichtlich schon vergeben, und sie hat mich unerbittlich abgewiesen.«

»Und trotzdem ist sie jetzt hier? Eine junge Dame allein in einer Gastwirtschaft – ihr Ruf ist für immer ruiniert!« scherzte Washington.

»Ist sie allein?« erkundigte sich Eric bei dem Wirt. »So

schlimm wird es schon nicht sein!« Er grinste Washington zu. »Außerdem ist ein fleckenloser Ruf höchst langweilig.«

»Ihr Vetter, Mr. Damien Roswell, begleitet sie.«

Die Männer wechselten bedeutungsvolle Blicke, während Eric sich dem Gastwirt zuwandte. »Bestellen Sie ihr, daß ich sofort kommen werde. Ich stehe gleich zu ihrer Verfügung.«

Nachdem sich die Tür hinter dem Wirt geschlossen hatte, bemerkte Henry: »Damien Roswell ist ein glühender Patriot und hat sich in letzter Zeit größte Verdienste um die Sache erworben.«

»Auf höchst verräterische Weise, würde der König das bezeichnen. Ich hoffe nur, der junge Mann sieht sich seiner Kusine gegenüber vor!« Jefferson war ehrlich besorgt.

Washington war ein wenig ratlos. »Vielleicht mag sie ihn ja und ist mit allem einverstanden, was er tut.«

Eric erinnerte sich daran, wie geschickt sie die Kugel aus der Schulter von Frederick Bartholomew entfernt und sich dann nur widerstrebend und wütend seiner Führung anvertraut hatte – letztlich allein aus Angst um Damien. Nein, mit Sicherheit teilte sie die Überzeugung dieser Männer in keiner Weise. »Vielleicht will sie ja etwas herausfinden«, vermutete er schließlich.

»Nun, um das wiederum herauszufinden, müssen Sie die junge Dame treffen, nicht wahr?« schloß Henry messerscharf.

»Gewissermaßen einen Spion ausspionieren«, scherzte Jefferson, doch seine Augen blickten ernst.

»Bei mir gibt es nichts zu entdecken«, versicherte Eric.

»Tatsächlich?« fragte Washington. »Es gibt Leute, die glauben, daß Sie viel tiefer in die Sache verwickelt sind als irgend jemand sonst.«

»Heutzutage wird fast alles geglaubt«, erwiderte Eric lakonisch.

»Wie dem auch sei, passen Sie auf sich auf!« warnte ihn

Washington. »Ich spreche als Freund und als Mensch, der es gut mit Ihnen meint.«

Unruhig trommelte Eric mit den Fingern auf seiner Stuhllehne. »Ich danke Ihnen für die Warnung, aber ich passe in jeder Situation auf mich auf! Vielleicht kann ich ja der Dame mit einigen Lügen Wahrheiten entlocken.« Er stand auf und verbeugte sich. »Ich denke, daß die Sache sehr interessant werden wird und freue mich geradezu darauf.«

Lachend quittierten die Anwesenden diese Bemerkung.

»Und für den Continental Congress wünsche ich Ihnen viel Erfolg«, fügte Eric hinzu.

»Wir wünschen Ihnen dasselbe für den Feldzug gegen die Shawnee-Indianer!«

Eric lächelte freundlich in die Runde und verließ dann den Raum. Doch im Flur hielt er einen Augenblick inne, um sich auf die unverhoffte Begegnung mit Lady Sterling vorzubereiten. Sein Lächeln erlosch, als er sich an ihre ablehnende Haltung erinnerte. Seines Wissens hatte sich inzwischen nichts geändert, und das bestärkte nur seinen Verdacht, daß sie etwas im Schilde führte. Sollte sie doch versuchen, ihn zu überlisten. Gleichzeitig sah er sie wieder dort oben auf der Treppe stehen und meinte schon, ihren Körper in seinen Armen zu fühlen. Keine Sekunde lang hatte er ihre strahlenden Augen, ihre weichen Lippen und das aufregende Gefühl des Begehrens vergessen, das sie in ihm entfacht hatte, und er war immer noch fest entschlossen, sie eines Tages zu besitzen.

Er war überzeugt, daß ihr Kommen nicht von unstillbarer Sehnsucht hervorgerufen worden war. Die junge Dame spielte mit dem Feuer. Da sie sich nun einmal dazu entschlossen hatte, wollte er ihr nicht ausweichen, sondern auf ihr Spiel eingehen. Und gewinnen.

Teil II

Spionin wider Willen

6. Kapitel

An diesem Abend sah Amanda besonders schön aus. Da sie Eric noch nicht bemerkt hatte, konnte er sie in aller Ruhe betrachten. Sie war in eine intensive Unterhaltung mit ihrem Vetter vertieft, und die Wärme und Zärtlichkeit, die aus ihren Augen strahlte, zeigte deutlich, wie sehr sie ihn liebte. Gern wäre Eric in diesem Augenblick an Damiens Stelle gewesen und hätte voller Wonne seine Seele für einen solch liebevollen Blick verkauft. Natürlich war das Unsinn, ermahnte er sich selbst, doch gleichzeitig mußte er zugeben, daß er sie unverändert begehrte. Er hatte nicht damit gerechnet, daß sie ihn aufsuchen würde, und hatte sich Zeit lassen wollen. Doch nun war sie ihm zuvorgekommen. Ob sie von Damiens Aktivitäten wußte? Auch wenn ihr Herz noch so stark für England schlug – diesen Vetter würde sie niemals verraten!

Schade, daß er sie unter solchen Umständen wiedersehen mußte. Er war ziemlich sicher, daß ihre Absichten unredlich und ihr Lächeln nur ein Täuschungsmanöver waren. Niemals wäre sie sonst freiwillig an einen Ort wie diesen gekommen. Ihre Schönheit war ihre Waffe. Heute trug sie Dunkelgrün, was die Farbe ihrer Augen betonte und belebte. Da die Nacht warm war, hatte sie nur einen leichten Schal um die Schultern gelegt, der den größten Teil ihrer Arme und ihren Hals unbedeckt ließ. Aus ihrer hochgesteckten Lockenpracht hatten sich einzelne Strähnen gelöst und kringelten sich in ihrem bezaubernd schönen Nacken.

In dieser Kneipe, in der ohnehin nur wenige Frauen saßen, wirkte Amanda wie ein exotischer Vogel und zog natürlich alle Blicke auf sich. Selbst in Begleitung ihres Vetters war sie hier nicht am rechten Ort. Sie wirkte so jung und unschuldig und konnte doch mit einem einzigen Lächeln einen Mann in größte Schwierigkeiten bringen. Nur Mut, mein Freund! redete Eric sich selbst gut zu. Es mangelte ihm nicht an Selbstbewußtsein, denn er war nicht nur älter und somit klüger, sondern er hatte die Gefahr erkannt und konnte ihr deshalb begegnen.

»Lady Sterling! Damien!« rief er erfreut, während er den Schankraum betrat.

Damien stand auf, und Amanda reichte Eric mit einem hinreißend süßen Lächeln ihre Hand.

Artig verbeugte er sich und nahm dann neben Amanda Platz. »Ich freue mich, Sie wiederzusehen«, begrüßte er anschließend den jungen Mann.

»Mir geht es genauso, Sir!«

»Ich gestehe, daß mich dieser unverhoffte Besuch neugierig macht, Mylady«, wandte Eric sich dann an Amanda. »Was verschafft mir die Ehre? Irgendwie hatte ich den Eindruck gewonnen, als wollten Sie mich nicht wiedersehen.«

»Tatsächlich?« fragte Amanda verwundert. »Das war aber wirklich nicht meine Absicht!« Ein kleiner Schauer überlief sie, doch Sekunden später schenkte sie ihm ein strahlendes Lächeln. Als ihr dann auch noch sanfte Röte in die Wangen stieg, war er völlig hingerissen und verspürte starke Sehnsucht nach ihr. Gar zu gern wäre er mit den Fingern durch ihre Haare gefahren, hätte ihr immer wieder ein solches Lächeln entlocken, sie an sich pressen und den Hauch ihrer Worte auf seiner Wange fühlen wollen.

»Sollte ich mich tatsächlich geirrt haben?« fragte er.

Sie nickte. »Ich bin hergekommen, um mich zu entschuldigen. An diesem Abend ist so viel passiert, und es tut mir sehr leid, wenn ich zu grob war. Bitte vergeben Sie mir!«

»Wie könnte ich Ihnen diese Bitte abschlagen?«

»Verzeihung, wenn ich mich einmische«, meldete sich Damien zu Wort, »aber ich bin auch noch da!«

Eric lachte. Er mochte diesen aufrechten und dabei witzigen jungen Mann, der ganz offensichtlich bereits seine Seite gewählt hatte. Nach allem, was Eric gehört hatte, hatte sich Damien in Boston einer Gruppe von Leuten angeschlossen, die inzwischen die Überzeugung gewonnen hatte, daß es unweigerlich zum Krieg kommen würde. Obwohl Washington noch ausweichend reagierte, war Eric doch sicher, daß auch er diese Überzeugung teilte.

»Ich bitte tausendmal um Entschuldigung, Damien, doch im Augenblick frage ich mich, weshalb sich eine junge Dame in eine Kneipe begibt, nur um sich zu entschuldigen.« Aus dem Augenwinkel beobachtete er, wie Amanda kochte, aber sich krampfhaft Mühe gab, das zu verbergen.

»Was ist denn daran so ungewöhnlich?« fragte sie lächelnd. »Man hat mir gesagt, daß hier nur anständige Leute verkehren.«

»Das mag durchaus sein, aber für eine Lady der Gesellschaft –«

»Immerhin habe ich einen Lord der Gesellschaft hier getroffen!« entgegnete sie.

»Und genau da liegt der Unterschied, Amanda«, belehrte er sie.

Errötend trank sie einen kleinen Schluck Bier aus einem Zinnbecher. »Wir leben in einer wunderbaren, neuen Welt, nicht wahr? Und ich fange gerade an, das zu genießen.« Dabei plinkerte sie mit den Augenlidern und streichelte flüchtig über seine Hand.

Rasch faßte er ihre Finger. »Sie sind konservativ bis auf die Knochen, Amanda!«

Immer noch lächelnd versuchte sie, ihre Hand seinem Griff zu entwinden. »Mylord! Soll das etwa heißen, daß Sie sich vom König abgewandt haben? So weit sind meines Wissens nicht einmal die verbohrtesten Rebellen gegangen!«

Allerdings gab es Gerüchte, und außerdem waren bereits Ladenbesitzer überfallen worden, die den Boykott der britischen Importwaren nicht beachtet hatten. Bisher hatte es noch keine Verletzten gegeben und auch keine Verhaftungen, lediglich Sachschäden. Der heiße Wind der Rebellion strich durch das Land, und die Lage spitzte sich von Tag zu Tag zu. Und genau in dieser Situation mußte er auf Lord Dunmores Bitten hin mit ihm nach Westen gegen die Indianer ziehen!

Damien enthob ihn einer Antwort. »Pst, Amanda! Gott allein weiß, wer heutzutage alles zuhört! Lord Cameron hat mit keinem Wort behauptet, gegen den König zu sein. Ganz im Gegenteil. Er dient ihm, indem er sein Leben und seine Gesundheit gegen die Shawnee-Indianer aufs Spiel setzt.«

»Du solltest lieber auf dein eigenes Leben und deine Gesundheit achten, lieber Vetter!« warnte ihn Amanda leise.

Damien war überrascht. »Wovon sprichst du?«

Offenbar wußte sie sehr genau, wovon sie sprach, dachte Eric. Dieser Abend wurde immer interessanter!

»Laß es gut sein!« antwortete Amanda und wandte sich dann lächelnd an Eric. »Ich habe gehört, daß hier alles stattfindet.«

»Alles?« erkundigte sich Eric mit unschuldiger Miene.

»Die geheimen Treffen, die Reden, die –«

Welch zauberhafte Lügnerin sie doch war, dachte Eric. »Und interessiert sie das, Lady Sterling?«

»Sehr sogar.«

»Ist das das neue Hobby der Tories?«

»Nein, Mylord. Höchstens ein wachsendes Interesse an der Politik«, bemerkte Amanda. »Die Herrschaft des Volkes geht manchmal schon recht sonderbare Wege.«

»So?«

»Ja. Man verlangt allenthalben nach Selbstverwaltung und hört, wie schlecht die armen Kolonisten behandelt werden. Doch genau dieselben Leute haben das Haus von Lieutenant Hutchinson in Boston geplündert, obwohl er doch eindeutig gegen das Stempelsteuergesetz war!«

»Es ist wahr. Der Mob auf der Straße verhält sich oft entsetzlich. Doch ich wage zu behaupten, daß Hutchinson nicht begriffen hatte, wie empört die Menschen über dieses Gesetz waren.«

»Die *Sons of Liberty*«, die Freiheitskämpfer, bemerkte Amanda spöttisch, während sie sich im Raum umsah.

Als Eric begriff, daß sie nach den Köpfen des Widerstandes Ausschau hielt, erhob er sich rasch und verbeugte sich. »Ich hoffe, Sie sind mir nicht böse, aber ich war gerade auf dem Heimweg. Wenn Sie mich in mein Stadthaus begleiten, können wir gern dort unsere Diskussion fortsetzen.«

»Wie bitte?« rief Amanda verwirrt.

Angesichts ihres Unbehagens unterdrückte Eric ein Lächeln. »Ich würde mich freuen, wenn Sie mich begleiten! Damien ist selbstverständlich auch eingeladen.«

»Sehr gern«, antwortete Damien. »Mandy, was meinst du?«

»Ich – ich –« Sie zögerte, doch schließlich lächelte sie. »Wenn Sie mich in Ihr Haus einladen, haben Sie mir also folglich verziehen?«

»Meine liebe Lady Sterling, in meinem Haus sind Sie jederzeit willkommen. Sie können dort auch gern mit Ihrem Vater übernachten.«

»Vielen Dank, aber im Augenblick sind wir Gäste von Lord Dunmore.«

»Im Vergleich zum Gouverneurspalast ist meine Behausung natürlich nur eine bescheidene Hütte. Wohnen Sie in dem bezaubernden Gästezimmer im oberen Stockwerk?«

»Wie ich sehe, kennen Sie das Haus ausgezeichnet!«

»Ich war dort früher selbst häufig zu Gast«, entgegnete Eric lächelnd. Gut zu wissen, wo man die Dame notfalls finden konnte! »Es fällt mir wirklich leicht, Ihnen zu verzeihen. Mein Wagen wartet vor der Tür, Ihrer kann uns nachfahren.«

Damien war hellauf begeistert, und Amanda schien sich damit abgefunden zu haben, daß ihr keine andere Wahl blieb. Eric geleitete die beiden hinaus, doch als sein Kutscher diensteifrig herunterspringen wollte, winkte er ab. »Schon gut, Pierre! Ich mache das.«

»*Oui*, Lord Cameron.«

Eric öffnete die Tür und klappte die Stufen herunter. Als Amanda an ihm vorbei in den Wagen kletterte, stieg ihm der bezaubernde Duft ihrer Haare in die Nase. »Nach Ihnen, Damien.« Eric folgte als letzter und klopfte an das Dach, worauf sich der Wagen in Bewegung setzte. Es war nur eine kurze Fahrt, da Erics Stadthaus ganz in der Nähe des Gouverneurspalastes lag, aber trotzdem bot sich Eric genügend Gelegenheit, genüßlich Amandas unruhiges Gezappel zu studieren. Instinktiv spürte er, daß etwas nicht in Ordnung war, doch er hätte es nicht benennen können.

Nachdem Pierre nach der Ankunft die Tür aufgerissen hatte, sprang Eric hinaus und hob Amanda aus dem Wagen. Nur ungern lösten sich danach seine Hände von ihrer Taille, denn bei jeder Begegnung empfand er größere Sehnsucht nach ihr. Im Mondlicht schimmerten ihre riesigen Augen ganz dunkel, doch der ablehnende Ausdruck ihres Gesichts war nicht zu übersehen. Glücklicherweise besaß er ein ausgeprägtes Selbstbewußtsein, denn andernfalls hätte ihn das Wissen um ihr falsches Spiel bestimmt verletzt.

Eine hagere Frau mit einem Häubchen auf dem Kopf öffnete die Tür. »Lord Cameron, so früh habe ich Sie nicht zurückerwartet«, sagte sie, während sie Hut und Cape in Empfang nahm.

»Aber Mathilda! Ich habe doch versprochen, beizeiten nach Hause zu kommen! Dies sind Lady Sterling und ihr Vetter Damien Roswell.«

Amanda hatte keinen Blick für Mathildas Knicks, sondern bestaunte die Waffensammlung an der Wand und die prachtvolle Ausstattung der Halle. Allein der Ahornschrank war ein Vermögen wert, gar nicht zu reden von den silbernen Leuchtern und den Ahnenbildern.

»Hier herein, Lady Sterling!« murmelte Eric und führte seine Besucher in einen behaglich eingerichteten Raum voller Bücherregale. Neben dem Kamin aus Marmor standen ein massiver Schreibtisch und ein großer Globus. Während Eric sie zu einer bequem gepolsterten Sitzgruppe führte, spürte Amanda seine Hand auf ihrem Rücken und seinen wachsamen Blick. Als ob er nur auf den geeignetsten Augenblick zum Angriff lauerte, dachte sie, doch sie machte gute Miene zum bösen Spiel. Damien war nicht nur ihr Vetter, sondern auch ihr bester Freund, und wenn er in Schwierigkeiten war, mußte sie ihm beistehen. Leider hatte sie keinen von Lord Camerons Freunden kennengelernt, aber wenigstens wollte sie sich für die Zukunft gut mit ihm stellen.

»Setzen Sie sich, Mylady!« forderte er sie auf und deutete auf die Polsterstühle.

Amanda versuchte ein Lächeln, doch es gelang nicht so recht. »Ein wunderschönes Haus«, bemerkte Damien begeistert. »Vielen Dank für das Kompliment, Damien. Trinken Sie einen Brandy? Ich würde Ihnen ja gern Tee anbieten, Lady Sterling, aber ich habe mich dem Boykott angeschlossen und kaufe ihn nicht mehr.«

»Ein Glas Brandy ist mir recht«, entgegnete sie zuckersüß.

»Ich glaube es nicht!« lachte Damien.

»Weshalb denn nicht?« fragte Amanda lächelnd, doch ihre Augen sprühten Feuer. Sie würde bestimmt zwanzig Gläser benötigen, um diese Erpressung zu vergessen!

Lord Cameron zog zwar erstaunt eine Augenbraue hoch, doch dann goß er wortlos drei Gläser voll. Er sah Amanda tief in die Augen, als er ihr stumm das Glas reichte, und als sich ihre Finger berührten, erschauerte sie ein wenig. Seine große, dunkle Gestalt überragte sie, als er so dicht neben ihrem Stuhl stand, und seine Augen blickten herausfordernd, als ob sie auf eine Antwort warteten.

»Vielen Dank.« Lächelnd nahm sie das Glas in Empfang. Dann war die Reihe an Damien, der sich ebenfalls bedankte und weiter die Buchtitel musterte. Schließlich trat er zu dem gewaltigen Globus und versetzte ihn in Drehung.

»Sie sind zu beneiden, Lord Cameron!« stellte er fest. »Dieses Haus ist einfach traumhaft schön!«

»Oh, vielen Dank!« erwiderte Eric abwesend, während seine Augen unablässig auf Amanda ruhten. Sie wäre seinem Blick gern ausgewichen, doch an diesem Abend besaß er eine seltsam magische Kraft über sie. »Spielen Sie Schach, Lady Sterling?«

»Ja.«

»Möchten Sie mich herausfordern?«

Bezog sich diese Frage auf das Spiel? Da Amanda seinen Blick nicht deuten konnte, zuckte sie nur die Achseln. »Wenn es Ihnen Freude macht.«

Wortlos erhob sich Eric und geleitete Amanda zu einem kleinen Tisch hinüber, in dessen Platte ein Schachbrett eingelassen war. Die Elfenbeinfiguren steckten in kleinen Taschen an der Seite des Tischs. Nachdem sie Platz genommen und die Figuren aufgestellt hatten, fühlte sich Amanda plötzlich sehr unsicher, weil sie so nahe bei ihm sitzen mußte.

»Sie sind am Zug«, verkündete er.

Während der ersten, beinahe mechanischen Züge beobachtete Amanda Erics Hände. Starke, große, sonnengebräunte Hände. Als sie jedoch merkte, daß Eric ihren Blicken gefolgt war, wurde sie sofort befangen und machte ihren ersten Fehler, der auch prompt quittiert wurde.

»In der Liebe und im Krieg – und auch beim Schach – ist es gefährlich, auch nur eine Sekunde lang unaufmerksam zu sein!«

»Aber das Spiel hat ja noch gar nicht richtig begonnen, Mylord. Möglicherweise werden Sie sich rascher in der Defensive wiederfinden, als Sie glauben.«

»Habe ich denn angegriffen?«

»Wollen Sie gewinnen?« fragte Amanda leise.

Träge lächelnd lehnte sich Eric zurück. »Ich gewinne immer, Lady Sterling.«

»Immer?«

»Immer.«

Amanda wandte ihren Blick von Eric ab und konzentrierte sich auf das Spielfeld. Inzwischen überlegten beide jeden Zug sorgfältiger, und je weiter das Spiel fortschritt, desto länger dehnten sich die Pausen.

»Vorausschauende Planung nenne ich das«, bemerkte Damien mit einem Blick auf das Brett, worauf Eric ihn über Amandas Kopf hinweg ansah.

»Nun ja, manchmal dauert es Stunden, bis man am Ziel ist, manchmal auch Tage. Sehr viele Tage stehen mir allerdings nicht mehr zur Verfügung!«

»Wie schade!« rief Damien mit Bedauern in der Stimme. »Ich hätte so gern auch noch Cameron Hall gesehen!«

»Nichts leichter als das, mein lieber Damien! Ich lade Sie ausdrücklich ein, sich dort nach Herzenslust umzusehen, auch wenn ich nicht dort sein sollte.«

»Das ist überaus großzügig, und ich bedanke mich von Herzen, Mylord.«

»Die Freude ist ganz auf meiner Seite.« Mit einem energischen Zug brachte Eric Amanda ins Schach.

Sie reagierte rasch, doch es kostete sie wieder eine Figur.

»Sehen Sie sich vor, Mylady! Ich durchbreche Ihre Verteidigungslinie.«

»Noch bin ich nicht geschlagen, Mylord!«

»Sie wären kein würdiger Gegner, wenn Sie zu früh aufgäben.«

Amanda runzelte die Augenbrauen, als sie begriff, daß keineswegs vom Spiel die Rede war. Nur der bedauernswerte Damien hatte keine Ahnung, was hier vorging.

Als sie nach einer Stunde endlich ein Patt erreicht hatten, konnte Damien sich nicht länger beherrschen.

»Ihre Bibliothek ist wahrlich beeindruckend«, bemerkte er begeistert.

»Ach ja? Ich sah, daß sie ein Buch über Botanik studiert haben. Es gibt noch ein zweites, doch es befindet sich im oberen Stockwerk. Würden Sie es gern sehen?«

»Oh ja! Nur zu gern!« Damien war begeistert.

»Dann kommen Sie! Amanda, werden Sie uns einen Augenblick entschuldigen?«

»Aber natürlich«, murmelte sie. Plötzlich klopfte ihr Herz heftig, und sie konnte es kaum erwarten, bis die beiden endlich den Raum verlassen hatten. Unmittelbar danach sprang sie auf, lief zum Schreibtisch hinüber und durchsuchte rasch die große Schublade, in der sich jedoch nur Rechnungen und ähnliche Papiere fanden. Eine Liste der Weinvorräte vervollständigte den überaus »verräterischen« Inhalt.

Erst in einer der Seitenschubladen stieß sie auf einen Brief, der offensichtlich aus Boston stammte. Doch als sie im selben Augenblick die Männer zurückkommen hörte, stopfte sie den Umschlag hastig in eine Tasche ihres weiten Rocks. Leise schloß sie die Schublade wieder und eilte auf ihren Platz zurück.

»Ich bin sicher, daß Ihnen das Buch Freude machen wird«, sagte Cameron gerade, als sie wieder ins Zimmer traten. »Wie ich sehe, lieben Sie das Land.«

»Oh ja!« pflichtete ihm Damien bei. »Nur Pferde interessieren mich noch mehr.«

»Sie erinnern mich an meinen Freund, Colonel Washington. Er ist ebenfalls ein großer Pferdeliebhaber, und sein besonderes Steckenpferd ist die Botanik.«

»Oh, da befinde ich mich ja in ausgezeichneter Gesellschaft!« freute sich Damien.

In ausgezeichneter Gesellschaft, um eines Tages am Galgen zu baumeln, dachte Amanda und bemühte sich gleichzeitig, ihr schlechtes Gewissen zu unterdrücken. Ihr Herz klopfte wie wild, als sie sich ausmalte, wie Eric sie abtastete, den Brief triumphierend aus ihrer Tasche zog und schließlich seine langen Finger um ihren Hals legte, um sie zu erwürgen.

»Amanda – ich glaube, wir müssen jetzt nach Hause fahren. Dein Vater wird sonst beunruhigt sein.«

Und womöglich grausamer als sonst. Damien hatte es zwar nicht ausgesprochen, doch Amanda wußte auch so, was er dachte. »Also gut«, stimmte sie zu, während sie Erics vielsagenden Blick auf sich gerichtet fühlte. Als er sich lächelnd von ihr verabschiedete, hätte sie ihm am liebsten ihre Hand entrissen. Glühend heiß brannten seine Finger auf ihrer Haut.

»Ich danke für den Besuch, Mylady. Ich bedauere, daß Sie beim Gouverneur wohnen, denn ich hätte Ihnen nur zu gern Cameron Hall angeboten!«

Amanda fühlte sich äußerst unwohl, als sie an den Brief in ihrer Tasche dachte, und wollte nur fort. »Ich danke Ihnen ebenfalls«, erwiderte sie voller Hast.

Der Fahrer von Damiens Wagen war auf dem Kutschbock eingenickt, und Amanda registrierte erfreut, wie zartfühlend Damien den Mann weckte. Ein so guter Junge konnte unmöglich ein Verräter sein!

»Kommen Sie, ich helfe Ihnen Mylady!« Während Damien noch mit dem Kutscher beschäftigt war, hob Eric Cameron Amanda in den Wagen.

Sie spürte seine Hände an ihrer Taille, und als sie unabsichtlich über ihren Rock strichen, weiteten sich ihre Augen vor Schreck. Hastig wandte sie den Kopf ab und blickte erst wieder auf, als sie sich in der Gewalt hatte. Trotzdem pochte ihr Herz wie wild.

Ein verschmitztes Lächeln spielte um Erics Lippen. »Man könnte glatt auf den Gedanken kommen, daß meine Berührung Sie erregt hat.«

»Wie können Sie es wagen –«

»Nun, so riesige Augen habe ich selten gesehen, und der Puls an Ihrem Hals klopft zum Zerspringen.« Bei diesen Worten näherte sich ihr sein Gesicht. »Man könnte meinen, daß Sie geküßt werden möchten.«

»Sie – Sie täuschen sich.«

»Wie bitte? Sehnen Sie sich tatsächlich nicht nach meinen Berührungen? Dann bleibt ja nur der Schluß, daß Sie etwas vor mir zu verbergen haben und sich wie ein Dieb davonmachen wollen!«

»Machen Sie sich doch – nicht lächerlich!« brachte sie mühsam hervor.

Sein Lächeln vertiefte sich. »Demnach war Ihre Entschuldigung also ernst gemeint.«

Ihr Atem ging heftig, so daß ihre Brüste förmlich bebten, und es war ihr nicht bewußt, daß sie sich an den Polstersitz klammerte, während sie Eric aus großen Augen ansah. »Aber natürlich war sie das!«

»Da bin ich aber erleichtert!« Während er das sagte, stieg er kurzentschlossen in den Wagen und setzte sich so nahe neben Amanda, daß sie seinen Körper von Kopf bis Fuß berührte.

Als sie protestieren wollte, brachte sie keinen Laut hervor. Zart strich Eric mit den Fingern über ihre Wange und ließ seine Hand dann bis in ihren Nacken gleiten. Wie betäubt schloß Amanda die Augen. Es mußte der Brandy sein, der so heiß in ihrem Körper brannte! Wortlos ließ sie seine Zärtlichkeiten über sich ergehen.

»Ich bin sehr erleichtert«, flüsterten seine Lippen ganz dicht vor den ihren, »denn ich mag es nicht, wenn man mich täuscht.«

Einige Sekunden lang rang Amanda nach Worten. »Ich – ich biete Ihnen meine Freundschaft an«, flüsterte sie. Dabei war sie sich sehr wohl seiner Hand in ihrem Nacken bewußt. Einer starken Hand, die ihr nur allzu leicht das Genick brechen konnte! Ob er so etwas tun würde? Sie schluckte heftig, als sie an den Brief in ihrer Tasche dachte. Seine Augen blickten starr und hart, und bestimmt verzieh er ihren Betrug niemals. Vielleicht würde er ihr ja nichts tun, wenn er die Wahrheit entdeckte, aber bestimmt würde sie ihre Handlungsweise ein Leben lang bedauern.

Lassen Sie mich los! hätte sie am liebsten geschrien, doch wie gelähmt erduldete sie seinen Griff und sah sein Gesicht immer näher auf sie zukommen, während seine Augen sie unentwegt fixierten. Sanft strichen seine Lippen über ihre Wange bis zu ihrem Ohrläppchen, und als ihr sein Gesicht ganz nahe war, drängte sie sich ihm unbewußt entgegen, bis sein Kuß ihr die Lippen verschloß. Anfangs schmeckte sie nur den Brandy, doch dann drang seine Zunge gefühlvoll tief in ihren Mund ein, während seine Hände ihr Gesicht und ihre Brüste streichelten. Amanda stockte der Atem, und gleichzeitig schoß brennendes Verlangen wie Feuer durch ihre Glieder und entfachte eine unwiderstehliche Sehnsucht nach immer mehr Zärtlichkeiten.

»Mandy –«, begann Damien und räusperte sich diskret. Eric löste sich von ihr und stieg aus dem Wagen, ohne Damien irgendwelche Erklärungen zu geben. Zitternd befühlte Amanda ihre Lippen und war beinahe wütend, daß dieser Mann solche Sehnsucht in ihr geweckt hatte. War sie etwa wirklich eine Hure? Ihr Vater hatte es ja oft genug behauptet, doch sie konnte es nicht glauben. Niemals wollte sie das akzeptieren!

Damien sah regungslos zu, wie Eric sich noch einmal in den Wagen beugte. »Ich habe um Ihre Hand angehalten, und dieses Angebot gilt noch immer!«

Mühsam suchte Amanda nach Worten. »Ich kann Sie nicht heiraten.«

»Trotzdem werde ich jederzeit für Sie da sein, Amanda! Ich werde Sie auch heiraten, obwohl ich weiß, daß Sie einen anderen lieben. Nur versuchen Sie nie, ein falsches Spiel mit mir zu treiben!«

»Das tue ich nicht!« log sie ohne das geringste Zögern.

»Dann ist es gut«, entgegnete er ernst und wandte sich dann an Damien. »Ich werde mich nicht für mein Benehmen entschuldigen, denn ich würde sie heiraten, wenn sie mich nur wollte.«

Damien blickte fragend von einem zum anderen. »Und

weshalb?« Als ihn beide fassungslos anstarrten, fuhr er fort: »Ich verstehe kein Wort! Nach allem, was du erzählt hast, Mandy, warst du ihm gegenüber sehr ablehnend und auch heute abend warst du wirklich kein Engel! Ihnen, Lord Cameron, könnte doch die ganze Welt gehören, oder nicht? Sie sehen, ich bin neugierig.«

»Damien!« kam es warnend von Amanda.

Eric mußte lachen. »Sie haben völlig recht, Damien. Sie ist wirklich eine grausame, aufreibende Person, aber gleichzeitig ist sie auch die schönste Frau, die ich jemals kennengelernt habe!«

»Also lieben Sie mich nicht!« stellte Amanda fest. Trotzdem fühlte sie sich zu ihm hingezogen, ersehnte seine Berührungen, versuchte sich vorzustellen, wie seine Hände sie streichelten und fragte sich, wo überall seine Lippen sie wohl küssen würden. Vor Scham errötete sie. »Sie können doch nicht nur –«

Er lachte leise, und dieser sanfte, ein wenig heisere Laut durchfuhr sie wie Feuer. »O doch, Amanda, das kann ich! Sie haben mich völlig verrückt gemacht. Ich begehre Sie so sehr, daß ich meine Gefühle kaum bezähmen kann. Nehmen Sie sich in acht, wenn Sie mich küssen, Lady, damit es nicht plötzlich um meine Fassung geschehen ist!«

»Wenn *ich* Sie küsse!« explodierte Amanda empört.

»Sie tun mir unrecht. Erinnern Sie sich denn nicht, daß Sie mich heute abend geküßt haben?«

»Damien, können wir bitte fahren?«

»Hm – natürlich«, grinste Damien und sprang in den Wagen. Amanda starrte auf ihren Schoß, in dem es wie Feuer brannte. Sie hatte Robert ehrlich geliebt, aber solche Gefühle hatte sie nie empfunden. Was konnte es also sein? Die Worte ihres Vaters dröhnten wieder in ihren Ohren. Sie war die Tochter einer Hure – doch ihr Herz widersprach dem heftig. Sie hatte Bilder ihrer Mutter gesehen und immer ihr sanftes Lächeln und ihre klugen Augen bewundert. Unmöglich konnte diese Frau eine Hure gewesen sein!

»Ich stehe immer zu Ihren Diensten, Mylady!« erinnerte sie Eric Cameron, während der Wagen anruckte.

Amanda war noch in Gedanken versunken und hörte erst wieder hin, als Damien mit ihr sprach. »Im Vergleich zu Robert Tarryton ist er ein richtiger Mann«, bemerkte ihr Vetter.

»Verdammt, Damien, sag so etwas nicht noch einmal! Schließlich hast du alles gesehen und gehört!«

»Er war nur ehrlich«, entgegnete Damien ruhig. »Ganz im Gegensatz zu dir.«

Am liebsten hätte sie sich auf ihn gestürzt, doch sie beherrschte sich. »Laß mich in Ruhe, Damien!«

»Komm, Amanda! Du weißt doch, daß ich dich lieb habe.«

Seufzend reichte sie ihm im dunklen Wagen die Hand. »Ja, Damien, und ich liebe dich ebenfalls.«

In diesem Augenblick hielt der Wagen vor dem Eingang des Gouverneurspalastes, und Damien half seiner Kusine beim Aussteigen. »Gemeinsam werden wir meinem Onkel die Stirn bieten!« rief er dramatisch.

»Ich habe nichts zu befürchten«, versicherte Amanda.

Damien zuckte nur die Achseln. »Komm jetzt!«

Ein livrierter Diener öffnete ihnen die Tür, und als sie in die Halle traten, kam Nigel Sterling gerade die Treppe herunter.

»Ich bringe Amanda wohlbehalten wieder nach Hause«, sagte Damien.

Nigel Sterling nickte ihm zu. »Sehr gut. Ihr könnt den Abend gern noch einmal wiederholen!«

Damien zwinkerte Amanda zu und wünschte ihr eine gute Nacht. Nachdem sich die Tür hinter ihm geschlossen hatte und auch der Diener verschwunden war, war Amanda mit ihrem Vater allein.

»Nun?«

Sie zuckte die Achseln. »Lord Cameron wird auf Wunsch des Gouverneurs gegen die Shawnee-Indianer kämpfen.«

»Hat er sich endgültig entschieden?«

»Ja, aber das weiß Dunmore bereits.«

»Hat er dich seinen Bekannten vorgestellt?«

»Nein.«

»Dann war alles umsonst.«

»Er hat mich noch einmal gebeten, ihn zu heiraten«, entgegnete sie kühl. »Also war es nicht umsonst.« Sie erwiderte seinen Blick, ohne die Augen zu senken. Dieser Mann haßte sie, und sie fing allmählich an, es ihm gleichzutun. Sie fühlte den Brief in ihrer Tasche, den sie ihm eigentlich übergeben mußte. Doch sie konnte es nicht, jedenfalls nicht, bevor sie ihn nicht selbst gelesen hatte.

»Wenn er zurückkommt, wirst du dich wieder mit ihm treffen.«

Sie lächelte vor sich hin. »Soviel ich weiß, sind die Shawnee-Indianer sehr kriegerisch und kennen keine Gnade. Vielleicht kommt er ja gar nicht zurück.«

Nigel Sterling lächelte. »Nun, das soll uns nicht weiter stören. Lord Hastings ist schon seit einiger Zeit verwitwet und wäre bestimmt entzückt, dich heiraten zu dürfen.«

Lord Hastings war mehr als sechzig Jahre alt und besaß einen dicken Bauch und ein Doppelkinn. Außerdem erzählte man sich, daß er seine Sklaven auspeitschte. Bei dem Gedanken, ihn heiraten zu müssen, schüttelte es Amanda, und sie musterte ihren Vater mit wachsender Wut. Bedenkenlos und noch dazu mit Genuß würde er sie an jeden Mann verkaufen!

»Morgen früh werden wir nach Hause fahren«, teilte ihr Vater ihr mit. »Du kannst jetzt zu Bett gehen. Fürs erste ist Damien in Sicherheit.«

»Lord Cameron hat mir angeboten, in seinem Haus zu wohnen, solange er fort ist. Ich denke, daß ich diese Gelegenheit nutzen sollte«, sagte Amanda, ohne lange zu überlegen.

»Du wirst keinesfalls –«, polterte Sterling los, doch dann hielt er inne und lächelte teuflisch. »O ja, das ist wunderbar. In seiner Abwesenheit kannst du in aller

Ruhe seine Korrespondenz durchforschen. Wir können die ganze Rebellion auffliegen und alle als Verräter verurteilen lassen, wenn wir Beweise für den Hochverrat finden.«

»Begreifst du denn nicht, daß es dort so etwas bestimmt nicht gibt, Vater? Dieser Mann ist Lord Dunmores Freund!«

»Nein. Im Augenblick hat niemand Freunde. Merk dir das! Freundschaften und Blutsbande zählen in diesem Konflikt gar nichts.«

Amanda überlief es kalt, aber ihr Vater hatte sich bereits umgedreht und stieg die ersten Stufen hinauf. »Gib ihm dein Heiratsversprechen. Du mußt es ja später nicht einhalten, aber inzwischen wird es dir alle Türen öffnen.«

»Vater –«

Er wandte sich noch einmal zu ihr um. »Außerdem wird eine förmliche Verlobung deinen Stolz besänftigen. Robert Tarrytons Braut ist nämlich aus England eingetroffen, und die beiden werden Mitte Oktober heiraten.« Brummend stieg er weiter nach oben. »Vielleicht solltest du ihn tatsächlich heiraten! Falls er unschuldig ist, ist er auf jeden Fall ein einflußreicher Mann. Und falls er ein Verräter sein sollte, wird man ihn aufhängen, und du wirst eine reiche Frau werden.«

Kalte Furcht ergriff Amandas Herz. »Ich will ihn aber nicht heiraten!« schrie sie.

»Du wirst tun, was ich dir sage!«

Heftig biß Amanda die Zähne zusammen. Am liebsten wäre sie einfach davongelaufen, doch sie mußte Rücksicht auf Damien nehmen. Hastig lief sie ebenfalls nach oben und knallte wütend die Tür ihres Zimmers hinter sich ins Schloß. Als sie sich keuchend aufs Bett warf, knisterte der Brief in ihrer Tasche. Auf der Stelle pochte ihr Herz wieder wie wild. Im Augenblick hielt sie Erics Schicksal in ihren Händen und hätte beim besten Willen nicht sagen können, was sie mehr erhoffte. Während sie den Umschlag glattstrich, erinnerte sie sich wieder an seinen heißen Kuß und die Berührung seiner Hände. Nein, sie durfte jetzt nicht zögern. Schließlich stand Damiens Leben gegen seines.

Als sie den Umschlag genauer im Augenschein nahm, entdeckte sie in einer Ecke eine Adresse. Frederick Irgendwie aus Boston. Mit zitternden Fingern griff sie hinein. Doch der Umschlag war leer.

Hilflos fiel sie zurück aufs Bett und lachte, bis ihr die Tränen kamen. Doch irgendwann beruhigte sie sich, und dann wurde sie ganz ernst. Sie hätte warten sollen! Jetzt war es zu spät, und sie mußte dieses Spiel weiterspielen. Sie mußte in seinem Haus wohnen und ihm Versprechungen machen, die sie nicht halten konnte – eine schreckliche Vorstellung.

7. Kapitel

Als es leise an der Tür klopfte, stopfte Amanda den Umschlag rasch wieder in ihre Tasche und erhob sich. »Ja«, rief sie laut.

»*C'est moi, Danielle.*«

Nachdem Amanda die Tür geöffnet hatte, trat Danielle in blaßblauem Kleid und blütenweißer Schürze ins Zimmer. »Na, hatten Sie einen schönen Abend, *ma petite*?« fragte sie und tätschelte Amandas Wangen.

»Ja – sehr schön«, log Amanda, doch ihr etwas gezwungenes Lächeln konnte Danielle nicht täuschen. »Du weißt doch, wie gern ich Damien mag.«

Danielle nickte nur und holte wortlos ein spitzenverziertes Seidennachthemd aus dem angrenzenden Ankleidezimmer. »Lord Sterling kauft wirklich nur das Beste für Sie! Hatten Sie wieder Streit mit ihm?«

»Nichts Aufregendes. Nur das Übliche«, meinte Amanda achselzuckend.

»Das stimmt nicht«, korrigierte Danielle sie. »Seit Sie

erwachsen sind, ist es schlimmer geworden.« Gedankenvoll ruhten ihre dunklen Augen auf ihrer Schutzbefohlenen. »Ich hätte ihn besser schon vor Jahren umbringen sollen.«

»Danielle!« rief Amanda erschrocken. »So etwas darfst du nicht einmal denken! Man würde dich aufhängen, und vielleicht würde dir nicht einmal Gott verzeihen.«

»Aber Ihnen könnte er nichts mehr anhaben!«

Mißmutig registrierte Amanda, daß sie bei diesen Worten erbebte. »Er wird mir schon nichts tun, denn schließlich ist er doch mein Vater!« behauptete sie tapfer, obwohl sie nur an den Augenblick dachte, als ihr Vater ihre Mutter eine Hure genannt hatte. Nachdem sie mit Danielles Hilfe aus ihrem Kleid geschlüpft war, schlang sie die Arme um sich. »Wie war meine Mutter eigentlich, Danielle?«

»Sie war wunderschön«, antwortete Danielle mit sanfter Stimme. »Ihre Augen hatten die Farbe des Meeres, und ihr Haar strahlte wie ein Sonnenuntergang. Sie lächelte sehr gern, und sie war ein sehr friedlicher Mensch, aber manchmal konnte sie auch durchaus leidenschaftlich sein.« Sie unterbrach sich, bis Amanda aus ihrem Unterrock gestiegen war. »Sie sind von Kopf bis Fuß ihr Ebenbild, Amanda, und deshalb –«

»Deshalb?«

Danielle schüttelte den Kopf. »Ach, sie war immer so reizend zu Paul und zu mir.«

»Paul?«

»Ja, mein Bruder hieß Paul. Er starb vor Ihrer Geburt.« Während sie sprach, sammelte Danielle Amandas Unterwäsche und die Schuhe ein und verstaute die Sachen im Schrank. »Es war eine schreckliche Zeit, als wir damals von Nova Scotia vertrieben wurden. Anfangs hatten wir unter französischer Herrschaft gelebt, doch später wurden wir von den Engländern übernommen. Nach Beginn des Siebenjährigen Krieges traute keine Seite der anderen, und so hat man uns einfach unser Land weggenommen und uns aus unserer Heimat vertrieben. Wir haben damals in Port Henri gewohnt, das nach meinem Urgroßvater benannt worden war. Die Engländer sammelten uns in Port Royal und verluden uns wie Vieh auf Frachtschiffe, die uns in den Süden brachten. Ich war beinahe verhungert, als wir in Williamsburg landeten. Ihre Mutter hat von Ihrem Vater verlangt, einige von uns Flüchtlingen aufzunehmen, und so sind Paul und ich zu einer neuen Heimat gekommen.«

In Amanda krampfte sich alles zusammen, wenn sie an die Ungerechtigkeit dachte, die man Danielles Volk angetan hatte. Viele Kolonisten hatten sich geweigert, die Unglücklichen aufzunehmen, so daß sie hatten weiterziehen müssen. Doch nur die wenigsten waren bis in die französischen Siedlungsgebiete im Westen und im Süden gelangt.

Danielle seufzte tief. »Das alles hat sich im Jahr 1753 abgespielt, als Sie noch nicht einmal geboren waren.«

»Und meine Mutter war tatsächlich so liebenswert und freundlich, wie Sie gesagt haben?«

Danielle nickte. »Sie war in jeder Hinsicht ein Engel! Hat etwa irgend jemand etwas anderes erzählt?«

Hastig schüttelte Amanda den Kopf, denn sie wollte die gute Danielle nicht weiter quälen und ihr die Behauptung ihres Vaters lieber verschweigen. »Nein, ich wollte nur ein wenig von ihr sprechen.«

»Dann wünsche ich Ihnen jetzt eine gute Nacht!« Liebevoll strich Danielle Amanda über das Haar und ging zur Tür. Doch kurz vorher drehte sie sich noch einmal um. »Wie lange werden wir bleiben?«

»Ich – ich weiß es noch nicht«, antwortete Amanda. »Lord Cameron hat mich auf seinen Besitz am James River eingeladen. Vielleicht fahren wir noch dorthin.«

Danielles Augen weiteten sich vor Freude. »Oh, wirklich?«

»Ja.«

»Ohne Ihren Vater?«

»Ja.«

Danielle nickte zufrieden. »Dieser Lord Cameron gefällt mir wesentlich besser als Lord Tarryton.«

Robert. Die Erinnerung an ihn ließ sich nicht so leicht aus ihrem Herzen reißen. Dazu hatte sie sich ihr gemeinsames Leben viel zu oft und viel zu lebendig ausgemalt! »Gute Nacht, Danielle«, antwortete Amanda schroff, doch als die Frau zusammenzuckte, bereute Amanda ihren barschen Ton sofort. »Es tut mir leid, aber ich habe diesen Mann schließlich geliebt. Und Lord Cameron – nun, er ist möglicherweise ein Rebell.«

»Vielleicht hat er nur eine eigene Ansicht der Dinge! Mir haben die Briten die Heimat und allen Besitz genommen, und die Franzosen haben uns auch nicht geschützt! Wenn ich den Leuten auf der Straße zuhöre, muß ich ihnen recht geben.«

»Sie sind jetzt eine Virginierin.«

»Ich bin eine Amerikanerin«, berichtigte Danielle mit stiller Würde. »Wer im Krieg gewinnt, ist ein Held, und wer das Pech hat, auf der anderen Seite zu stehen, ist automatisch ein Verräter! Dieser Lord Cameron scheint mir jedenfalls ein aufrechter Mann mit sehr viel Ehrgefühl zu sein. Wenn er sagt, daß er sie liebt, so wird er sie bestimmt nicht im Stich lassen, wie das andere bereits getan haben«, ergänzte sie noch schnell, bevor sie das Zimmer verließ.

Sorgfältig verriegelte Amanda die Tür hinter ihr und kroch dann unter die Decken. »Verdammt, aber ich bleibe dabei. Er ist ein Rebell, und ich werde tun, was meine Pflicht ist!« protestierte sie laut, bevor sie die Augen schloß. Doch an Schlaf war nicht zu denken. Statt dessen ging ihr wieder durch den Kopf, wie ihr Vater sie nachmittags im Rosengarten regelrecht bedroht hatte. Und zwischendurch sah sie immer wieder Eric vor sich, der sie mit kühlem, fast wissenden Ausdruck anblickte. Für sie stand fest, daß er irgend etwas ahnte. »Schachmatt, Mylady!«

Irgendwann zuckte sie hoch. Sie mußte eingeschlafen und von irgendeinem Geräusch geweckt worden sein!

Doch wovon? Das Feuer war fast gänzlich heruntergebrannt, und das Fenster stand einen Spalt weit offen. Sanft wehten die weißen Vorhänge in den Raum. Amanda hätte schwören können, daß es geschlossen gewesen war, als sie sich hingelegt hatte.

Hastig warf sie die Decken beiseite und lief zum Fenster hinüber. Weit und breit war nichts Auffälliges zu entdekken, doch im selben Augenblick erahnte sie eine Bewegung hinter ihrem Rücken. Da das Mondlicht jedoch ihre Augen geblendet hatte, konnte sie nichts erkennen, als sie herumfuhr. »Wer – wer ist da?« flüsterte sie.

Als sie einen Schatten erkannte, der auf sie zustürzte, wollte sie schon schreien, doch in derselben Sekunde legte sich eine Hand auf ihren Mund. Wütend trat sie nach der Gestalt, aber es half nichts. Sie fühlte sich hochgehoben und wurde brutal aufs Bett geschleudert. Halb benommen versuchte sie, sich wegzurollen, doch man zerrte sie zurück und schon war der Schatten über ihr. Sie wand sich wie eine Wilde und schnappte für Sekunden nach Luft. Für einen Schrei war die Zeitspanne allerdings nicht lang genug, denn schon preßte sich wieder die Hand auf ihre Lippen, und eisenharte Arme legten sich um ihre Taille. Als sie daraufhin um sich schlug und kratzte, was sie zu fassen bekam, packte die Gestalt auch ihre Handgelenke, so daß sie hilflos in die Kissen gedrückt wurde.

»Pst!« zischte die Gestalt, und ein warmer Duft nach Tabak und Brandy flutete über Amandas Gesicht. Sie versuchte zu beißen und wand sich verzweifelt – ohne jeden Erfolg. Nur ihr Nachthemd rutschte immer weiter herunter.

»Lady, ich meine es ernst! Keinen Muckser mehr!«

Amanda erstarrte, denn der Angreifer war niemand anderer als Lord Cameron! Als sie sofort wieder in wilder Panik um sich schlug, warf er fluchend sein ganzes Gewicht auf sie, so daß ihr die Luft wegblieb. Im Mondlicht schimmerten seine stahlblauen Augen eiskalt.

»Seien Sie jetzt endlich still!« herrschte er sie an und

starrte ihr beschwörend ins Gesicht, während er langsam seinen Griff lockerte.

»Lassen Sie mich auf der Stelle los, oder ich schreie!« stieß Amanda japsend hervor.

»Genau das befürchte ich ja!«

Als sie zum Luftholen ansetzte, spürte sie plötzlich das kalte Metall einer Messerschneide zwischen ihren Brüsten. »Das würden Sie niemals wagen!« stieß sie hervor, nachdem ihr erstes Entsetzen abgeklungen war. »Nicht gegen eine unschuldige Frau!«

»Aber Sie sind nicht unschuldig!«

Er wußte alles! Er mußte sie beobachtet haben. Eiskalte Furcht packte sie. »Wie können Sie es überhaupt wagen, einfach so hier einzudringen! Ich schreie das ganze Haus zusammen und lasse Sie aufhängen!«

»Und was ist mit der zuckersüßen Entschuldigung?« höhnte er. »Ich kann Sie nur warnen, Lady –« Und wieder ließ er die Schneide über ihre Haut gleiten.

Voller Panik wollte Amanda schreien, doch seine Hand war schneller. Blitzschnell zuckte das Messer, und bevor Amanda noch recht begriff, was geschehen war, hatte er den Stoff ihres Nachthemds ein Stückweit durchtrennt und ihre Brüste entblößt, ohne die Haut auch nur zu ritzen.

»Wenn Sie nicht augenblicklich still sind, werde ich Sie nackt durch die ganze Stadt jagen. Garantiert werden die Leute ihren Spaß haben, denn im Augenblick sind die Tories nicht gerade beliebt!«

»Das würden Sie nicht –«

»Treiben Sie mich nicht zu weit, sonst könnten mir noch ganz andere Gedanken kommen!«

»Sie Mist –«

»Nicht schon wieder! Ich habe Sie gewarnt! Geben Sie endlich auf!«

»Das werde ich nicht –« Dabei wand sie sich keuchend wie eine Verrückte.

»Oh, doch, das werden Sie!« widersprach Eric, während er sie in aller Ruhe toben ließ. Er hielt lediglich ihre Handgelenke gepackt, und das Gewicht seines Körpers besorgte den Rest. »Seien Sie jetzt still!«

Als Amanda schließlich erschöpft und schwitzend innehielt, errötete sie. Durch ihr Toben hatte sie nämlich lediglich erreicht, daß sie mit entblößten Brüsten und Beinen hilflos unter ihm lag und er sie genüßlich in aller Ruhe betrachten konnte. Urplötzlich war sie sich seines kräftigen, muskulösen Körpers bewußt, spürte den Druck seiner Schenkel an ihren Hüften und sein Glied an ihrer Scham und wünschte sich weit weg von ihm.

Als sie schließlich gottergeben nickte, nahm er endlich seine Hand von ihren geschwollenen Lippen. »Ich werde nicht schreien. Ich schwöre es!«

Eindringlich sah er sie an und setzte sich schließlich zurück, doch sie war nach wie vor zwischen seinen muskulösen Schenkeln gefangen.

»Was wollen Sie?« flüsterte Amanda keuchend.

»Vieles, doch erst einmal nur meinen Brief!«

Amanda zuckte schuldbewußt zusammen, doch dann zwang sie sich zu einem erstaunten Lächeln. »Wieso glauben Sie –«

»Ich glaube nicht, ich weiß es! Lassen Sie um Himmels willen diesen unschuldigen Augenaufschlag! Sie lügen, und wir beide wissen das! Her mit dem Brief, oder ich lasse mir etwas anderes einfallen!«

Amanda haßte ihn, weil er sie so leicht durchschaute. »Ihr Benehmen ist wirklich wenig zivilisiert, Lord Cameron!« stieß sie zwischen zusammengebissenen Zähnen hervor.

»Für Höflichkeiten gibt es im Augenblick keinen Anlaß! Ich bin kein Narr! Lassen Sie sich das für die Zukunft gesagt sein! Her mit dem Brief!«

»Ich – ich habe ihn nicht mehr.«

Ruckartig zerrte er sie hoch und schüttelte sie wie wild. Dann ließ er sie ganz plötzlich zurückfallen. »Möglicherweise werde ich eines Tages wegen ihrer Spielchen einen

Kopf kürzer gemacht, aber andere möchte ich nicht gefährden! Wo ist der Umschlag?«

»Den habe ich meinem Vater gegeben.«

»Sie lügen schon wieder!« Wie zufällig berührte er ihre Wange mit dem Messer.

»Das trauen Sie sich ja doch nicht!« sagte sie herausfordernd.

»Mag sein.« Dabei glitzerten seine Augen gefährlich. »Doch es fällt mir bestimmt noch etwas anderes ein!«

Sie verstand den Sinn seiner Worte nicht, doch angesichts des warnenden Untertons, wollte sie es auch gar nicht mehr so genau wissen. »Er – er ist in der Tasche meines Kleids.«

Blitzartig war er aufgesprungen und zerrte Amanda vom Bett. Sie hatte gerade noch Zeit, ihr Nachthemd zusammenzuraffen, als sie auch schon vor dem Schrank im Ankleidezimmer angekommen waren. Sobald sie das Kleid herausgezogen hatte, stieß er sie beiseite und suchte fieberhaft nach der Tasche, die in den weiten Rockfalten verborgen eingenäht war. Hastig zerrte er den Umschlag hervor und stopfte das Kleid in den Schrank zurück.

»Weshalb haben Sie ihn genommen?«

»Weil – weil Sie zu den Rebellen gehören. Und jetzt verschwinden Sie endlich!«

»So? Und das wollen Sie beweisen?«

»Nein!« schrie sie entsetzt. »Ich – ich habe nur –«

»Nur weiter!«

»Verschwinden Sie jetzt, oder ich schreie!« Langsam wich sie vor ihm zurück, doch ihre Angst war lang nicht mehr so entsetzlich.

»Weshalb haben Sie den Umschlag nicht Ihrem Vater übergeben?« fragte Eric, während er ihr ganz langsam folgte.

»Es – es hat sich nicht ergeben.«

»Sie lügen schon wieder!«

»Also gut. Ich wollte den Brief erst selbst lesen, doch

wie Sie ja selbst sehen, ist der Umschlag leer. Weshalb sind Sie überhaupt gekommen, wenn es gar keinen Brief gibt?«

Er ging zum Bett hinüber und setzte sich, ohne Amanda aus den Augen zu lassen. »Wegen der Adresse.«

Ihr Blick ließ sie erschauern. »Es ist Fredericks Name, nicht wahr? Der Buchdrucker aus Boston. Der Indianer aus dem Hafen, oder?« Sie schluckte, weil sein Starren sie verunsicherte. »Da Sie bekommen haben, was Sie wollten, können Sie jetzt gehen!«

Er schüttelte den Kopf. »Ich habe mich noch nicht entschieden, was ich mit Ihnen machen werde.«

»Mit mir?« Trotzig warf sie den Kopf zurück.

»Sie haben meine Sachen durchwühlt und etwas gestohlen!«

»Wenn Sie nicht in zwei Sekunden draußen sind, werde ich schreien, bis die gesamte britische Armee hier versammelt ist!«

Genüßlich lehnte er sich zurück. »Nette Jungs, die meisten sind meine Freunde.« Achselzuckend erhob er sich und kam langsam auf sie zu, so daß sie bis zur Tür zurückweichen mußte. »Falls Sie das tun«, zischte er ganz leise, »werde ich Ihren Vater um Verzeihung bitten und ihm erzählen, daß Sie mich gewissermaßen verführt hätten. Und ich werde mich mit gebrochenem Herzen fragen, wieviele Männer Sie schon auf diese Weise in Versuchung geführt haben!« Er stützte sich gegen die Wand und grinste breit, so daß seine Zähne in der Dunkelheit weiß aufblitzten.

Wütend und empört starrte Amanda zurück. »Er wird es nicht glauben, denn er weiß, daß ich Sie –«

»Daß Sie mich verabscheuen? Aber Lady Sterling! Heute abend habe ich doch die süßesten Entschuldigungen von Ihren Lippen gehört!«

»Trotzdem –« Sie brach ab, und beide lauschten auf die Schritte draußen auf dem Flur.

Ganz plötzlich blitzte das Messer vor ihr auf. »Achtung!« zischte Eric. »Ein falsches Wort, und jemand wird sterben!«

Sekunden später schien er sich praktisch in Luft aufgelöst zu haben, und Amanda versuchte vergeblich, in der Dunkelheit etwas zu erkennen. War er aus dem Fenster geklettert oder ins angrenzende Ankleidezimmer verschwunden? In diesem Augenblick klopfte es energisch an der Tür.

»Wer ist da?« Ihr Mund war förmlich ausgetrocknet.

»Dein Vater. Öffne die Tür!«

Sekundenlang zögerte Amanda, bevor sie die Tür einen Spaltbreit öffnete, doch sie gab den Weg nicht frei. »Was ist los?« wollte sie wissen.

Wortlos stieß ihr Vater sie beiseite und trat ins Zimmer. Nachdem er an der letzten Glut des Feuers eine Kerze angezündet hatte, sah er sich prüfend um. »Mir war, als hätte ich Stimmen gehört.«

»Tatsächlich?«

Er versetzte ihr einen leichten Stoß gegen den Kopf, doch sie verlor trotzdem das Gleichgewicht und fiel aufs Bett. Blitzartig zerrte sie ihr Nachthemd über der Brust zusammen und sprang auf. »Du täuschst mich nicht! Eine Hure gibt ihre Art an ihre Kinder weiter! Doch bevor du dich woanders amüsierst, wirst du erst meine Befehle erfüllen!«

Mit zusammengebissenen Zähnen stand Amanda stocksteif da und hoffte nur inständig, daß Eric Cameron verschwunden war und nicht auch noch Zeuge dieser entsetzlichen Szene wurde. Selbst wenn sie geschrien hätte, hätte ihr das nicht geholfen. In dieser Beziehung hatte Cameron recht: bei der Einstellung ihres Vaters war klar, daß er Erics Darstellung geglaubt hätte. »Es ist niemand hier, Vater. Ich bin allein. Bitte geh jetzt, damit ich schlafen kann.«

»Versuche nicht, mich an der Nase herumzuführen! Ich habe dir befohlen, Lord Cameron den Kopf zu verdrehen, und das wirst du gefälligst machen!«

Amandas Augen versuchten vergeblich, die Dunkelheit zu durchdringen. O Gott! betete sie insgeheim. Hoffentlich ist er fort! In diesem Moment trat ihr Vater ganz nahe zu ihr heran und betrachtete mit unverhülltem Interesse ihr zerrissenes Nachthemd, das sie über ihren Brüsten notdürftig zusammengerafft hatte. Mit dem Finger strich er dann genüßlich über ihren Hals bis hinunter zur Vertiefung zwischen ihren Brüsten.

»Was ist geschehen?« fragte er lauernd.

»Ich habe es im Schlaf zerrissen und noch nicht wieder genäht.«

»Es ist ein wirklich hübsches Nachthemd. Ich sorge gut für mein Kind, nicht wahr?«

»Das stimmt«, mußte sie widerstrebend zugeben. Ihr wurde beinahe übel, als seine Hand immer näher kam, und mit einem kleinen Aufschrei wich sie bis an die Tür zurück. Als sich sein Gesicht verfinsterte, stieß Amanda zitternd die Tür auf. Zum ersten Mal sah sie ihren Vater nur noch als Mann und fürchtete sich vor ihm. Falls er ihr zu nahe treten sollte, würde sie schreien. In dieser Beziehung fühlte sie sich im Haus von Lord Dunmore sicher.

»Gute Nacht, Vater.«

Einige Augenblicke gingen seine Blicke unentschlossen zwischen Amanda und der offenstehenden Tür hin und her, und sie beobachtete fasziniert, wie der Pulsschlag an seinem Hals vibrierte. Schließlich ging er dicht an ihr vorbei, doch unter der Tür blieb er noch einmal stehen. »In dieser Sache ist das letzte Wort noch nicht gesprochen. Warte nur, bis wir wieder zu Hause sind!«

Nachdem sich die Tür hinter ihm geschlossen hatte, lehnte Amanda erschöpft ihre Stirn gegen das Holz und seufzte. Blitzschnell schoß sie herum, als sie hinter sich eine Bewegung wahrnahm. Eric war nicht aus dem Fenster geklettert, sondern hatte sich hinter der Tür des Ankleidezimmers versteckt gehalten. Im Schatten konnte Amanda eine Mischung aus Zorn und Mitleid auf seinen Gesichtszügen erkennen.

»Am liebsten hätte ich ihn umgebracht!« stieß Eric zornig hervor.

Verwundert zog Amanda eine Augenbraue hoch, denn ganz offensichtlich war Eric Cameron im Augenblick auf ihren Vater wütender als auf sie selbst. »Er ist schließlich mein Vater«, meinte sie achselzuckend, weil sie ihm ihr Leiden nicht offenbaren wollte.

»Um so schlimmer!«

So gut es ging, raffte sie ihr Nachthemd zusammen. »Würden Sie jetzt bitte gehen?«

Statt einer Antwort trat er zu ihr und umfaßte ihre Schultern. Dabei sah er ihr liebevoll in die Augen. »Wenn ich es richtig verstanden habe, hat man Ihnen also befohlen, sich bei mir zu entschuldigen!«

»Sie haben Ihren Brief, also gehen Sie jetzt bitte!«

»Ich warne Sie noch einmal, Mylady«, sagte er eindringlich. »Hintergehen Sie mich nie wieder! Weshalb haben Sie ihm nicht verraten, daß ich hier war?«

»Entweder hätten Sie jemanden getötet, oder Sie hätten ihm erzählt, daß Sie nur auf meinen Wunsch hier seien.«

»Und das hätte er mir geglaubt, nicht wahr?«

Sie schwieg, weil sie seinen durchdringenden Blick nicht ertragen konnte.

»Antworten Sie mir!« herrschte er sie an.

Wie schnell er doch ärgerlich werden konnte! »Ja, natürlich hätte er das geglaubt! Er verachtet mich doch«, gestand sie ein, doch dann wich sie vor ihm zurück. »Um Himmels willen, gehen Sie jetzt endlich!«

»Ich habe mir die Sache nicht ausgedacht, Lady, aber ich werde dem ein Ende machen!« stieß er hervor. Amanda verstand nicht, was er meinte, sondern stellte nur fest, daß Eric Cameron plötzlich sehr aufgeregt und unruhig war.

»Mein Vater –«

»Man muß Sie ihm wegnehmen!«

»Sie verstehen überhaupt nichts! Meiner Meinung nach gehören Sie zu den Rebellen! Was auch immer ich –«

»Sie sind eine Närrin! Ich werde besser auf Sie aufpassen müssen. Vor allen Dingen werde ich ihm klarmachen müssen, daß ich nicht will, daß man meine Braut schlägt, verletzt oder in irgendeiner Weise berührt!«

»Ich werde Sie niemals heiraten!«

»Kleine Närrin! Natürlich kann Sie niemand dazu zwingen, aber ich biete Ihnen einen Ausweg an. Wie schön Sie sind! Aber gleichzeitig sind Sie auch kalt. Und leidenschaftlich! Weshalb wollen Sie das nicht wahrhaben?« murmelte er.

»Weil ich Sie hasse, Lord Cameron!« schrie sie. Es machte sie wahnsinnig, daß sie in seiner Gegenwart immer so rasch erregt und atemlos wurde. Wieder mußte sie daran denken, was ihr Vater von ihr hielt. »Ach, lassen Sie es gut sein.«

»Das will ich aber nicht«, entgegnete er leise. »Sie werden morgen kommen. Versprechen Sie mir das? Es ist nicht mehr viel Zeit.«

»Ich weiß nicht, wovon Sie sprechen.«

»Ich werde Lord Dunmore eine ganz offizielle Einladung für Sie überreichen. Wenn Sie mich hängen wollen, will ich Ihnen entgegenkommen und den Strick anbieten. Außerdem werde ich mit ihrem Vater sprechen, denn eine offizielle Verlobung verschafft Ihnen die nötige Freiheit, um morgen nach Cameron Hall zu kommen.«

»Sie sind ja verrückt! Ich habe Ihren Brief gestohlen und verabscheue Sie, doch ungeachtet dessen, wollen Sie mich immer noch? Weshalb sollte ich Ihr Angebot annehmen?«

»Weil ich nicht mehr lange da sein werde, und Sie dann ganz Cameron Hall für sich allein haben werden.«

Amanda schwieg, denn sie wußte insgeheim, daß sie sein Angebot annehmen würde. Ihrem Vater zu entkommen, war ihr sehnlichster Wunsch.

»Sie sollten mich so rasch wie möglich heiraten«, fuhr Cameron fort, »denn vielleicht erwischt mich ja ein Pfeil der Shawnee-Indianer!«

»Ein solches Glück ist mir ganz bestimmt nicht beschieden!«

Er lachte leise, doch nur wenig später blickten seine Augen wieder ernst und fast ein wenig mitleidsvoll. »Sie brauchen keine Angst vor mir zu haben.«

»Wirklich nicht?« fragte sie zurück, während sie ihr zerrissenes Nachthemd noch enger um sich zog.

»Sie sollten eher die Menschen Ihrer unmittelbaren Umgebung fürchten, Mylady. Wenn Sie nicht aus eigenem Entschluß kommen, werde ich schon einen Weg finden, um Sie vor sich selbst zu retten!«

»Ich verstehe kein Wort!«

»Und ich hoffe inständig, daß Sie diese Wahrheit nie entdecken müssen.« Mit diesen Worten verbeugte er sich tief. »Adieu, Mylady.« In der nächsten Sekunde war er fort, und nur die Vorhänge bauschten sich noch im leichten Wind.

Amanda wunderte sich, daß er sich weder Hals noch Beine gebrochen hatte und rechnete jeden Augenblick mit Alarmrufen der britischen Wachen. Mit klopfendem Herzen lief sie zum Fenster und spähte hinaus, doch Hof und Garten lagen verlassen und friedlich im Mondlicht da. Von Damien wußte sie, daß die Soldaten im Siebenjährigen Krieg gelernt hatten, sich völlig lautlos zu bewegen. Wie Wilde.

Cameron gehörte nicht zu den Wilden, beruhigte sie sich selbst. Aber er war leicht zu reizen, und sie hatte ihn verärgert. Ihre Lippen waren wie ausgetrocknet, und ihr Atem ging rascher. Ganz wohl war ihr nicht zumute, doch insgeheim hatte sie bereits beschlossen, nach Cameron Hall zu fahren, falls die Einladung am nächsten Morgen noch galt. Keinesfalls wollte sie länger in der Nähe ihres Vaters bleiben. Und in einem hatte Cameron zweifellos recht: eine Verlobung bedeutete Freiheit.

Am Abend des darauffolgenden Tages, als die Sonne schon fast untergegangen war, erblickte Amanda Cameron Hall zum ersten Mal. Sie hatte nie erfahren, wann Eric dagewesen war und mit den Männern gesprochen hatte. Beim Frühstück hatte ihr Vater ihr lediglich mitgeteilt, daß sie nun offiziell verlobt sei, und Lord Dunmore hatte hinzugefügt, daß Lord Camerons Wagen sie jederzeit erwarten würde. Lord Cameron müsse zwar in Kürze in den Krieg ziehen, doch er habe ausdrücklich gebeten, daß sie sich in seiner Abwesenheit mit seinem Besitz vertraut machen sollte. Einen Hochzeitstermin konnte man angesichts der turbulenten Zeiten auch später festsetzen.

Bevor sie in den Wagen gestiegen war, in dem Danielle bereits Platz genommen hatte, hatte ihr Vater sie heftig am Arm gepackt. »Du wirst dich in seinem Schreibtisch und in seinen Papieren gründlich umsehen, nicht wahr? Alles – Briefe, Namen, Adressen und ähnliches – kann von größter Wichtigkeit sein. Verstanden?«

»Wahrscheinlich würde er dich umbringen, wenn er deine Absichten kennen würde!«

»Du bist immer noch meine Tochter! Ich kann dich jederzeit nach Hause holen. Und außerdem solltest du deinen Vetter nicht vergessen!« Eindringlich starrte er sie an, und sein Blick war so seltsam wie in der Nacht zuvor. Bei dem Gedanken, noch ein einziges Mal mit ihm allein sein zu müssen, schüttelte sich Amanda im stillen.

»Falls du mich auch nur berührst, wird er dich umbringen«, konstatierte sie und war völlig überrascht, als sie plötzlich einen ängstlichen Ausdruck in seinen Augen erkannte.

Rasch machte sie sich los, und nachdem sie eingestiegen war, setzte sich der Wagen auch schon in Bewegung. Wie erlöst sank Amanda in die Polster zurück und lächelte Danielle zu. Vor ihnen lag eine wunderschöne, etwa dreistündige Fahrt entlang der Halbinsel.

Schon der erste Eindruck von Cameron Hall berührte Amanda auf eine ganz besondere Weise. Sie fuhren durch eine lange Allee aus Eichen, in deren Kronen sich die aufsteigenden Abendnebel gesammelt hatten. Erst ganz am Ende öffnete sich plötzlich der Blick auf das Herrenhaus, das auf der Spitze eines grasbewachsenen Hügels thronte. Der Ziegelbau war rundherum von einer breiten Veranda umgeben, deren dorische Säulen die Eleganz und Symmetrie der Architektur wirkungsvoll betonten.

»*Mon Dieu*!« entfuhr es Danielle, die die Fenstervorhänge zurückgeschlagen hatte, um besser sehen zu können. Strahlend blickte sie zu Amanda hinüber. »Ein wunderbares Haus!«

Für eine Erwiderung war Amanda viel zu aufgeregt, denn selbst sie hatte noch nie einen so prachtvollen Besitz zu Gesicht bekommen. Im Vorbeifahren registrierte sie eine lange Reihe von Wirtschaftsgebäuden, die sich entlang eines Weges reihten und von Gemüse- und Blumengärten umgeben waren. Das Haus schien hoch über allem, gewissermaßen im Himmel, zu schweben, doch das war lediglich eine optische Täuschung, die auf den aufsteigenden Abendnebel zurückzuführen war. Zur Linken dehnten sich endlose Felder, auf denen Sklaven und weiße Farmer einträchtig nebeneinander arbeiteten. Hinter einer Baumreihe fiel das Land gegen den Fluß hin ab, und Amanda konnte gerade noch die Lagerhallen und den kleinen eigenen Hafen erkennen.

Danielle strahlte über das ganze Gesicht. »Hier werden Sie es gut haben, *ma chérie*. Dieser Mann ist reich und wird Sie vor Ihrem Vater in Schutz nehmen.«

Amanda hatte plötzlich ein wenig Angst vor dem Abenteuer, auf das sie sich eingelassen hatte. Aus ihren politischen Anschauungen hatte sie nie ein Hehl gemacht, so daß sie für Cameron kein unbeschriebenes Blatt war. Doch trotz dieser Tatsache und trotz des Diebstahls hatte er sich schrecklich aufgeregt, als er in der letzten Nacht erkannt hatte, wie sehr man sie erpreßt und unter Druck gesetzt hatte. Sie konnte ihn unmöglich heiraten, denn im Grunde ihres Herzens war und blieb sie eine treue Anhängerin der Krone, die auf die englischen Gesetze und das englische Erbe stolz war. In der Schule in London hatte sie vieles gelernt, das sie in dieser Haltung nur noch bestätigte. Sie war stolz darauf, einer der bedeutendsten Nationen der Welt anzugehören. In ihren Augen war Eric Cameron ein Verräter und Amerika nichts weiter als ein weites, wildes Land.

»Lord Cameron erwartet uns bereits!« verkündete Danielle freudig erregt.

Amanda konnte ihre Fröhlichkeit allerdings nicht so ganz teilen und betrachtete den Mann, der auf den Stufen der Veranda stand, mit eher gemischten Gefühlen. Er trug eine weiße Kniehose und passende Strümpfe und zu seinem dunkelblauen Gehrock ein spitzenbesetztes Hemd. Wie gewöhnlich hatte er sein Haar nicht gepudert, sondern lediglich im Nacken mit einem schlichten Band zusammengefaßt. Nachdem Pierre den Wagenschlag aufgerissen hatte und Amanda Eric in die Augen sah, errötete sie ein wenig. Er hatte gewußt, daß sie seiner Einladung Folge leisten würde!

»Herzlich willkommen auf Cameron Hall!« begrüßte er sie und nahm ihre Hand, um ihr aus dem Wagen zu helfen. »Ich hoffe, daß Sie hier sehr glücklich werden, Amanda, und sich sicher fühlen!«

Konnte sie sich denn in seiner Gegenwart sicher fühlen, fragte sich Amanda, während Eric sie auf beide Wangen küßte. Es erschien ihr völlig unverständlich, wie er einen solchen prachtvollen Besitz und sein wunderbares Leben aufs Spiel setzen konnte!

Als er sie losließ, blickte er ihr einige Sekunden lang tief in die Augen und wandte sich dann an Pierre. »Bitte kümmern Sie sich mit Thom um das Gepäck!« rief Eric, bevor er auch Danielle voll Herzlichkeit begrüßte. »Darf ich Ihnen jetzt das Haus zeigen?« fragte er dann Amanda.

Als sie nickte, fiel ihr auf, daß sie noch kein einziges Wort gesprochen hatte. »O ja, sehr gern natürlich!« fügte sie hastig hinzu.

»Kommen Sie, Danielle, begleiten Sie uns!«

»Merci – vielen Dank«, verbesserte sie sich in Erinnerung an Nigel Sterling, der ihr Französisch haßte.

Lord Cameron lachte nur, was ihn in Amandas Augen gleich viel sympathischer, charmanter und auch jugendlicher aussehen ließ. Wenn man ihn nicht ärgerte, war er eigentlich ganz umgänglich!

Weißgestrichene, breite Doppeltüren öffneten sich vor ihnen. »Mein vielfacher Urgroßvater James und seine Frau Jassy haben dieses Land von James I. erhalten. Nachdem sie das grausame Massaker der Powhatan-Indianer im Jahr 1622 überlebt hatten, legten sie den Grundstein zum Bau dieses Hauses«, erklärte Eric, während sie die Halle betraten.

Auf der gegenüberliegenden Seite öffneten sich entsprechende Türen auf den Fluß hinaus, durch die ein leichter Luftzug ins Haus strömte. Mitten in der Halle führte eine große, breite Treppe nach oben, während man durch Türen an den Seiten in die Flügel des Hauses gelangte. Alles Holz war wunderbar poliertes Mahagoni. Seidentapeten bedeckten die Wände, und die Decke war mit kunstvollem Stuck verziert. Während die beiden Damen noch staunten, kam ein livrierter Diener die Treppe hinunter.

»Ah, Richard! Dies sind Lady Sterling und ihre Kammerzofe, Mademoiselle Danielle.«

Der schlanke weißhaarige Richard verbeugte sich höflich. »Zu Diensten, Mylady, Mademoiselle. Was darf ich Ihnen als Erfrischung anbieten?«

»Servieren Sie uns Brombeertee. In ungefähr einer Stunde in der Bibliothek. In der Zwischenzeit werde ich den Damen ihre Zimmer zeigen, damit sie sich ein wenig erfrischen können.«

Mit einer Verbeugung entfernte sich Richard, während Lord Cameron seine Besucherinnen in den oberen Stock hinaufführte, wo Familienportraits die Wände schmückten. Ein dunkelhaariger Mann, der nach der Mode des siebzehnten Jahrhunderts gekleidet war, starrte mit Eric

Camerons silberblauen Augen auf Amanda hinunter. Neben ihm hing das Bild einer bezaubernd schönen Frau mit blassen Augen.

»Darf ich vorstellen: Jamie und Jasmine. Und hier kommt sein Enkel, der ebenfalls Jamie hieß, samt seiner Gwendolyn. Zur Regierungszeit von Cromwell haben sie zahlreiche Roundheads in ihrem Haus beherbergt. Wie man sieht, war Virginia schon immer eine sehr loyale Kolonie!«

»Und was hat sich jetzt geändert?« fragte Amanda zurück.

»Der Samen der Freiheit ist hier aufgegangen und hat sich prächtig entwickelt.«

»Demnach sind Sie doch ein Verräter!«

»Große Worte, Mylady! In Kürze werde ich an der Seite von Lord Dunmore in einen Krieg gegen die Wilden ziehen – nennen Sie das tatsächlich Verrat?« Er lachte heiser. »Ich kann mir sehr gut vorstellen, was Sie jetzt denken. Im Geiste sehen Sie mich mit einem Kriegsbeil im Kopf, nicht wahr? Sie sind so grausam, Mylady!« Lächelnd zog er ihre Hand an seine Lippen und küßte sie.

Diese leise Berührung beschleunigte Amandas Pulsschlag bis zum Zerspringen, und ihre Knie zitterten. Sie haßte es, wenn er diese verbotenen Gefühle in ihr weckte, aber dennoch stand sie wie erstarrt, als er ihre Hand auch noch umdrehte und einen Kuß auf die Innenseite drückte. Ihr war ganz schwindlig. »Bitte!« flüsterte sie, und es gefiel ihr gar nicht, daß ihre Stimme so verzweifelt klang.

Sofort ließ er ihre Hand los und trat zum nächsten Portrait. Ganz offensichtlich hatte er in solchen Spielchen sehr viel Erfahrung und bestimmte die Regeln, aber das wollte sie keinesfalls zulassen. »Sehen Sie, dieses Bild ist mein liebstes. Es stellt Petroc Cameron dar. Wenn man den Gerüchten glauben kann, so war er ein Pirat und hat sich auch seine Braut gewissermaßen gewaltsam erworben.«

»Ist das in dieser Familie so üblich?« fragte Amanda äußerst liebenswürdig.

Eric sah ihr gerade in die Augen. »Er handelte im Auftrag der Krone.«

»So sagt man.«

»Er war mein Großvater und hat mich erzogen, weil mein Vater im Kampf gegen die Franzosen umgekommen war. Ich kenne seine Liebesgeschichte, denn ich habe sie von ihm selbst gehört. Die beiden sind ihr ganzes Leben lang sehr glücklich gewesen – sie hat den wilden Mann gezähmt. Von ihnen habe ich viel über die wichtigsten Dinge im Leben gelernt, und dafür bin ich ihnen unendlich dankbar.«

Eric ging mit Danielle schon einige Schritte voraus, während Amanda noch in Gedanken versunken war. Bei der Erinnerung an ihre freudlose, kalte Kindheit schmerzte ihr Herz. Wie gern wäre sie in einer solchen Familie wieder großgeworden! Sie zitterte leise und war den Tränen nahe. Ihrem Vater war sie vorläufig entronnen, und wenn nun auch noch die Shawnee-Indianer das ihrige taten, konnte sie vielleicht endlich in Frieden leben.

»Mylady?«

Höflich hatte Eric auf sie gewartet, und als sie zu den beiden trat, stieß er die Tür auf, vor der sie stehengeblieben waren. Staunend trat Amanda in einen großen Raum, in dem sie zuerst nur das schlittenförmige Mahagonibett und die persischen Teppiche auf dem polierten Fußboden wahrnahm. Vor den großen Fenstern und dem Flußpanorama luden zwei gemütliche Sessel und ein kleiner Tisch zum Verweilen ein, und ein gewaltiger Kamin versprach kuschelige Wärme an kalten Tagen. Ein Raum für eine Prinzessin und noch wesentlich schöner als das Gästezimmer von Lord Dunmore.

»Gefällt es Ihnen?« fragte er.

Amanda nickte nur stumm, worauf Eric sich an Danielle wandte. »Mademoiselle. Sie wohnen gleich dort drüben, am Ende des Flurs.«

Entzückt dankte ihm Danielle und lief aufgeregt zur offenstehenden Tür hinüber. Obwohl Amanda nicht hinsah, wußte sie, daß Eric direkt neben ihr stand, denn sie nahm einen sehr männlichen Duft nach Tabak und Leder und ganz entfernt auch nach einem Badesalz wahr. Unwissentlich befeuchtete sie ihre Lippen, und als sie einen Blick in seine Richtung riskierte, stellte sie fest, daß er sie die ganze Zeit über beobachtet hatte. »Und wo schlafen Sie?« wollte sie wissen.

Verwundert zog er eine Augenbraue hoch, doch dann lächelte er. »Gleich neben dem Ankleidezimmer.« Genüßlich registrierte er, wie sie blaß wurde, und fügte dann hinzu: »Aber Sie haben selbstverständlich einen Schlüssel.«

»Na – natürlich.«

»Weshalb fragen Sie? Interessieren Sie sich für meine Sachen?«

»Nein, nein.«

»Doch. Ersparen Sie uns beiden die Lügerei! Suchen Sie nur nach Herzenslust, aber sehen Sie sich vor! Wenn Sie meinem Bett zu nahe kommen, könnte ich glauben, daß Sie mit mir darin liegen möchten!«

»Sie leiden nicht gerade unter einem Mangel an Selbstbewußtsein, oder?«

»Nun, ich denke, daß ich Sie besser kenne, als Sie selbst das tun. Das verschafft mir einen kleinen Vorteil.«

Als sie zum Protest ansetzen wollte, hatte er sich bereits abgewandt, doch an der Tür blieb er noch einmal stehen. »Richard wird Sie abholen und zur Bibliothek bringen. Außerdem muß ich Sie noch mit meinem persönlichen Diener Cassidy bekannt machen. Meine Haushälterin Margaret wird Ihnen bringen, was Ihnen womöglich noch fehlt. Von da an werden Sie allein zurechtkommen, denke ich, und ich bin gespannt, meine reizende kleine Spionin, wohin Ihre reizenden kleinen Füßchen sie führen werden!«

»Bestimmt nicht in Ihre Nähe«, rief sie ihm nach. »Ich will schließlich nicht –«

»Etwa gefangen werden?« ergänzte er genüßlich, während ein Lächeln um seine Augenwinkel spielte. »Sie befinden sich bereits im Schach!«

»Ich werde mich keinesfalls geschlagen geben!«

»O doch, das werden Sie! Verlassen Sie sich darauf!« Mit diesen Worten wandte er sich endgültig ab und verließ das Zimmer.

8. Kapitel

Je länger sich Amanda sich in ihrem schönen Zimmer umsah, desto aufgeregter wurde sie. Vom ersten Augenblick an hatte sie das Haus gemocht. Der Blick auf den Fluß begeisterte sie mindestens ebenso wie das neue Gefühl der Freiheit, das sie durchströmte. Das allerdings konnte sie nicht ganz verstehen, denn eigentlich war sie unter falschen Voraussetzungen hier und hatte sich auf ein gefährliches Spiel mit einem nicht zu unterschätzenden Gegner eingelassen. Trotzdem empfand sie die Trennung von ihrem Vater wie eine Erlösung.

Auf dem Waschtisch im Ankleidezimmer stand bereits alles bereit, so daß Amanda ihre Toilette in kürzester Zeit beendet hatte. Unwillkürlich wanderten ihre Blicke zum Schloß der Verbindungstür, wo tatsächlich ein Schlüssel steckte. Nach kurzem Zögern drückte sie die Klinke nieder und trat mit entschlossenen Schritten ins benachbarte Zimmer.

Auch von diesem Raum aus überblickte man die große, zum Fluß hin abfallende Wiese und den angrenzenden Hafen mit seinen Lagerhäusern. Erics Bett war breiter als ihres und aus dunklem Holz gearbeitet. Ansonsten wirkte der Raum keineswegs dunkel, sondern einladend und elegant. Die wenigen Möbel waren ausgesprochen kostbar und desgleichen die silbernen Leuchter auf dem Kaminsims und die kunstvoll gearbeiteten Glaslampen, die abends sicher ein wundervolles Licht verbreiteten. Unverkennbar war es Erics Zimmer, denn der Geruch, den sie vorhin an ihm wahrgenommen hatte, schwebte überall in der Luft. Ein fesselnder, bemerkenswerter Duft. Fesselnd und bemerkenswert wie der ganze Mann.

Plötzlich brannten Amandas Wangen vor Scham und Verlegenheit, und sie konnte gar nicht schnell genug hinausgelangen. Der Vorsatz, sich ein wenig umzusehen, war vergessen, und sie seufzte erleichtert, als sie endlich wieder in ihrem Zimmer war. Ihr Vater war ein Narr! Was wollte er eigentlich von Cameron? Heutzutage machte sich doch jeder Mensch Gedanken über die nächsten Jahre! Natürlich wußte sie, daß Eric mit dem Buchdrucker in Boston sympathisierte und sich auch regelmäßig mit den Abgeordneten in der Raleigh Tavern traf. Andererseits nahm auch Colonel Washington, der die Ereignisse in Boston heftig kritisiert hatte, weil man sich dort am Eigentum anderer vergriffen hatte, an diesen Treffen teil und war sogar zum Delegierten des Continental Congress gewählt worden. Erst kürzlich hatte Lord Fairfax, über dessen loyale Haltung zur Krone keinerlei Zweifel bestand, Washington als großen Mann gelobt, auf den die Krone stolz sein konnte. Das Leben war gegenwärtig wirklich ein Wirbelsturm, und nichts war einfach nur schwarz oder weiß.

An diesem Punkt ging Amanda in sich und überlegte, ob sie Eric Cameron vielleicht nur vor ihrem eigenen Gewissen entschuldigen wollte. Das durfte sie keinesfalls zulassen, doch gleichzeitig konnte sie es kaum erwarten, ihn wiederzusehen. Rasch verließ sie ihr Zimmer und machte sich auf den Weg zur Bibliothek. Doch auf der Hälfte der Treppe blieb sie wie angewurzelt stehen. Auf der untersten Treppenstufe stand nämlich völlig regungslos ein schwarzer Mann, der beinahe ebenso groß war wie Eric Cameron. Während sie noch nach Atem rang, verbeugte er sich.

»Guten Abend, Lady Sterling. Mein Name ist Cassidy. Ich bin Lord Camerons persönlicher Diener. Ich werde Sie jetzt zu ihm bringen, und wenn ich Ihnen sonst irgendwie helfen kann, müssen Sie es mir nur sagen.«

Nachdem sich Amanda von ihrer Verblüffung erholt hatte, gelang es ihr sogar, in würdiger Haltung die restliche Treppe hinunterzusteigen und Cassidy durch die große Halle bis zu einer Doppeltür zu folgen.

»Lady Sterling, Lord Cameron«, verkündete Cassidy, nachdem er die Flügel geöffnet hatte, und trat dann höflich zur Seite.

Amanda betrat einen luxuriös eingerichteten Raum, wo Eric sie vor einem grauen Marmorkamin erwartete. Auch hier war der Boden mit persischen Teppichen bedeckt. Am entgegengesetzten Ende des Raums hatte man in den Fensternischen kleine Sitzbänke eingebaut, von wo aus man einen prächtigen Blick über die weite Bucht genießen konnte. Vor einem üppig gepolsterten Sofa erwartete ein silberner Teewagen die Gäste.

»Nehmen Sie Platz, Amanda!« empfing sie Eric. »Wie ich sehe, haben Sie Cassidy bereits kennengelernt.«

»Ja«, antwortet Amanda ein wenig einsilbig und setzte sich ganz vorn auf die Sofakante. Um ehrlich zu sein, machte sie Cassidys Gegenwart nervös, denn ihr Vater hätte niemals einen Schwarzen in seinem Haushalt geduldet.

Unter Erics eindringlichen Blicken wurde sie zusehends nervöser, und insgeheim fragte sie sich schon, ob es überhaupt klug gewesen war, hierher gekommen zu sein. Das Haus und auch ihre Freiheit gefielen ihr zwar über alle Maßen, doch ihr Verhältnis zu Eric Cameron wurde zusehends verworrener.

»Dies ist also der berühmte Früchtetee. Na, ich bin gespannt.«

»Er schmeckt scheußlich, doch mit der Zeit gewöhnt man sich daran.«

»Soll ich Ihnen einschenken?«

»Ja, bitte.«

Amandas Hände zitterten leicht, doch eisern biß sie die

Zähne zusammen und zwang sich zur Ruhe. Mit gesenktem Kopf goß sie den Tee in die Tasse, doch als sie irgendwann hochblickte, entfuhr ihr ein kleiner Schrei. Erics Gesicht war direkt vor ihr. Es war ihr völlig entgangen, daß er sich neben den Teetisch gehockt hatte. Die Tasse tanzte abenteuerlich auf der Untertasse, und Amanda mußte heftig schlucken.

»Haben Sie mich aber erschreckt!« stieß sie hervor.

Eric rettete die Tasse und stellte sie ab. Dabei waren seine Augen unentwegt auf Amanda gerichtet. »Heirate mich!«

»Das kann ich nicht«, flüsterte sie verzweifelt.

Er nahm ihre Hände in die seinen und setzte sich neben sie auf das Sofa. Dabei lächelte er ihr zu, doch seine Augen blieben ernst. »Es gibt gewichtige Gründe, weshalb du es trotzdem tun solltest.«

»Aber ich liebe Sie doch nicht!«

»Also liebst du diesen Gecken immer noch?«

»Geck! Robert Tarryton ist –«

»Ist ein Geck, so wahr ich Cameron heiße! Doch das mußt du selbst erkennen. Er wird noch in dieser Woche vor den Altar treten. Und dein Vater ist nicht zu unterschätzen.«

»Mein Vater!« Amanda errötete, weil Erics Nähe sie irritierte. Sie wußte, daß er die Wahrheit sprach, aber trotzdem konnte sie keinen klaren Gedanken mehr fassen. Ihre Haut brannte, und ihr Herz klopfte bis zum Hals. Einerseits war sie völlig fasziniert – und andererseits hatte sie Angst. Dieser Mann erregte sie über alle Maßen, doch noch überwog die Angst. Einen Pakt mit ihm zu schließen, bedeutete, sich mit dem Teufel persönlich einzulassen. Heftig schüttelte sie den Kopf und starrte nur fasziniert auf die langen, dunklen Finger, die ihre Hand bedeckten. Seit Erics Daumen so aufreizend über ihre Haut glitt, waren klares Denken und alle Selbstbeherrschung dahin.

»Dein Vater wird dir dieses Spiel nicht allzu lange

gestatten, und dabei weiß ich nicht einmal, welches Spiel er selbst spielt! Falls du kein Hochzeitsdatum festsetzt, wird er dir einen anderen Mann aussuchen. Ich glaube, einer seiner Kandidaten ist der gute Lord Hastings. Er ist bestimmt dreimal so alt wie du, und außerdem weiß ich aus zuverlässiger Quelle, daß sein Schnarchen Sturmstärke erreichen kann!«

Ohne es zu wollen, mußte Amanda lachen, worauf Eric noch ein Stück näherrückte und ihr provozierend zart über ihre Wange strich. Dann zeichnete er die Form ihrer Lippen nach, und seine Augen folgten jeder Bewegung seines Fingers. »Ich bin nicht mehr so jung wie Tarryton und habe auch schon einige Narben davongetragen, doch ich kann beschwören, daß ich noch eigene Zähne und nur ein Kinn besitze. Außerdem bade ich regelmäßig. Ich bin nicht gerade arm und bringe mein Land, dieses Haus und einen Stall voller Pferde mit in die Ehe. Heirate mich, Amanda! Ach, und das habe ich übrigens auch aus verläßlicher Quelle: ich schnarche nicht.« Während er leise auflachte, schienen seine Augen sie förmlich zu durchdringen. »Und außerdem versichere ich, daß ich ein ausgezeichneter Liebhaber bin!«

Amanda schnappte nach Luft und wußte nicht recht, ob sie einfach lachen oder empört sein sollte. Jedenfalls ärgerte sie seine Unverfrorenheit. »Stammt diese Information auch aus verläßlicher Quelle?«

»Ich bin sicher, daß ich entsprechende Referenzen beibringen kann, falls Sie sie benötigen sollten.«

»Etwa von Lady Geneva?«

»Du bist ja eifersüchtig! Heirate mich, Amanda! Und zwar gleich, noch vor meiner Abreise! Falls die Shawnees mich skalpieren, wirst du hier Frieden finden können.«

»So schnell ist das doch nicht möglich!«

»Aha! Demnach willst du es dir wenigstens überlegen?«

Wieder mußte sie lächeln. Sie schwebte wie auf Wolken und fühlte sich absolut sicher. Niemand – nicht einmal ihr

Vater konnte ihr etwas anhaben. »Eines haben Sie vergessen.«

»Und das wäre?«

»Meine politischen Ansichten. Ich fürchte mich vor diesen Unruhestiftern und der unsicheren Zukunft. Und Sie, Sir, rechne ich zu diesen Leuten.«

»Meinetwegen mußt du deine Einstellung nicht ändern.«

»Auch nicht als Ihre Frau?«

»Nein. Du kannst und sollst deinen Überzeugungen folgen, solange du mir nicht in den Rücken fällst.«

Amanda atmete tief und seufzte. Wie konnte sie ein solches Versprechen abgeben, wo sie doch genau das Gegenteil im Sinn hatte und nur deshalb hergeschickt worden war? Lange betrachtete sie Erics Hände, die immer noch die ihren bedeckten, und gestand sich ein, daß sie eigentlich nichts über diesen Mann wußte. Aber trotzdem empfand sie eine unwiderstehliche Sehnsucht nach ihm, nach seinen Berührungen, seinen Küssen – wie eine Hure. Ganz die Tochter ihrer Mutter.

Ein Schatten mußte über ihre Züge gehuscht sein, denn plötzlich musterte Eric sie stirnrunzelnd. »Was ist los?«

»Nichts, nichts!« rief sie, sprang voller Panik auf und schüttelte heftig den Kopf. »Ich kann Sie nicht heiraten. Wir stehen auf verschiedenen Seiten. Es ist einfach unmöglich. Falls ich gehen soll –«

Eric war ebenfalls aufgesprungen und versuchte, die stürmischen Empfindungen zu deuten, die sich auf Amandas Gesicht spiegelten. »Weggehen? Aber nein! Ich möchte nicht, daß man dich Lord Hastings zum Fraß vorwirft! Das wäre ja Wahnsinn!«

Doch Amanda wandte sich nur wortlos um und lief in wilder Flucht in ihr Zimmer hinauf. In der Zwischenzeit waren die Koffer gebracht worden, doch noch war niemand erschienen, um sie auszupacken. Im Kamin brannte ein Feuer und verbreitete trotz des offenstehenden Fensters wohlige Wärme. Lange sah Amanda in die Nacht hinaus, und ganz allmählich kehrte ihre Ruhe zurück. Im Grunde fühlte sie sich hier sicher. Eric Cameron benahm sich vielleicht manchmal etwas herausfordernd oder sogar frech, aber zu befürchten hatte sie von ihm bestimmt nichts – er war nicht der Mann, der andere unter seinen Willen zwang oder gar erpreßte! Bei ihm fühlte sie sich geborgen. Trotz allem.

Rasch kleidete sie sich aus, ließ ihre Kleider achtlos zu Boden fallen und kuschelte sich in das weiche Bett. In kürzester Zeit war sie eingeschlafen und hörte nicht einmal, wie Danielle wenig später ins Zimmer trat, um sie zum Abendessen zu rufen.

Und sie hörte auch nicht, als gegen Mitternacht die Verbindungstür leise geöffnet wurde und Eric in ihr Zimmer trat. Im schwachen Schein der vergehenden Glut betrachtete er ihr zartes und so verletzliches Gesicht. Kalte Wut stieg in ihm auf, als er an Nigel Sterling dachte und an die häßliche Szene, die er gestern abend miterlebt hatte. Von der ersten Sekunde an hatte ihn dieses stolze Mädchen fasziniert, und er hatte sie begehrt. Doch nach diesem Erlebnis wollte er sie in erster Linie beschützen. Amandas Liebe zu ihrem Vaterland zeigte, zu welch intensiven Gefühlen sie fähig war, und wenn sie ihn eines Tages so lieben könnte, würde er mit Wonne sein Leben für sie wagen! Lächelnd wandte er sich schließlich ab und kehrte in sein eigenes Zimmer zurück. Während des letzten Tages war manches in seinem Leben anders geworden.

Als Amanda am folgenden Morgen ins Speisezimmer trat, war Eric nirgends zu entdecken. Das Hausmädchen namens Margaret mit dunklen Augen, Kringellocken und frischen Bäckchen teilte ihr mit, daß Lord Cameron augenblicklich die Männer musterte, die sich für den Feldzug gemeldet hatten. Nach einem ausgiebigen Frühstück beschloß Amanda deshalb, sich auf eigene Faust ein wenig umzusehen. Sie verließ das Haus durch den hinteren

Ausgang und folgte dem Weg, der zwischen den zahlreichen Wirtschaftsgebäuden hindurchführte. Von überall her wurde sie höflich gegrüßt, was sie ebenso höflich mit einem Nicken beantwortete. Aus den zahlreichen französischen Sprachfetzen, die an ihr Ohr drangen, schloß sie, daß offenbar alle weißen Arbeiter Akadier waren. Bestimmt würde Danielle überaus glücklich sein, sich mit diesen Leuten in ihrer Muttersprache unterhalten zu können.

Sie hatte den Gedanken noch nicht beendet, als sie auch schon Danielle erblickte, die mit einem hochgewachsenen, weißen Mann in ein intensives Gespräch vertieft war. Ohne lange zu überlegen, versteckte sich Amanda hinter einer Mauer, um den Mann in Ruhe in Augenschein zu nehmen. Er war groß und sah ausgesprochen gut aus. Sein dunkles Haar bildete einen lebhaften Kontrast zu den hellen ausdrucksvollen Augen, die sein Gesicht beherrschten. Seine feinen Gesichtszüge hätten einem Gelehrten alle Ehre gemacht, doch seine Arbeitskleidung und die groben Stiefel widersprachen diesem Eindruck. Der Schmied war er wohl nicht, dachte Amanda und überlegte, was wohl seine Aufgabe sein könnte.

»Lady Sterling.«

Erschrocken fuhr Amanda herum. Cassidy stand direkt hinter ihr. »Hallo, Cassidy!« begrüßte sie ihn und ärgerte sich insgeheim, daß er sie beim Spionieren ertappt hatte.

Doch Cassidys Gesicht war ausdruckslos. »Lord Dunmore ist angekommen, um Lord Camerons Männer zu inspizieren. Ihr Vater und Lord Hastings begleiten ihn.«

»Dann gehen wir besser gleich zurück«, entgegnete Amanda und schlug den Weg zum Haus ein. Cassidy folgte ihr stumm. »Ist Lord Cameron schon zurückgekehrt?«

»Ja. Die Herren erwarten Sie im Wohnraum.«

»Vielen Dank.«

Als sie um die Hausecke bog, sah sie sofort die vielen Zelte. Zahlreiche Männer kampierten auf der Wiese, und unten am Fluß drillte ein Captain seine Mannschaft. Andere saßen auf dem Boden, reinigten ihre Waffen und schwatzten miteinander. Grob geschätzt waren es mindestens fünfzig Männer, und alle trugen Wildlederkleidung, wie sie im Westen von Virginia gang und gäbe war. Mitten im Schritt hielt Amanda inne und wartete auf Cassidy. »Wer sind alle diese Männer? Sie gehören doch nicht zur regulären Miliz, oder?«

»Nein. Diese Männer hat Lord Cameron ganz persönlich verpflichtet. Es sind Farmer, Pächter und Handwerker. Die meisten heißen Cameron.«

»Ach ja?«

»Ja, sie sind alle weitläufig miteinander verwandt, denn im Lauf der Jahre hat sich die Familie endlos vergrößert.«

»Ach ja, natürlich!« murmelte Amanda ein wenig abwesend. Kaum war sie ihrem Vater entkommen, da hatte er sie auch schon wieder eingeholt! Wortlos eilte sie ins Haus, durchquerte die große Halle und betrat kurz darauf den großen Wohnraum.

»Hallo, Amanda, mein Liebes!« Demonstrativ zog ihr Vater sie in seine Arme und küßte sie auf die Wange.

Am liebsten hätte Amanda laut geschrien und sich gewehrt, aber sie beherrschte sich und entzog sich ihm geschickt, indem sie Lord Dunmore begrüßte.

Höflich beugte sich der Gouverneur über ihre Hand. »Ich habe nicht geglaubt, daß Eric tatsächlich so viele Männer zusammenbringen würde! Wunderbar! Ich mußte mich unbedingt selbst davon überzeugen.«

»Es werden noch einmal so viele kommen, John. Bis zum Ende dieser Woche werden wir vollzählig sein, denke ich. Dann kann es losgehen.«

»Gut, Eric. Lewis ist bereits unterwegs, und wir werden dann genau zur rechten Zeit eintreffen, um die Dinge ein für allemal in Ordnung zu bringen«, meinte der Gouverneur.

Amanda sah Eric an, denn sie glaubte nicht, daß er diese Ansicht so ohne weiteres teilte. Doch Eric umging das Thema. »Ich glaube, wir können jetzt zu Tisch gehen, Gentlemen. Lady Amanda, darf ich bitten?«

Leider stand sie in diesem Augenblick genau vor Lord Hastings, der sich die günstige Gelegenheit natürlich nicht entgehen ließ. Strahlend küßte er ihr die Hand und hakte sich dann bei ihr unter. Dabei musterten sie seine flinken glänzenden Äuglein. »Sie erlauben, Mylady?«

»Aber – selbstverständlich«, murmelte sie und atmete befreit auf, als sie endlich auf ihrem Stuhl Platz nehmen konnte.

Das Speisezimmer nahm fast die ganze Breite des Hauses ein. Am riesigen Tisch konnten ohne weiteres zwanzig Personen Platz finden, doch heute waren nur fünf Plätze um ein Tischende herum gedeckt. Verschiedene Waffen zierten die Wände, und über dem großen Kamin prangte ein prachtvolles Familienwappen. Auch hier hatte man die tiefen Fensternischen mit Sitzpolstern ausgestattet, so daß man vor oder nach den Mahlzeiten bequem vertrautere Unterhaltungen führen konnte.

Als Amanda Lord Dunmores beobachtende Blicke bemerkte, errötete sie leicht und erkundigte sich sofort höflich nach dem Befinden seiner Frau.

»Ihr geht es recht gut. Danke.«

»Ich habe gar nicht gewußt, daß sie krank war«, bemerkte Eric stirnrunzelnd.

»Sie ist auch nicht krank, sondern sie erwartet in Kürze einen kleinen Virginier«, erklärte der Gouverneur.

»Darauf wollen wir trinken!« Eric erhob sein Glas, worauf alle anderen in seinen Glückwunsch einstimmten.

Danach servierten Cassidy und Thom den ersten Gang, und nur wenig später waren Dunmore und Eric bereits in eine heftige Strategiediskussion vertieft.

In manchen Punkten war Eric allerdings anderer Meinung. »Ich habe schon früher gegen die Indianer gekämpft, Gouverneur. Sie sind wirklich keine Feiglinge. Sie haben nur nicht gelernt, sich in Linien aufzustellen, aber sie sind entschlossene Kämpfer und nutzen die landschaftlichen Gegebenheiten und die Dunkelheit. Man darf sie wirklich nicht einfach als Wilde abtun!«

Amanda erschauerte, denn der Gedanke, daß Eric den Shawnees tatsächlich zum Opfer fallen könnte, schien ihr plötzlich ganz entsetzlich.

Lord Hastings war ihre plötzliche Blässe nicht entgangen. »Gentlemen, ich fürchte, diese Gespräche nehmen Lady Amanda zu sehr mit.«

»Tatsächlich?« Amüsiert blickte Eric zu ihr hinüber. »Das tut mir aber leid, Amanda!«

Lächelnd stand Amanda auf. »Falls mich die Herren entschuldigen wollen, aber ein bißchen frische Luft wird mir guttun.«

Alle erhoben sich höflich, doch noch bevor jemand protestieren konnte, hatte sie bereits das Zimmer verlassen. Rasch lief sie auf die Veranda hinaus und atmete tief durch.

»Lady Amanda!«

Zu ihrem Entsetzen mußte sie feststellen, daß der alte Lord Hastings ihr gefolgt war. Während er auf sie zuwatschelte, machte sie gute Miene zum bösen Spiel und wich nur ein kleines Stück zurück.

Unbeeindruckt ergriff er ihre Hand. »Ist Ihnen nicht wohl?« erkundigte er sich besorgt.

»Nein, nein. Es tut mir leid, daß ich so einfach davongelaufen bin –«

»Nein, ganz im Gegenteil. Mir tut es leid, daß wir Sie so aufgeregt haben! Aber ich denke schon, meine Liebe, daß Sie sich zumindest mit der Möglichkeit vertraut machen sollten, daß der junge Cameron tatsächlich nicht zurückkehren wird. Tja –«

»Oh, ich – ich bin überzeugt, daß Eric zurückkehrt. Er hat ja bereits Erfahrung gesammelt und wird sich vorsehen.«

»Trotzdem. Angenommen es kommt anders, so möchte ich Ihnen heute schon sagen, daß ich immer für Sie da sein werde. Ich weiß, daß ich ein alter Mann bin, aber trotzdem empfinde ich ehrliche, tiefe Gefühle für Sie. Ich habe mit Ihrem Vater bereits besprochen, daß ich um Ihre Hand anhalten werde, falls Cameron fällt.«

Tapfer versuchte Amanda ihr Entsetzen zu verbergen. Das gierige Glitzern seiner flinken, kleinen Äuglein verursachte ihr solche Übelkeit, daß sie heftig schlucken mußte. Glücklicherweise kamen in diesem Augenblick auch die anderen Herren auf die Veranda und erlösten sie aus ihrer Zwangslage.

»Wie – reizend«, brachte sie mühsam hervor und schauderte, wenn sie sich seine fleischigen Hände auf ihrer Haut vorstellte. Lieber wollte sie sterben! »Es ist wirklich reizend von Ihnen, aber bestimmt werden Sie verstehen, daß wir unmöglich so lange warten können –«

»Womit oder worauf?« fragte Nigel Sterling neugierig.

Amanda befeuchtete ihre Lippen und übersah geflissentlich Erics Grinsen. Bedauernd lächelte sie Hastings noch einmal zu, lief dann an ihm vorbei und hakte sich bei Eric unter. »Wir – wir haben beschlossen, daß wir unmöglich bis zu Erics Rückkehr warten können. Wir werden uns noch vorher trauen lassen!«

»Wie bitte? Aber in ein paar Tagen wollen wir doch aufbrechen!«

»Ja, ja«, murmelte Eric, und dabei tanzten seine blauen Augen vor Vergnügen. »Wir hätten es Ihnen natürlich sofort sagen sollen.« Herausfordernd sah er Amanda an. »Der Gedanke, daß ich sterben könnte, hat uns zu diesem plötzlichen Entschluß bewogen. Nach Möglichkeit möchte ich wenigstens einen Erben zurücklassen.«

»Aber so rasch kann man doch nicht heiraten«, stotterte Sterling.

»Aber Sir! Lord Dunmore wird uns eine Sondergenehmigung erteilen, und die Trauung in der Bruton Parish Church kann ja in schlichter Form stattfinden.«

»Aber das ist höchst ungewöhnlich«, versuchte Nigel noch einmal erfolglos zu protestieren.

»Mir gefällt der Gedanke«, bemerkte der Gouverneur.

»Wir werden unsere kleine Königstreue mit dem großen Zweifler verheiraten und ihn dadurch unter Kontrolle halten. Eine phantastische Vorstellung, nicht wahr?«

Offenbar schien niemand die unterschwellig vorhandene Spannung zu bemerken, denn alle lachten herzlich.

»Unter diesen Umständen sollte Amanda aber mit mir nach Williamsburg heimkehren«, schlug Nigel Sterling vor.

»Aber nein!« widersprach Eric so heftig, daß es schon fast unhöflich war. Um seinen Fehler wieder gutzumachen, fuhr er dann lächelnd fort: »Was halten Sie denn davon, Gentlemen, wenn Sie alle heute nacht meine Gäste sind? Morgen werden wir dann gemeinsam in die Stadt fahren.«

»Eine ausgezeichnete Idee!« lobte der Gouverneur und schlug Sterling kräftig auf die Schulter. »Gratuliere, Nigel! Jetzt wollen wir aber endlich auf Ihren Schwiegersohn und die zukünftigen Enkelkinder trinken!« Mit diesen Worten hakte er sich bei ihm unter und zog ihn ins Haus. Hastings folgte unter Seufzen, nachdem er noch einen Blick auf die jungen Leute geworfen hatte.

Als sie endlich allein waren, versuchte Amanda, sich aus Erics Griff zu befreien, doch er gab nicht nach. Unwillig warf sie ihre Lockenpracht zurück und starrte Eric direkt in die Augen.

»Ich bin entzückt«, murmelte Eric, »und frage mich, was diesen plötzlichen Meinungsumschwung bewirkt hat. Hast du etwa ganz plötzlich deine Liebe für mich entdeckt?«

»O nein! Ich habe nur das Doppelkinn von Lord Hastings entdeckt«, gab sie zurück.

Erics Lächeln vertiefte sich, und es zeigte sich sogar ein Grübchen auf seiner Wange. »Und du wirst deinen Entschluß nicht bereuen?«

Sie schluckte krampfhaft und konnte kaum atmen. Dann schüttelte sie den Kopf. »Nein – nein, das werde ich nicht.«

»Du sagst das, als ob du zu deiner Hinrichtung gingst.«

»Genauso fühle ich mich auch.«

Er lachte herzlich und hob dann ihr Kinn mit einem Finger empor, um ihr in die Augen zu schauen. »Deine Befürchtungen sind völlig umsonst. Es wird wunderbar werden!«

»Das glaube ich nicht. Für eine Frau ist es das niemals.«

»Du wirst ja sehen.« Sanft strichen seine Fingerspitzen über ihre Kehle, und dann fühlte sie die Berührung seiner Lippen. Sie schloß die Augen, als heißes Feuer durch ihre Glieder strömte, und als seine Lippen über ihren Hals wanderten, wurde es unerträglich. Sie schluckte heftig und entzog sich ihm. Verwirrt faßte er ihre Hände und zog sie an sich. »Was hast du denn?«

»Das – das gehört sich nicht!« stieß sie mit bezaubernd gerötetem Gesicht hervor.

Energisch drückte er sie an sich und musterte ihr verwirrtes Gesicht. »Es gehört sich nicht! Mein Liebes, du bist doch keine Geliebte, die ich mir für mein Vergnügen ausgesucht habe und dann wieder fortschicke! Wir werden schließlich heiraten, mein Schatz!«

Sie senkte die Lider. »Laß mich los! Bitte! Noch sind wir es nicht.«

Er dachte überhaupt nicht daran, ihr zu gehorchen. »Aber morgen werden wir es sein! Dann gibt es kein Zurück mehr. Ich heirate dich, weil ich dich begehre! Verstehst du das?«

»Hm – ja«, preßte sie hervor und machte sich aus seiner Umarmung frei. Als sie hastig die Stufen hinunterlief, besann Eric sich eine Sekunde, doch dann machte er kehrt und ging zurück ins Haus.

An diesem Abend hatte sich Amanda das Essen auf einem Tablett in ihr Zimmer bringen lassen, denn sie wollte allein bleiben. Sie war schrecklich nervös, so daß sie nicht einmal daran dachte, Danielle nach dem dunkelhaarigen Mann zu fragen, mit dem sich diese so angeregt unterhalten hatte. Statt dessen lief sie wie ein gefangenes Tier im Käfig in ihrem Zimmer auf und ab. Danielle lauschte schweigend ihren Selbstvorwürfen, doch beide wußten, daß es keinen anderen Ausweg gab.

Als es an der Tür klopfte, hielt sie inne. Ohne ihre Antwort abzuwarten, stand ihr Vater Sekunden später im Zimmer und scheuchte Danielle mit einem knappen »Hinaus!« aus dem Zimmer. »Du wirst also morgen heiraten!« platzte er heraus.

»Ja, Vater. Es ist doch dein Wunsch, nicht wahr?«

»Das stimmt. Nur mußt du wissen, daß du auch als seine Frau immer noch meine Tochter bist!«

»Und das heißt?«

»Daß du tun wirst, was ich dir sage!«

Amanda lächelte, denn wenigstens in einem Punkt war sie über ihre bevorstehende Heirat glücklich: Eric Cameron würde sie vor der ganzen Welt beschützen. »Er ist ein mächtiger Mann, wie du weißt, und ist damit möglicherweise nicht einverstanden.«

»Aber auch er kann Damien Roswells Hals nicht vor der Schlinge des Henkers bewahren!« Als sie erbleichte, sprach er ungerührt weiter. »Damien wird Cameron auf diesem Feldzug begleiten. Wußtest du das? Nein? Nun, das dachte ich mir. Auf den Ausgang dieses Unternehmens darf man gespannt sein!« Dann wandte er sich ab und ging zur Tür. »Vergiß nicht, daß dein Glück immer noch in meiner Hand liegt, mein kleines Kind!«

Wie betäubt sank Amanda auf ihr Bett, nachdem er das Zimmer verlassen hatte. Eric Cameron konnte sie tatsächlich nicht vor allem beschützen!

Am nächsten Morgen erschien Danielle schon zeitig, um Amanda zu wecken. Im Halbschlaf ließ ihr Schützling die Ankleidezeremonie über sich ergehen. Danielle hatte ein blaugraues Kleid gewählt, dessen Spitzenbesätze mit kleinen Perlen bestickt waren, und frisierte Amandas Haar so, daß sie sich wie ein dunkler Feuerstrom über ihren

Rücken ergossen. Als die Braut schließlich die Treppe hinunterstieg, hatten die dienstbaren Geister bereits Aufstellung genommen und prosteten der zukünftigen Lady Cameron zu. Mit bleichem Gesicht dankte Amanda allen höflich, doch sie konnte sich kein Lächeln abringen.

Die Stimmung besserte sich auch während der Fahrt nach Williamsburg nicht. Sie war mit Danielle allein, da Eric bereits mit den anderen vorausgefahren war, um alles für die Zeremonie vorzubereiten. Danielle freute sich zwar über die Hochzeit, aber die Eile, mit der alles vonstatten ging, behagte ihr nicht so sehr.

»Wenigstens werden Sie vom heutigen Tag an diesem Monster für immer entronnen sein!« seufzte sie.

Dieses »Monster« war ihr Vater, dachte Amanda. Leider irrte Danielle, denn sie war ihm keineswegs entronnen.

Bei ihrer Ankunft wurden sie herzlich von der Frau des Gouverneurs begrüßt, die sich liebevoll um Amandas Toilette kümmerte. »Ich hoffe, daß mein Mann mich bei Ihrem letzten Besuch gut vertreten hat und nett zu Ihnen war.«

»O ja, sehr nett«, erwiderte Amanda höflich. Er hatte nur das Leben ihres Vetters bedroht – netterweise.

Zur Aufmunterung wurde ihr ein Glas Brandy gereicht. »Ein hervorragendes Mittel gegen alle möglichen Ängste.« Das mußte man Amanda nicht zweimal sagen – und sie sprach dem Schnaps kräftig zu.

Obwohl die Trauung so kurzfristig anberaumt worden war, war die Bruton Parish Church bis auf den letzten Platz besetzt. Viele Abgeordnete des aufgelösten House of Burgesses hatten sich in der Kirche eingefunden. Eine etwas seltsame Versammlung, dachte Amanda, während sie am Arm ihres Vaters durch den Mittelgang schritt. Der Gouverneur lachte und scherzte mit den Männern, deren Zusammenkunft er soeben aufgelöst hatte, und schien gut Freund mit ihnen zu sein. Auch Lady Geneva war gekommen und drückte ihr im Vorbeigehen die Hand.

Irgendwann erspähte sie auch Colonel Washingtons grinsendes Gesicht, der Eric aufmunternd zunickte. Nur Damien konnte sie nirgends entdecken, und das beunruhigte sie, denn sie hatte ihn ganz ausdrücklich eingeladen.

Vielleicht werde ich ja ohnmächtig, dachte Amanda, als Nigel Sterling ihre Hand in die von Eric legte. Doch nichts dergleichen geschah. Statt dessen trat der Pfarrer nach vorn und umwickelte ihre Handgelenke mit einem weißen Band. Dann begann er zu sprechen, doch seine Worte rauschten an Amanda vorbei. In der kleinen Kirche war es unerträglich warm, und Amanda hörte wie im Traum, wie Eric mit klarer, deutlicher Stimme sein Versprechen abgab. Nach einer kleinen Pause war die Reihe an ihr, und sie war überrascht, wie ruhig sie die Worte nachsprach. Sie schwor, diesen Mann zu lieben, zu ehren und ihm zu gehorchen. Sekundenlang tauchte das lächelnde Gesicht des Pfarrers vor ihr auf, doch dann fühlte sie nur noch Erics Lippen auf ihrem Mund, daß es ihr den Atem raubte.

Mit schrillem Schrei stürzte Geneva auf sie zu und umarmte erst sie und beglückwünschte dann den Bräutigam. Ihr Benehmen war zwar nicht ganz schicklich, doch in der allgemeinen Freude und dem Jubel ging das völlig unter. Lord und Lady Dunmore gehörten zu den ersten Gratulanten, und dann folgten alle anderen, bis das Brautpaar von einer gewaltigen Menschenmenge fast erstickt wurde.

Irgendwann wurde es Amanda zuviel, und sie drängte sich energisch durch die Menge und entschlüpfte durch eine Seitentür hinaus auf den Friedhof. Dort sank sie mit geschlossenen Augen erschöpft gegen die Mauer. Als sie Schritte hörte, sah sie auf und entdeckte, daß Washington ihr gefolgt war.

Liebevoll blickten seine graublauen Augen auf sie hinunter. »Geht es Ihnen gut, Lady Cameron?«

Cameron. An diesen Namen mußte sie sich erst noch

gewöhnen, dachte Amanda. Sie öffnete den Mund, um zu antworten, doch sie brachte keinen Laut heraus und nickte nur.

Aufmunternd nickte er ihr zu. »Wenn ich Ihnen jemals helfen kann, dann zögern Sie nicht, und kommen Sie sofort zu mir. Ah, hier kommt der glückliche Ehemann! Ich wünsche Ihnen ein langes Leben und alles Glück dieser Welt. Lassen Sie uns für den Frieden beten!«

»Ja, das werden wir.« Während über ihren Köpfen die Bäume rauschten und sie einander in die Augen sahen, spürten die drei für Sekunden eine große Verbundenheit. Doch gleich darauf war der Zauber vorbei, denn Damien hatte seine Kusine entdeckt.

Strahlend nickte er Washington zu, bevor er Amanda in die Arme schloß. »Herzlichen Glückwunsch, Lady Cameron!«

»Damien! Wo warst du? Ich habe dich nirgends gesehen.«

»Natürlich war ich in der Kirche! Dieses Vergnügen konnte ich mir doch nicht entgehen lassen!« Mit diesen Worten wirbelte er sie einige Male herum. »Fangen Sie Ihre Braut auf, Lord Cameron!« rief er und ließ sie so schwungvoll in Erics Arme gleiten, daß Amanda ihm die Arme um den Hals schlingen mußte, wenn sie nicht hätte fallen wollen. Erics liebevolles Lächeln wärmte Amanda, und sie erwiderte es von Herzen.

Alles weitere ging im allgemeinen Aufbruch unter. Irgend jemand hatte vorgeschlagen, zu Erics Haus zu gehen, was alle übrigen mit Begeisterung quittiert hatten. Eric trug seine Frau den kurzen Weg, während die anderen ihnen scherzend und lachend folgten. Für Amanda verging der Nachmittag wie im Flug, denn dank ihrer Nervosität nippte sie viel zu oft an ihrem Weinglas. Eigentlich hatte sie angenommen, daß die Feier bis in die Nacht hinein andauern würde, und war deshalb sehr erstaunt, als Eric sie plötzlich wieder hochhob.

»Was –« stieß sie voller Panik hervor.

»Wir gehen jetzt nach Hause.«

»Nach Hause?«

»Ja, nach Cameron Hall.«

»Aber –« protestierte sie, doch dann verstummte sie. Die lange Fahrt bedeutete einen Aufschub! Sehenden Auges hatte sie sich einem Rebellen und womöglich dem Teufel persönlich verkauft – und nun packte sie die nackte Angst.

Nachdem Eric sich mit einer launigen Rede von ihren Gästen verabschiedet hatte, folgte ihnen ihr Lachen bis hinaus auf die Straße. Fürsorglich verstaute er Amanda im Wagen, worauf er selbst hineinkletterte. Danielle würde ihnen in einem zweiten Wagen folgen. Als die Pferde anruckten, schloß Amanda ergeben die Augen, doch als Eric ein wenig näherrückte, riß sie sie voller Panik wieder auf. Eric blieb jedoch reglos sitzen und beobachtete sie lediglich aus dem Halbdunkel heraus.

»Es wird eine lange Fahrt werden, und da du ziemlich viel getrunken hast, solltest du vielleicht besser schlafen.«

»Damen betrinken sich nicht!« belehrte sie ihn.

»Und natürlich fluchen sie auch nicht. Von Damien habe ich allerdings erfahren, daß jeder Kutscher neben dir erröten würde!«

Vorerst errötete nur Amanda und senkte die Lider, doch Eric schlang nur lachend den Arm um sie und zog sie auf seinen Schoß. Als sie protestieren wollte, strich er ihr nur sanft über das Haar. »Schlaf ein wenig, mein Schatz!«

Sie erwachte erst wieder, als er sie bereits aus dem Wagen gehoben hatte und die Treppe hinauftrug. Voller Panik riß sie die Augen auf, denn nun war es soweit. Sie waren zu Hause! Flüchtig nahm sie die Portraits der Vorfahren wahr, und dann lag sie bereits auf seinem breiten Bett.

»Ich werde dir Danielle schicken. Bestimmt ist sie inzwischen eingetroffen.«

Nachdem er das Zimmer verlassen hatte, schoß sie in die Höhe und bemerkte erst jetzt die dampfende Wanne, die vor dem Kamin bereitstand. Unruhig lief Amanda auf und ab und stellte fest, daß der Schlaf sie zwar erfrischt, aber andererseits auch die Wirkung des Alkohols beseitigt hatte. Als Danielle eintrat, fiel sie ihr um den Hals. »Ich kann nicht!«

»Aber natürlich können Sie!« protestierte Danielle energisch und drehte Amanda um. Dann öffnete sie die zahlreichen Verschlußhaken des Kleids und ließ es ihr langsam von den Schultern gleiten.

»Ich bekomme keine Luft!«

»Das liegt am Korsett!« Rasch zog Danielle ihr das Hemd über den Kopf und löste die Schnürung, doch es half nicht. Sie mußte Amanda sogar zum Bett führen und ihr im Sitzen Schuhe und Strümpfe abstreifen. »Jetzt aber rasch in die Wanne, sonst holen Sie sich den Tod!« kommandierte sie.

Zitternd und klappernd stieg Amanda in das Wasser, das köstlich nach Rosenwasser duftete. Mit geschlossenen Augen lehnte sie sich zurück, doch als das Zittern immer noch anhielt, reichte Danielle ihr ein kleines Glas.

»Brandy.«

»Dem Himmel sei Dank!« Nachdem sie den Inhalt hinuntergestürzt hatte, forderte sie atemlos ein weiteres Glas. Danielle gehorchte, und Sekunden später war das Glas wieder leer. Je länger Amanda über die Situation nachdachte, desto ärgerlicher wurde sie. Sie wollte sich nicht so unter Druck setzen lassen! Bestimmt würde Eric verstehen, daß sie im Augenblick für diese Seite der Ehe noch nicht reif genug war. Rasch beendete sie ihr Bad und rubbelte sich trocken. Trotz des Feuers war die Nacht kühl, und so zitterte sie ein wenig, als Danielle ihr das seidene Nachthemd über den Kopf gleiten ließ.

»Bonsoir, ma petite!« hauchte Danielle und drückte Amanda einen zarten Kuß auf die Wange.

Sie hatte die Tür noch nicht ganz hinter sich geschlossen, als Eric durch die Verbindungstür eintrat. Offenbar hatte er ebenfalls gebadet, denn sein Haar war noch ganz feucht. Er trug einen samtenen Hausmantel, der über seinem Brustkorb ein Stück weit offenstand.

Wie gebannt starrte Amanda auf die schwarzen Haare, die sie im Ausschnitt seines Hausmantels sehen konnte, und schluckte. Dann wich sie ganz langsam gegen die Fenster zurück und räusperte sich. »Eric –«

»Ja?« Er folgte ihr langsam, wobei er ihr eindringlich in die Augen sah.

»Ich – ich kann nicht!«

»So? Und was kannst du nicht?« fragte er mit höflichem Lächeln.

»Ich –« Sie senkte den Blick, und als sie dabei feststellte, daß ihr Nachthemd leicht durchsichtig war und ihre dunklen Brustwarzen und das Dreieck zwischen ihren Schenkeln sehen ließ, packte sie das nackte Entsetzen. Erschreckt sah sie ihn an und hätte sich am liebsten hinter einem Vorhand versteckt. Abwehrend schüttelte sie den Kopf. »Eric – ich bitte dich! Sei ein Gentleman und verstehe –«

»Nein!« Entschlossen kam er immer näher. »Darüber haben wir bereits gestern geredet und waren uns einig! Du wolltest keinen Rückzieher machen!«

»Das stimmt, aber versteh mich doch bitte! Ich kenne dich doch überhaupt nicht –«

»Morgen früh wirst du mich dafür um so besser kennen, mein Schatz!« Mit diesen Worten ergriff er ihren Arm und zog sie so eng an sich, daß sie seinen muskulösen, starken Körper unter dem Hausmantel spüren konnte. Deutlich spürte sie sein erregtes Glied durch ihr hauchdünnes Nachthemd und sah noch kurz das silbrige Glitzern in seinen Augen, bevor er sich zu ihr herunterbeugte und dicht vor ihren Lippen flüsterte: »Du kannst es, mein Liebes! Keine Angst, du kannst es.«

Gleichzeitig hob er sie auf seine Arme und trug sie zum Bett. »Jetzt ist endgültig Schluß mit diesem Getue!« brummte er, als er sie schwungvoll in die weichen Kissen warf. Als sie zappelte und strampelte, lachte er nur, und

Sekunden später drückte sein Gewicht sie tief in die Kissen.

9. Kapitel

Für Augenblicke schien Amanda wie auf Wolken zu schweben. Alles um sie herum nahm sie wie durch einen Schleier wahr. Trotzdem spürte sie die laue Brise, die durch das geöffnete Fenster strich und die Kerzen zum Flackern brachte. Und sie fühlte das Gewicht des muskulösen Körpers und seine Wärme, die durch den Samt des Hausmantels drang. Als sie die Arme gegen Erics Brust stemmte, um ihn wegzudrücken, wurde ihr plötzlich bewußt, wie erregend es war, das dunkle Haar mit den Fingerspitzen zu berühren und die Sehnen und Muskeln unter der Haut zu ahnen. In diesem Augenblick lachte Eric leise.

»Lach mich nicht aus!« schimpfte sie angesichts ihrer Wehrlosigkeit.

Wie zum Trost drückte Eric ihr einen Kuß auf die Stirn und ließ dann seine Lippen wie einen Hauch über ihre Wangen und ihren Mund gleiten, bis ihre Sehnsucht fast unerträglich war. »Verzeih mir, Liebes, aber ich lache dich nicht aus!«

»Ich verzeihe dir gar nichts!« entgegnete sie. Seine Augen glitzerten im Licht der Kerzen so verführerisch, daß sie ihn nicht ansehen mochte. Es war schon schlimm genug, ihn so nah spüren zu müssen.

»Das glaube ich dir aufs Wort, du kleiner Falke! Doch im Augenblick bist nur nur ein kleiner, hilfloser Spatz!«

»Ein Spatz!« Stöhnend bäumte sie sich auf, doch alle Mühe war umsonst. Sein schwerer Körper ließ ihr nicht den geringsten Spielraum, und als sie seine starken Muskeln unter ihren Händen fühlte, war ihr klar, daß alles Mühen sinnlos war.

Hilfloses Zittern überfiel sie, und als sie etwas sagen wollte, verschloß er ihr den Mund mit einem Kuß. Seine Zunge eroberte ihren Mund, als ob sie ihre Seele berühren wollte. So aufreizend langsam und so gründlich, daß Amandas Zittern sich zu fiebrigem Wahnsinn steigerte.

Irgendwann löste er sich von ihr und blickte in der Dunkelheit lange auf sie hinunter. Dabei strichen seine Finger ganz zart über ihre feuchten Lippen. »Hast du immer noch Angst vor mir?«

»Nein.«

»Du wirst sehen, daß ich dir nichts vorgemacht habe. Ich werde dir beweisen, wie wunderschön die Liebe sein kann.«

»Aber nicht heute nacht! Das grenzt an Vergewaltigung. Ich könnte es dir nie verzeihen!« fuhr sie in plötzlicher Panik hoch. Dabei preßte sie ihre Faust zwischen ihre Körper, um ihn irgendwie von sich wegzudrängen. Voller Verzweiflung mobilisierte sie alle Kräfte und trat ihn mit dem Knie zwischen den Beinen.

Anfangs begriff sie überhaupt nicht, was geschehen war. Sie sah nur sein schmerzverzerrtes Gesicht, und es dauerte noch einige Sekunden, bis sie realisierte, daß er sie losgelassen hatte. Mit aller Kraft rollte sie ihn beiseite, doch noch bevor sie aus dem Bett fiel, hörte sie, wie die Seide ihres Nachthemds ein Stück weit einriß.

Sofort war er über ihr. »Du bist vielleicht eine Hexe!«

»Nein!« flüsterte sie, ohne genau zu wissen, ob sie dieser Feststellung widersprach oder dem, was noch vor ihr lag. Hastig raffte sie ihr Nachthemd zusammen, weil er so bedrohlich über ihr stand, und zitterte heftig. Sie schien ihm wehgetan zu haben und fürchtete sich. »Ich wollte dir nicht wehtun!«

»So? Ist das etwa deine Auffassung von weiblicher Zärtlichkeit? Ich fürchte, ich muß dir noch manches beibringen. Komm, steh auf, Amanda!«

Wie gebannt starrte Amanda auf die ausgestreckte Hand und wußte, daß sie sie niemals würde ergreifen können. Wütend zerrte sie einen Zipfel ihres Nachthemds, auf dem er stand, unter seinen Füßen heraus, sprang auf und floh zur gegenüberliegenden Wand hinüber. Ängstlich starrte sie ihn an, während er ihr betont langsam folgte. Er berührte sie nicht, sondern stützte nur seine Hände rechts und links von ihr gegen die Wand, so daß sie dazwischen gefangen war.

»Ich habe dir schon einmal gesagt, daß nichts, aber auch gar nichts den Ablauf dieser Nacht ändern wird. Ganz gleich, was du dir noch alles einfallen läßt!« Bevor sie noch protestieren konnte, hatte er sie bereits wieder hochgehoben und trug sie zum Bett zurück. Dort war er so rasch über ihr, daß sie ihm nicht noch einmal entkommen konnte.

Mit einer Hand drückte er ihre Handgelenke oberhalb ihres Kopfes auf die Matratze. »Wir werden uns lieben!« versprach er voll wilder Gier.

Dann packte er ihr Kinn mit seiner freien Hand und küßte sie so eindringlich und leidenschaftlich, daß ihr zuerst nur der Atem, doch dann auch jeder Widerstand und letztlich auch ihr Wille abhanden kam. Sie hatte keine Ahnung, wieviel Zeit vergangen war, als seine Lippen sich endlich von ihren lösten. Sie las die Leidenschaft in seinen Augen und haßte ihn, weil er soviel Macht über sie besaß. Trotzdem schlug ihr Herz zum Zerspringen – ganz, als ob sie ihn trotz allem begehrte.

Langsam löste er seinen Griff an ihren Handgelenken, strich sanft mit seinen Handflächen über ihre Hände und verflocht seine Finger mit den ihren. Dabei blickte er auf Amanda hinunter und mußte unwillkürlich lächeln, weil ihre Augen ihn inmitten der feurigen Haare so wild und empört anstarrten. Nie hatte er sie wilder, drängender begehrt als jetzt, doch sie machte es ihm schwer, dabei zärtlich vorzugehen. Immer wieder mußte er an das Wort »Vergewaltigung« denken. Nein, mit Gewalt wollte er sie nicht erobern, aber er war fest entschlossen, es auf jede nur mögliche Art zu versuchen.

»Ohne deine Erlaubnis werde ich dich nicht nehmen«, sagte er mit heiserer, angespannter Stimme, »aber du wirst mich nicht daran hindern, daß ich mich auf jede nur denkbare Art um diese Erlaubnis bemühe!«

Heftig umklammerten ihre Finger die seinen. »Diese Erlaubnis werde ich dir niemals geben!«

»Sei still! Meine Berührungen und meine Küsse wirst du ertragen müssen!«

Sein Mund erstickte ihren Protest und wanderte dann ganz sacht, wie absichtslos, über ihr Gesicht, liebkoste ihre Haut und ihre kleinen Ohrläppchen. Unbeteiligt starrte Amanda zur Decke, während seine Küsse über ihre Kehle und schließlich bis in den Ausschnitt ihres Nachthemds wanderten. Sie fühlte sein heißes erregtes Glied in voller Länge an ihren Schenkeln, doch sie unterdrückte ihr Zittern mit aller Macht und hoffte inständig, daß es bald vorüber sein würde.

Doch das war es ganz und gar nicht. Ohne auf sein heißes Begehren Rücksicht zu nehmen, widmete sich Eric mit vollem Einsatz und unendlicher Zärtlichkeit dieser Verführung. Sein heißer Atem traktierte Amandas Ohrläppchen, und als dann auch noch seine Finger dem Weg folgten, den sein Mund bereitet hatte, schloß Amanda die Augen und hielt den Atem an. Ein heftiges Zucken durchlief sie, als sich irgendwann seine flache Hand auf ihre Brust legte und die Finger die Warze liebkosten. Stöhnend krümmte sie sich zusammen und barg ihr Gesicht an Erics Hals, nachdem er auch ihre zweite Brust erregt hatte und dann immer hin und her wechselte, damit keiner der rosigen Hügel benachteiligt wurde. Amandas Anspannung wuchs und wuchs, und als Eric endlich von ihr abließ, war sie Wachs in seinen Händen geworden. Sie mochte ihm nicht ins Gesicht sehen, weil sich ihr Körper so schamlos gegen ihn drückte.

Als seine Finger ihr Nachthemd ganz langsam über ihre Hüfte nach oben schoben, versuchte Amanda ihn daran zu hindern und seine Hand zu fassen. Doch es gelang ihr nicht, denn durch den langen Riß im Nachthemd war ihr Körper praktisch entblößt. Ohne Rücksicht auf ihre Abwehr streichelte Eric hingebungsvoll über ihre Hüften und ihren Bauch. Als ihm irgendwann der Überrest des Nachthemds im Weg war, wurde er ungeduldig und fetzte es mit einem Ruck entzwei.

»Verdammt!« schimpfte Amanda voller Zorn. »Du hast mein Nachthemd zerrissen!«

Doch Eric zerrte ungerührt auch das letzte Stück von ihrem Körper, so daß sie praktisch nackt auf dem Bett lag und nur noch von seinem Arm und seinem Schenkel festgehalten wurde.

Amanda war außer sich. »Du hast gesagt, daß du warten wirst, bis ich dir meine Erlaubnis gebe!«

»Das tue ich. Lieg endlich still und laß mich dich streicheln! Oder nein, wahrscheinlich ist das Gegenteil viel besser! Wenn du dich drehst und windest, preßt sich dein Körper so herrlich an mich!«

Wie gern hätte sie ihn weggedrückt, doch sein muskulöses Bein drückte sie so fest auf die Matratze, daß jeder Versuch von vornherein zum Scheitern verurteilt war. Und plötzlich war jeder Gedanke an Flucht vergessen, denn allein der Anblick des haarigen Beins, das unter dem Saum seines Hausmantels herausragte, hatte ihr einen heißen Feuerstoß durch den Körper gejagt. Von ihrem Magen war dieses Gefühl ausgegangen, und jetzt brannte es heiß zwischen ihren Schenkeln und verstärkte sich von Minute zu Minute. Sie sehnte sich zutiefst nach Erics Berührungen, doch gleichzeitig fürchtete sie sich auch. Sie schluckte krampfhaft, und Eric beobachtete fasziniert den rasenden Pulsschlag an ihrer Kehle.

»Eric –«

»Sei still!« heftig preßte er seinen Mund auf ihre Kehle und strich gierig über ihren Körper, ihre Hüften, ihre Schenkel. Er wühlte in ihrem dunklen Schamhaar, tastete weiter über ihren Bauch und hinauf bis zur tiefen Furche zwischen ihren Brüsten. Unbewußt hatte Amanda dabei seine Schultern gestreichelt und immer wieder heftig ihre Finger in seine Muskeln gekrallt.

Unvermittelt setzte er sich plötzlich zurück und riß sich den Hausmantel vom Körper. Dabei verweilten seine Augen auf Amanda, die mit geschlossenen Augen auf dem Bett lag. Ihre Wimpern warfen zarte Schatten auf ihre vor Erregung leicht geröteten Wangen, und ihr rascher Atem ließ ihre wunderschönen Brüste leise erzittern. Ihre Locken schlängelten sich wie Feuerzungen über das Kissen, und schon packte ihn wieder das vertraute Begehren, das er bereits am ersten Abend verspürt hatte, als er sie in Damiens Armen hatte tanzen sehen. Ein leichtes Zittern durchlief seinen Körper, und sofort ließ er sich wieder hinuntersinken, um den Erfolg, den er bereits errungen hatte, nicht wieder zu gefährden. Sie war seine Frau, die er nach Belieben besitzen konnte. Doch er wollte mehr.

Zart drängte er Amandas Schenkel auseinander, doch als er sich dazwischen legte, riß sie erschrocken die Augen auf. Noch bevor sie protestieren konnte, hatte er seine Hände unter sie geschoben und ihre Hüften emporgehoben. Und als sich zuerst sein Mund und dann auch seine Zunge in das dunkle Dreieck vergruben, krallten sich Amandas Finger in sein Haar.

Verzweifelt wand sie sich und schrie. »Nein!«

»Doch, mein Liebes!« murmelte er, wobei er seinen Atem gegen ihr weiches Fleisch blies. Unter dem Gewicht seiner breiten Schultern war sie hilflos, und er war nicht gewillt, noch einmal nachzugeben.

Er umfaßte die Hände, die sich in seine Haare gekrallt hatten und machte sich in aller Ruhe daran, den empfindlichsten Punkt ihrer Scham zu suchen. Ein lauter Schrei und tiefes Stöhnen kündigte an, daß seine Zunge ihr Ziel erreicht hatte. Anfangs wand sie sich unter ihm und wollte nur fort, doch je länger seine Zunge ihr Spiel fortsetzte, desto heftiger drängte sich Amandas Körper seinem Mund entgegen. Er schmeckte die heiße Feuchtigkeit und hörte, wie sie unentwegt leise wimmerte. Ihre

Hüften bewegten sich in immer schnellerem Rhythmus, bis sich ihr Körper plötzlich versteifte. Sie stieß einen lauten Schrei aus, als sich endlich die aufgestaute Anspannung in ihrem Inneren löste und wellenförmig ihren Körper erschütterte.

Eric verlor keine Sekunde, sonder rutschte nach oben zwischen ihre gespreizten Schenkel. »Möchtest du, daß ich aufhöre?« wollte er wissen.

Als sie nur wie tot da lag und ihn nicht gehört zu haben schien, beugte er sich über sie. »Amanda, darf ich dich jetzt lieben?«

Ihre Lippen bewegten sich ein wenig, doch erst als er zart über ihre Brüste strich, hörte er ein gequältes »Ja«. Ein ängstlicher Blick ihrer grünen Augen huschte über sein Gesicht, doch dann schloß Amanda die Augen und umschlang Erics Hals.

Krampfhaft spannte Eric alle Muskeln an und biß die Zähne zusammen, um seine Erregung noch einmal zu dämpfen. Er wollte zartfühlend vorgehen und bewegte sich nur ganz langsam vorwärts, bis die Spitze seines Gliedes gegen ihr Jungfernhäutchen drückte. Doch trotz all seiner Vorbereitungen entrang sich ihr im Augenblick des Eindringens ein lauter Schrei, den Eric sofort unter einem Kuß erstickte. Amandas Fingernägel gruben sich tief in seine Schulter, und ihr Kopf fiel erschöpft auf das Kissen zurück. Ganz langsam bewegte er sich tiefer, bis sie ihn ganz in sich aufgenommen hatte, und flüsterte ihr dabei ununterbrochen liebevolle Worte ins Ohr. Es fiel ihm schwer, sein Begehren zu zügeln und sich nur in ganz sanftem, gleichmäßigem Rhythmus zu bewegen, aber er wollte unbedingt ihre Sehnsucht wieder wecken.

Unablässig streichelte er ihr Gesicht und ihre Brüste, und als er mit einem zarten Kuß ihre Lippen bedrängte, öffnete sie sich ihm schließlich mit einem leisen Stöhnen. Wie ein Blitz durchfuhr es ihn, als ihre Hüften zuerst zögernd seinen Bewegungen antworteten und sich dann immer mutiger und fordernder gegen ihn drängten. In der stürmischen Umarmung, die nun folgte, vergrub er sich ganz und gar in ihrem weichen Fleisch. Die unterdrückte Begierde brach sich Bahn, und er nahm sie mit solcher Gewalt und Wucht, bis er förmlich in ihr explodierte und noch minutenlang immer wieder erschauerte und zuckte.

Er hatte sich so sehr verausgabt, daß er erst nach einiger Zeit wie aus einem tiefen Traum erwachte. Zuerst spürte er nur, daß ihm der Schweiß über die Brust lief, und erst danach merkte er, daß Amanda mit geschlossenen Augen regungslos unter ihm lag und nur hin und wieder leise zitterte. Er küßte sie zart auf die Stirn und zog sich dann aus ihr zurück, um ihren nackten Körper im Licht des langsam verlöschenden Feuers zu bewundern. Erst als er ihre Wange streichelte, schlug sie die Augen auf, doch sofort rutschte sie stöhnend von ihm ab.

Beunruhigt zog er sie zurück. »Was ist los?«

Sie verbarg ihr Gesicht an seiner Brust und flüsterte heiser. »Es gehört sich nicht! Was hast du nur mit mir gemacht?«

»Ich verstehe dich nicht, mein Liebes, denn ich habe nichts anderes gemacht, als auch der junge Tarryton und Hastings mit dem Doppelkinn gemacht hätten.«

»Das meine ich nicht«, hauchte sie.

»Was denn dann? Ich habe mir solche Mühe gegeben, dir so wenig wehzutun wie möglich. Eigentlich dachte ich, es hätte dir gefallen.«

»Oh!« stöhnte sie und warf sich herum.

Doch Eric drückte sie zurück, legte sich auf sie und sah ihr auf kurze Entfernung direkt in die Augen. »Heraus mit der Sprache!«

Mit gequältem Gesichtsausdruck schloß Amanda die Augen. »Nur ganz bestimmte Frauen benehmen sich so wie ich.«

Er hatte das Geflüster kaum verstehen können. »Wer hat dir denn diesen Blödsinn erzählt?« herrschte er sie so empört an, daß sie vor Schrecken die Augen aufriß.

»Das ist so. Du mußt doch ganz entsetzt sein!«

»Erstens ist es nicht so, mein Liebes, und zweitens bin ich ganz und gar nicht entsetzt, sondern höchstens entzückt! Du bist so wunderbar aufregend und leidenschaftlich! Entsetzt bin ich allerhöchstens über die Tatsache, daß ich dich schon so bald verlassen muß.«

Ihre riesengroßen Augen blickten ihn so verletzlich an, daß er sich ernstlich fragte, wer ihr solche Angst gemacht hatte. Beschützend zog er sie in seine Arme und flüsterte ihr ins Ohr: »Sag mir, wer dir das eingeredet hat.«

»Das kann ich nicht«, entgegnete sie leise, doch diesmal wandte sie sich nicht ab, sondern kuschelte sich dicht an seine Brust. Und während ihm der zauberhafte Duft ihres Haars in die Nase stieg, schwor er insgeheim, sie bis zu seinem Tod zu lieben und gegen alle Widrigkeiten dieser Welt zu beschützen.

Sacht strich er ihr über das Haar. »Ich werde dich nicht weiter drängen. Wenn du mir vertraust, wirst du es mir sagen.« Und nach kurzem Zögern: »Du bist zauberhafter, als ich je zu hoffen gewagt hätte. Habe ich dir nicht versprochen, daß es wunderschön werden würde?« Als er ihr Ohr streichelte und sie ein wenig erschauerte, lachte er. »Sag, war es wunderschön?«

»So etwas sollst du mich nicht fragen!«

»Dann muß ich es dir eben noch einmal zeigen!« verkündete er und war so schnell über ihr, daß sich ihre Augen sekundenlang vor Schrecken weiteten. Doch schon im nächsten Augenblick lächelte sie, und er küßte sie. Und dann liebte er sie noch einmal, bis sie beide in ekstatischen Wonneschauern versanken.

Völlig verausgabt und erschöpft ruhte sie danach in seinen Armen, und als er schon dachte, sie sei eingeschlafen, flüsterte sie fast unhörbar. »Eric –«, hauchte sie träge.

»Ja, mein Liebes?«

»Ja, ich glaube schon … Es ist wirklich wunderschön!«

Lächelnd schloß er die Augen und schlief wahrscheinlich noch nie in seinem Leben so tief und entspannt.

In den darauffolgenden Tagen lernte Amanda Eric als aufregenden, energiegeladenen und unersättlichen Menschen kennen, der sie immer wieder in Erstaunen versetzte, wie hingebungsvoll er sein Leben genießen konnte. Binnen kürzester Zeit konnte sie sich nicht mehr vorstellen, wie sie ihn jemals hatte ablehnen können. Wenn sie morgens erwachte und feststellte, daß er bereits mit seinen Männern exerzierte, kleidete sie sich sorgfältig an, doch noch bevor sie die Treppe hinuntersteigen konnte, kam er ihr bereits auf halbem Weg entgegen und nahm sie lachend auf die Arme. Ohne auf ihre Proteste zu achten, trug er sie auf der Stelle wieder nach oben und hatte sie wenige Augenblicke später bereits ausgezogen.

Im Lauf der Tage hatten sie alle Ländereien besichtigt, die Eric besaß, und dabei die Bekanntschaft zahlreicher Farmer, Pflanzer und Händler der Umgebung gemacht. Überall waren sie sehr herzlich begrüßt worden, und lediglich der fehlende Tee und die vielen selbstgewebten Stoffe hatten erkennen lassen, daß man sich in einer Zeit der politischen Anspannung befand. Ansonsten unterhielt man sich vorzugsweise über die Güter und landwirtschaftlichen Probleme. Und natürlich über Rennpferde, deren Zucht unter den Gentlemen von Tidewater weit verbreitet war.

Eines Nachmittags spazierte Eric mit Amanda über die große Wiese hinunter zum Friedhof, wo er ihr die Familiengräber zeigte und auch zum ersten Mal von einer vielfachen Großtante sprach, die einen Pamunkee-Indianer zum Mann genommen hatte. Ihre blauäugigen, blonden Nachfahren hatte Amanda erst am Tag zuvor auf dem Besitz der Clarks kennengelernt. Um der starken Hitze zu entfliehen, spazierten sie anschließend zum Flußufer hinunter und gelangten schließlich in ein kleines lichtes Wäldchen, von wo aus man die Rufe der exerzierenden Soldaten nur noch von fern hören konnte. Mit nie gekannter Gier stürzte Eric sich wortlos auf Amanda und riß ihr so rasch die Kleider vom Leib, daß sie erschauerte. Dann liebte er sie im sonnenfleckigen Gras unter dem Blätterdach, und es war schon beinahe Abend, als sie endlich ins Haus zurückkehrten.

An diesem Abend hatten sie ihren ersten Streit, obwohl sich im Grunde nichts geändert hatte. Kurz zuvor war Damien eingetroffen, weil er in Erics Auftrag einen Teil seiner Männer kommandieren sollte. Amanda hatte ihn voll Herzlichkeit in der Halle begrüßt. Der junge Mann freute sich auf seine Aufgabe und berichtete begeistert die Neuigkeiten aus Williamsburg. Patrick Henry und Edmund Pendleton hatten sich dort mit Washington getroffen und waren dann gemeinsam zum Continental Congress nach Philadelphia abgereist. Allgemein wurde gemunkelt, daß es dort wohl nicht ohne äußerst kritische Reden abgehen würde.

Eric lehnte am Kaminsims und zündete sich in aller Ruhe eine Pfeife an, während Damien weitersprach. »Ich glaube, wir stehen an einem Wendepunkt. In Zukunft werden sich unsere Regierenden umschauen müssen, ob man nicht schon mit Haftbefehlen hinter ihnen her ist!«

»Eine Handvoll Soldaten können kaum die gesamte Versammlung in Haft nehmen«, bemerkte Eric.

»Vieles wird davon abhängen, ob sich die Miliz auf die Seite der Krone oder auf die Seite der Patrioten stellt.«

»Schluß jetzt, Damien!« fuhr ihm Amanda heftig ins Wort. »Du führst verräterische Reden!«

»Mandy, ich bitte dich! Rede doch nicht solchen Unsinn! Allein der Wille des Volkes ist ausschlaggebend.« Erregt beugte sich Damien nach vorn. »Ich bin gespannt, was wir im Westen erreichen werden. Wenn es uns gelingt, die Shawnees zu befrieden, können wir vielleicht zu Vereinbarungen kommen, die für die Zukunft wichtig sein werden. Französische Waffen sind an der Küste in Hülle und Fülle zu –«

»Damien!« schimpfte Amanda und wandte sich erregt an ihren Mann. »Verbiete ihm den Mund, Eric!«

Erstaunt zog Eric die Brauen hoch. »Aber, Amanda, ich

kann ihm doch nicht verbieten, sich Gedanken zu machen!«

»Doch! Er untersteht schließlich deinem Befehl! Ich verlange, daß dieses Gerede über Waffen und Krieg auf der Stelle aufhört!«

»Dies ist mein Haus, wie du weißt«, erinnerte sie Eric. »Bei allem Respekt, aber einen solchen Wunsch kann ich nicht zulassen.«

Wütend sprang Amanda auf und rannte aus dem Zimmer. Dabei knallte sie die Tür so laut hinter sich zu, daß jeder im Haus es hören konnte. Als Danielle später nach oben kam, um sie zum Essen zu rufen, weigerte Amanda sich und bat statt dessen um eine Badewanne, die man ihr in den Ankleideraum bringen sollte.

Sie hatte kaum die Tür hinter sich abgeschlossen und sich im wohlig warmen Wasser zurückgelehnt, als auch schon die Tür von einem wütend und finster dreinblickenden Eric aufgesprengt wurde. Amanda wollte schon schimpfen, doch dann besann sie sich.

»Die verriegelte Tür bedeutet, daß ich allein sein möchte!« zischte sie.

»Wenn ich nicht irre, sind wir verheiratet! Du wirst mich niemals daran hindern, nach Belieben die Räume meines Hauses zu betreten!«

Mit wenigen Schritten war er neben ihr, so daß Amanda vor Schrecken aufsprang. »Bleib wo du bist, Eric! Komm mir nicht zu nahe! Ich –«

Ohne Rücksicht auf sein seidenes Hemd packte er sie und hob sie, tropfnaß wie sie war, aus der Wanne auf seine Arme. Amanda strampelte wie wild, doch als sie das Glitzern in seinen Augen sah, trommelte sie auch noch gegen seine Brust.

»Nein!« keuchte sie, als er sie kurzerhand aufs Bett warf und augenblicklich über ihr war. »Ich werde dich in Stücke reißen!«

»Nur zu, mein Schatz! Nur zu!«

»Oh!« stieß sie wütend hervor. »Du bist ein Narr! Du

gefährdest Damien mit diesem Gerede und womöglich auch dich selbst! Ich will nicht, daß man euch aufhängt!«

Er umschloß ihr Gesicht mit beiden Händen und sah ihr eindringlich in die Augen. »Politik hat im Ehebett nichts verloren!« erklärte er ernst.

»Du wußtest, daß ich andere Ansichten vertrete als du, und hast versprochen, daß ich sie nicht verleugnen muß!«

»Ich will dir deine Ansichten nicht im mindesten verbieten oder nehmen. Aber ich möchte ein für allemal klarstellen, daß wir diese Dinge nicht im Bett diskutieren werden! Außerdem gestatte ich dir nicht, wegen abweichender Meinungen Türen zu knallen. Verstanden?«

»Nein!« zischte sie zwischen zusammengebissenen Zähnen hervor.

Eric sah so finster drein, daß Amanda schon fürchtete, er würde sie schlagen. »Laß mich gehen!«

»Ich denke nicht daran.« Er packte ihre Handgelenke und hielt sie eisern fest, obwohl sie zerrte und zappelte. Unbeirrt wanderten gleichzeitig seine Lippen über ihren Mund und ihre Brüste, und zwischendurch fühlte Amanda immer wieder seinen forschenden Blick auf ihrem Gesicht.

Da sie jedoch ihre Gedanken nicht preisgeben wollte, wehrte sie sich um so heftiger, bis Eric sich schließlich ihrer Lippen bemächtigte und sie heiß und eindringlich küßte. Dabei strichen seine Handflächen über ihre Hüften, über ihre Schenkel und drängten, drückten und lockten so lange, bis sie schließlich nachgab und sich ihm willig öffnete. Als sich seine Knie zwischen ihre Schenkel drängten, stöhnte sie nur tief und hatte längst jeden Widerstand aufgegeben. Durch die Wut, die sie empfunden hatte, war sie so gereizt und empfindlich, daß seine Küsse an ihrer Kehle, ihrem Hals und ihren Brüsten eine unglaubliche Gier in ihr weckten. In fiebriger Hast löste Eric den Verschluß seiner Hose und stürzte sich dann mit solcher Vehemenz auf Amandas weiches Fleisch, daß er in kürzester Zeit einen ekstatischen Höhepunkt erreichte. Amanda begriff gar nicht so schnell, was geschehen war, doch instinktiv spürte sie, daß alles anders war als sonst. Sie flüsterte, daß sie ihn haßte, und gleichzeitig schlang sie die Arme um seinen Hals und schluchzte auf, als Wonneschauer ihren Körper erzittern ließen. Für den Augenblick war die Fehde vorbei, dachte Amanda, doch erledigt war sie noch lange nicht.

Erst als Eric ihr die Tränen von der Wange wischte, begriff sie, daß sie geweint hatte. Rasch stützte Eric sich auf. »Habe ich dir wehgetan?« fragte er besorgt.

Amanda schüttelte den Kopf, aber sie mochte Eric nicht ins Gesicht sehen.

»Amanda!«

»Nein, nein! Du hast mir nicht wehgetan.«

»Gut. Dann komm, wir wollen jetzt hinuntergehen«, sagte er daraufhin, während er aufstand und ihr den Rücken zudrehte, um seine Kleidung in Ordnung zu bringen. »Ich verspreche, daß wir uns auch nicht mehr über Waffen unterhalten werden. Ich werde ein Auge auf Damien haben. Das verspreche ich dir!«

»Und die Waffen selbst schmuggeln!« flüsterte sie.

»Wie bitte?«

»Nichts. Gar nichts.«

»Dann komm jetzt!«

»Ich – ich kann nicht«, hauchte sie. »Alle im Haus haben doch das Knallen gehört!«

Mit einem zauberhaft verschwörerischen Lächeln zog er Amanda in seine Arme. »Ich habe nicht verlangt, daß du als Büßerin nach unten gehen sollst. Sei lieber so stolz wie immer und lache!«

Sie versuchte, sich ihm zu entziehen. »Bestimmt ist das Essen schon ganz kalt.«

»Zieh dich an, oder ich werde es tun!«

Schimpfend entwand sich Amanda ihm, doch als Eric ihr folgte und Anstalten machte, seine Drohung in die Tat umzusetzen, entschloß sie sich, nachzugeben. Rasch half er ihr bei der Toilette und kämmte ihr sogar hingebungsvoll die Locken.

»Weißt du, daß du wunderschön bist, mein Liebes? Und obendrein auch noch mutig. Du bist wirklich eine würdige Hausherrin und wirst das auch bleiben, selbst wenn man mich tatsächlich aufhängen sollte.«

Sekundenlang hielt sie mitten in der Bewegung inne, denn trotz allen Streits entsetzte sie dieser Gedanke. Vor der Eßzimmertür, wo Thom und Cassidy sie mit gleichmütiger Miene erwarteten, flüsterte Eric Amanda etwas ins Ohr und scherzte und lachte mit ihr, wie das Jungverheiratete zu tun pflegten. Nach dem Essen fühlte Amanda sich müde und bat die Männer, ihre Unterhaltung ohne sie fortzusetzen. Zum Abschied drückte sie Damien fest an sich, weil sie sehr besorgt um ihn war.

»Verzeih mir«, flüsterte Damien mit bedauerndem Unterton, »aber ich fürchte, wir stehen auf verschiedenen Seiten.«

So ernst und erwachsen hatte Amanda ihren Vetter noch nie erlebt. Ohne ein weiteres Wort wandte sie sich um und verabschiedete sich auch nicht von ihrem Mann, denn weit und breit gab es keine unliebsamen Zeugen.

Sie hatte lange wach gelegen und gegrübelt, doch irgendwann mußte sie eingeschlafen sein. Sie fuhr hoch, als heiße Küsse über ihren Rücken glitten. Im Halbschlaf überließ sie sich willenlos den Berührungen seiner Hände, doch als sich plötzlich sein heißer, erregter Körper an sie preßte, wollte sie wegrutschen, was starke Arme verhinderten. »Im Morgengrauen brechen wir auf, Amanda.«

Im selben Atemzug zog er sie heftig an sich, übersäte ihren Nacken mit Küssen, dann ihre Kehle und ihre Schultern. Und während er ihre Brüste liebkoste, drang er von hinten in sie ein. Amanda war von seinen gierigen Zärtlichkeiten fasziniert und überwältigt und verdrängte den Gedanken an die zukünftigen einsamen Nächte.

»Ich gebe aber nicht klein bei –«

»Und erst recht gibst du nicht auf!« ergänzte Eric. Doch im Grunde spielten diese Sätze keine Rolle mehr, denn sie hatte ihm bereits nachgegeben. Allerdings ließen seine fiebrig gehauchten Worte und seine Lustschreie berechtigte Zweifel in ihr aufsteigen, ob diese Niederlage tatsächlich so vollständig gewesen war, wie sie glaubte.

Als Amanda am nächsten Morgen erwachte, stand Eric in Wildlederkleidung und hohen Stiefeln am Fenster. Amanda war noch nicht ganz wach und sah ihn anfangs etwas verständnislos an, doch dann erinnerte sie sich an seine Worte. Eric mußte ihren Blick gefühlt haben, denn er wandte sich um und setzte sich neben sie aufs Bett. Bewundernd wanderten seine Blicke über sie hin, während er gedankenverloren mit den Fingern durch ihre Locken fuhr.

»Wie schwer es doch ist, dich zu verlassen! Am liebsten würde ich Dunmore mitteilen lassen, daß ich meinen Hals nicht riskieren kann, weil meine Seele in Ketten liegt!«

Bei diesen Sätzen errötete Amanda und spürte, wie Erics Daumen ganz sanft über ihre Wange strich. Wie gerne hätte sie ihn gebeten, sie nicht allein zu lassen. Nicht gerade jetzt, wo die Verwirrung in ihrem Herzen so grenzenlos war. Sie hatte ihn gleichzeitig gehaßt, gefürchtet, gebraucht, und nun kannte sie sich nicht mehr aus. War das die Liebe? Während der vergangenen Tage hatte sie ihn immer wieder angesehen, hatte beobachtet, wie elegant sich sein starker Körper bewegte, hatte das Leuchten seiner Augen gesehen und die Narben auf seiner Haut. Sie wußte, daß er sie lediglich begehrte, doch dasselbe Fieber hatte inzwischen auch sie ergriffen. Es trieb sie, ihn zu berühren, und ganz sacht legte sie ihre Handfläche gegen seine frisch rasierte Wange. Diese Geste war schon zu viel. Besinnungslos schob sie die Decke zurück, setzte sich auf und küßte ihn, so daß er spüren sollte, wie sehr sie ihn vermissen und um sein Leben beten würde.

Als sich ihre Lippen nach unendlich langer Zeit voneinander lösten, ergriff Eric ihre Hand und küßte sie ganz sacht auf die Innenfläche. »Darf ich hoffen, daß du nicht allzu sehr enttäuscht sein wirst, wenn die Shawnee mir meinen Skalp lassen? Trotz des vergangenen Abends?«

Amanda nickte nur, weil sie kein Wort herausbrachte. Die Liebe, die sie empfunden hatte, war enttäuscht worden, und sogar ihr eigener Vater hatte sie verraten.

»Paß auf dich auf, mein Liebes! Paß sehr gut auf dich auf!« ermahnte er sie.

»Gott schütze dich, Eric«, flüsterte sie.

»Ich wüßte gern, wie es dir nach deinem doch etwas plötzlichen Entschluß geht? Erträgst du mich wirklich lieber als Lord Hastings mit seinem Doppelkinn?« fragte Eric dicht vor Amandas Lippen.

»Ich – ich bin angenehm überrascht«, hauchte sie. »Und du?« Dabei hob sie die Lider und sah ihn an.

»Von dem Augenblick an, als ich dein Gesicht zum ersten Mal gesehen habe, wollte ich dich.« Zart liebkosten seine Lippen die ihren. »Hintergehe mich nicht, Amanda. Das ist alles, was ich von dir verlange. Enttäusche mein Vertrauen nicht!« Mit diesen Worten erhob er sich und ging rasch hinaus.

Wie der Blitz war Amanda aus dem Bett und wühlte fieberhaft in ihrem Schrank, bis sie ihren Hausmantel aus weißem Samt gefunden hatte. Rasch warf sie ihn über und lief nach unten. Am Fuß der Treppe wartete Thom mit dem traditionellen Pokal. »Darf ich?« fragte Amanda, nahm das Tablett und lief, ohne eine Antwort abzuwarten, zur Tür.

Eric saß bereits auf seinem großen schwarzen Hengst, und hinter ihm waren seine Männer in langer Reihe angetreten. Mit wehenden Haaren lief Amanda an die Seite ihres Mannes, und im selben Augenblick verstummten die Kommandos der Offiziere.

Dieses Bild würde ihn begleiten: Ihr wildes, flammendes Haar, ihre grünen Augen, die nackten Füße auf dem Erdboden und dazu ihr schlanker Körper in dem weißen

Mantel. Als sie ihm den Becher reichte, brachen seine Männer in Begeisterungsrufe aus. Während Eric trank, meinte er für Sekunden Tränen in ihren Augen gesehen zu haben. Doch gleich darauf war der Eindruck vorbei. Er stellte den Becher zurück und beugte sich hinunter, um Amanda ein letztes Mal zu küssen.

»Eine glückliche Heimkehr!« rief sie den Männern nach, während sie nach Westen davonritten.

10. Kapitel

Oktober 1774

Der Zug gegen die Shawnee-Indianer fand in zwei Abteilungen statt. Lord Dunmore wählte den Weg durch das Great Kanawha Valley zum Ohio River, während Eric seine alten Kämpfer um sich sammelte und sich General Lewis anschloß, der den Weg über Fort Pitt wählte. Wie schon so oft ging es auch diesmal nicht eigentlich um die Bekämpfung der Indianer, sondern eher um die Ordnung im Zusammenleben.

»Natürlich kommt es durch die Landnahme der Siedler immer wieder zu Konflikten. Wenn ein Weißer dabei getötet wird, stürzen sich die Siedler auf die nächstbesten Rothäute, ganz gleich ob es Delaware-Indianer, Cherokesen oder Shawnees sind. Dabei kann es nicht ausbleiben, daß immer wieder auch Mitglieder befreundeter Stämme getötet werden, was natürlich unabsehbare Folgen hat. Eine weitere Ursache für unsere zunehmenden Schwierigkeiten sind die Handelsniederlassungen, die so viel Alkohol verkaufen, daß selbst der friedlichste Mann zum Wilden wird! Diesmal ziehen wir allerdings hauptsächlich gegen Cornstalk, vor dem selbst die Delawaren und Cherokesen erzittern.«

»Von ihm habe ich bereits gehört«, bestätigte Eric.

Cornstalk war ein einflußreicher Stammesführer, der sich um eine Allianz der Stämme am Ohio bemühte.

Lewis sah zum Himmel empor. »Haben Sie das Kriegsgeschrei schon vermißt?«

»Man hat mich gebeten, Männer anzuwerben.«

»Ja, in der Gegend um Tidewater ist schon lange kein Kriegsgeschrei mehr ertönt, doch wenn wir erst auf Cornstalk treffen, wird es uns in den Ohren dröhnen!«

Wie recht General Lewis mit dieser Bemerkung hatte, merkten sie, als sie kurz darauf bei Point Pleasant auf die Shawnee-Indianer trafen, die sofort zum Angriff übergingen.

Wie blutdürstige wilde Tiere fielen sie über die Männer her, bemalte Körper, die im Sonnenlicht schimmerten, warfen sich mit wilden Schreien in den Kampf, ohne sich um Gewehre oder Kugeln zu scheren. Die Männer von General Lewis hielten sich ausgesprochen tapfer, und es dauerte nicht lange, bis auch die Weißen in das Kriegsgeheul einstimmten und es zum Kampf Mann gegen Mann kam.

Eric hatte sein Pferd verloren, als sich plötzlich aus dem Baum über ihm ein Indianer auf ihn fallen ließ und ihn mit dem Messer bedrohte. Erst im allerletzten Augenblick gelang es Eric, den aalglatten, sich windenden Wilden von sich abzudrängen und ihm seinerseits das Messer in die Brust zu rammen. Sogleich war er wieder auf den Füßen, denn schon mußte er sich den nächsten Angriff stellen. So ging es weiter, und über allem ertönten immer wieder die Rufe und Befehle von Cornstalk, der seine Männer unentwegt anfeuerte. Erst die herabsinkende Dunkelheit machte dem Kampf ein Ende. Die Miliz hatte zwar bestanden, aber die Verluste waren mehr als beträchtlich.

Nachdem sich die Shawnees im Schutz der Dunkelheit über den Ohio abgesetzt hatten, ging man daran, die Verwundeten zu versorgen, deren Jammergeschrei gespenstisch über das Schlachtfeld hallte. Irgendwann erinnerte sich Eric an das Versprechen, das er Amanda gegeben hatte. Seit dem frühen Morgen hatte er Damien nicht mehr gesehen, und nun trieb ihn die Unruhe von einem Verbandsplatz zum anderen.

Im Morgengrauen fand er ihn endlich. Er lag auf einer Bahre und grinste fröhlich, obwohl er eine Kopfwunde davongetragen hatte. »Offenbar hat mich einer erwischt. Ich dachte schon, ich wäre tot, doch Unkraut vergeht nicht! Habe ich recht?«

»Ja, Damien, einen guten Mann erwischt man nicht so einfach«, bestätigte Eric erleichtert und überließ ihn dem Arzt.

Anschließend fand eine Besprechung mit Lewis statt, der unverzüglich mit der Errichtung eines neuen Forts beginnen wollte. Als Eric sich endlich in sein Zelt zurückziehen konnte, wurde es beinahe schon wieder hell. Mit einer Flasche Rum warf er sich auf sein Feldbett und hatte sich noch nie so einsam, so weit von zu Hause gefühlt wie in diesem Augenblick. Noch nie war er dem Tod so knapp entronnen, dachte er schaudernd, doch dann lächelte er. Obwohl er noch den Blutgeruch in der Nase hatte, mußte er nur die Augen schließen und schon tauchte Amandas Gesicht vor ihm auf. »Ich habe nicht die Absicht, mich umbringen zu lassen, mein Liebling, und sei es auch nur, um deine Hoffnungen zu durchkreuzen!«

Seine Hände zitterten leicht, als er einen tiefen Zug aus der Flasche nahm. Seine Hochzeit hatte ihm mehr Erfüllung und Glück geschenkt, als er jemals zu hoffen gewagt hatte, doch durch den Streit vor seiner Abreise, waren die zauberhaften Tage ein wenig getrübt worden. Er ahnte, daß etwas vorging, doch er konnte es nicht mit Händen greifen. Amanda hielt ihn nach wie vor für einen »Verräter«, und trotzdem lachte sie in seinen Armen und ließ sich immer wieder zu ungestümer Leidenschaft hinreißen. Die Grenze zwischen Liebe und Haß war tatsächlich nur hauchdünn, und er hätte gar zu gern gewußt, welcher Seite sie mehr zuneigte. Ganz offensichtlich war sie ihm dankbar, daß er sie vor ihrem Vater befreit hatte, doch das erklärte nicht alles, und er hatte den starken Verdacht, daß Sterling über irgendeine Handhabe gegenüber seiner Tochter verfügte. Welche das sein konnte, war ihm allerdings ein Rätsel.

Unruhig warf er sich auf seinem Feldbett hin und her, doch seine Gedanken weilten in Tidewater und bei der Versammlung in Philadelphia. Wie es Amanda wohl ging? Ob sie an der Hochzeit von Tarryton und seiner Herzogin teilgenommen hatte? Plötzlich beschleunigte sich sein Herzschlag. Vielleicht erwartete sie ja bereits ein Kind! Doch wieder und wieder kehrten seine Gedanken zu Tarryton zurück. Ob dieser auch manchmal wachlag und an Amanda dachte? Jedenfalls konnte er nicht so wie er an sie denken, denn er hatte sie niemals besessen, sie nie berührt und sich nie wirklich in sie verliebt! Ein bitteres Lächeln spielte um seine Mundwinkel. Seine Liebe gab ihr eine gefährliche Waffe in die Hand, und er mußte aufpassen, damit sie sie nicht eines Tages gegen ihn benutzte. Im Geist sah er ihre Augen, ihre Brüste mit den rosafarbenen Warzen und ihre wunderschöne weiße Haut- und augenblicklich packte ihn eine wilde Sehnsucht nach seinem Zuhause.

Doch so schnell ging dieser Wunsch nicht in Erfüllung. Am folgenden Morgen begannen sie mit der Errichtung des Forts. Nachdem die Arbeiten beendet waren, ritten sie in nördlicher Richtung und vereinigten sich nach einer weiteren Begegnung mit den Shawnee mit den übrig gebliebenen Männern unter Lord Dunmores Führung. Als der Gouverneur den Rückzug anordnete, waren die Männer äußerst ungehalten, denn sie waren dafür, das Problem ein für allemal zu lösen. Eric spürte, daß General Lewis durchaus mit seinen Männern sympathisierte, doch als ihr Kommandeur und Virginier durfte er das größere Ziel nicht aus dem Auge verlieren. Er bat Eric ausdrücklich, ihn auf dem Rückweg zu begleiten, und dieser sagte zu, obwohl er am liebsten schnurstracks nach Hause geritten wäre.

Eigentlich müßte ich mit meinem Leben zufrieden sein, dachte Amanda, als sie in dem kleinen Wäldchen am Fluß saß und sich an den Nachmittag mit Eric erinnerte. Seit diesen Stunden waren Monate vergangen, der Sommer hatte sich verabschiedet und mittlerweile war es bereits November geworden. In Erics Abwesenheit las man ihr jeden Wunsch von den Augen ab. In ihre Rolle als Hausherrin hatte sie sich leicht hineingefunden, denn Erics Besitz ähnelte Sterling Hall in vielem. Als sie sich die Bücher angesehen hatte, hatte Thom anfangs überaus mißtrauisch reagiert. Sie hatte es jedoch geschickt angefangen und erst einmal seine vorzügliche Arbeit gelobt. Nach und nach hatte sie ihm dann immer wieder Tips und Anregungen gegeben, an welchen Stellen sich etwas einsparen ließe, um es dem Erhalt des Hauses zugute kommen zu lassen. Von Danielle hatte sie erfahren, daß die kleine Margaret unter den dienstbaren Geistern das Gerücht verbreitete, daß sich die Lady lediglich um den Besitz kümmere, weil sie ihn zu erben hoffte. Nach einiger Überlegung hatte Amanda beschlossen, die Sache nicht an die große Glocke zu hängen, sondern lieber stillschweigend zu übergehen.

Als eine der Stuten Schwierigkeiten beim Fohlen hatte, war Amanda sofort zur Stelle und lernte dabei den Mann näher kennen, mit dem sich Danielle so intensiv unterhalten hatte. Er hieß Jacques Bisset und war Akadier, wie sie bereits vermutet hatte. Sein Aufgabengebiet waren die Tiere und die Landwirtschaft von Cameron Hall. Thom dagegen war für die Führung des Haushalts und Cassidy für die persönlichen Belange seines Herrn verantwortlich. Jacques war von Amandas Erscheinen sichtlich nicht begeistert, doch er blieb höflich. Als sie sich auf Französisch nach dem Befinden der Stute erkundigte, erfuhr sie, daß es ihm bisher noch nicht gelungen war, das Fohlen in die richtige Lage zu drehen.

»Nun, vielleicht habe ich mehr Erfolg, Sir, denn meine Hände sind kleiner als Ihre.«

Sprachlos versperrte er ihr den Weg in den Stall. »*Mais non*, Lady Cameron! Das ist wirklich keine –«

»Lassen Sie mich nur machen, Monsieur Bisset!« entschied sie und strahlte ihn an. »In Sterling Hall haben wir Araber und andere Rennpferde gezüchtet, und da sich mein Vater nur selten darum gekümmert hat, was ich tue –« Sie verstummte, als sie sich so reden hörte und ging kurzentschlossen an Jacques Bisset vorbei. Nach einigem beruhigenden Zureden gelang es ihr tatsächlich, das Fohlen zu drehen, und nach einigen weiteren anstrengenden Stunden war es endlich geschafft.

Während sie sich beide herzlich über die ersten Stehversuche der ungelenken Beinchen des Fohlens amüsierten, bemerkte Amanda rein zufällig, daß Jacques sie zwischendurch fast ein wenig traurig ansah. Dieser Mann faszinierte sie, und sie war fest entschlossen herauszubekommen, worüber er mit Danielle gesprochen hatte. Vielleicht waren die beiden ja ineinander verliebt?

Dieser Gedanke gefiel Amanda so sehr, daß sie abends beim Baden Danielle damit neckte. Doch zu ihrer Überraschung reagierte die Frau ziemlich ungehalten.

»Aber, aber, Danielle! Er hat doch traumhaft schöne Augen«, fuhr Amanda fort. »Riesige grüne Augen und dazu dunkle Wimpern! Und der Rest ist ebenfalls nicht zu verachten. Wirklich, ein Mann zum Heiraten, Danielle!«

»Lassen Sie diese Reden, *ma petite*! Das ist unmöglich!«

»Aber Danielle –«

»Er ist mein Bruder!«

Einige Sekunden lang war Amanda sprachlos. »Aber – aber«, stotterte sie schließlich, »dein Bruder ist doch tot!«

»Das dachte ich auch«, erwiderte Danielle, während sie nervös mit dem Handtuch hantierte. »Erst hier habe ich erfahren, daß er noch lebt.«

»Das müssen wir –«

»Gar nichts müssen wir, Amanda! Ich bitte Sie um Stillschweigen.« Als Amanda Danielle verständnislos ansah, fiel diese neben der Wanne auf die Knie. »Bitte!«

»Schon gut, Danielle. Er hat doch nichts angestellt, oder?«

»Nein, das kann ich beschwören! Aber es muß ein Geheimnis bleiben. Er hat die ganzen Jahre über selbst nicht gewußt, wer er war.«

»Wie bitte?«

»Er wäre beinahe gestorben. Lord Cameron hat ihn halbtot gefunden und aufgenommen. Er konnte sich an nichts mehr erinnern.«

»Bis er dich gesehen hat?« fragte Amanda.

»*Oui*. Aber das muß unbedingt geheim gehalten werden. Er hat sich Jacques Bisset genannt, und so soll es auch bleiben. Mehr kann ich beim besten Willen nicht sagen!«

»Du weißt, daß du dich auf mich verlassen kannst, Danielle«, versicherte Amanda. Doch insgeheim hatte sie längst beschlossen, die Wahrheit herauszufinden.

Während Amanda in dem Wäldchen am Fluß an diese Szene zurückdachte, überfiel sie wieder die Erinnerung an Eric und an das, was er hier auf dem Waldboden mit ihr angestellt hatte. Obwohl sie ganz allein war, errötete sie, und es wurde ihr so richtig klar, daß sie ihn vermißte, daß sie auf seine Rückkehr wartete und Tag und Nacht Gott um seinen Schutz anflehte. Wie es aussah, war sie auf dem besten Weg, sich in ihren Mann zu verlieben! Sie hatte das schon im letzten Monat vermutet, als es ihr so seltsam wenig ausgemacht hatte, an Robert Tarrytons Hochzeit teilzunehmen. Kühl hatte sie ihn beobachtet und rein gar nichts empfunden, als er sie beim Gratulieren auf die Wange geküßt hatte. Amanda haßte es, verliebt zu sein, denn dieses Gefühl machte sie hilflos und verwundbar. Doch nun war es zu spät.

Nachdem Amanda vor lauter Nachdenken beinahe die Zeit vergessen hatte, wurde sie plötzlich unruhig. Sie hatte erfahren, daß sich General Lewis und Eric auf dem Heimweg befanden und hatte sogar ganz zu Anfang einen Brief von Eric erhalten. Nach Pierres Aussagen war der Gouverneur bereits wieder in Williamsburg eingetroffen.

Rasch erhob sie sich und lief zum Haus zurück, wo sie ungeduldig nach Thom rief.

»Bitte verständigen Sie Pierre, daß ich den Wagen brauche, weil ich noch heute abend nach Williamsburg fahren möchte. Ich hoffe, dort etwas über den Verbleib meines Mannes in Erfahrung bringen zu können«, verkündete sie strahlend. »Wo steckt Danielle?«

»In der Wäscherei. Ich werde sie gleich zu Ihnen schikken.« Er schien von den Plänen nicht gerade begeistert zu sein, doch Amanda warf trotzig die Haare in den Nacken. Diese Freiheit hatte sie sich durch ihre Heirat verschafft, und sie war nicht gewillt, sie in irgendeiner Weise einschränken zu lassen. »Ich danke Ihnen«, strahlte sie ihn an und lief nach oben, um zu packen. Sie war gespannt auf Neuigkeiten und freute sich auf Spaziergänge und vielleicht einen Einkaufsbummel.

Danielle war ebenfalls nicht allzu begeistert. »Sie werden höchstwahrscheinlich Ihrem Vater begegnen«, warnte sie in besorgtem Ton.

Kalte Furcht ergriff Amandas Herz. Solange dieser Mann Damien in der Hand hatte, würde sie ihm ausgeliefert sein! »Ich hasse ihn«, flüsterte sie, doch Danielle ging nicht darauf ein, sondern schloß schweigend die Koffer und rief nach Thom, damit er das Gepäck hinuntertrug.

»Was gibt es Neues in der Stadt?« fragte Amanda, nachdem sich Mathilda von ihrer anfänglichen Überraschung erholt hatte.

»Oh, eine ganze Menge. Die Männer sind vom Continental Congress zurückgekehrt, wo sie verschiedene Vereinbarungen beschlossen haben. Britische Waren werden in Zukunft strikt boykottiert, und es werden Komitees gegründet, die die Einhaltung der neuen Vorschriften überwachen sollen. Sogar die Rennen in Dumfries sollen abgesagt werden! Können Sie sich so etwas vorstellen?«

Das konnte Amanda zwar nicht, doch sie hütete sich, das vor ihrer Haushälterin laut auszusprechen. »Wohin soll das nur alles führen?«

»Man erzählt sich, daß unser Gouverneur außer sich sein soll. Kein Wunder bei seinem schottischen Temperament! Da sich die Versammlung bis zum kommenden Frühjahr vertagt hat, hält er im Augenblick noch still. Wahrscheinlich befürchtet er, daß sich die Bevölkerung sonst nicht mehr länger zurückhalten kann und es zu einer Art Bürgerkrieg kommen wird.«

»Haben Sie Neuigkeiten von Lord Cameron?«

»Ich weiß nur, daß Sie keine Angst mehr haben müssen. Die Kämpfe sind vorüber. Wie ich erfahren habe, soll er sich ganz hervorragend geschlagen haben! Er nimmt zusammen mit General Lewis den Weg über Richmond und muß bald ankommen. An Weihnachten ist er spätestens wieder da.«

Als Amanda sich später ruhelos vor Sehnsucht in Erics großem Bett herumwälzte, schien Weihnachten so unendlich weit entfernt. Doch plötzlich setzte sie sich auf, und heiße Wut überkam sie. Weshalb hatte Eric diese Dinge eigentlich nicht auch ihr mitgeteilt? Offensichtlich waren ihre Dienstboten besser informiert als sie selbst! Es dauerte lange, bis sie in dieser Nacht Schlaf fand, und sie hätte nicht sagen können, ob der Ärger oder die Sehnsucht schuld daran waren.

Das erste, was sie am nächsten Morgen hörte, war Lady Genevas Stimme. Bei dem Gedanken, daß diese Frau einmal Erics Geliebte gewesen war, zuckte Amanda ein wenig zusammen, doch gleich darauf faßte sie sich wieder und ging nach unten.

»Ganz offensichtlich bekommt dir die Ehe, Mandy! Vater hat mir gesagt, daß du angekommen bist, und ich wollte dich zu einem Spaziergang abholen.«

Erfreut umarmte Amanda Geneva. »Eine wundervolle Idee!«

»Ich kenne ein kleines Kaffeehaus in der Nähe der Duke of Gloucester Street. Dort ist immer viel Betrieb!«

»Du machst mich richtig neugierig«, bemerkte Amanda, während sie auf die Straße hinaustraten.

Amanda genoß es, wieder einmal durch die vertrauten Straßen zu schlendern und die Auslagen der Geschäfte zu bewundern. Als sie ein Exemplar der *Virginia Gazette* erstanden, wurden sie Zeuge, wie einige Geschäfte weiter ein Mann empört ballenweise Stoff aus einem Laden trug und auf die schmutzige Straße warf.

»Sie sollten sich schämen, Mrs. Barclay, daß Sie immer noch englisches Tuch in Ihrem Laden führen!« rief er und sah sich beifallheischend unter den Menschen um, die sich um die Ladentür versammelt hatten.

Amanda war empört. »Das ist Zerstörung von Privateigentum! Wollen Sie sich denn tatsächlich vom Mob regieren lassen?« rief sie und erntete trotzige Blicke der Umstehenden.

»Mein liebes Mädchen, diese Komitees überwachen lediglich, daß die Beschlüsse des Continental Congress eingehalten werden. Ich für meinen Teil stehe voll und ganz hinter diesen Aktionen!«

Voller Freude wirbelte Amanda herum, ohne auf das Gesagte zu achten. »Damien!« rief sie und umarmte ihren Vetter. Dann trat sie einen Schritt zurück und betrachtete die Wildlederjacke mit den Fransen, in der er recht verwegen aussah. »Damien! Wie froh ich bin, daß ich dich gesund wiedersehe!«

»Außer einer kleinen Stirnwunde ist mir nichts geschehen, doch davon ist kaum mehr etwas zu sehen.«

»Ach, du Armer! Ist Eric mit dir zurückgekommen?«

»Nein. Eric ist auf Bitten von General Lewis noch geblieben, doch es dauert bestimmt nicht mehr lange.« Lächelnd verbeugte sich Damien vor Amandas Begleiterin. »Lady Geneva, ich freue mich, Sie zu sehen!«

Amanda hatte eine hoheitsvolle Geste erwartet und war sehr überrascht, daß Geneva Damien an den Händen faßte und ihn auf beide Wangen küßte. »Ich freue mich, daß Sie wieder da sind. Wir waren gerade auf dem Weg zum Kaffeehaus. Wollen Sie sich uns anschließen?«

»Ein konservatives Mädchen wie Amanda kann ich unmöglich allein gehen lassen. Sie könnte in Schwierigkeiten geraten.«

»In Schwierigkeiten! Diese Leute sind angeblich Abkömmlinge mutiger Virginier, und gleichzeitig benehmen sie sich wie der armseligste Pöbel!« rief Amanda.

Damien lachte. »In einem Punkt gebe ich dir recht, Amanda. Wir Virginier tragen unseren Kopf hoch in der Luft, und dort riecht es geradezu nach Rebellion. Das ist nun einmal Tatsache, aber jetzt wollen wir endlich gehen!«

Mit einer eleganten Bewegung hakte er sich bei den Damen ein, und nach kurzer Zeit betraten sie das völlig überfüllte Lokal. Eilig verschaffte ihnen der Inhaber einen Platz, und als endlich auch Gebäck und dampfende Becher vor ihnen standen, drehten sie sich nach dem jungen Mann – höchstwahrscheinlich einem Studenten – um, der gerade eine flammende Rede hielt.

»Bei Gott, wir sind treue Engländer und bestehen auf unseren Rechten. Wir werden nicht länger zusehen, wie die Regierung Männer aus den Kolonien nach England verfrachtet und dort wegen Verrat und ähnlicher Beschuldigungen vor Gericht stellt!«

Angesichts der begeisterten Zurufe lief Amanda ein Schauer über den Rücken. »Man könnte ja glauben, daß wir uns bereits im Krieg befinden!« flüsterte sie und versuchte, Damiens unwilligen Blick nicht wahrzunehmen.

Als er sich kurz umwandte, um sich mit einem Mann hinter ihnen zu unterhalten, wandte sich einer der Umstehenden an Amanda. »Sie sind Lady Cameron, nicht wahr?«

»Ja, das stimmt.«

»Ich wollte Ihnen nur sagen, daß ich unter Ihrem Mann

gedient habe. Noch nie hatte ich einen besseren und tapfereren Vorgesetzten!«

»Das freut mich sehr«, murmelte Amanda.

Durch die begeisterten Worte waren die Umstehenden aufmerksam geworden, und nach und nach kamen die verschiedensten Leute an ihren Tisch und berichteten, was sie zusammen mit Eric während des Feldzugs erlebt hatten. Als ein jüngerer Mann in fast beleidigtem Ton beklagte, daß Eric ihnen sogar das Töten der indianischen Frauen und Kinder untersagt hatte, lächelte Amanda still.

»Viele Verwandte meines Mannes haben Pamunkee-Blut in den Adern. Vielleicht war das der Grund.«

»Das mag sein. Wie geht es Ihrem Mann?«

Amandas Lächeln gefror. »Ich denke, daß es ihm gut geht.«

»Wir wissen auch nichts Genaues, doch wir glauben, daß er jeden Tag zurückkommen müßte.«

Amanda war sehr enttäuscht, daß Eric ihr nichts mitgeteilt hatte und steigerte sich in eine gewisse Wut hinein. Während die Leute ihr zutranken und Geneva sich weiter mit ihnen unterhielt und lachte, wurde Amanda immer stiller – und dann wurde sie auf das unterdrückte Geflüster hinter ihrem Rücken aufmerksam. Eindeutig erkannte sie Damiens Stimme.

»Es ist mir geglückt – einige hundert – gute französische Gewehre, die ich nach einem Gefecht von den Delawares gekauft habe –«

Irgend jemand antwortete, worauf Damien über Preise sprach. Während Amanda die Ohren spitzte, glühte ihr Gesicht vor Aufregung. »Sehr gut. Wir werden sie nach Einbruch der Dunkelheit im alten Lagerhaus von Johnsboro verstecken. Die Gegend ist unbewohnt, so daß niemandem etwas angelastet werden kann, falls es Schwierigkeiten gibt: Keiner muß Angst haben, nach England transportiert zu werden!«

Damien! hätte sie am liebsten gerufen. Sie mußte ihm

unbedingt sagen, daß Dunmore ihn bereits im Verdacht hatte. Vielleicht würde er dann endlich diese gefährlichen Unternehmungen einstellen. Unvermittelt stand sie auf. »Ich möchte gehen, Geneva! Ich hoffe, du entschuldigst mich.« Rasch bahnte sie sich einen Weg durch die Menge und holte tief Luft, als sie ins Freie trat.

Doch Damien war ihr gefolgt. »Amanda –«, begann er unsicher.

»Du bist ein Idiot!«

Er war empört. »Das gilt für dich, Amanda!« giftete er. »Zur Zeit bewaffnen sich alle –«

»Aber sie machen sich nicht des Verrats schuldig!«

»Nennst du es Verrat, wenn man sich selbst schützen möchte?«

»Sie sind bereits hinter dir her, Damien!«

Erschrocken fuhr er zurück. »Wer?«

Amanda schwieg, weil Geneva sie eingeholt hatte. »Feine Freunde! Lassen mich mit dem Pöbel allein!«

»Aber nein, Geneva!« Damien beugte sich tief über ihre Hand, um sich für alles zu entschuldigen.

Gemeinsam gingen sie die wenigen Schritte bis zu Amandas Haus. Dort beschwor sie ihn mit Blicken und hoffte, daß er wiederkommen würde, doch es wurde Abend und nichts geschah.

Während sie ruhelos in der Bibliothek auf und ab lief, fiel ihr Blick auf das Botanikbuch, das Eric Damien im Sommer geliehen hatte. Ohne jede Absicht zog Amanda es aus dem Regal und blätterte es durch. Dabei fiel ihr eine kleine gefaltete Karte raschelnd vor die Füße. Auf den ersten Blick waren die seltsamen Zeichen bedeutungslos, doch plötzlich traf die Erkenntnis Amanda wie ein Blitz. Es handelte sich um Vermerke, die sich auf Geld, Munition und Waffen bezogen.

Zitternd sank Amanda auf den nächstbesten Stuhl. Dies war der endgültige Beweis, daß sie recht gehabt hatte. Eric war ein Verräter und steckte wahrscheinlich tiefer in der Sache, als sie es sich vorstellen konnte!

Nachdem sie das Buch wieder zurückgestellt hatte, ging sie in Gedanken versunken nach oben und versteckte die Karte ganz unten in ihrer Schmuckschatulle.

Als sie zwei Tage später gerade Zeitung las, erschien plötzlich ihr Vater unangemeldet. Zwischen den Zeilen hatte sie entnehmen können, daß Dunmore im nachhinein froh sein konnte, daß er das Parlament aufgelöst hatte. Die Männer waren nämlich voller Tatendrang aus Philadelphia zurückgekehrt. Man konnte nur hoffen, daß diese revolutionären Gedanken wieder einschliefen oder wenigstens abkühlten, bevor sie wieder zusammenkamen. Amanda war der Meinung, daß jeder, der die Beschlüsse unterzeichnet hatte, sich damit Verrat vorwerfen lassen mußte. Wenn sie allerdings an die gegenwärtige Stimmung in der Stadt dachte, so war es durchaus denkbar, daß die Loyalisten irgendwann in Gefahr gerieten. Wenn das Mutterland allerdings Truppen schickte –

In diesem Augenblick unterbrach die laute Stimme ihres Vaters ihre Gedanken. Rasch stand sie auf, um ihm entgegen zu gehen, doch sie kam nicht weit, denn er stürmte bereits in den Wohnraum.

»Gehen Sie! Ich muß mit meiner Tochter allein sprechen!« herrschte er Danielle an, die ihm gefolgt war, um ihn anzumelden.

Nachdem sich die Tür hinter dem Mädchen geschlossen hatte, gab es keinen Grund mehr, weiter höflich zu bleiben. Mißtrauisch beäugte Amanda ihren Vater. »Guten Morgen. Falls du meinen Mann, den angeblichen Verräter, sprechen möchtest, so muß ich dich enttäuschen. Er ist von seinem patriotischen Unternehmen noch nicht zurückgekehrt.« Sie lächelte süß. »Darf ich dir Tee anbieten, oder vielleicht auch etwas Stärkeres? Wem verdanke ich die Ehre deines Besuchs?«

»Damien Roswell!« stieß Sterling heftig hervor und warf seinen Hut schwungvoll aufs Sofa. Dann trat er dicht an den Kamin und rieb sich genüßlich die Hände, als er sah, wie sie blaß wurde. »Nun, plötzlich bist du gar nicht mehr so keck!«

Kalt sah Amanda ihren Vater an. »Du würdest es nicht wagen, ihn ausgerechnet jetzt verhaften zu lassen! Möglicherweise gäbe es einen Aufstand, wenn er zu einem Prozeß nach England –«

»Kein Hahn würde nach ihm krähen, wenn er plötzlich in der Nacht verschwände, nicht wahr?«

»Dabei würde Dunmore nicht mitmachen!«

»Du irrst dich, mein Kind. Dunmore ist sehr nervös, seit Peyton Randolph laut für Neuwahlen eintritt! Wer würde in diesem Durcheinander einen einzelnen jungen Mann vermissen?« Das Grinsen auf seinem Gesicht erstarb, als er Amandas Augen fixierte. »Außerdem kann ich es auch selbst übernehmen. Es wäre nicht mein erster Mord, und ich würde es mit Sicherheit wieder tun, solange es mir die Gunst des Königs verschafft!«

Amanda wurde eiskalt. »Mein Mann würde dich umbringen!«

»Demnach hast du deinem Vaterland den Rücken gekehrt und bist zum Feind übergelaufen!«

»Meine Ansichten haben sich nicht geändert!«

»Das mußt du erst einmal beweisen! Ansonsten wird Damien den morgigen Tag nicht erleben. Das schwöre ich! Ich werde schon auf irgendeine Art dafür sorgen. Gib dich nur keinen Illusionen hin, mein Kind. London wird diese sogenannte Rebellion im Keim ersticken!«

Stumm starrte Amanda ihren Vater an. Sie glaubte ihm aufs Wort, denn er hatte die Macht dazu, Damien nach Newgate bringen zu lassen. »Komm mir nicht zu nahe!« warnte sie ihn, als er sich ihr näherte.

Lächelnd blieb er stehen. »Beweise deine Loyalität und gib mir wenigstens einen Hinweis!«

Fieberhaft dachte Amanda nach, obwohl ihr die Angst fast das Herz abschnürte. In ihrer Not fiel ihr die Unterhaltung im Kaffeehaus ein, und plötzlich wußte sie, wie sie Damien retten konnte, ohne andere Menschen zu gefährden. »Ich weiß von einem Waffenversteck«, sprudelte es auch schon aus ihr hervor. Sofort glitzerten Sterlings Augen vor Erregung. »Und wo?«

»Am – unten am Fluß. Das alter Lagerhaus von Johnsboro.«

In großer Eile griff Sterling nach seinem Hut. »Falls du mir die Wahrheit gesagt hast, mein Mädchen, hast du dir selbst das schönste Weihnachtsgeschenk gemacht! Auf Wiedersehen.«

Noch lange nachdem er gegangen war, saß Amanda wie erstarrt auf dem Sofa. Ihr war elend zumute, und sie hatte das Gefühl, daß sie nicht ihrem Vaterland geholfen, sondern eher die Patrioten verraten hatte – und Eric.

Irgendwann stand sie auf und genehmigte sich einen kräftigen Schluck Brandy, und nach einem weiteren Glas regten sich auch ihre erstarrten Glieder wieder.

Doch in dieser Nacht schlief sie äußerst unruhig. Die Gesichter der jungen Männer im Kaffeehaus verfolgten sie im Traum. Sie sah sich von ihnen umzingelt, doch plötzlich wichen sie zur Seite und bildeten eine Gasse, durch die Eric auf sie zukam. Seine metallisch schimmernden Augen fixierten sie, und dann streckte er die Hand nach ihr aus. Schreiend fuhr sie herum und wehrte sich verzweifelt.

»Pst, mein Liebes!« Es war tatsächlich Eric, der sich über sie beugte. »Was ist denn das für eine Begrüßung! Ich strecke voller Sehnsucht meine Hand nach dir aus, und du behandelst mich wie ein Ungeheuer!«

Nur langsam kehrte Amanda in die Wirklichkeit zurück und beruhigte sich. »Eric!« Fast andächtig streichelte sie sein Gesicht. Offenbar hatte er gebadet, denn seine Haare waren noch ganz feucht. Erlöst, daß der Traum keine Wirklichkeit war, umfaßte sie sein Gesicht und zog es zu sich herunter und genoß seinen warmen, gierigen Kuß mit leisem Stöhnen. Doch irgendwann fiel ihr wieder ein, worüber sie sich geärgert hatte, und sie schob ihn gewaltsam ein Stück von sich fort.

»Du hast nicht geschrieben!«

»Ich hatte kaum Zeit.«

»Ich habe mir Sorgen gemacht.«

»Wirklich?« Im schwachen Schein des Kaminfeuers sah sie nur einige Sekunden lang seine fragend hochgezogenen Brauen. Dann war er wieder über ihr und bedrängte ihre Lippen. »Vergib mir!« flüsterte er heiser dicht vor ihren Lippen. »Ich kann es nicht länger aushalten!«

Gierige Hände bedrängten sie, sie hörte, wie Stoff zerriß, und dann fühlte sie nur noch seinen heißen Körper auf ihrer Haut. Seine Hände, seine Zähne und seine Lippen glitten über sie hin, bis seine Hitze und sein Verlangen auf sie übergriffen. Sie bog sehnsüchtig ihre Brüste seinen Lippen entgegen, wühlte in seinen Haaren und stöhnte wild und unbeherrscht, als zuerst seine Finger und schließlich auch seine Zunge ihre Scham fanden.

Irgendwann drückte sie ihn leise wimmernd von sich, bis er auf dem Rücken lag und sie sich mit ihrem ganzen Körper sachte an ihm reiben konnte. Zart küßte sie seine Brust und ließ ihre Hände wie Schmetterlinge über seine Hüften und seine Schenkel wandern. Anfangs spürte er nur ihre streichelweichen Haare, die seine Haut kitzelten, doch als sie alle ihre Zärtlichkeiten auf sein Glied konzentrierte, war es um ihn geschehen. Ihre heißen Lippen und ihre Hände quälten ihn förmlich und jagten ihm Schauer auf Schauer über den Rücken, bis er sich stöhnend Luft schaffte. Besinnungslos vor Gier packte er Amanda an den Hüften und drückte sich mit einem einzigen gewaltigen Stoß in sie hinein. Wie gebannt starrten sie einander in die Augen, während er ihren Körper in regelmäßigem Rhythmus auf sein Glied hinunterdrückte und immer wieder zustieß, bis die Leidenschaft sie überschwemmte.

Als Amanda auf ihn niedersank, glaubte sie sekundenlang, sie sei gestorben. Völlig erschöpft und keuchend lag sie auf ihm, doch schon spürte sie wieder seine Hände auf ihrem Körper und seine heißen Lippen, die ihre Schulter liebkosten. »Eric«, flüsterte sie beinahe besinnungslos, doch als sie die Augen öffnete und sein Gesicht vor sich sah, erstarrte etwas in ihr. Wahrscheinlich sorgte ihr Vater genau in diesem Augenblick für den Abtransport der Waffen! Und dieser Mann, der sie hier so leidenschaftlich umarmte, würde die Finger um ihren Hals legen und zudrücken, wenn er davon wüßte! Sie tastete über seine feuchte Brust und spürte, wie seine Muskeln unter ihrer Berührung erschauerten. »Eric –«

In einer einzigen wilden Bewegung rollte er sie auf den Rücken und vergrub sein Gesicht in einem verzweifelten Aufschrei an ihrem Hals. »Liebe mich!« stieß er hervor. »Denke an nichts anderes und liebe mich!« Und schon stürzte er sich in einem besitzergreifenden Kuß auf ihre Lippen, liebkoste die Haut ihrer Wangen und reizte ihre kleinen Ohren, bis sie stöhnte. Zart wanderten seine Lippen über die Ader an ihrem Hals und saugten schmatzend an ihren Brustwarzen, so daß sie alles um sich herum vergaß. Sie konnte sich auf nichts mehr besinnen, wußte nicht mehr, was sie vielleicht hätte sagen wollen, sondern überließ sich ganz ihrer Leidenschaft, die sie einem neuen Höhepunkt entgegentrug.

11. Kapitel

Je näher Weihnachten rückte, desto ruhiger wurde es im Land. In den Kneipen wurden zwar noch dieselben aufwieglerischen Reden geführt, doch gleichzeitig trank man auf das Wohl der neugeborenen Tochter des Gouverneurs. Als gegen Ende des Monats der erste Schnee fiel, entschied sich Eric für die Heimkehr. Amanda freute sich sehr, denn sie hatte Cameron Hall bereits vermißt.

An einem strahlend schönen Tag fuhren sie, in dicke Decken gehüllt, durch die unwirkliche Glitzerwelt der frisch beschneiten Landschaft nach Hause. In der Halle hatte sich die gesamte Dienerschaft versammelt, um ihre

Herrschaft mit heißem Punsch zu empfangen, was zur Folge hatte, daß Amanda einige Zeit später mit zauberhaft geröteten Wangen gegenüber von Eric an der Abendtafel Platz nahm. Und als sie ihm dann auch noch ein liebevolles, zärtliches Lächeln schenkte, traf ihn die plötzliche Erkenntnis wie ein Blitz: Er liebte seine Frau!

Nie war sie ihm schöner erschienen als in diesem dunkelgrünen Samtkleid, dessen tiefer Ausschnitt ihre wunderschönen Brüste so perfekt zur Geltung brachte. Irgendwie schien sie sich verändert zu haben, dachte Eric, während er den Gegensatz zwischen ihrer schneeweißen Haut und den dunkellockigen Haarsträhnen bewunderte. Amanda kostete lediglich an ihrem Essen, und dazwischen flirtete sie regelrecht mit ihm, lockte mit ihrem hellen Lachen, ihren grünen Augen und dem leisen Zittern ihrer ausdrucksvollen Wimpern.

Irgendwann hielt es ihn nicht länger auf seinem Platz. Er legte sein Besteck beiseite und zog Amanda, ohne Rücksicht auf irgendwelche Diener zu nehmen, in seine Arme. Wortlos trug er sie hinauf in ihr Schlafzimmer. Als er vor ihr niederkniete, um ihr die seidenen Pumps abzustreifen und sekundenlang aufsah, gewahrte er einen fast traurigen Ausdruck ihrer Augen, und es wurde ihm schmerzlich bewußt, daß sie ihn unter einem gewissen Zwang geheiratet hatte. Noch nie hatten seine Ohren die zärtlichen Worte vernommen, nach denen sich seine Seele sehnte.

Liebevoll strich sie seine Stirnrunzeln glatt. »Was hast du?«

Er schüttelte nur den Kopf, doch sein Blick suchte ihre Augen, während ihr verführerischer Rosenduft ihn umgab. Langsam löste er das Mieder und streifte ihr das Kleid ab. Wie feurige Flammen züngelten ihre Locken über die bleiche Haut, und aufstöhnend vergrub er sein Gesicht an ihren Brüsten. »Du hast mich verzaubert, Amanda!« stieß er wie im Fieber hervor und wunderte sich insgeheim, wie diese Sätze aus ihm hervorbrachen. »Mit Wonne würde ich für eine Umarmung mein Leben geben! Ich gehöre dir, mein Liebes, und zwar für immer.«

Im Bann dieser wunderschönen Worte und seiner sanft streichelnden Hände, schmiegte sie sich an ihn und umschlang ihn mit ihren Armen. Der Willkommenstrunk hatte alle finsteren Gedanken aus ihrem Kopf verbannt, und in einer Gefühlsaufwallung schwor sie ihrem Mann ewige Liebe.

Sanft strich ihr Eric mit dem Zeigefinger über die Wange und folgte dann der Linie ihrer Lippen. »Ich bitte dich nur, mich nicht zu hintergehen, Amanda. Einen solchen Verrat könnte ich nicht ertragen.«

Bevor sie etwas erwidern konnte, riß er sie heftig an sich, und im Sturm seiner Leidenschaft zerstoben alle ihre Gedanken. Rücksichtslos und zugleich unendlich zärtlich nahm er sie in Besitz und trieb sie von Höhepunkt zu Höhepunkt, bis sie in traumlosem Schlaf versanken.

Als Amanda am darauffolgenden Morgen die Augen aufschlug, saß Eric bereits fertig angekleidet an einem kleinen Tischchen und studierte die Zeitung, während er frühstückte. Die hohen Stiefel und der dicke Überzieher, der über einer Stuhllehne hing, deuteten darauf hin, daß er einen Ausritt plante. Es war Tradition, daß der Herr von Cameron Hall seine Pächter und Arbeiter persönlich zum Weihnachtsfest einlud.

Als ob Eric ihren Blick gefühlt hätte, drehte er sich lächelnd zu ihr um und nickte, doch seine Augen blickten ernst. Rasch wickelte sich Amanda in eine Decke und trat hinter ihren Mann, so daß sie ihm über die Schulter sehen und den Artikel lesen konnte, auf den er deutete.

»Einige von Dunmores Marinesoldaten haben ein altes Lagerhaus an der Küste geplündert und dabei jede Menge französische Waffen gefunden!«

Amanda war heilfroh, daß sie hinter Eric stand. Zitternd vor Schrecken umklammerte sie die Stuhllehne und brachte im ersten Moment kein Wort heraus. Doch Eric hatte nicht den geringsten Verdacht geschöpft. »Wenigstens wurde bei der Aktion niemand verletzt oder gar getötet«, fuhr er kopfschüttelnd fort. Dann erhob er sich und drückte ihr mit abwesender Miene einen Kuß auf die Stirn. »Ich muß mich auf den Weg machen. Es wäre schön, wenn du mich morgen begleiten würdest.«

Als sie nur stumm nickte, betrachtete Eric sie mit forschendem Blick. »Oder gibt es einen Grund, der dagegen spricht?«

»Ich – ich weiß nicht, was du damit sagen willst!« stieß sie verunsichert hervor.

»Ich möchte nur wissen«, entgegnete er ganz sanft, »ob du vielleicht schwanger bist.«

»Oh!« Erleichtert schüttelte sie den Kopf und errötete sogar ein wenig. »Nein – nein.«

Liebevoll zog Eric sie in seine Arme und küßte sie so gierig, daß Amanda vor lauter Sehnsucht weiche Knie bekam und hilflos gegen ihn sank. Doch genau im selben Augenblick wurden sie durch ein diskretes Klopfen an der Tür unterbrochen und lösten sich nur widerwillig voneinander.

Am nächsten Tag erfüllte Amanda Erics Wunsch und begleitete ihn. Sie ritten durch die verschneite Landschaft und froren im kalten Wind, der vom Fluß herüberwehte. Der Winter stand vor der Tür, und es tat gut, sich immer wieder in den Küchen der Häuser aufzuwärmen, in denen es vor Geschäftigkeit nur so wimmelte. Überall wurden sie freundlich aufgenommen, und das Lachen der Kinder hallte noch lange in ihren Ohren. Den ganzen Tag über wurden sie von Jacques begleitet, und mehr als einmal fühlte Amanda, wie seine ausdrucksvollen Augen mit den dichten, langen Wimpern sie eingehend betrachteten. Er beobachtet mich genauso, wie ich das tue, dachte Amanda. Doch es störte sie überhaupt nicht, sondern es gefiel ihr sogar.

Endlich war der Weihnachtstag gekommen. Nach der Kirche versammelten sich die Menschen von nah und fern in Cameron Hall. Das gesamte Haus war mit Stechpalmenzweigen, Kränzen, Bändern und Misteln geschmückt, in allen Kaminen brannten lodernde Feuer, und außerdem hatte man eine Musikkapelle engagiert, die die altbekannten Weisen spielte. Amanda tanzte reihum zuerst mit Thom, dann mit dem kleinen rundlichen Koch und später auch mit dem scheuen Stallburschen, während Eric am Kamin lehnte und dem munteren Treiben zusah. Als sich die Stimmung auf dem Höhepunkt befand, klopfte es plötzlich an der Tür. Eric bedeutete Cassidy und Thom, daß er persönlich öffnen wollte, und nur wenig später dröhnte die Stimme von Amandas Vater durch das Haus.

»Hallo, meine liebe Tochter!« rief er, während er in Begleitung von Lord Hastings, Lord Tarryton und dessen junger Frau in die Halle trat.

Im selben Augenblick verstummte die Musik, und das Lachen erstarb den Leuten auf den Lippen. Schweigen breitete sich aus.

»Guten Tag, Vater«, grüßte Amanda kühl, obwohl ihre Hände insgeheim zitterten. Voller Gewissensbisse dachte sie an das verratene Versteck und daran, daß sie den Mann, der sie liebte, belogen hatte. O Gott, weshalb mußte ihr Vater ausgerechnet heute herkommen! dachte sie, als sie auch schon seine kalten Lippen auf ihrer Wange fühlte. Während Thom Hüte und Mäntel in Empfang nahm, bat Amanda die Gäste ins Eßzimmer, wo man Speisen und Getränke angerichtet hatte. Dabei fühlte sie Erics nachdenklichen Blick auf sich gerichtet und hätte gern gewußt, was er dachte.

Während sie ihren Gästen folgte, nahm sie aus dem Augenwinkel eine Bewegung hinter sich wahr und fuhr herum. Entsetzt sah sie, daß Erics Hände Jacques Hals umklammert hielten, obwohl sich der muskulöse Mann heftig zur Wehr setzte. Trotz aller Anstrengung brachte Eric ein Lächeln zustande. »Geh nur, mein Liebes. Ich komme sofort nach!«

»Aber Eric –«

»Kümmere dich bitte um unsere Gäste, Amanda!«

Als Amanda sah, wie Danielle beruhigend auf Jacques Bisset einsprach, gehorchte sie verwirrt und schloß seufzend die Tür hinter sich. »Anne, Sie müssen unbedingt unseren Punsch versuchen! Und die anderen natürlich auch!« Mit diesen Worten nahm sie die silberne Kanne von einem Stövchen und füllte die Gläser, in die sie zuvor noch eine kleine Zimtstange gesteckt hatte.

Als Eric eintrat, war ihm nichts von der Aufregung anzumerken. »Willkommen!« begrüßte er die Gäste und küßte Anne mit ausgesuchter Höflichkeit die Hand. Ein klein wenig zu höflich nach meinem Geschmack! dachte Amanda, doch dann sah sie, wie mitleidig er die schüchterne Frau ansah. »Ich freue mich, Sie endlich persönlich kennenzulernen. Leider konnte ich bei Ihrer Hochzeit nicht zugegen sein, doch ich habe mir sagen lassen, daß sie das Ereignis des Jahrhunderts war!« Für Sekunden leuchteten seine Augen auf. »Sehe ich recht – oder irre ich mich?«

»Durchaus nicht.« Mit diesen Worten trat Robert neben seine Frau und faßte sie um die Schultern. »Wir erwarten unser erstes Kind.«

»Oh, wie wundervoll!« Amanda hob ihr Glas. »Meinen Glückwunsch!«

»Das gilt auch für mich«, bekräftigte Eric und machte es der jungen Frau fürsorglich neben dem Kamin bequem.

Es dauerte nicht lange, bis Nigel schließlich auf eine geheime Zusammenkunft der Abgeordneten zu sprechen kam, die angeblich vorbereitet wurde. »Es wird nicht mehr allzu lange dauern, bis sich jeder von uns entscheiden muß, ob er es mit dem König oder dessen Feinden halten will.«

An der Art, wie Eric abwinkte, erkannte Amanda, wie gereizt er war. »Ich habe mich gerade auf Dunmores Bitten hin mit den Indianern herumgeschlagen und wüßte gern, weshalb Sie ausgerechnet mir so etwas sagen.«

»Weil Sie sich gegen alle diese Bestrebungen wehren

sollten! Mit Ihrer Kraft und Ihrem Einfluß sollten Sie den Hitzköpfen lieber entgegentreten, statt sich auch noch auf ihre Seite zu stellen!«

»Oder sie sogar anzuführen!« bemerkte Robert Tarryton in scharfem Ton.

Da war es heraus – der Vorwurf des Verrats war laut ausgesprochen worden!

Energisch fuhr Amanda dazwischen. »Ich werde eine solche Diskussion nicht länger dulden!« verkündete sie. »Dies ist mein Haus, und heute ist Weihnachten. Wer sich nicht entsprechend benehmen will, soll das Haus verlassen! Hier ist keine Kneipe! Verstanden? Als mein Vater bist du mir jederzeit willkommen, aber nicht als Unruhestifter!«

Sekundenlang herrschte absolute Stille.

»Amanda –«, begann Sterling zögernd.

Augenblicklich erhob sich Eric und warf Amanda einen anerkennenden Blick zu. »Sie haben gehört, was meine Frau gesagt hat. Unser Weihnachtsfest hat eine sehr lange Tradition, und wir wollen es auch in diesem Jahr feiern, wie wir es immer getan haben. Kommen Sie, Lady Anne! Dieses Lied ist schön langsam, und ich würde gern mit Ihnen tanzen.«

Auf dieses Zeichen schien Robert geradezu gewartet zu haben. Rasch ergriff er Amandas Arm und führte sie auf die Tanzfläche. »Die Ehe bekommt Ihnen, Amanda. Sie sind schöner denn je!«

»Vielen Dank für das Kompliment und meinen herzlichen Glückwunsch zu dem Baby!«

»Und wie steht es mit Ihnen? Schlafen Sie etwa mit diesem Bastard?«

»Mit dem größten Vergnügen!« entgegnete sie zuckersüß.

»Sie lügen!« fauchte er und packte sie fester.

»Ich kann mir keinen aufregenderen Liebhaber vorstellen!«

»Sie haben mir immer noch nicht verziehen, doch ich

weiß genau, daß Sie mich insgeheim noch immer lieben. Unsere Zeit wird kommen!«

»Wirklich?«

»Sobald hier britische Truppen einrücken, wird Ihr Mann kein leichtes Leben mehr haben!«

Nur zu gern hätte Amanda etwas Passendes erwidert, doch in diesem Augenblick trat ihr Vater zu ihnen und bat um den nächsten Tanz.

»Gut gemacht!« flüsterte Nigel Sterling. »Alle Angaben waren zutreffend.«

»Dann sind wir jetzt quitt«, bemerkte Amanda, der äußerst unbehaglich zumute war.

»Davon kann gar keine Rede sein! Du wirst weiterhin tun, worum ich dich bitte!«

»Du hast offenbar kein Gespür dafür, daß sich die Zeiten geändert haben, Vater! Inzwischen gibt es schon Haftbefehle, die niemand mehr ausführt. Die Menschen wenden sich zunehmend von Fanatikern wie euch ab!«

Er lächelte. »Wetten, daß du mir auch in Zukunft genauso gehorchen wirst wie bisher!« Ohne sie um ihre Erlaubnis zu fragen, reichte er sie im nächsten Augenblick an Lord Hastings weiter.

Amanda versuchte, höflich zu lächeln, doch die zynischen Worte ihres Vaters hallten noch in ihren Ohren. Als sie dann auch noch Lord Hastings' gierige Finger an ihrem Mieder spürte, entschuldigte sie sich hastig, sobald die Musik verstummt war, und stürzte aus dem Zimmer. Draußen auf der Veranda rieb sie sich Gesicht und Ausschnitt mit kaltem Schnee ab, bis sie sich wieder beruhigt hatte. Es dämmerte bereits, und wehmütig dachte Amanda an den Tag zurück, der so wunderschön begonnen hatte.

»Amanda.«

Überrascht stellte sie fest, daß ihr Mann ihr gefolgt war. Er schien nicht zu frieren, obwohl er nur in Hemdsärmeln war und der Wind durch seine dunklen Haare fuhr. Rasch trat er zu ihr und nahm sie in seine Arme.

»Was geht hier vor?« wollte er wissen. »Weshalb ist dein Vater gekommen?«

»Heute ist schließlich Weihnachten.«

Unverwandt sah er ihr in die Augen, und Amanda wußte nur zu gut, daß das genau der richtige Augenblick gewesen wäre, um einfach die Arme um ihn zu legen und ihm alles zu gestehen. Doch aus Angst um das Leben ihres Vetters brachte sie es nicht über sich. In Gedanken befeuchtete sie ihre Lippen. Was würde wohl werden, falls es tatsächlich zum Krieg kommen sollte? Sie war mit einem Mann verheiratet, der für die Durchsetzung seiner Ansichten alles aufs Spiel setzen würde. Würde er auch sie opfern? Und wie stand es mit ihr selbst? Es war nicht leicht, es zuzugeben, aber sie liebte ihn. Und zwar noch viel verzweifelter, als sie sich jemals hatte vorstellen können. »Ich glaube, daß er nur gekommen ist, um mich zu ärgern.«

Eric drückte sie noch fester an sich. »Und was ist mit Tarryton? Ich habe dein Gesicht beobachtet, als du mit ihm getanzt hast.«

»Nichts ist mit ihm! Ich habe mich nur geärgert.«

»Wollte Gott, ich könnte dir das glauben!«

Empört wich sie zurück.

»Du hast schließlich niemals behauptet, mich zu lieben«, erinnerte er sie, wobei er sie wieder an sich zog.

»Er ist ein verheirateter Mann. Und außerdem wird er bald Vater.«

»Na und? Du bist eine verheiratete Frau.«

»Wie kannst du nur –«

Wild fluchend riß sie sich von ihm los und rannte ins Haus zurück, wo sich das Fest allmählich seinem Ende näherte. Die Dienerschaft war mit Aufräumen beschäftigt, und Amanda verabschiedete sich von den unverhofften Gästen, die noch vor Einbruch der Dunkelheit nach Williamsburg gelangen wollten. Irgendwann erschien auch Eric und begleitete die Gesellschaft zur Tür.

Amanda nutzte die günstige Gelegenheit und zog sich

unauffällig zurück. Nachdem sie ihr steifes Festkleid gegen ein warmes Flanellnachthemd eingetauscht hatte, ließ sie sich an ihrem Frisiertisch nieder und bearbeitete voller Zorn ihre Lockenpracht mit einer Bürste. Irgendwann erschien Eric, der ganz offensichtlich mehr getrunken hatte als üblich. Schwer ließ er sich aufs Bett fallen und riß sich das Hemd über den Kopf.

»Weshalb bekommen wir noch kein Kind?« fragte er gepreßt, während er seine Stiefel abstreifte.

Amandas Arm erstarrte mitten in der Bewegung. »Das weiß nur Gott, denn ich habe keine Ahnung.«

Ungeduldig sprang Eric auf. Mit einer heftigen Bewegung riß er ihr die Bürste aus der Hand und bearbeitete ihre Haare mit gleichmäßigen gründlichen Strichen. »Du unternimmst nichts dagegen, oder?«

»Aber natürlich nicht!« Empört sprang sie auf und drehte sich zu ihm um. »Wie kannst du mir nur so etwas unterstellen? Seit unserer Hochzeit bist du doch fast immer fort gewesen!«

Plötzlich war sein Gesichtsausdruck ganz weich und zärtlich. »Dann liegst du also nicht im Bett und träumst davon, daß die Duchess möglicherweise sterben könnte –«

»Wie kommst du nur auf solche Gedanken?« Entsetzt wich sie vor ihm zurück, aber er packte sie nur und drückte sie auf ihren Stuhl zurück. Diese Berührung war zuviel für Amanda. Wie ein Blitz durchfuhr sie heiße Sehnsucht und aufstöhnend lehnte sie ihr Gesicht an Erics Bauch. Liebkosend fuhr sie mit ihrer Zunge über alle Muskeln, die sich unter der Berührung zusammenkrampften, und schließlich öffnete sie seine Hose und ließ ihre Lippen weiterwandern, bis Eric sie aufstöhnend hochzog und in seine Arme schloß. Im selben Augenblick fühlte sie sich hochgehoben, und schon drang er mit solcher Hitze und Wucht in sie ein, daß augenblicklich die Wogen der Ekstase über ihr zusammenschlugen. Nachdem Erics wilde Zuckungen abgeebbt waren, schob sie seinen Körper von sich und rollte sich beschämt zur Seite. Wie konnte sie ihn nur so abgrundtief hassen, und sich doch gleichzeitig so verzweifelt nach seinen Berührungen sehnen?

»Amanda –«, Eric versuchte, sie zurückzuziehen.

»Nein!«

»Oh, doch«, widersprach er leise lachend und drehte sie zu sich herum. Dann küßte er sie zart auf die Stirn. »Vielleicht wirst du mich nach dieser Nacht besser verstehen. Ich habe dich so verzweifelt begehrt, und mich gleichzeitig für diese Schwäche verachtet. Wut, Leidenschaft, Liebe und Schmerz liegen so nahe beieinander.«

Amanda kuschelte sich in seine Arme und fühlte seinen Atem in ihrem Haar. »Ach, könnte die Welt doch einfach stehenbleiben«, seufzte er, und sofort fiel Amanda siedendheiß die Karte in ihrem Schmuckkasten ein.

Als sie leise erschauerte, schlossen sich seine Arme fester um sie. »Ist dir kalt?«

»Nein«, log sie und wechselte rasch das Thema. »Was war vorhin eigentlich mit Jacques los?«

»Er wollte deinen Vater umbringen. Ich konnte ihn gerade noch daran hindern.«

Ruckartig stützte Amanda sich auf und starrte ihren Mann an, der auf dem Rücken lag und die Arme hinter dem Kopf verschränkt hatte. »Und weshalb?«

»Das weiß der Himmel«, erwiderte Eric ruhig und streichelte über ihr Kinn. »Ich hätte auch schon manchmal große Lust dazu verspürt. Er ist wirklich kein netter Mensch.« Rasch zog er Amanda wieder an sich. »Aber du bist nicht für ihn verantwortlich«, beschloß er knapp das Thema.

»Hast du Jacques bestraft?»

»Ihn bestraft? Ganz bestimmt nicht, denn er ist doch ein freier Mann.«

»Und wie hast du ihn beruhigt?«

Eric schwieg eine ganze Zeit. »Ich habe gesagt, daß ich das selbst tun werde«, sagte er schließlich und hielt sie eisern fest, als sie sich aufrichten wollte. »Und jetzt schlaf, Amanda, denn es war ein langer Tag!«

Mucksmäuschenstill lag sie in seinen Armen, aber an Schlaf war nicht zu denken.

Das neue Jahr 1775 begrüßten sie in Williamsburg, wo der Gouverneur zu einem großen Fest eingeladen hatte. Trotz der angespannten Situation waren alle wichtigen Leute gekommen. Amanda war ein wenig beklommen zumute, als sie ihre Augen über die festliche Gesellschaft schweifen ließ, und konnte sich des Gefühls nicht erwehren, als sei dies für lange Zeit das letzte Mal. Sie sah Damien lachen, während er mit Geneva tanzte, und als er kurz darauf sie aufforderte, schalt sie ihn wegen seiner Abwesenheit am Weihnachtsabend. Doch der junge Mann reagierte überaus ernst und beinahe zurückweisend, so daß sie ihn am liebsten an den Ohren gezogen hätte. Ohne ihn hätte sie sich schließlich nie in dieser Zwangslage befunden, dachte sie. Als sie schon drauf und dran war, ihm Vorwürfe zu machen, gab Damien sie frei, weil ihr Vater ihm auf die Schulter geklopft hatte.

»Ich brauche noch etwas«, teilte er ihr in schroffem Ton mit, während sie sich im Tanz drehten.

»Wie bitte?«

»In Boston treffen vermehrt britische Truppen ein. Ich fürchte allerdings, daß wir hier keine Hilfe erhalten werden, wenn wir nicht noch mehr Beweise vorlegen können.«

»Woher soll ich die denn haben? Eric ist doch gerade erst wieder nach Hause gekommen!«

»Dann gib dir Mühe und finde etwas!«

»Nein!«

»Das werden wir ja sehen«, entgegnete er fast gleichmütig und ließ sie mitten auf der Tanzfläche stehen.

Amanda flüchtete sich förmlich zum Tisch hinüber, wo Punsch ausgeschenkt wurde, und lief dabei Robert Tarryton genau in die Arme.

»Na, brauchen Sie eine Stärkung, meine Liebe?«

»Ich bin nicht Ihre Liebe!«

Über den Rand seines Glases hinweg fixierte er die Locken, die sich auf Amandas nackten Schultern kringelten. »Unsere Zeit rückt immer näher. Im März soll eine geheime Zusammenkunft der Abgeordneten von Virginia stattfinden, und zwar in Richmond. Der Gouverneur weiß nichts.«

»Das kann nicht ganz stimmen, da Mr. Randolph mit der Bitte um Wahlen an den Gouverneur herangetreten ist.«

»Ihren Mann hat man auch dazu eingeladen.«

»Wie bitte? Ich denke, es ist eine geschlossene Gesellschaft.«

»Keineswegs. Jedenfalls weiß ich aus sicherer Quelle, daß Ihr Mann zugesagt hat.« Lächelnd verbeugte er sich. »Sie werden schon sehen, Amanda«, flüsterte er ihr noch zu, bevor er in der Menge verschwand.

Als Amanda wenige Augenblicke später auch noch feststellen mußte, daß Eric in ein Gespräch mit einem Mitglied des House of Burgesses vertieft war, fühlte sie sich doppelt hintergangen und verlangte nach ihrem Mantel, weil sie im Garten frische Luft schöpfen wollte. Ziellos wanderte sie zwischen den kahlen Beeten umher, die in der Winterkälte ebenso erstarrt waren wie ihr Herz. Demnach war ihre Meinung über Eric eben doch richtig gewesen! Weshalb hatte sie sich nur ausgerechnet in ihn verliebt?

Plötzlich rissen sie aufgeregte Stimmen aus Richtung der Ställe aus ihren Gedanken. Rasch lief sie hinüber und beobachtete, wie ein älterer Mann einigen Stallknechten Anweisungen gab. Sie umstanden ein gesatteltes Pferd, das in grotesker Verrenkung auf dem Boden lag und zu schlafen schien.

»Was ist geschehen?« rief Amanda.

Der ältere Mann wischte sich den Schweiß von der Stirn und grüßte höflich. »Ich fürchte, wir werden dem armen

Kerl nicht helfen können. Ich habe keine Ahnung, was ihm fehlt. Er ist einfach zusammengebrochen. Übrigens gehört das Pferd Mr. Damien Roswell.«

Mit vereinten Kräften war es den Stallknechten gelungen, das Pferd auf die Füße zu stellen. Wild rollten die dunklen Augen, doch schon im nächsten Moment wurden sie glasig, und Sekunden später knickten die Vorderfüße ein, und dann brach das wunderschöne Tier endgültig zusammen.

Entsetzt fuhr Amanda zurück. Es war Damiens Pferd, und es war tot! Ihrem Vetter stand dasselbe Schicksal bevor, wenn sie ihrem Vater nicht gehorchte.

»Mylady!« rief jemand, doch da lag sie bereits ohnmächtig auf der Erde.

Als sie die Augen aufschlug, befand sie sich inmitten einer großen Menschenmenge und fühlte, wie Eric sie auf seine Arme hob. Mißtrauen und Sorge spiegelten sich in seinem Blick.

»Bitte bring mich nach Hause«, hauchte sie und drückte sich eng an Erics Brust, um Damiens beunruhigten Gesichtsausdruck nicht sehen zu müssen.

Nachdem man sie zu Hause entkleidet und ins Bett gesteckt hatte, erschien Eric mit frisch aufgebrühtem echten Tee, den er mit seinem eigenen Schiff direkt aus China importiert hatte, und erkundigte sich nach dem Grund für ihre Aufregung.

»Das Pferd – es ist vor meinen Augen gestorben!«

»Das kann unmöglich der ganze Grund sein!«

Amanda warf ihm einen beleidigten Blick zu. »Wenn Geneva oder Anne dasselbe passiert wäre, wärst du mit Sicherheit überaus besorgt gewesen. Ein solcher Anblick ist nun einmal nichts für eine Frau!«

»Aber du bist aus härterem Holz geschnitzt. Du bist kein solches zartes Geschöpf und erst recht keine Lady!«

Erregt schlug sie nach ihm und brachte dabei das Tablett in Gefahr, doch Eric rettete es und stellte es auf einem Tisch ab, bevor er sich wieder umwandte. »Amanda –«

Inzwischen hatte sich Amanda herausfordernd aufgerichtet. »Ich war sehr überrascht, als ich erfahren habe, daß du nach Richmond gehen wirst.«

Mit dieser Wendung hatte er nicht gerechnet und sah plötzlich sehr niedergeschlagen drein. »Aha! Diese Weisheit hast du von deinem alten Liebhaber. Eine zauberhafte Spionin bist du!«

»Das bin ich nicht!« fauchte sie und trommelte wütend gegen seine Brust. »Du dagegen bist ein –«

Er packte ihre Handgelenke, und seine Augen hatten sich zu schmalen Schlitzen verengt. »Ja, ich weiß. Ich bin ein Verräter! Was ist mit Damiens Pferd geschehen?«

Verbissen versuchte sie, ihre Hände zu befreien, und mied dabei seinen Blick, denn sie konnte ihm doch nicht sagen, daß er und Damien sich ihrer Meinung nach in derselben Gefahr befanden wie dieses Tier. »Ich bin müde, Eric.«

»Amanda –«

Ohne zu überlegen nahm sie zu einer Lüge Zuflucht, die sie schon bereute, bevor sie sie ganz ausgesprochen hatte. »Ich – fühle mich nicht wohl. Vielleicht – vielleicht bekomme ich ein Kind.«

Augenblicklich ließ Eric sie los und bettete sie voller Zärtlichkeit zurück auf die Kissen. »Glaubst du wirklich?«

»Ich kann es noch nicht sagen«, antwortete sie gequält. »Bitte! Ich fühle mich so schrecklich müde!«

»Ich werde in einem anderen Zimmer schlafen«, beruhigte er sie und küßte sie unendlich zart auf die Stirn und dann auf die Lippen.

Sie sah ihm nach, als er das Zimmer verließ, und ihr Herz schmerzte zum Zerspringen. Dann lag sie lange wach, wälzte sich ruhelos im Bett hin und her und versuchte vergeblich, die quälenden Gedanken loszuwerden. Irgendwann stand sie auf und zog sich rasch an. Danach kramte sie mit zitternden Händen die Karte aus ihrem Schmuckkasten hervor. Sie mußte ja nicht sagen, woher sie stammte. Genausogut hätte sie sie auf dem Boden einer Kneipe gefunden haben können.

Lautlos schlich sie sich aus dem Haus und hätte fast laut aufgeschrien, als nur wenige Häuser weiter plötzlich eine Gestalt hinter einem der Bäume hervortrat und ihr den Weg versperrte.

»Ich war mir ziemlich sicher, daß du etwas für mich auftreiben würdest«, grinste ihr Vater.

Hastig warf sie ihm die Karte hin. »Das ist alles. Mehr gibt es nicht. Hast du mich verstanden?«

»Was ist es denn?«

»Soviel ich erkennen kann, ist es ein Lageplan von Waffenverstecken an dieser Küste. Von jetzt ab ist endgültig Schluß!«

»Und wenn es zum Krieg kommt?«

»Ach, laß mich in Ruhe!«

Sein Lachen verfolgte sie, während sie wie von Furien gehetzt zum Haus zurücklief. Erlöst ließ sie sich von innen gegen die Tür sinken und schloß für Sekunden die Augen. Sie konnte nur hoffen, daß sie ihn damit für einige Monate zufriedengestellt hatte!

Als sie die Augen aufschlug und zur Treppe ging, durchfuhr sie ein eisiger Schreck. Vor ihr auf der Treppe stand Eric, und es war kein Alptraum, sondern die nackte Wirklichkeit. Er hatte seinen Hausmantel in so großer Eile übergeworfen, daß er über der Brust gar nicht richtig geschlossen war und seine schwarzen Haare hervorquollen. Seine Hand umklammerte das Geländer, als ob sie sich schon um ihren Hals gelegt hätte, und seine Augen waren schwarz vor Zorn. »Wo bist du gewesen?«

»An der – an der frischen Luft.«

»Gerade warst du noch müde! Wo bist du gewesen?«

»Ein Gentleman fragt so etwas nicht.«

»Es ist hinreichend bekannt, daß ich kein Gentleman bin. Wo bist du gewesen?«

»Draußen!« Als er in drohender Haltung auf sie zukam,

wich sie zurück. »Du kannst mich nicht zwingen, es dir zu sagen! Du kannst mich nicht –«

Als er dicht vor ihr war, schlug sie voller Panik nach ihm, doch er duckte sich nur und warf sie sich kurzerhand über die Schulter.

»Nein! Laß mich sofort runter! Man wird uns hören – hör auf!«

Mit Macht klatschte seine flache Hand auf ihr Hinterteil. »Das ist mir herzlich gleichgültig! Ich kann dich vielleicht nicht zwingen, mir zu sagen, was du nachts auf der Straße zu suchen hattest, doch ich werde den Teufel tun und mich von dir aus meinem Schlafzimmer vertreiben lassen!«

Wie wild trommelte sie auf seinen Rücken, doch es nützte nichts. Hilflos mußte sie erleben, daß Eric sie nach oben ins Schlafzimmer schleppte und aufs Bett warf. Und als sich seine Lippen gierig auf ihren Mund preßten, dachte sie noch flüchtig an seine Worte. Wut und Leidenschaft lagen wirklich sehr nahe beieinander. Sie wollte sich noch wehren, doch die Flammen der Leidenschaft machten jeden Versuch zunichte.

Als sie am Morgen erwachte, war Eric bereits fort. In einem Brief teilte er ihr mit, daß er zur Versammlung fuhr, und befahl ihr, unverzüglich nach Hause zurückzukehren. Er gab der Hoffnung Ausdruck, daß sie sich seiner Anordnung nicht widersetzen würde. Ansonsten hätten die Diener Anweisung, die Durchsetzung seiner Wünsche zu erzwingen.

Mit einem unterdrückten Wutschrei schleuderte Amanda ihr Kissen quer durch das Zimmer und warf sich dann weinend aufs Bett. Ihre Liebe, die gerade erst aufgeblüht war, war auf dem Schlachtfeld der Revolution vernichtet worden!

Teil III

Freiheit oder Tod

12. Kapitel

St. John's Episcopal Church
in der Nähe von Richmond, Virginia
März 1775

Da in Richmond kein ausreichend großer Versammlungsraum zur Verfügung stand, hatten sich die Abgeordneten in einer Kirche etwas außerhalb der Stadt versammelt, was die Ernsthaftigkeit ihres Ringens um die richtigen Entscheidungen noch ganz besonders unterstrich. Nach erregten, hitzigen Debatten war man übereingekommen, daß der Ruf nach Frieden sinnlos war, solange in anderen Kolonien bereits mehr oder weniger Kriegszustand herrschte. Als man am Abend auseinanderging, war beschlossen worden, Truppen auszuheben, um Virginia wirksam verteidigen zu können. Während der folgenden Tage mußten noch die Delegierten für den zweiten Congress in Philadelphia bestimmt werden.

Während Eric an Washingtons Seite den Versammlungsraum verließ, dachte er noch einmal an alle Reden zurück, die er am heutigen Tag gehört hatte. Noch vor zwei Jahren wären solche Sätze der reinste Verrat gewesen, doch heutzutage waren nur noch die allerverbissensten Loyalisten dieser Meinung.

»Ich fürchte, das war ein geschichtsträchtiger Tag«, meinte Washington, während sie einer der Tavernen zustrebten. »Meiner Meinung nach wird es Krieg geben.«

»Das ist auch meine Ansicht«, erwiderte Eric.

»Was werden Sie dann tun?«

»Ich hoffe doch sehr, mein lieber George, daß ich im Lauf der Jahre meine Loyalität gegenüber Virginia oft genug unter Beweis gestellt habe.«

»Das steht außer Frage. Ich dachte eher an Ihre anderen Interessen. Viele meiner Freunde, auch Fairfax und Sally, haben sich für die Heimkehr nach England entschieden.«

Eric nickte. »Solche Gespräche habe ich auch mit einigen meiner Verwandten geführt. Noch heute abend treffe ich mich mit einem entfernten Vetter, dem ich meine Besitzungen in England verkaufen will. Dafür wird er mir sein Land überlassen, das an meinen Besitz grenzt.«

Eindringlich fixierten ihn Washingtons Augen. »Und wie steht es mit Ihrer Frau?«

Ohne es zu wollen, verriet Eric seine widerstreitenden Gefühle, indem er zu rasch antwortete. »Ich weiß nicht, was Sie meinen.« Er für seine Person hatte sich entschieden, doch in seine sehnsuchtsvollen Gedanken an Amanda mischten sich immer wieder quälende Unsicherheiten und Mißtrauen. Er konnte ihr nicht vertrauen. Was hatte sie mitten in der Nacht auf der Straße gemacht? Hatte sie sich mit einem einflußreichen Tory oder gar mit einem Liebhaber getroffen, oder waren die beiden womöglich ein und dieselbe Person? Wegen der Schwangerschaft hatte sie ihn belogen, und auch über den Tod von Damiens Pferd schien sie mehr zu wissen, als sie zugegeben hatte. »Was soll diese Frage?«

»Mißverstehen Sie mich nicht, Eric. Ich bin Ihr Freund. Aber genausogut ist bekannt, daß sich Lady Camerons Ansichten nicht geändert haben.«

»Verdächtigt man sie?« fragte Eric geradeheraus.

»Ich wollte Sie nicht beleidigen.«

»Das sehe ich auch nicht so. Amanda ist meine Frau und wird an meiner Seite stehen.« – »Aber –«

Ein trotziger Zug erschien um Erics Mund. »Andernfalls werde ich dafür sorgen.«

»Und falls –«

»Falls es nötig werden sollte, werde ich sie auch fortschicken. Darauf gebe ich Ihnen mein Wort.«

Washington seufzte aus tiefster Seele. »Ich hoffe nur, mein Freund, daß sie es können. Doch jetzt wollen wir uns endlich einen Schluck genehmigen. Ich habe das dunkle Gefühl, daß die Zukunft mit Riesenschritten näherrückt. Wer weiß, ob wir dann noch Zeit dazu haben werden.«

Ungefähr zwanzig Minuten später saßen sie am Tisch, an dem bereits Richard Henry Lee, Patrick Henry und verschiedene andere Abgeordnete Platz genommen hatten. Außerdem hatte sich Pierre Dupree, ein älterer, sehr gepflegt gekleideter Gentleman aus der nördlichen Umgebung der Stadt, zu ihnen gesetzt. Die Männer tranken und scherzten, um die Anspannung des Tages loszuwerden. Zwischendurch fiel Eric auf, daß Dupree ihn nicht aus den Augen ließ und praktisch kaum an den Gesprächen der anderen teilnahm.

Als die Kerzen auf ihrem Tisch bereits weit heruntergebrannt waren und sich die Freunde bereits verabschiedet hatten, faßte sich Eric ein Herz. »Monsieur Dupree, ich habe den Eindruck, daß sie mich den ganzen Abend über beobachtet haben, und ich wüßte gern den Grund dafür.«

Der ältere Mann zuckte die Achseln. »Ich bin neugierig, Monsieur.«

»Neugierig?« Eric hob sein Glas und prostete dem Mann zu. »Ich muß zugeben, daß mich ihre Antwort überrascht hat. Reden Sie nur frei heraus!«

Dupree holte tief Luft. »Ich hoffe nur, daß Sie sich nicht beleidigt fühlen und meine Information Ihnen nützt.«

»Sie machen mich neugierig. Schießen Sie los!«

Dupree gab sich einen Ruck. »Soviel ich weiß, ist Amanda Sterling inzwischen Lady Cameron geworden.«

Ein rasiermesserscharfer Schmerz durchzuckte Eric. »Das stimmt.« Sein Gesichtsausdruck verfinsterte sich. »Reden Sie endlich, Mann! Ich bin müde und verliere leicht die Geduld.«

»Ich muß etwas ausholen –«

»Dann los!«

»Nun gut. Vor Jahren habe ich ihre Mutter gekannt.«

»Die Mutter meiner Frau?«

»Ja, sie war eine bezaubernde Person. Liebenswert und zart, und dabei voller Leidenschaft, Energie und Vitalität. Wenn ich nur an sie denke, fühle ich mich gleich wieder jung. Sie war so lebendig, so voller Lebensfreude!«

Wie Amanda, dachte Eric. »Weiter!« brummte er.

Pierre Dupree beugte sich ein wenig vor. »Ich war damals häufig in Williamsburg. Ich bin zwar Franzose, doch da ich in Virginia geboren wurde, bin ich gleichzeitig Untertan des englischen Königs. Als ich vom Schicksal der leidgeprüften Akadier erfuhr, kam ich nach Williamsburg, um mich ihrer anzunehmen. Verstehen Sie?«

Eric nickte nur, worauf Dupree weitersprach. »Ich zählte zu Lenores Freunden, und eines Tages fragte sie mich um Rat.«

»Und weshalb?«

»Angesichts des Flüchtlingselends hatte die gute Seele ihren Mann gebeten, einige dieser Leute einzustellen. Ich nehme an, daß Sie Nigel Sterling kennen?«

Eric nickte mit undurchsichtiger Miene.

»Sie hätte diesen Mann niemals heiraten dürfen. Ein so grausamer, geltungssüchtiger Mann wie er verdiente Lenore nicht.«

»Ich bitte Sie, Sir! Die gute Frau ist schon seit vielen Jahren tot und begraben. Sie ist längst von ihm erlöst. Weshalb jammern Sie so?«

»Sie kam damals zu mir, weil sie ein Kind erwartete, allerdings nicht von Nigel Sterling, sondern von einem netten jungen Franzosen. Genaugenommen von einem Akadier, den Sterling bei sich aufgenommen hatte.«

Hörbar sog Eric die Luft durch die Nase und musterte sein Gegenüber mit gespannter Aufmerksamkeit.

»Lenore liebte diesen Mann. Einen größeren Unterschied als den zwischen diesem harten, unbeugsamen

Sterling und dem gutaussehenden Franzosen mit auffallend hellen Augen und schwarzem Haar konnte man sich kaum vorstellen! Obwohl dieser Mann Lenore liebte, dachte ich damals nur an den möglichen Skandal und beschwor meine Freundin, in ihrem eigenen Interesse und dem ihres Franzosen ihren Mann in Unkenntnis zu lassen.« Seufzend schüttelte er seinen Kopf. »Es war der falscheste Ratschlag, den ich geben konnte! Sie hätte mit diesem Mann davonlaufen und in New Orleans ein neues, glückliches Leben beginnen sollen! Statt dessen –«

»Statt dessen? Verdammt, Mann reden Sie!«

»Den Rest der Geschichte kenne ich nicht mit absoluter Sicherheit.« Bedauernd zuckte Dupree die Achseln. »Ich weiß nur, daß Sterling alles entdeckt hat. Bei einem Handgemenge ist seine Frau eine Treppe hinuntergestürzt und brachte ihre kleine Tochter zu früh zur Welt. Als sie hilflos auf dem Bett lag und verblutete, schwor er, ihren Liebhaber zu töten und sich an ihrer Tochter für die Sünden der Mutter zu rächen. Nach Lenores Tod soll er seine Drohung wahrgemacht und den jungen Franzosen erschlagen und verscharrt haben.«

»Mein Gott!« stieß Eric hervor. Diese Anschuldigungen waren so ungeheuerlich, daß er sie am liebsten weit von sich gewiesen hätte. Doch er kannte Nigel Sterling, und er hatte miterlebt, wie grausam dieser Mann mit seiner Tochter umsprang. Plötzlich bäumte sich sein Herz in wilder Sehnsucht auf. Er wollte ihr so gern glauben, sie lieben, sie beschützen, und er fragte sich, welche Handhabe dieser Nigel Sterling wohl gegen sie hatte.

Urplötzlich fiel ihm wieder der Weihnachtstag ein, als sich Jacques so blindlings auf Nigel Sterling hatte stürzen wollen. Diesen Jacques hatte Erics Vater vor vielen, vielen Jahren halbtot im Straßengraben gefunden. Jacques war bewußtlos gewesen und hatte sich an nichts erinnern können. Er hatte lediglich gewußt, daß er Franzose war. Die eindrucksvollen Augen, die feinen Gesichtszüge, der wohlgeformte Mund –

»Ihr Vater!«

»Wie bitte?«

Eric schüttelte energisch den Kopf. »Nichts.«

Plötzlich sah Dupree sehr unglücklich drein. »Lord Cameron, niemand kennt diese Geschichte. Sie dürfen Ihre Frau nicht wegen Ihrer Herkunft verachten!«

»Ich kann Ihnen versichern, Sir, daß mir das niemals in den Sinn käme!« Er mochte sich vielleicht aus vielerlei Gründen über sie ärgern, doch daß sie nicht Nigel Sterlings Tochter war, erfüllte ihn mit Freude.

»Sir, ich habe Ihnen dieses Geheimnis mitgeteilt, weil ich das meiner alten Freundin schuldig war. Mein Gewissen hat mir keine Ruhe gegeben.«

»Ich versichere, daß Ihr Geheimnis bei mir gut aufgehoben ist. Allerdings bitte ich um die Erlaubnis, meiner Frau zu gegebener Zeit davon erzählen zu dürfen.«

»Welchen Sinn sollte es haben, einer Dame ihrer Stellung zu eröffnen, daß sie lediglich ein Kind der Liebe ist?«

»Offen gesagt ein Bastard«, verbesserte ihn Eric und lächelte. »Trotzdem. Ich kann mir nämlich gut vorstellen, daß sie sich eines Tages möglicherweise darüber freuen wird!«

»Nun, dieser Ansicht kann ich nicht widersprechen. Amanda ist schließlich Ihre Frau, und Sie müssen sie besser kennen.«

Nicht halb so gut, wie ich gern möchte, dachte Eric. »Ich danke Ihnen von Herzen, Monsieur!« sagte er statt dessen, als Dupree sich schließlich von ihm verabschiedete.

Danach saß Eric noch eine ganze Zeit am Tisch und starrte nachdenklich in die Kerzenflamme. Schließlich rief er laut nach Briefpapier und Feder, weil er an Amanda schreiben wollte. Er hatte ihr noch längst nicht vergeben und wußte auch nicht, ob ihm das je möglich sein würde. Aber er liebte sie, und er begehrte sie. Jacques und die Dienerschaft hatten zwar den Auftrag, sie im Auge zu behalten, doch in Wirklichkeit war er allein für das Verhalten seiner Frau verantwortlich. Während des Tages plagte er sich mit wichtigen Entscheidungen, die sein Land betrafen, doch in den Nächten quälte ihn die Sehnsucht nach Amanda, und gleichzeitig mußte er sich eingestehen, daß er keine Ahnung hatte, welche Gedanken in ihrem zauberhaften Köpfchen spukten. Nachdem er nun soviel mehr von ihr wußte, wollte er erneut versuchen, ihr Herz und ihre Gedanken zu erkunden. Allerdings durften dadurch weder sein Land noch seine Männer in Gefahr geraten.

Da er nicht wußte, wie Amanda auf seinen etwas barschen Brief reagieren würde, legte er auf dem Rückweg aus Richmond in der Raleigh Tavern Station ein und erfrischte sich erst einmal mit einem kühlen Bier. Während er ein Bad nahm, dachte er an den Riß, der sich zwischen ihnen aufgetan hatte, und überlegte, ob sie es nicht vielleicht vorgezogen hatte, sich seinem Befehl zu widersetzen. Sein Brief war kurz und knapp gewesen, denn sein Stolz hatte nichts anderes zugelassen.

Als er jedoch einige Zeit später auf das Haus zuritt, erkannte er Amandas Silhouette hinter einem der hellerleuchteten Fenster. Der Mond stand hoch am Himmel, und rundherum dufteten die ersten Frühlingsblumen. Offenbar hatte sie etwas gehört, denn wenige Sekunden später trat sie auf die Veranda.

»Eric?«

Wortlos sprang er vom Pferd und gab ihm einen auffordernden Klaps, damit es sich allein auf den Weg zum Stall machte. Amanda verharrte reglos, und ihr weißes Kleid leuchtete im Mondlicht wie der helle Frühling. Ihre Augen konnte er nicht sehen, doch er hätte schwören können, daß ein freundlicher Unterton in ihrer Stimme mitgeklungen hatte.

Langsam ging er den Weg entlang auf sie zu und suchte unablässig ihren Blick, bis er so nahe vor ihr stand, daß ihr bezaubernder Duft ihn ganz und gar einhüllte. Als er sah, wie aufgeregt der Puls an ihrem Hals klopfte, hätte er sie am liebsten in die Arme gerissen und ins Schlafzimmer getragen. Aber vielleicht war sie ja auch nur so erregt, weil sie ihn wieder hintergangen hatte? Ihre wunderschönen Augen, so riesengroß, so fragend, so voller Liebe – Mühsam hielt er seine Hände im Zaum. »Du bist also gekommen«, sagte er nur.

Steif trat sie einen Schritt zurück, und ein kühler Ausdruck trat in ihre Augen. »Ich habe lediglich deinen Befehl befolgt.«

Er trat ganz nah zu ihr hin und blickte mit zynischem Lächeln auf sie hinunter. »Ich habe dir auch befohlen, mir den Grund für deinen nächtlichen Ausflug zu nennen, doch du hast dich geweigert!«

Sie entzog sich ihm und wandte sich ab. »Wenn du mich nur hast kommen lassen, um mit mir zu streiten –«

Blitzschnell packte er ihren Arm und drehte sie zu sich herum, worauf sie ihn wütend anfunkelte. Insgeheim verfluchte Eric die heftige Erregung, die ihn regelmäßig überfiel, sobald er seine Frau auch nur berührte. »Hör zu, mein Schatz«, preßte er hervor, weil ihn die Hitze ihres Körpers fast um den Verstand brachte. »In Zukunft ist es für Leute wie dich auf den Straßen viel zu gefährlich. Man könnte dich aufhängen.«

»Es gibt sicher auch Leute, die genau dasselbe gern mit dir anstellen würden!« fauchte sie und riß sich von ihm los. »Müssen wir das ausgerechnet hier draußen besprechen?«

Er mußte lachen. »Du hast völlig recht. Ich möchte eigentlich auch lieber ins Schlafzimmer.«

Als sie leicht errötete, überlegte er, ob sie ihn wohl ein ganz klein wenig vermißt hatte, doch als sie in den Wohnraum gehen wollte, zog er sie zur Treppe. »Ich habe gesagt, daß ich im Schlafzimmer weiterreden möchte! Hier hinauf!«

Plötzlich riß sie sich los und rannte vor ihm die Stufen hinauf, und als er hinter ihr ins Zimmer trat, saß sie bereits an ihrem Frisiertisch und riß sich mit wütenden Bewegungen die Nadeln aus dem Haar. Als er hinter sie trat, schnellte sie hoch und fuhr herum.

»Du benimmst dich wie ein eitler Gockel!« fauchte sie. »Ich habe es gründlich satt, mich nach Belieben herumkommandieren zu lassen! Wage es nicht, mich anzufassen!«

»Und wie ich das tun werde!« rief er, und dabei umklammerten seine Finger die Stuhllehne, daß die Knöchel weiß hervortraten. »Ich werde sogar noch viel mehr tun! Wenn du dich weiterhin so ablehnend verhältst und dich so kindisch benimmst, werde ich zu meinem Bedauern zu einem altbewährten Mittel greifen müssen!«

Sofort dachte sie an den Tag der Jagd. Entsetzt riß Amanda die Augen auf, und noch bevor Eric sich versah, flog die Haarbürste in seine Richtung. Glücklicherweise konnte er sich rechtzeitig ducken. Amanda sah schuldbewußt drein, denn sie wußte natürlich, daß sie zu weit gegangen war. Dabei hatte sie diesen Streit überhaupt nicht gewollt, sondern sich so sehr nach Eric gesehnt.

Doch jetzt war alles verdorben. Sie mußte erst einmal Zeit gewinnen. »Bitte habe ein wenig Geduld, Eric. Vielleicht sollten wir später miteinander reden.«

»Ich will gar nicht reden, Amanda«, entgegnete er.

Als er sich ihr näherte, griff sie nach einem Buch, das auf einem Sessel liegengeblieben war, und diesmal war sie erfolgreicher. Das Buch traf Eric mitten auf der Stirn.

Trotz ihrer heftigen Gegenwehr packte er sie, und nur Sekunden später saß er auf dem Sessel und hatte Amanda über seine Knie gezogen. Ohne Mitleid bearbeitete er ihre Rückseite, bis Amanda so heftig zappelte, daß sie auf den Boden rutschte.

»Du mußt übergeschnappt sein! Nach allem, was du getan hast! Dies ist weder die Zeit noch der richtige Ort.« Blitzartig war sie auf den Beinen, doch Eric war noch schneller. Er warf sich gegen die Tür und blockierte ihr den Fluchtweg.

»Genau die richtige Zeit und genau der richtige Ort,

mein Schatz! Unser Bett erwartet uns bereits, wie du siehst!«

»Ich habe nicht die Absicht, mit dir ins Bett zu gehen. Kapiert?«

»Zugegeben, auf dem Boden wäre es bestimmt auch ganz nett!« Stürmisch riß er sie in seine Arme, und als sie strauchelte, fühlte sie sich hochgehoben und fand sich gleich darauf auf dem Boden wieder. »Ich habe dich so entsetzlich vermißt!« hauchte er, und seine Augen glühten vor Leidenschaft.

»Du bist ein Scheusal!« schimpfte sie schon ein ganzes Stück zahmer. »Auf dem Boden –« Sie legte eine kleine Pause ein und befeuchtete ihre Lippen. »Auf dem Boden will ich dich nicht lieben!«

Aber Eric nahm keine Notiz von ihrem Protest, sondern küßte sie ganz sanft. Als sie dann auch noch fühlte, wie seine Finger an ihrem Mieder nestelten, dachte sie nur noch daran, wie sehr sie ihn vermißt hatte.

»Du liebst mich, wo immer es mir gefällt!« stöhnte er, bevor er sich in ihrem Mund vergrub.

Plötzlich waren seine Hände überall, unter ihrem Hemd, ihren Unterröcken, und betasteten ihre blanke Haut, und Amanda mußte hilflos miterleben, wie ihr Widerstand sie verließ, als er sich zwischen ihre Schenkel drängte und mit den Fingern in ihre heiße Scham eintauchte. Sie war wie im Rausch und merkte nicht einmal, wie er seine Hose abstreifte. Als sein Glied schließlich machtvoll in sie eindrang, ergab sie sich willenlos seinem Rhythmus und wurde in solche Höhen mitgerissen, daß es ihr schwarz vor Augen wurde.

Lange lag Amanda mit geschlossenen Augen da und fühlte nur wie Eric aufstand und sie dann fürsorglich aufhob. Als er sie auf dem Stuhl vor ihrem Frisiertisch absetzte, trafen sich ihre Augen im Spiegel.

»Weshalb kämpfen wir nur immer wieder so?« fragte er, während er mit der Bürste über ihre lockigen Haare strich.

Amanda schüttelte nur den Kopf, ohne etwas darauf zu antworten.

Mit langsamen, gezielten Bewegungen streifte Eric ihr die Träger von den Schultern und öffnete das Mieder bis zur Taille, so daß er ihre Brüste im Spiegel bewundern konnte. Amanda hielt still und sah Eric nur unverwandt an. Als er jedoch mit den Daumen sacht über die Haut ihrer Brüste strich und dann vorsichtig ihre Warzen knetete, stöhnte sie aus tiefster Seele und ließ ihren Kopf willenlos gegen seine Brust sinken.

Voller Bewunderung ruhten Erics Augen auf den rosig schimmernden Brüsten, die unter seinen Händen zum Leben erwacht waren. Er beugte sich vor und schmeckte ihre süßen, bebenden Lippen. »Ich werde dich nie mehr fragen, was du dort draußen gemacht hast«, flüsterte er, »aber ich werde es auch nie mehr zulassen. Verstanden?« Als sie nur gehorsam und ergeben nickte, zog er sie ungeduldig hoch und umschlang sie. »Du brauchst dich nicht vor ihm zu fürchten, Amanda! Hast du das gehört? Du brauchst vor Nigel Sterling keine Angst mehr zu haben!«

Amanda schrak vor seinen heftig hervorgestoßenen Worten zurück, doch Eric bedrängte sie weiter. »Verdammt, hast du mich verstanden? Du mußt sowohl ihn als auch Tarryton meiden, sonst werde ich mich gezwungen sehen, einen von beiden umzubringen. Ist dir das klar? Ich bin dein Mann und werde dich beschützen!«

Seufzend wollte sie sich an ihm schmiegen, doch er umfaßte ihre Schultern und schüttelte sie heftig. »Hast du mich verstanden, Amanda?«

»Ja, ja!« schrie sie gereizt und wollte sich losreißen, doch Eric ließ es nicht zu. Hart und fast schmerzvoll preßten sich seine Lippen auf die ihren – bis Amandas Widerstand irgendwann verflog und sie hingebungsvoll und anschmiegsam in seinen Armen lag.

Sofort wurde seine Zunge sanfter, und seine Lippen hauchten verführerisch über ihr Gesicht. Und dann war es endgültig um sie geschehen. Wie eine Verhungernde preßte sie sich an Eric, zerrte ihm seinen Gehrock von den Schultern, öffnete mit bebenden Händen die vielen Hemdknöpfe und grub schließlich stöhnend ihre Fingernägel in seine nackte Haut. In der Hitze des Gefechts hatte Eric ihr fast unbemerkt das Kleid und die Unterröcke abgestreift, so daß sie nur noch Strümpfe und Strumpfbänder trug, als er sie aufs Bett legte. Im sanften Kerzenschimmer beobachtete sie fasziniert, wie er sich auszog, und streckte ihm dann voller Ungeduld die Arme entgegen.

Diesmal liebten sie einander mit Zärtlichkeiten, Küssen und heißem Geflüster. Eric genoß jede einzelne von Amandas wilden Berührungen und ergab sich ihr mit ganzer Seele. Als der Sturm vorüber war und er sie nackt in den Armen hielt, wurde ihm bewußt, daß er sie auch in der größten Ekstase nie ganz erreichte. Er tat sich fast selbst leid, daß er sie so sehr liebte, denn er spürte, daß sie noch immer etwas vor ihm verbarg. »Amanda, bitte vertraue mir! Um Himmels willen, vertraue mir!«

Als sie auf sein eindringliches Geflüster nicht reagierte, fragte sich Eric, ob sie tatsächlich schlief oder einfach nur keine Antwort für ihn hatte.

Während der nächsten Tage berichtete Eric von der Versammlung und bereitete Amanda schonend darauf vor, daß es möglicherweise zum bewaffneten Konflikt kommen könnte. Lord Dunmore war zutiefst von Eric enttäuscht, denn er hatte gehofft, daß sich alle einflußreichen Männer dem Aufruf zu Wahlen für den Second Continental Congress widersetzen würden.

Als Eric von seiner Besprechung mit dem Gouverneur ins Stadthaus zurückkehrte, lief ihm Amanda aufgeregt entgegen. »Was war los?« fragte sie mit ängstlicher Miene.

Eric legte ab und sah seine Frau bedeutungsvoll an. »Es wird Krieg geben, Amanda, und ich wüßte gern, auf welcher Seite du stehst.«

»Ich – ich kann doch meine Überzeugungen nicht einfach so aufgeben!« stotterte sie und bat ihn mit den Augen um Verständnis. Alles nur Strohhalme, dachte sie. Sie hatte ihn hintergangen, und er wußte es. Nie mehr würde er ihr vertrauen und sie auch nie mehr lieben!

Eric nickte nur und blickte in eine unbestimmte Ferne. »Wem deine Sympathien gehören, ist mir gleichgültig. Aber ich verlange, daß du meinen Anordnungen Folge leistest!« warnte er sie mit sanfter Stimme.

Ohne ein weiteres Wort floh Amanda nach oben.

Wiederum einige Tage später wurden sie in der Morgendämmerung durch lautes Geschrei auf der Straße aus dem Schlaf gerissen. Amanda war noch ganz benommen, als Eric neben ihr hochschoß und rasch zum Fenster lief.

»Was ist los?« fragte sie verschlafen.

»Keine Ahnung. Ich sehe nur eine große Menschenmenge.« Er tastete nach seiner Hose und stolperte rasch hinein. Dann riß er das Fenster auf. »Hallo, Sie da!« rief er einen Mann an. »Was ist los?«

»Die Munition! Die Waffen! Die verdammten Rotröcke haben alles gestohlen! Sie kamen von der *Fowey*, die draußen auf dem James River ankert. Das werden wir uns nicht gefallen lassen!«

»Verdammt!« fluchte Eric leise und griff nach Hemd und Stiefeln.

Amanda starrte ihn besorgt an. »Sie werden den Gouverneurspalast stürmen!«

Er warf ihr einen raschen Blick zu. »Wir müssen um jeden Preis verhindern, daß Blut vergossen wird!« brummte er vor sich hin, als ob er Selbstgespräche führte. Dabei schlüpfte er in seinen Gehrock. »Leg dich wieder hin, Amanda!« Und schon war er aus der Tür.

»Als ob ich das jetzt könnte!« Blitzartig war Amanda aus dem Bett, schlüpfte hastig in die Kleider und folgte dann ihrem Mann nach unten. Als sie das Haus verließ, bemerkte sie, daß Jacques Bisset ihr auf dem Fuß folgte, wie er das bereits seit Wochen tat. Es störte sie nicht im geringsten, sondern es gefiel ihr sogar, weil sie sich sicherer fühlte. Und von ihrem Vater hatte sie ja ohnehin nichts mehr zu befürchten, nachdem sie ihm die Karte ausgehändigt hatte.

Eric zu folgen, war nicht weiter schwer. Das Geschrei der Menschenmenge war laut genug und überall zu hören. Es schien, als ob die ganze Stadt auf den Beinen wäre.

»Zum Gouverneur!« schrie eine aufgebrachte Stimme, und Amanda konnte sich gerade noch ein paar Stufen hoch in den Eingang eines Ladens retten, als die Menschenmenge empört voranstürmte.

»Halt! Halt!« rief in diesem Augenblick eine energische Stimme.

Von den Eingangsstufen des Ladens aus hatte Amanda einen guten Überblick und erkannte Peyton Randolph und dahinter Carter Nicholas und Eric. Mit ruhigen Worten überzeugte Randolph die Menschen, daß sie im Begriff waren, sich selbst zu schaden und lieber ganz offiziell in der Common Hall protestieren sollten. Eric und Carter Nicholas bekräftigten seine Ausführungen, so daß sich die Leute schließlich überzeugen ließen und sich langsam zerstreuten.

Zu Tode erschrocken fuhr Amanda herum, als sie plötzlich von hinten gepackt wurde und ihr Ehemann sie wütend anfuhr: »Ich habe doch gesagt, daß du weiterschlafen solltest!«

»Aber Eric –«

»Verdammt, Amanda! Ich versuche mit aller Macht zu verhindern, daß sie dem Tory Dunmore ans Leben gehen! Jacques wird dich nach Cameron Hall zurückbringen, und zwar noch heute!«

Amanda protestierte zwar heftig, doch Eric war nicht umzustimmen. Und gegen Mittag befand sie sich bereits auf dem Rückweg nach Cameron Hall.

Dorthin sickerten die Nachrichten nur spärlich, und Amanda war auf die Dienerschaft und die *Virginia Gazette* angewiesen. Auf Anfrage der empörten Bürgerschaft hatte Dunmore erklärt, daß er aus Angst vor einem Sklavenaufstand, gewissermaßen aus Sicherheitsgründen, Waffen und Munition beiseite geschafft hätte.

Eines Abends erschien ein völlig erschöpfter, abgehetzter Eric und berichtete, daß es zwar in Williamsburg gelungen wäre, die Menschen zu mäßigen, doch in anderen Teilen des Landes hätten sich die Freiwilligen bewaffnet und nur auf ein Zeichen von Peyton Randolph gewartet. Vierzehn Kompanien hatten sich in Fredericksburg versammelt, um gegen die Hauptstadt loszuschlagen, doch am achtundzwanzigsten April hätte Randolph noch einmal um einen Aufschub gebeten, weil er immer noch auf Frieden hoffte.

»Gott sei Dank!« Erleichterung verdrängte den ängstlich fragenden Ausdruck von Amandas Gesicht, und sie lehnte sich aufatmend gegen die Sofakissen zurück.

»Das ist noch nicht alles«, bemerkte Eric, dessen Kleidung vom langen Ritt noch ganz staubig war.

Amanda fuhr hoch. »Was soll das heißen? Warst du – warst du etwa in Fredericksburg? Hättest du etwa mitgemacht?«

Er sprach einfach weiter, als ob er ihre Frage nicht gehört hätte. »Im Massachusetts sind Schüsse gefallen. In Lexington und in Concord wollten die Briten ebenfalls die Waffenlager ausräumen, doch die Kolonisten haben sie bis nach Boston verjagt.«

»O nein!« Demnach war doch Blut vergossen worden!

»Patrick Henry ist mit einigen Truppen nach Williamsburg marschiert, doch Dunmore hat seinen Regierungssitz mit Marinesoldaten verstärkt und sogar eine Kanone auf dem Rasenplatz aufgefahren! Am zweiten Mai erschien ein Unterhändler und hat das Pulver bezahlt.«

»Du hast Patrick Henry begleitet, nicht wahr?« stieß Amanda hervor.

»Ich war nur ein Vermittler.«

»Wie konntest du nur!«

»Ich versuche, auf beiden Seiten an die Vernunft zu appellieren!« unterbrach er sie. »Aber das ist immer noch nicht alles.«

Der sorgenvolle Ton seiner Stimme ließ sie aufhorchen. »Was kommt denn noch?«

»Patrick Henry ist öffentlich als Rebell gebrandmarkt worden.« Und nach einigem Zögern. »Und ich ebenfalls«, ergänzte er schließlich leise. »Ich denke, daß man innerhalb der nächsten Tage einen Haftbefehl gegen mich erlassen wird.«

»Um Himmels willen!« Fassungslos starrte Amanda ihren großen, gutaussehenden Ehemann an. In diesem Augenblick war ihr alles gleichgültig, und es hätte sie auch nicht gestört, wenn England oder Virginia von der Landkarte verschwunden wären. »Oh, Eric!« rief sie und warf sich in seine Arme.

Wortlos umschlang er sie und trug sie nach oben, wo er sie unendlich zärtlich liebte. Als der Morgen graute, ruhte sie vollkommen erschöpft in seinen Armen. Sanft strich er ihr das Haar aus der Stirn und küßte sie sanft.

»Immer häufiger kehren jetzt Loyalisten, die den Bruch zwischen den Kolonien und dem Mutterland für unüberwindbar halten, in die Heimat zurück. Ich frage dich jetzt ganz ausdrücklich, ob du aus freien Stücken bei mir bleiben willst?«

»Aber ja!« Aufseufzend vergrub sie ihr Gesicht an seinem Hals. »Ja, ich werde bei dir bleiben.«

»Und auf wessen Seite?« fragte er leise.

»Wie bitte?«

Eric schüttelte nur den Kopf. »Laß es gut sein! Im Augenblick bin ich ein Rebell, doch ich glaube nicht, daß Dunmores Macht noch ausreicht, um tatsächlich etwas gegen mich zu unternehmen. Ich fürchte, es liegen noch viele lange Tage vor uns!« Und nach einer kleinen Pause. »Möglicherweise sind es sogar Jahre! Komm, mein Liebes!

Ein Rebell darf nicht so lange untätig sein. Ich muß noch einiges erledigen, falls –«

»Falls?« wiederholte sie ängstlich.

Er sah ihr geradewegs in die Augen. »Falls ich überraschend fort muß!«

13. Kapitel

Gegen Ende der Woche verabschiedeten sich Eric und Amanda unten an der Anlegestelle von Freunden und Nachbarn, die nach England zurückkehrten. Für die Zurückbleibenden war es ein schmerzlicher Verlust, und Amanda vergoß einige Tränen. Von Dunmore hatte Eric im Augenblick nichts zu befürchten, denn der Gouverneur hatte seinen Regierungssitz verlassen und sich auf die *Fowey*, die mitten im James River ankerte, zurückziehen müssen. Von dort aus versuchte er, weiterhin die Kolonie zu regieren. Lord Tarryton, seine Frau Anne und deren kleine Tochter waren mit ihm geflüchtet, und höchstwahrscheinlich auch Nigel Sterling, denn Amanda hatte schon lange nichts mehr von ihm gehört.

Amandas ganze Sorge galt im Augenblick Damien, denn Eric hatte herausgefunden, daß er sich in Massachusetts aufhielt, wo es am unruhigsten zuging. Eric selbst verbrachte die meiste Zeit damit, neue Männer um sich zu sammeln. In Philadelphia hatte sich der Continental Congress wieder zusammengesetzt. Diesmal hatten viele Abgeordnete in Truppenbegleitung reisen müssen, um zu verhindern, daß sie unterwegs verhaftet wurden. George Washington hatte man das Kommando über die Belagerung von Boston angetragen, und Benedict Arnold aus Massachusetts und Ethan Allen aus Connecticut hatten mit ihren Truppen praktisch im Handstreich das Fort Ticonderoga erobert, das durch seine Lage den Zugang von Kanada zu den Kolonien kontrollierte.

Im Juni kam es zum ersten ernsthaften Zusammentreffen zwischen Kolonisten und Briten, wobei sich die Kolonisten am Ende nur geschlagen geben mußten, weil ihnen die Munition ausgegangen war. Am dritten Juli schließlich übernahm George Washington auf dem Common von Cambridge offiziell den Befehl über die Soldaten, und damit war die Continental Army geboren. Ende August kehrten Virginias Führer aus Philadelphia zurück, und kurz darauf erschien Patrick Henry, der inzwischen das First Virginia Regiment kommandierte, in Cameron Hall und zog sich mit Eric zu einer Besprechung unter vier Augen in den Wohnraum zurück.

Als Amanda ihn weggehen sah, hastete sie nach unten. Eric stand vor dem Kamin und starrte nachdenklich in die Flammen. Er mußte sich nicht umdrehen – um zu wissen, daß Amanda eingetreten war. »George hat mich gebeten, nach Boston zu kommen. Der Congress hat auch für mich einen Posten vorgesehen. Ich fürchte, daß ich mich dieser Bitte nicht entziehen kann.«

Nein! Im stillen protestierte alles in Amanda, doch es kam kein Laut über ihre Lippen. Sie wußte, daß er den Auftrag annehmen würde. Entsetzt machte sie auf dem Absatz kehrt und lief wieder nach oben, wo sie sich verzweifelt aufs Bett warf. Sie wollte nicht, daß er fortging, und ängstigte sich wie nie zuvor. Erst als sich eine Hand auf ihre Schulter legte, merkte sie, daß er ihr gefolgt war.

Zart strich er über ihre tränenfeuchten Wangen. »Weinst du etwa wegen mir?«

»Ach, hör auf, Eric! Ich bitte dich, hör auf!«

Lächelnd streckte er sich neben ihr aus und zog sie in seine Arme. »Vielleicht wird es ja gar nicht lange dauern«, beruhigte er sie.

Erschauernd schmiegte sie sich an ihn. Sie vermißte ihn bereits in diesem Augenblick. Sie mußte endlich lernen, mit ihm über ihre Gefühle zu sprechen, denn sie spürte deutlich, daß trotz aller Gefühle und aller Nähe die Kluft zwischen ihnen noch bestand. Seit jener Nacht konnte er ihr nicht mehr vertrauen und beobachtete sie immer wieder verstohlen. Ihr dagegen war es unmöglich, ihren Stolz zu überwinden und ihn um Verzeihung zu bitten.

Quälende Angst um ihn schnürte ihr Herz ab, sobald sie an die schlagkräftige britische Armee dachte. Wenn die Truppen weiter so verstärkt würden, würden sie binnen kurzem die Belagerer von Boston überrennen und vielleicht sogar New York einnehmen. »Die Briten werden dich hängen, wenn sie dich in die Finger bekommen!« rief sie mit einem leisen Schluchzen in der Stimme.

Doch Eric zuckte nur die Achseln. »Dazu müssen sie mich erst einmal haben.« Sanft strich er über Amandas Wangen und ihren Hals. »Es gibt auch einige, die es auf dich abgesehen haben, mein Schatz!«

Amanda schwieg, denn sie wußte, daß sie von den Rebellen nichts zu befürchten hatte, solange Erics starker Arm sie beschützte. Doch was sollte aus ihr werden, falls er es sich eines Tages anders überlegen sollte? »Hast du denn überhaupt keine Angst?« flüsterte sie bang.

»Ich habe mehr Angst, dich allein zu lassen, als in den Krieg zu ziehen.«

Ängstlich suchte sie seinen Blick. »Um mich mußt du dich nicht sorgen. Gib lieber auf dich acht!«

Eric lachte leise und wuschelte ihr mit der Hand durch die Locken. »Man könnte glatt glauben, daß du dir Sorgen machst.«

Wortlos schlang Amanda die Arme um ihn und küßte ihn, aber selbst eine lange Nacht voller Liebe und Zärtlichkeit konnten die Kluft nicht schließen. Als Amanda am nächsten Morgen erwachte, bemerkte sie, daß Eric sie immer wieder nachdenklich betrachtete. Sein Gesicht war sehr ernst, als er liebevoll mit den Fingern über ihre Wange strich.

»Amanda, ich habe nur eine Bitte: Nutze meine Abwesenheit nicht aus. Hintergehe mich nicht noch einmal, mein Liebes. Bitte enttäusche mich nicht, denn ein zweites Mal könnte ich dir nicht verzeihen!«

Eng zog sie die Decke um ihren Körper. »Was könnte ich denn schon tun?« rief sie. »Virginia ist doch in der Hand der Patrioten!«

»Aber Lord Dunmores *Fowey* ankert draußen auf dem James River. Das ist wirklich keine Entfernung!« erklärte er seufzend, während er eine ihrer Haarsträhnen um seinen Finger wickelte. »Ich habe einmal verlangt, daß du an meiner Seite stehen sollst, mein Liebes, doch jetzt stelle ich es dir frei: Wenn du mich verlassen möchtest, kannst du mit meiner Einwilligung rechnen. Ich werde dich noch vor meinem Aufbruch zum Schiff des Gouverneurs übersetzen lassen.«

»Nein!« rief sie augenblicklich.

»Soll das heißen, daß du auf seiten der Patrioten stehst?«

Errötend schüttelte Amanda den Kopf. »Nein, Eric, ich kann dich nicht anlügen, aber – ich kann dich auch nicht verlassen!«

»Darf ich daraus schließen, daß du mir wenigstens ein ganz klein wenig Zuneigung entgegenbringst?«

Sie warf ihm einen raschen Seitenblick zu und schloß aus seinem spitzbübischen Grinsen, daß er sie neckte. Sofort brauste sie wütend auf. »Du weißt doch genau, daß ich –«

»Ich weiß genau, daß du lieber bei mir bist als bei deinem Vater, aber das kann ich kaum als Kompliment ansehen!«

»Eric, sei doch um Himmels willen in einem solchen Augenblick nicht so grausam!«

»Es tut mir leid, mein Liebes. Wirklich, es tut mir leid!« murmelte er, während er ihr langsam die Decke wegzog und ihren nackten Körper umarmte. »Liebe mich noch ein letztes Mal, damit in den kalten Nächten, die vor mir liegen, ein heißes Feuer in mir brennt und mich wärmt. Gib dich mir ganz!«

Sie liebten einander inbrünstiger, als sie es jemals zuvor getan hatten, doch irgendwann waren auch diese Augenblicke vorbei. Amanda blieb liegen, während Eric badete. Danach badete auch sie und half ihm schließlich beim Ankleiden. Als sie ihm den schweren Mantel um die Schultern legte, riß er sie noch einmal in die Arme und küßte sie heftig auf die Stirn. Dann riß er sich los und ging schon voraus.

»Wirst du für mich beten?« fragte er, als er bereits auf dem Pferd saß und sie ihm auf der Veranda den traditionellen Abschiedstrunk reichte.

»Ja, mit jeder Faser meines Herzens!« flüsterte sie. Lächelnd sah er auf sie hinunter. »Ich werde Damien finden und möglichst regelmäßig schreiben. Paß auf dich auf, mein Liebes!« Dann beugte er sich zu ihr hinunter und küßte sie.

Mit geschlossenen Augen fühlte Amanda die Wärme seiner Lippen. Wenn er nur erst wieder da wäre! Dann wollte sie sich um sein Vertrauen bemühen und ihm endlich sagen, wie sehr sie ihn liebte. Als sie plötzlich nur noch kalte Luft auf ihren Lippen spürte, riß sie erschrokken die Augen auf und folgte ihm mit den Blicken, bis er außer Sichtweite war.

Etwa zwei Wochen nach Erics Abreise trat Cassidy seltsam verlegen in den Wohnraum und kündigte einen Besucher an. »Wer ist es?« fragte Amanda stirnrunzelnd.

»Ihr Vater, Mylady.« Dabei verbeugte er sich.

»Mein Vater?« Entsetzt fuhr sie hoch und stürzte dabei das Tintenglas über das Haushaltstuch, in dem sie gerade Eintragungen vorgenommen hatte. Doch weder Cassidy noch sie selbst nahmen Notiz davon. »Ist er allein?« Nach Amandas letzten Informationen hatte sich ihr Vater mit Tarryton zu Lord Dunmore auf das Schiff geflüchtet, denn an Land war es für ihn derzeit einfach zu gefährlich.

»Er ist mit einem Kriegsschiff gekommen. Es liegt an unserer Anlegestelle.«

Deshalb also hatte Sterling ungehindert zu ihr vordringen können! Nervös biß sie sich auf die Unterlippe, doch schließlich zuckte sie die Achseln und setzte sich wieder. Es blieb ihr überhaupt keine andere Wahl, als gute Miene zum bösen Spiel zu machen und ihren Vater zu empfangen. »Führen Sie ihn herein!« bat sie den Diener.

An seinem etwas verächtlichen Seitenblick konnte sie ablesen, daß er die Situation nicht begriffen hatte. Es war Sterling gelungen, ungehindert zum Haus vorzudringen, und jetzt kam es nur noch darauf an, das Schlimmste zu verhindern. Wenige Augenblicke später trat ihr Vater allein ins Zimmer, doch Amandas scharfe Ohren waren die Geräusche unterhalb des Fensters keineswegs entgangen. Als sie hinausblickte, sah sie, wie britische Marinesoldaten im Hof Aufstellung nahmen.

Mit regungslosem Gesicht wandte sie sich zu ihrem Vater um. »Was tust du hier?« fragte sie kühl.

»Ganz die große Dame, nicht wahr? Nun, zur Begrüßung hätte ich gern ein Glas Brandy.« Ohne zu fragen, bediente er sich an einem Seitentisch und nahm dann gegenüber vor Amanda am Schreibtisch Platz. »Ich brauche weitere Informationen.«

»Du bist nicht gescheit!«

»Dieses Haus ist in meiner Gewalt. Ich könnte es niederbrennen lassen.«

»Dann tu es doch!«

»Das heilige Cameron Hall?« höhnte Sterling.

»Um dir nichts geben zu müssen, ist jedes Mittel recht.«

»Hast du dich etwa in diesen Kerl verliebt?« Geräuschvoll knallte er das Glas auf die Tischplatte. »Schluß mit dem Spielchen. Ich habe Damien, und sein Schicksal liegt allein in deiner Hand!«

»Du Lügner!« beschuldigte sie ihn. Trotzdem konnte es wahr sein, denn Damien hatte sich seit Wochen nicht mehr blicken lassen.

In aller Ruhe lehnte sich Sterling zurück. »Er ist in Massachusetts gefangen genommen worden, doch da er mit mir verwandt ist, hat ihn der verantwortliche Offizier in Anerkennung meiner Verdienste mir überlassen. Ich habe ihn wie einen lang vermißten Bruder begrüßt – und ihn dann ins Schiffsgefängnis gesteckt.«

»Woher soll ich wissen, daß – daß du nicht lügst?« stammelte Amanda schließlich.

Wortlos warf Sterling einen kleinen Siegelring auf den Tisch. Amanda tat so, als ob sie ihn genau betrachtete, doch in Wirklichkeit hatte sie ihn auf den ersten Blick erkannt. Und ihren Vater kannte sie ebenfalls. »Was verlangst du?« fragte sie mit belegter Stimme.

»Informationen über Truppenbewegungen und Waffenlager.«

»Aber woher soll ich –«

»Du kannst ja ein bißchen nachforschen. Geh nach Williamsburg und hör dich ein wenig in den Kneipen um. Und schreibe deinem Mann, denn seine Antworten interessieren uns.«

»Du überschätzt mich, Vater. Selbst wenn ich wollte, könnte ich nicht für dich spionieren, denn meine Dienstboten folgen mir auf Schritt und Tritt.«

»Dann mußt du eben klüger sein als sie! Mach dir keine Gedanken, Robert oder ich werden dich schon zu finden wissen!«

»Robert!«

»Ja, er hat Sehnsucht nach dir. Seine Duchess ist mit dem Kind nach England zurückgefahren. Er ist im Augenblick sehr einsam und sehnt sich nach einer zärtlichen Geliebten!«

Am liebsten hätte sie ihm ins Gesicht gespuckt. »Wann bekomme ich Damien?«

»Davon kann keine Rede sein! Du kannst nur sein Leben retten.«

»Nein, das ist kein Handel. Ich lasse mich nicht bis in alle Ewigkeit erpressen! Ich kann meinen Mann nicht länger hintergehen –«

»Deinen Ehemann!« Sterling lachte aus vollem Hals und schüttelte den Kopf. »Du bist doch nur eine kleine Hure, genau wie deine Mutter! Wenn dein Lord Cameron dich zwischen den Beinen kitzelt, wechselst du sofort das Lager!«

Er fing ihren Schlag ab und quetschte voller Wut ihr Handgelenk. »Du wirst eines Tages noch froh sein, wenn ich dich holen komme! Wenn dein Ehemann erst einmal entdeckt, was du getan hast, wirst du bei Tarryton mit Sicherheit besser aufgehoben sein!«

Mit einer heftigen Bewegung entriß sie ihm ihren Arm. »Falls ich jemals den Wunsch haben sollte, Virginia zu verlassen, werde ich mich an Dunmore wenden.«

Sterling war sich sicher, daß sie für Damien alles tun würde. »Ich werde mich schon sehr bald melden!« Mit diesen Worten stand er auf und verließ lächelnd den Raum.

Kurz darauf erklangen Kommandos auf dem Hof und wenig später marschierten die Soldaten zum Schiff zurück. Erschöpft ließ Amanda ihren Kopf gegen die Stuhllehne sinken und schloß die Augen. Als sie sie einige Augenblicke später wieder aufschlug, sah sie sich von Cassidy und allen anderen Hausangestellten umringt. »Was ist los?« rief sie aufgeregt, weil alle sie so vorwurfsvoll ansahen.

»Sie sind fort. Das Haus ist unversehrt, und bedroht haben sie uns auch nicht!«

»Aber ja doch!« stöhnte Amanda und barg ihr Gesicht in den Händen. »Mein Vater wollte doch nur wissen, ob ich mit ihm weggehen will. Das war alles!«

Trotz dieser Versicherung spiegelten sich weiterhin nur Furcht und Mißtrauen auf den Gesichtern. »Habt ihr denn gar nichts zu tun?« fauchte Amanda sie an. Nachdem sie endlich zögernd den Raum verlassen und die Tür hinter sich geschlossen hatten, ließ Amanda den Kopf auf die Arme sinken. Im Grunde hatten ihre Diener ja recht, denn wieder einmal war sie auf dem besten Weg, sie alle zu verraten. Aber weshalb mußte ihr Vetter auch immer so närrisch tapfer sein!

Ihr Herz pochte wie wild, als sie ihre Möglichkeiten

überdachte. Was konnte sie ihrem Vater nur geben, was zugleich den geringsten Schaden anrichtete?

Bittere Kälte drang durch Erics Uniform, als er in leichtem Schneetreiben auf Joshuas Rücken über die Hügel außerhalb von Boston ritt. Die Belagerung dauerte immer noch an und zerrte an den Nerven. Voller Überraschung hatte Eric festgestellt, daß sich auch Männer aus anderen Kolonien willig dem Kommandeur aus Virginia untergeordnet hatten. Ein weiterer Beweis dafür, daß die Kolonien zusammenhielten, wenn es um ihre Freiheit ging.

»Major Lord Cameron!«

Lächelnd wandte Eric sich um und begrüßte Frederick Bartholomew, der inzwischen zum Lieutenant avanciert war. Genau wie Washington hatte sich auch Eric mit Menschen umgeben, denen er absolut vertrauen konnte. Mittlerweile konnte er sich schon gar nicht mehr vorstellen, wie er jemals ohne Frederick hatte auskommen können. Die Belagerung selbst bot wenig Abwechslung, doch die ständigen Besprechungen mit Washington und Hamilton hielten Eric manchmal regelrecht in Atem.

Frederick winkte aufgeregt mit einem Umschlag. »Ein Brief von Ihrer Frau!«

Rasch rutschte Eric vom Pferd und nahm den Brief dankend in Empfang. Während er Joshua zu seinem etwas abseits stehenden Zelt hinüberführte, stand Amandas Bild vor seinem inneren Auge, und er dachte daran, wie sie sich in seinen Träumen begehrend in seine Arme schmiegte. Jedoch mit schöner Regelmäßigkeit sah er sie danach im Arm anderer Männer davontanzen, und ihr Lachen verriet ihm klar und deutlich, daß sie ihn die ganze Zeit über zum Narren gehalten hatte.

Nachdem Eric sich an seinen Tisch gesetzt hatte, lehnte er sich mit dem Rücken gegen die Zeltleinwand und riß ungeduldig den Umschlag auf. Mit ungläubigem Staunen las er Amandas Schilderung vom Besuch ihres Vaters und mochte es kaum glauben, daß Sterling tatsächlich friedlich abgezogen war. Auf den folgenden Seiten berichtete sie ihm über die militärische Lage in Virginia und beschrieb in aller Ausführlichkeit, welche Arbeiten während seiner Abwesenheit in Cameron Hall durchgeführt worden waren. Es hätte ein durchaus liebevoller und sehr freundlicher Brief sein können, wenn Eric beim Lesen nicht dauernd das Gefühl gehabt hätte, daß ihm Amanda etwas verschwieg. Er fluchte leise vor sich hin. Wenn er ihr doch nur vertrauen könnte!

»Unannehmlichkeiten, mein Freund?«

Ohne jede Förmlichkeit trat George Washington ins Zelt und schlug sich den Schnee vom Mantel. Dann nahm er gegenüber von Eric Platz. »Sie haben Post erhalten?«

»Ja, einen persönlichen Brief.«

Washington zögerte ein wenig. »Es gibt ernsthafte Gerüchte, daß die britischen Truppen von einem Spion aus Virginia mit äußerst hilfreichen Informationen versorgt werden. Nur aus diesem Grund kann auch Dunmore solchen Schrecken an der gesamten Küste verbreiten!«

Eric zuckte die Achseln. »Wir wissen, daß er Norfolk niedergebrannt hat, aber dazu hat er bestimmt keinen Spion benötigt.«

»Ich hoffe nur, daß Sie recht haben, mein Freund«, bemerkte Washington und stand auf. »Ich hoffe wirklich, daß Sie recht haben.«

Nachdem sich George verabschiedet hatte, ließ Eric sich von Frederick Briefpapier und Schreibzeug bringen. Bevor er das erste Wort zu Papier brachte, hielt er einige Sekunden inne und schloß die Augen. Gar zu gern hätte er Amanda über Weihnachten nach Boston kommen lassen, doch Washington hatte ihn gebeten, davon abzusehen, und ihn statt dessen auf das Frühjahr vertröstet.

Unter Seufzen griff Eric schließlich zur Feder und brachte mit größter Sorgfalt falsche Informationen zu Papier, die jedoch den Eindruck erweckten, als ob sie für die Briten unbezahlbar wären. Dann schloß und versiegelte er den Brief und rief nach Frederick, damit das Schriftstück so rasch wie möglich auf den Weg gebracht würde. Anschließend starrte er lange in die Schneelandschaft hinaus, und sein Herz war kalt und seltsam leer. »Oh, Amanda!« stöhnte er leise.

Nachdem sich der Winter endgültig verabschiedet hatte, packte Amanda die Sehnsucht nach Williamsburg. Sie verständigte Pierre und Danielle von ihrer Absicht und war sehr überrascht, als bei der Abfahrt auch Jacques Bisset reisefertig auf seinem Pferd saß. Es machte ihr wiederum nichts aus, daß er sie begleitete, obwohl sie genau wußte, daß er sie beobachten sollte. Sie mochte diesen Mann und fühlte sich in seiner Gegenwart sicher. Und zu entdecken gab es ohnehin nichts.

Als sich der Wagen in Bewegung setzte, blickte sie mit wehmütigem Lächeln nach Cameron Hall zurück. Mittlerweile war das Haus ganz und gar zu ihrem Heim geworden, in dem sie sich sehr wohl fühlte. Dagegen schienen sich zwischen Eric und ihr inzwischen Welten aufzutun. In den ersten Tagen nach seiner Abreise hatte sie ihn entsetzlich vermißt und unruhig geschlafen, doch nach dem Besuch ihres Vaters, der nun auch schon mehr als sechs Monate zurücklag, hatte eine Art Entfremdung eingesetzt. Nach so langer Zeit schien die Kluft unüberbrückbar geworden zu sein.

Seufzend lehnte Amanda ihren Kopf gegen die Polster und schloß die Augen. Wie sollte sie Eric nur erklären, was sie nicht einmal selbst verstand? In dem Wunsch, Damiens Leben um jeden Preis zu retten und nach Möglichkeit unnötiges Blutvergießen zu vermeiden, hatte sie immer wieder Einzelheiten aus seinen Briefen an die Abgesandten ihres Vaters wietergegeben. Eine einzige Information hatte sich auf eine Truppenstellung bezogen, doch ausgerechnet die hatte Lord Dunmore bereits aus anderer Quelle erfahren. Irgendwann mußte sie über diesen Gedanken eingenickt sein, denn als sie erwachte, war es bereits dunkel, und der Wagen hielt.

»Wir sind da«, verkündete Danielle.

Rasch eilte Amanda die Stufen hinauf. Noch im Gehen zog sie sich die Handschuhe aus und rief ungeduldig nach Mathilda. Sie wunderte sich zwar, daß die Haustür nicht abgeschlossen war, doch erst als sie sich im Wohnraum plötzlich Eric gegenübersah, hielt sie mitten im Schritt inne und mußte sich sogar am Schreibtisch festhalten.

In entspannter Haltung lehnte Eric am Kamin und hielt ein Glas mit Brandy in der Hand. Fabelhaft sah er aus in seinen weißen Kniehosen und dem dunkelblauen Gehrock, und ganz offensichtlich freute er sich, daß ihm die Überraschung gelungen war.

»Eric!«

»Amanda!« Ohne zu zögern warf er sein Glas ins Feuer, daß es nur so zischte, und Sekunden später lag sie in seinen Armen.

Gierig sog sie seinen Geruch ein und fühlte seine Haut, seine starken Muskeln und schließlich seine drängenden Lippen. Sie meinte in Wolken zu versinken, so sehr hatte sie sich nach diesem Augenblick gesehnt.

Als ihre Knie ihr den Dienst versagten, nahm Eric sie auf die Arme, und als er mit den Fingern durch ihre Haare fuhr, waren alle schweren Gedanken wie durch Zauberhand verschwunden. Sie war wie von Sinnen und merkte überhaupt nicht, daß sie die Treppe hinaufgetragen wurde. Und oben im dunklen Zimmer versanken sie beide in einem ekstatischen Fieber, in dem allein ihre Körper zählten. Auch danach hatten sie noch lange nur das Bedürfnis, einander zu halten, zu streicheln und zu liebkosen.

Erst in der Morgendämmerung kehrten sie langsam wieder in die Wirklichkeit zurück. Amanda hatte sich an ihren Frisiertisch gesetzt und mühte sich verzweifelt, ihre verwirrten Haare zu kämmen, während Eric am Kopfende des Bettes lehnte und ihr zusah.

»Die Belagerung von Boston ist endlich vorüber. Am St. Patricks Tag haben sich die Briten überraschend zurückgezogen.«

Ihre Augen begegneten einander im Spiegel. »Ich freue mich für dich!« war Amandas Kommentar.

»Für die Briten weniger, nicht wahr?«

Sie zuckte nur die Achseln.

»Nun, Amanda?«

»Ich versuche mit aller Kraft, in diesem Konflikt neutral zu bleiben.«

Sie fühlte sich irgendwie in die Enge gedrängt, als er unvermittelt aus dem Bett sprang und hinter sie trat. »Bist du das wirklich, Amanda?«

Schwer lasteten seine Hände auf ihren Schultern und sie hoffte inständig, daß er ihr Zittern nicht bemerkte. »Ja, ich tue, was ich kann. Ehrlich!«

Der Ernst ihrer Stimme hatte ihn zwar bewegt, aber beruhigt war er noch lange nicht. Amandas Blicke folgten den Bewegungen seines Körpers, als er zum Bett zurückging und sich wieder darauf ausstreckte. »Man hat mir berichtet, daß immer wieder Einzelheiten, die ich dir in meinen Briefen mitgeteilt habe, dem Feind zu Ohren gekommen sind.«

Mit eisigen Fingern umschloß die Angst ihr Herz. »Das meiste weiß doch ohnehin jeder!«

»Das stimmt schon, doch seit meiner Rückkehr habe ich bemerkt, daß meine politischen Freunde beunruhigt sind. Sie vermuten, daß eine Spionin in unserer nächsten Nähe ihr Unwesen treibt, und nennen sie *Highness*. Ihr Ruhm ist schon bis nach Boston gedrungen, und offen gesagt hat Washington dich im Verdacht.«

Obwohl er ganz ruhig gesprochen hatte, hämmerte ihr Herz zum Zerspringen. Sie schüttelte nur den Kopf. »Eric, ich –«

»Schließlich hast du aus deiner Loyalität zu England nie ein Hehl gemacht, mein Schatz.« Wieder trat er hinter sie und strich ihr mit beiden Händen die Haare aus dem Gesicht.

»Aber ich bin auch deine Frau«, erinnerte sie ihn und senkte die Lider.

»Heißt das, daß du unschuldig bist?«

Sie sahen einander im Spiegel an. »Es würde mir wirklich niemals in den Sinn kommen, dir willentlich zu schaden!«

»Und meinem Anliegen?«

»Auch deinem Anliegen nicht« schwor sie mit leiser Stimme.

»Bin ich verrückt, wenn ich dir glaube?«

Als sie den Kopf schüttelte, streifte ihr Haar seinen nackten Bauch, und dann beugte er sich über sie und berührte ganz zart ihre Lippen. »Laß dich nur nicht erwischen, mein Schatz!« warnte er sie mit heiserer Stimme, bevor er sie küßte. Doch schon Sekunden später zuckte er zurück. »Ach du lieber Himmel! Wie konnte ich das nur vergessen! Ich habe Damien getroffen.«

»Was?!« Mit einem Aufschrei fuhr Amanda herum.

»Ja, tatsächlich. Die Briten hatten ihn gefangen, doch er ist ihnen entkommen. Offenbar hatte er nette Wachen, die sich zu einem Glas Bier verführen ließen. Er ist einfach über Bord gesprungen und wurde von einem unserer Schiffe aufgefischt. Von Baltimore ist er nach Boston zurückgekehrt. Ich habe ihn gerade noch gesehen, bevor ich abgefahren bin.«

»Er ist tatsächlich frei?« Amanda konnte es nicht fassen.

»Ja – frei wie ein Vogel!«

Amanda murmelte etwas Unverständliches, doch gleich darauf umschlang sie ihn und drängte ihn lachend zum Bett zurück. Übermütig bedeckte sie ihn über und über mit Küssen, bis das Begehren sie alles vergessen ließ und sie einander noch einmal liebten.

»Wie lange kannst du bleiben?« fragte Amanda, nachdem sie wieder zu Atem gekommen war.

»Nur eine knappe Woche«, seufzte Eric. »Dabei geschieht hier im Augenblick so viel! Ich habe erfahren, daß die Virginier sich noch einmal versammeln wollen, um diesmal über die Unabhängigkeit abzustimmen! So weit ist bisher noch nicht einmal der Continental Congress gegangen! Im Augenblick wird hier wahrlich Geschichte gemacht. Leider muß ich jedoch nach New York zurück, wo Washington den nächsten Angriff erwartet.«

Weniger als eine Woche, wenig Zeit für sie beide, und so viel, was entdeckt werden könnte – aber Damien war frei! »Ich werde dich niemals hintergehen, Eric«, versprach Amanda lächelnd und hätte fast weitergeredet, ihm gesagt, daß sie ihn liebte. Doch der Schatten in seinen Augen ließ sie verstummen. Er vertraute ihr nicht und beobachtete sie unablässig. Sie mußte ihm einfach beweisen, daß sie sich ihm gegenüber loyal verhielt, obwohl sich ihre Überzeugung nicht geändert hatte.

»Das kann ich nur hoffen«, erwiderte er leise und schloß die Augen.

Kurze Zeit später war er eingenickt, und Amanda hatte Muße, die neuen Linien zu betrachten, die sich um seine Augen und seinen Mund eingegraben hatten. Ganz offensichtlich forderte der Krieg seinen Tribut. Unruhig kreisten Amandas Gedanken immer wieder um Damien, und da sie ohnehin nicht mehr schlafen konnte, zog sie sich schließlich an und ging nach unten. Dabei entdeckte sie vor einem der Schlafzimmer ein Paar unbekannte Stiefel. Offenbar hatte Eric einen seiner Gefährten mitgebracht, und schon durchzuckte sie wieder die Angst vor einer möglichen Entdeckung.

Als Amanda den Wohnraum betrat, wurde sie von zwei starken Fäusten gepackt. Gleichzeitig drückte man ihr ein Messer an die Kehle, was sie augenblicklich erstarren ließ.

»Hallo, Lady Cameron«, grüßte sie eine heisere Stimme. Sie gehörte dem riesigen Schwarzen, den ihr Vater ihr immer als Boten schickte.

»Sie müssen verrückt sein!« flüsterte Amanda. »Mein Mann ist zu Hause, und ganz Williamsburg befindet sich in der Hand der Kolonisten! Wenn ich schreie, ist das Ihr Todesurteil!«

»Aber vorher wird Ihr Blut fließen, Lady! Also überlegen Sie es sich gut.«

Das Messer preßte sich so fest gegen ihre Kehle, daß sie kaum sprechen konnte. Aber sie gab nicht auf. »Außerdem ist Damien frei. Es gibt keine *Highness* mehr! Bestellen Sie das meinem Vater!«

»Wir haben befürchtet, daß Sie es schon wissen! Ihr Vater läßt Ihnen ausrichten, daß er Cameron Hall bei seinem nächsten Besuch nicht verschonen wird! Er wird es bis auf die Grundmauern niederbrennen. Außerdem erwartet Lord Tarryton Sie bereits voller Sehnsucht!«

»Sobald sie sich dem Haus auch nur nähern, werden sie sterben!« entgegnete Amanda.

Es kam keine Antwort, und Sekunden später fühlte sie auch das Messer nicht mehr. Blitzartig fuhr Amanda herum, doch niemand war zu sehen. Durch das offenstehende Fenster drang lediglich warme Frühlingsluft ins Zimmer. Aufatmend ließ sie sich in einen Sessel sinken. Dies war genau der richtige Zeitpunkt, um mit Eric zu sprechen, ihm alles zu erklären. Doch irgendwie konnte Amanda den Mut nicht finden. Vielleicht mußte er es auch gar nicht mehr erfahren, nachdem nun ohnehin alles ausgestanden war. Möglicherweise würde er sie nur verachten und könnte ihr niemals vergeben...

Als Frederick das Frühstückszimmer betrat, hatte Amanda bereits von Mathilda erfahren, welchen Gast ihr Mann mitgebracht hatte. Einige Zeit später erschien auch Eric, und als Amanda seine finstere Miene sah, stand ihr Entschluß endgültig fest. Sie wollte nicht mit ihm reden und konnte nur zu Gott beten, daß die Briten nicht bis nach Cameron Hall gelangten.

Frederick und Eric hielten sich nicht lang in der Stadt auf, da sie eine Verabredung mit General Charles Lee hatten. Lee war zwar Engländer, hatte sich aber für die Sache der Kolonien entschieden und war extra nach Virginia gekommen, um die mutigen politischen Anführer persönlich kennenzulernen.

An einem freien Tag informierte Amanda Eric bei einem

Ritt über den Besitz über alle Maßnahmen, die sie ergriffen hatte, und war beträchtlich stolz, als Eric ihre Arbeit lobte. Im Wäldchen am Fluß konnten sie der Erinnerung nicht widerstehen und liebten einander auf dem weichen Waldboden.

Immer wieder kämpfte Amanda mit sich, ob sie Eric nicht einfach alles gestehen sollte. Unablässig folgten ihr seine Augen, sobald sie sich unbeobachtet glaubte. Selbst im Bett stützte er sich gelegentlich auf seinen Ellenbogen und betrachtete sie nachdenklich. Sobald sich ihre Blicke trafen, veränderte sich regelmäßig der Ausdruck seiner Augen, und sie blickten fremd und kühl.

Am fünften Tag von Erics Aufenthalt glückte der *Lady Jane* ein gewagtes Manöver, bei dem sie sich an Dunmores Schiffen vorbeimogelte und unbehelligt die Anlegestelle von Cameron Hall erreichte. Als Amanda mitten in der Nacht aufwachte und Eric nicht neben ihr lag, wickelte sie sich rasch ein Laken um ihren nackten Körper und lief zum Fenster hinüber. Bei näherem Hinsehen stellte sie fest, daß rund um die *Lady Jane* herum rege Aktivität herrschte.

»Spionierst du, mein Schatz?«

Erschrocken fuhr Amanda herum und sah Eric in Arbeitskleidung unter der Tür stehen. Rasch trat er zu ihr.

»Ich wollte nur sehen, wo du bist. Ich bin aufgewacht, und du warst nicht da.«

Eric nickte nur und zog Amanda in seine Arme.

»In Wahrheit hatte die *Lady Jane* Waffen geladen, nicht wahr?« flüsterte sie.

»Und Schießpulver«, ergänzte Eric.

Heftig warf Amanda den Kopf zurück und sah Eric ins Gesicht. »Weshalb sagst du mir die Wahrheit, wenn du mir doch so sehr mißtraust?«

»Du bist schließlich nicht dumm, oder? Oder hätte ich dir erzählen sollen, daß wir mitten in der Nacht nur Lederwaren und Wein ausladen?« Mit diesen Worten ließ er sie los und entkleidete sich rasch. »Komm wieder ins

Bett, Amanda! Wir können noch ein paar Stunden schlafen.«

Langsam ließ sich Amanda auf der Bettkante nieder und betrachtete fasziniert das Spiel des Mondlichts auf Erics wunderschön geformtem Muskel. Gern hätte sie ihn berührt, doch keinesfalls wollte sie den ersten Schritt tun.

Das mußte sie auch nicht, denn irgendwann hielt Eric es nicht länger aus und riß sie aufstöhnend in seine Arme. Und während der Sturm der Leidenschaften über sie hinwegfegte, spürten sie schmerzlich, wie weit sie während der vergangenen Monate voneinander entfernt gewesen waren.

Als Amanda später erschöpft in Erics Armen lag, glitt seine Hand in einer sachten Berührung über ihre Schulter bis hinunter zur Rundung ihrer Hüfte, während seine Augen nachdenklich ihr Gesicht betrachteten. »Lord Dunmore ist wirklich gefährlich«, begann er schließlich. »Manche Leute befürchten, daß er nach Mount Vernon segeln und Martha Washington entführen könnte.«

»Das würde er doch niemals wagen!« murmelte Amanda.

Sie fühlte, wie Eric die Achseln zuckte. »Cameron Hall ist ebenfalls ein lohnendes Ziel!«

»Wegen der Waffen?«

Für den Bruchteil einer Sekunde hielt Eric den Atem an. »Von den Waffen hat der Gouverneur noch keine Ahnung, mein Liebling.«

Amanda drehte ihren Kopf ein wenig und blickte Eric gerade in die Augen. »Ich würde diesem Haus niemals absichtlich Schaden zufügen, Eric!« versprach sie.

»Wer versteckt sich nur hinter dieser *Highness*, zum Teufel?«

Kopfschüttelnd schmiegte sich Amanda an Erics Brust. »Nie könnte ich ihm Schaden zufügen.«

»Versprich es mir!« flüsterte Eric, doch Amanda schwieg und erschauerte nur ein wenig, weil sie sich schon heute vor den langen Tagen ohne ihn fürchtete. »Du zitterst ja.«

»Mir ist kalt.«

»Aber ich halte dich doch warm!«

»Bald wirst du wieder weg sein«, seufzte sie.

In der Dunkelheit konnte sie seine Augen nicht erkennen und auch nicht ahnen, wie sehr ihm seine Gefühle zu ihr auf der Zunge lagen. Er liebte sie so innig, ihre Schönheit, ihre Lebenskraft, ihre bedingungslose Hingabe und ihre wunderschönen Augen. Was, aber, wenn diese wunderschönen Augen logen? Wenn sie weitergab, was sie wußte?

Nein, das würde sie nicht tun, dachte er. Niemals würde sie das tun.

14. Kapitel

New York
Mai 1776

Niemals würde sie ihn enttäuschen! Von wegen! dachte er, als er fast genau zwei Monate später in Washingtons geräumigem Zelt saß und seinen Freund ansah. Der General hatte ihn gerade beauftragt, mit einem Schiff in den Süden zu fahren. Seinem alten Freund und Partner Sir Thomas, der mittlerweile Colonel geworden war, war es gelungen, die *Good Earth* aus Boston herauszubringen.

»Der Kongress hat endlich die Kaperei sanktioniert«, sagte Washington, »und wir hoffen, daß Sie dem Feind möglichst viel Schaden zufügen werden!«

Den Mai über hatten die Kolonisten in New York Befestigungen errichtet und bemannt, weil diese Stellung im Norden nach Ansicht des Kongresses unbedingt gehalten werden mußte. Man erwartete einen heftigen Angriff, da der britische General Howe von Halifax auf Nova Scotia nach New York segelte und sein Bruder, Admiral Richard

Howe, gleichzeitig mit Verstärkungen aus England herbeieilte. Den etwas gerupften Truppen der Kolonisten stand eine schwere Aufgabe hervor, denn in diesen Monaten endeten viele Verpflichtungen, und die Männer brannten darauf, endlich nach Hause zurückkehren zu können.

Und genau in dieser schwierigen Zeit hatte Eric soeben erfahren, daß man eine Botschaft abgefangen hatte, die Lord Dunmore über die Lagerung von Waffen und Schießpulver im Hafenschuppen von Cameron Hall informierte. Gleichzeitig hatte General Lewis, der die Miliz in Virginia befehligte, Eric um Hilfe gebeten, weil man einen Angriff von Dunmore befürchtete.

Trotz der Hitze fror Eric. Welcher Narr er doch gewesen war! Je größer die Leidenschaft, desto größer der Betrug! Während er nächtelang wachgelegen hatte und von der Erinnerung an ihr herrliches Haar, dem Duft ihrer nackten Haut, an ihre tiefgrünen Augen und ihre vollen Brüste gepeinigt worden war –

Mitfühlend sah Washington ihn an und schenkte ihm schließlich ein Glas Whiskey ein. »Ende März waren Sie zuletzt zu Hause, nicht wahr?«

Eric nickte und zog das Blatt das mit *Highness* unterzeichnet war, noch einmal zu sich heran. Dann fluchte er heftig.

»Veilleicht urteilen Sie zu vorschnell«, bemerkte Washington, doch Eric winkte ab.

»Ganz im Gegenteil, General. Ich habe es herausgefordert, und vermutlich wird uns das eine Menge kosten!« Hastig leerte er sein Glas und erhob sich. Dann salutierte er. »Mit ihrer Erlaubnis werde ich unverzüglich aufbrechen.«

»Was werden Sie tun?«

»Dunmore, Sterling und Tarryton zum Teufel jagen!«

Washington erhob sich ebenfalls und streckte Eric die Hand entgegen. »Sehen Sie sich vor, Eric, und bereiten Sie sich auf das Schlimmste vor. Man erwartet den Angriff zwar erst in einigen Tagen, doch bei Dunmore muß man mit allem rechnen. Außerdem befindet er sich ja bereits in den Gewässern von Virginia. Ich will Sie nur darauf vorbereiten, daß er ihr Haus vielleicht schon heimgesucht und möglicherweise niedergebrannt hat.«

»Ich bin auf alles gefaßt.«

»Und Ihre Frau –«

»Ich verspreche, das in Ordnung zu bringen!«

»Eric –«

»Ich plane, sie unter Bewachung nach Frankreich zu schicken.«

Washington wiegte seinen Kopf. »Möglicherweise ist sie ja unschuldig.«

»Sie selbst haben immer wieder das Gegenteil angedeutet, und dieser Beweis spricht wohl eindeutig gegen sie.«

»Vielleicht, vielleicht aber auch nicht. Sie sollten sie wenigstens anhören.«

In strammer Haltung nahm Eric danach seine Befehle entgegen und versprach, so bald wie möglich zurückzukommen. Dann verabschiedete er sich und begab sich zum Hauptquartier im Süden Manhattans, wo er unverzüglich Frederick beauftragte, eine geeignete Mannschaft für das Schiff zusammenzustellen. »Am besten Virginier. Möglichst aus dem Westen. Seemännische Erfahrung ist nicht vonnöten. Ich brauche gute Schützen.«

»Sie werden auch Leute brauchen, die im Nahkampf erfahren sind«, gab Frederick zu bedenken.

»Für diese Aufgabe suchen Sie mir Matrosen aus Carolina. Das sind die erfahrensten!«

Als Eric endlich allein war, krümmte er sich förmlich vor Qual zusammen. Wie hatte er ihr nur glauben können! Ihre Worte hallten unentwegt in seinem Kopf, und er hatte gute Lust, sie zu erwürgen oder ihr wenigsten Haar für Haar ihre Locken vom Kopf zu reißen. Gleichzeitig empfand er brennende Sehnsucht nach ihr, wollte sie schütteln, sie besitzen, bis sie endlich begriff, daß sie ausgespielt hatte!

Während er seine persönliche Habe zusammenpackte, klopfte es. Mit ärgerlicher Miene öffnete Eric die Tür und war völlig überrascht, als plötzlich Anne Marie Mabry vor ihm stand. Aus dem kichernden jungen Mädchen war inzwischen eine hübsche Frau von bezaubernd sanfter Lebensart geworden, die in der Vergangenheit häufig Protestmärsche der Frauen gegen britische Waren organisiert hatte. Irgendwann hatte sie einen jungen Mann geheiratet, der leider bei der Belagerung von Boston ums Leben gekommen war. Seit dieser Zeit folgte sie ihrem Vater auf seinen Feldzügen und war inzwischen für viele Soldaten zum guten Engel geworden.

Weshalb habe ich nicht eine Frau wie sie geheiratet, die voll hinter unserer Sache steht? fragte sich Eric, doch im selben Augenblick wußte er, daß er trotz aller Schwierigkeiten, trotz aller Ungewißheiten, Amanda aus tiefstem Herzen liebte. Er mußte seine Pflicht tun, aber an seiner Liebe würde das nichts ändern. Die smaragdgrünen Augen und das flammende Haar hatten ihn für ewig verzaubert.

»Kommen Sie herein, Anne Marie!« forderte Eric sie ein wenig ungelenk auf. »Außer ein wenig Kaffee oder Brandy kann ich Ihnen allerdings nichts anbieten.«

»Aber Eric! Deswegen bin ich doch nicht gekommen.« Sie zögerte einen Moment. »Ich wollte sie nur bitten, vorsichtig zu sein und keinen irreparablen Schaden anzurichten!«

Leicht verwundert sah Eric sie an. »Vielleicht ist mein Haus in Gefahr und unter Umständen auch die Waffen und das Pulver, die für die Miliz in Virginia und diese Armee bestimmt sind – und das nur, weil die zauberhafte Hausherrin alles dem Feind verraten hat!« Von Sekunde zu Sekunde wurde er immer aufgeregter, doch als Anne Marie erschrak und zurückwich, hielt er inne. »Es tut mir leid, Anne Marie! Lassen wir das Thema lieber fallen.«

Er trat an den Tisch und schenkte sich ein Glas ein, doch Anne Marie ließ nicht locker und folgte ihm. »Eric, ich habe die Gerüchte ebenfalls gehört, doch Amanda hat sich seit Ihrer Abreise nicht aus Cameron Hall fortgerührt!«

»Vielleicht hat sie einen Komplizen.«

»Eric, sie ist meine Freundin! Ich kenne sie gut.«

»Ich habe sie eines Abends überrascht, doch ich gab ihr eine Chance, und genau das war mein Fehler! Am besten hätte ich sie wahrscheinlich gleich in dieser Nacht windelweich schlagen und sofort nach Frankreich schicken sollen!«

»Das hätten Sie doch niemals fertiggebracht.«

»Aber es wäre ohne Zweifel richtig gewesen«, erwiderte er kühl. »Ich mußt mich beeilen, Anne Marie, denn ich möchte mit der Flut auslaufen.«

»Oh, Eric! Möglich, daß Amanda spioniert hat, aber ich kann unmöglich glauben, daß sie ihrem eigenen Heim schaden zufügen würde. Ich glaube eher, daß irgend jemand ihre Vergangenheit gegen sie benutzt. Sehen Sie das nicht auch so?«

»Ich weiß nur, daß Amanda oft genug Gelegenheit hatte, mir alles zu erzählen. Ich hätte ihr gegen jeden und alles beigestanden, aber sie hat einen anderen Weg gewählt. Jetzt müssen Sie mich aber wirklich entschuldigen.«

Tränen standen in Anne Maries Augen, als sie sich mit einem schwesterlichen Kuß seufzend von ihm verabschiedete. In dem Augenblick, in dem ihre Lippen die seinen flüchtig berührten, war es um Eric geschehen. Wie ein Wilder stürzte er sich auf ihren Mund und drückte ihre Lippen mit der Zunge auseinander. Als Anne Marie nachgab, umschlangen sie sich und küßten einander sekundenlang wie Verdurstende. Doch schon Sekunden später wußte Eric, daß er Anne Maries Gefühle unmöglich so ausnutzen durfte. Beschämt löste er sich von ihr und sah ihr in die Augen, und es war beiden klar, daß sie einen Fehler gemacht hatten.

Bevor Eric jedoch ein einziges Wort der Entschuldigung herausbringen konnte, ertönte von der Tür her ein ärgerliches Räuspern. »Ich wollte mich nur erkundigen, ob Sie etwas brauchen, doch wie ich sehe, sind Sie bestens mit allem versorgt!« höhnte Damien Roswell empört.

Eric schuldete seinem heißspornigen Freund keinerlei Erklärungen. »Ich verabschiede mich«, bemerkte er kurz.

»Damien, Sie müssen das richtig verstehen«, begann Anne Marie zu erklären.

»Oh, ich verstehe sehr gut!« unterbrach sie Damien mit bitterem Lachen. »Er ist eben immer noch ein richtiger Brite, unser verehrter Lord Cameron! Genau wie Heinrich VIII.! Eine nach der anderen! Werden Sie Amanda umbringen oder sich nur scheiden lassen, Mylord?«

»Beides würde sie verdienen«, entgegnete Eric ausweichend.

»Ich werde Sie nach Virginia begleiten.«

»Kommt überhaupt nicht in Frage!«

»Sie könnten ja –«

»Damien, nehmen Sie sich zusammen! Washington wird Sie nicht fortlassen.«

»Wenn Sie ihr etwas tun«, schwor Damien mit erhobener Faust, »ist mir die ganze Revolution egal. Dann werde ich Sie umbringen!« Dabei sah er ganz so aus, als ob er Tränen in den Augen hätte.

»Damien, hören Sie zu!« begann Eric, doch der junge Mann war längst davongerannt.

»Es ist schon gut. Ich werde mit ihm reden«, versprach Anne Marie.

»Nichts ist gut, und es wird es auch nicht mehr werden!« murmelte Eric, bevor er sich verbeugte und hastig den Raum verließ.

Am Morgen des fünfundzwanzigsten Juni trafen Eric und seine Mannschaft auf die *Cynthia*, ein kleineres Kriegsschiff von Dunmores Flotte. Da die Armee der Patrioten dringend Schiffe benötigte, gingen sie sorgsam mit ihr um und mußten sogar einige Beschädigungen an der *Good Earth* hinnehmen, bis sie die *Cynthia* endlich in ihre Gewalt gebracht hatten. Die Mannschaft wanderte ins Gefängnis, während das Schiff mit einer Notmannschaft an Bord zur Reparatur in einen Hafen der Patrioten gesegelt wurde.

Als sie am Morgen des achtundzwanzigsten endlich den James River hinaufsegelten, erspähte Eric durch sein Fernglas, daß aus Cameron Hall Flammen züngelten und die *Lady Jane* gerade ablegte. Ob seine Frau an Bord war? fragte er sich, doch im selben Augenblick alarmierte er die Kanoniere. Nur wenig später krachte auf sein eigenes Kommando hin die erste Salve auf sein eigenes Schiff! Er verzog den Mund, als er daran dachte, daß Amanda sich höchstwahrscheinlich an Bord befand. Durch das Glas konnte er erkennen, daß das Haus immer noch standhielt, die Lagerhäuser dagegen ein einziges Flammenmeer waren. Die *Lady Jane* hatte inzwischen die Richtung geändert und kam direkt auf sie zu.

»Die waren ganz und gar nicht auf unseren Angriff gefaßt! Noch eine weitere Salve, und dann gehen wir längsseits!«

Pulverdampf füllte die Luft, und die Sicht wurde immer schlechter. Laut schrie Eric seine Befehle, worauf die *Good Earth* erzitterte und eine weitere Salve auf der *Lady Jane* einschlug. Der Abstand zwischen den Schiffen wurde zusehends geringer, und als sie mit einem gewaltigen Ruck und lautem Krachen aneinanderstießen, sprang Eric mit gezücktem Säbel an Bord. Das war das Zeichen für seine Soldaten, ihm zu folgen, und binnen kürzester Zeit herrschte wildes Kampfgetümmel.

»Endlich habe ich Sie!« Urplötzlich war Tarryton aus dem Pulverdampf aufgetaucht und drang mit gezückter Waffe so heftig auf Eric ein, daß dieser den Stoß kaum parieren konnte. »Sie glauben wohl, daß Sie alles mit mir machen können!« höhnte Tarryton. »Doch jetzt ist es vorbei! Ich habe gewonnen, denn ich besitze nicht nur Ihr Schiff, sondern auch Ihre Frau! Und ich verspreche, von beiden regen Gebrauch zu machen!«

Nachdem Eric den ersten Schrecken überwunden hatte, drang er mit geschickten Stößen machtvoll auf seinen Gegner ein, bis diesem die Angst in den Augen stand. »Nichts haben Sie, Tarryton! Einfach gar nichts!« Eric war der bessere Fechter und trat unverzüglich den Beweis an, indem er Tarryton mit der Spitze seiner Waffe herausfordernd und zugleich erniedrigend lässig unter dem Kinn ritzte.

Entsetzt sprang Tarryton mit einem wilden Satz nach rückwärts und war durch sein blutendes Kinn so abgelenkt, daß Eric ihm in aller Ruhe folgen und einen neuen Angriff vorbereiten konnte. Und genau in diesem Augenblick sah er Amanda.

Sie war aus der Kapitänskajüte auf das Deck getreten und wirkte in ihrem wundervollen grünen Kleid inmitten der kämpfenden und blutenden Männer wie ein Wesen aus einer anderen Welt. Zauberhaft sah sie aus, als der Wind in ihren Haaren spielte. Seine Frau – die Verräterin! Offenbar hatte sie sich nun doch für Tarryton entschieden und sollte bestimmt auf seinen Wunsch hin nach London gebracht werden, da sie in Cameron Hall nicht länger von Nutzen sein konnte.

Nein! Niemals, mein Liebster! schwor er bei sich. Solange ich lebe, wirst du diesem Mann nicht gehören! Dafür werde ich sorgen! Den nächsten Angriff von Tarryton parierte er mit kühler Entschlossenheit, was seinem Gegner nicht entging. »Lassen Sie die Waffe fallen, Tarryton!« rief er.

»Guter Gott, jemand muß mir helfen!«

Demnach war Lord Robert Tarryton und gleichzeitig Duke of Owenfield nicht gewillt, sich dem Kampf zu stellen, dachte Eric zynisch. »Eines Tages werde ich Sie töten, Tarryton!« schwor Eric in geradezu freundlichem Ton, bevor er sich den fünf Marinesoldaten zuwandte, die für ihren Anführer in die Bresche gesprungen waren. Mit Fredericks Hilfe gelang es ihm, drei der Gegner unschädlich zu machen, worauf die anderen im Pulverdampf flüchteten.

Ein lautes Platschen verriet Eric, daß ihm Tarryton jedenfalls für den Augenblick entkommen war, doch die *Lady Jane* befand sich damit wieder in seinem Besitz.

»*Highness*!« Der Aufschrei eines der Männer brachte Eric wieder in die Wirklichkeit zurück. Ohne jeden Zweifel war damit Amanda gemeint, deren wahre Identität nur ihm selbst, Frederick und einigen anderen Freunden bekannt war. Er mußte sich beeilen, um sie als erster zu erreichen! Entsetzt stellte er fest, daß sie einen Säbel in der Hand hielt. Diese Närrin! Wollte sie etwa bis zum bitteren Ende Widerstand leisten und womöglich ihr eigenes Leben opfern?

Bei Gott, mein Schatz, ich werde dir den Hals umdrehen! fluchte er im stillen, als er sah, wie sie warnend mit der Waffe gestikulierte und dann davonlief. Im Laufen gab er seinen Männern den Befehl, das Deck zu sichern. Wollte sie sich etwa ins Wasser stürzen? Nein. In ihrer Panik war sie in die Kajüte zurückgelaufen. Ein Highlander eilte ihr zu Hilfe und wurde augenblicklich von einem von Erics Männern neidergestochen, worauf er in die Kabine zurücktaumelte. »Ich werde mich darum kümmern!« rief Eric seinen Männern zu und trat mit voller Wucht gegen die Tür.

Amanda kniete neben dem Highlander, und als sie die Augen hob, spiegelten sich Angst und Trotz in ihnen. Fast lautlos stammelte sie seinen Namen, während sie mühsam auf die Füße kam und dabei das Gewehr des Highlanders umklammert hielt.

»*Highness*«, sagte er leise, während er seine Klinge reinigte und die Scheide zurückschob. Und dann brach es aus ihm heraus, was er die ganze Zeit zurückgehalten hatte. Sobald Amanda ihn unterbrechen wollte, hob er die Stimme und ließ sie nicht zu Wort kommen. Es kostete ihn ungeheuere Mühe, sein Temperament zu beherrschen. Wenn er sie auch nur berührte, würde er sie unweigerlich umbringen oder hier mitten unter den Männern auf den Planken seines Schiffes vergewaltigen!

»Ich bin daran absolut unschuldig!« schrie sie schließlich.

Alles Lüge, denn schließlich hatte er sie ja hier bei Tarryton gefunden! »Unschuldig, *Highness*?« fragte er mit hochgezogenen Brauen.

»Ich sage dir doch –«

»Und ich sage dir, daß ich genau weiß, daß du für die Briten spionierst und unter dem Namen *Highness* bekannt bist. Ich habe dich nämlich immer wieder mit falschen Informationen versorgt, die regelmäßig ihren Weg zu Dunmore gefunden haben! Du hast mich hintergangen – wieder und wieder!«

Unglaublich, aber sie zielte tatsächlich mit der Waffe auf ihn. Seine Frau, neben der er Nacht für Nacht geschlafen hatte, zielte auf ihn! »Gib mir das Gewehr!« forderte er wütend. »Amanda!«

»Bleib stehen!«

Namenlose Wut stieg in ihm hoch. »Gleich ist meine Geduld zu Ende, Amanda! Ich werde mir das Gewehr holen, und wenn ich dich deswegen umbringen muß!«

»Nein! Laß mich einfach gehen. Ich schwöre, daß ich absolut unschuldig –«

»Ich soll unsere *Highness* entwischen lassen? Dafür würde man mich hängen!« Er trat einen Schritt auf sie zu. »Schieß doch, aber sieh zuerst nach, ob deine Waffe auch geladen ist!« Überraschend entriß er ihr die Waffe und schleuderte sie quer durch die Kajüte. Dabei löste sich ein Schuß, und die Kugel schlug krachend in die Holzwand ein. Sekundenlang sah er sie an, bevor ein bitteres Lächeln über seine Lippen huschte. »Das Gewehr war geladen, Mylady, und du hast damit genau auf mein *Herz* gezielt!«

Sie hätte ihn umbringen können! »Nun, *Highness*?«

»Warte!«

»Worauf? Auf die Rettung? Keine Sorge, die wird nicht kommen!« Wie gern hätte er die weiche Haut ihrer Wange gestreichelt, dachte er, als sie so nah vor ihm stand. Doch sofort dachte er wieder an die Lügen.

Urplötzlich versuchte sie, an ihm vorbeizukommen, und er mußte sich schon beeilen, um sie noch an ihren Haaren zu erwischen. Als er sie in seine Arme zog, wehrte sie sich verzweifelt und trat nach ihm. Daraufhin drehte er ihr fluchend die Handgelenke auf den Rücken, so daß ihr Körper ganz dicht gegen ihn gepreßt wurde. Als sie völlig wehrlos war, warf sie stolz den Kopf in den Nacken und sah ihm nur stumm in die Augen.

Sanft strich er ihr mit der freien Hand über das Kinn und die Wange. »So wunderschön und gleichzeitig so verlogen! Doch damit ist jetzt endgültig Schluß! Gib auf, mein Liebes!«

Sie lächelte fast ein wenig wehmütig, als ob sie sich an alle wunderschönen Augenblicke der vergangenen Jahre erinnerte. »Niemals, Mylord!«

In diesem Augenblick wurden sie von einem jungen Soldaten gestört. »Wir haben sie endlich erwischt! Diese *Highness* hat den Briten unser Schiff und alle unsere Geheimnisse übergeben!«

»Ja«, wiederholte Eric leise, während er die Augen nicht von Amanda ließ, »wir haben sie gefunden!« Plötzlich wurde er von heftiger Wut gepackt. Ihn ekelte vor der Berührung, und er stieß sie so heftig von sich, daß sie nur mit Mühe das Gleichgewicht halten konnte.

Der Lieutenant pfiff leise durch die Zähne. »Kein Wunder, daß sie unsere Männer so leicht hat täuschen können!«

Bittere Worte!

»Ja, das war nicht weiter schwer!« bestätigte Eric ruhig.

»Ob sie sie hängen werden?« fragte der Soldat. »Hängen wir Frauen, General?«

Eric hatte die Frage kaum gehört, denn er hatte bemerkt, wie Amanda zusammengezuckt war. Hatte sie etwa Angst? Oder fühlte sie bereits den Strick um ihre Kehle?

»Mylord, Sie können doch unmöglich zulassen, daß man sie aufhängt!«

Eric lächelte ironisch, als er an ihren warmen Körper und ihre verführerischen, innigen Küsse dachte. »Nein, das stimmt. Das kann ich unmöglich zulassen, denn sie ist schließlich meine Frau.«

Während der junge Mann sich nur mit Mühe von seiner Überraschung erholte, erteilte Eric bereits seine Befehle. »Sagen Sie Daniel, daß er Kurs auf Cameron Hall nehmen soll und lassen Sie diesen Lieutenant abholen!« Dieser Mann hatte Amanda vor ihm schützen wollen! »Alle Briten bekommen ein Seemannsgrab, die Unseren nehmen wir mit nach Hause.« Dann wandte er sich wieder an Amanda. »Wir beide werden uns später sprechen.«

Nach einer kurzen Verbeugung verließ er rasch die Kabine und floh bis ganz nach vorne in den Bug des Schiffes, wo er sich Wind und Gischt ins Gesicht wehen ließ. Einesteils war er froh, denn die *Lady Jane* gehörte wieder ihm, und Amanda ebenfalls. Allerdings waren die Waffen und das Pulver höchstwahrscheinlich verloren. Wie es weitergehen sollte, wußte er noch nicht. Scheiden lassen konnte er sich nicht, denn genausogut hätte er sich seine Hand abhacken können. Er brauchte erst einmal Zeit, um sein Gleichgewicht wiederzufinden. Außerdem mußte er sich dringend mit General Lewis treffen, um eine Strategie gegen Dunmores Flotte zu verabreden.

Mit geschlossenen Augen lehnte er an der Takelage, bis Daniel ihm meldete, daß sie in Kürze anlegen würden.

»Frederick soll meine Frau nach Hause eskortieren und meine Dienerschaft informieren, damit sie sie im Auge behalten. Ich werde mich unverzüglich auf die Suche nach General Lewis begeben. Unsere Männer können an Bord bleiben oder auch Zelte auf der Wiese aufschlagen.«

»Zu Befehl, Sir!«

Von seinem erhöhten Standpunkt aus beobachtete er, wie Frederick Amanda über das Deck führte, und es schnitt ihm ins Herz, als die Mannschaft sie wie einen würdigen Gegner verabschiedete. Verdammt, Amanda!

Nachdem der Wagen in Richtung auf das Haus davongefahren war, verließ Eric sein Schiff und machte sich mit Daniel auf den Weg. Es dauerte nicht lange, bis sie den Freund aus früheren Tagen ausfindig gemacht und sich ausführlich mit der gegenwärtigen Lage vertraut gemacht hatten. Nachdem sie sich rasch über die gemeinsamen Unternehmungen für den kommenden Tag geeinigt hatten und Eric sich verabschieden wollte, hielt Lewis ihn noch einen Augenblick zurück.

»Lord Cameron, ich wollte Ihnen nur noch mitteilen, daß wir bisher noch keinen Beweis dafür haben, wer uns ausspioniert hat«, bemerkte der General abschließend.

»Keinen Beweis?«

Lewis räusperte sich ein wenig verlegen. »Nun, wie Sie sehen, verbreiten sich Neuigkeiten in Windeseile. Ihr Sieg an Bord der *Lady Jane* wurde von Land aus beobachtet. Wie ich gehört habe, soll Ihre Frau an Bord gewesen und deshalb für die berüchtigte *Highness* gehalten worden sein. Erinnern Sie sich daran, daß Dunmore auch Mrs. Washington entführen wollte! Immerhin ist es ja möglich, daß Ihrer Frau dasselbe geschehen ist!«

Eric nickte zwar, aber er dachte einzig und allein daran, daß Amanda das Gewehr auf ihn gerichtet hatte. Wer konnte schon wissen, welche Überraschungen ihn noch in ihrem Schlafzimmer erwarteten! »Ich danke Ihnen für den Rat. Meine Frau wird jedoch in Kürze nach Frankreich reisen und damit in jeder Hinsicht in Sicherheit sein.«

Nach einem scharfen Galopp über die Felder sprang Eric vor seinem Haus aus dem Sattel und wurde von einem überglücklichen Pierre begrüßt, der ihm das Pferd abnahm. »Was ist geschehen, Pierre? Ich will die Wahrheit wissen, und zwar die ganze!«

Pierre zuckte unbehaglich mit den Schultern. »Die ganze Wahrheit kenne ich selbst nicht. Danielle wurde niedergeschlagen und ist gerade eben erst zu sich gekommen. Sie schwört, daß Lady Cameron unschuldig ist.«

»Danielle würde sie selbst dann noch für unschuldig halten, wenn wir sie im Bett des Königs fänden!«

Pierre wurde es immer unbehaglicher zumute. »Sie hat uns aber nichts getan! Als dieser Tarryton Margaret schlagen wollte, hat Lady Cameron es ihm verboten!«

»Aber sie ist freiwillig mit ihm gegangen?«

Pierre senkte den Kopf. »So sah es jedenfalls aus«, räumte er leise ein.

»Das genügt, Pierre«, erwiderte Eric. »Ich möchte, daß sie morgen nach meiner Abreise unverzüglich nach Frankreich gebracht wird! Zu diesem Zweck werde ich die *Good Earth* zur Verfügung stellen. Sie werden meine Frau begleiten. Cassidy auch.«

»Und Danielle?«

Eric zögerte einen Moment. »Sie kann sich ebenfalls anschließen.«

»Und wie lange werden wir dort bleiben?«

Eric seufzte. »Das kann ich noch nicht sagen. Ich werde mich mit dem Comte de la Rochelle besprechen, der ja am Hof von Versailles lebt. Wenn alles vorbei ist, werde ich kommen und meine Frau und euch alle abholen.«

»Und was wird in der Zwischenzeit aus Cameron Hall?«

»Richard wird hierbleiben und nach dem Rechten sehen. Er kennt sich in der Wirtschaft inzwischen ohnehin besser aus als ich.«

»Lady Cameron hat ebenfalls sehr viel für Cameron Hall getan, wenn ich das sagen darf.«

»Dann geht es vielleicht in der nächsten Zeit einmal nicht ganz so gut, aber das kann ich nicht ändern. In Ordnung?«

»Ja, Mylord.«

»Gute Nacht, Pierre!«

»Gute Nacht, Mylord!«

Rasch nahm Eric noch die Stellen in Augenschein, an denen Feuer gelegt worden war, doch der Schaden hielt sich tatsächlich in Grenzen. Vor der Schlafzimmertür verharrte er einige Augenblicke, bevor er leise die Tür öffnete und ins Zimmer trat.

Sobald sein Blick auf Amanda fiel, überfiel ihn eine Welle aus Leidenschaft, Begehren und heißer Wut und drängte jeden Gedanken an eine kühle Begrüßung augenblicklich beiseite. Das Badewasser dampfte noch, doch Amanda Sterling hatte sich bereits in ein großes Leinenhandtuch gehüllt und blickte gerade aus dem Fenster. Sie mußte den Luftzug gespürt haben, denn plötzlich fuhr sie herum. Sie wirkte sehr unschuldig, als sie Eric mit riesengroßen grünen Augen ansah und scheu ihr Tuch über der Brust zusammenraffte.

Wie Fremde standen sie einander gegenüber, bis Eric sich endlich bewegte. Er schloß die Tür ab und lehnte sich gegen die Füllung. »Nun, *Highness*, die Zeit der Abrechnung ist gekommen.«

Eine ganze Zeit wartete er, daß sie alles abstritt und ihre Unschuld beteuerte, doch als nichts kam, trat er mit spöttischem Lächeln näher. »Ja, Mylady, der Tag der Abrechnung ist da!«

Teil IV

Nur ein Leben

15. Kapitel

Wortlos starrte Amanda Eric an und konnte kaum glauben, daß er und dieser finster und bedrohlich dreinschauende Fremde ein und dieselbe Person sein sollten. Am liebsten hätte sie wieder ihre Unschuld beteuert, doch dazu hatte sie viel zuviel Angst und beobachtete nur gebannt, wie Eric sich auf einem Stuhl niederließ und leise stöhnend seinen Fuß auf den gegenüberliegenden Stuhl legte. Sie wagte kaum zu atmen und stand wie gebannt. Ihre Hände klammerten sich hilflos um das weiße Badetuch.

Nachdem Eric sich ein Glas Wein eingegossen und einen Schluck getrunken hatte, sah er sie durchbohrend an. »Hältst du ein Messer an deinem Busen verborgen, mein Schatz?« fragte er sehr sanft.

Sie schüttelte den Kopf. »Ich habe dir niemals den Tod gewünscht!«

»Nun, das habe ich etwas anders in Erinnerung.«

»Damals war ich wütend.«

»Gerade heute hast du doch mit dem Gewehr auf mich gezielt!«

»Wenn ich deinen Tod wünschte, würde ich kein Messer bei mir tragen, das du schließlich viel leichter gegen mich benutzen kannst!«

»Ah!« Sie haßte diese spöttisch überlegene Art. »Die arme kleine Amanda! Du hast ein beachtliches Talent, deine weibliche Schwäche ins Feld zu führen, sobald du in Schwierigkeiten bist.«

»Ich bin nicht in Schwierigkeiten! Ich bin an dieser Sache unschuldig!«

»Unschuldig?« höhnte er.

Ihre Finger krampften sich in das Tuch, bevor sie begriff, daß es tatsächlich so wirkte, als verberge sie etwas. Als Eric aufsprang, schnappte sie vor Entsetzen nach Luft, doch er riß ihr blitzartig das Tuch herunter. Nackt stand sie vor ihm und sah zu, wie sich seine Augen noch mehr verfinsterten. Am liebsten wäre sie davongelaufen, doch sie wollte keinesfalls feige sein. Trotzig warf sie den Kopf in den Nacken und bemerkte mit leisem Spott: »Keine Klinge, wie du siehst!« Mit verachtungsvollem Blick griff sie nach ihrem Tuch. »Wenn du mich jetzt bitte entschuldigen würdest.«

»Dich entschuldigen? Dachtest du, daß wir hier höfliche Konversation betreiben? Nein, mein Schatz, ich habe es satt, dich zu entschuldigen!« Seine Hände krallten sich um ihre Schultern, und er zwang sie, zu ihm aufzusehen. »Vom ersten Tag an war mir klar, daß du andere Überzeugungen hattest und Dunmore nach Kräften geholfen hast, aber es hat mir nichts ausgemacht. Seit unserer Hochzeit habe ich dich überwachen lassen, aber es ging mir nicht um Informationen, sondern allein um deine Sicherheit!« Ihm versagte die Stimme, weil er sich so sehr nach ihr gesehnt hatte. Und sie hatte ihn ausgerechnet dort hintergangen, wo er auf ihre Loyalität gehofft hatte. Der Kummer riß an seiner Seele, und er packte ihre Schultern nur fester. »Mein Gott, falls es eine Entschuldigung gibt, dann rede auf der Stelle, Amanda!«

»Ich habe es nicht getan!«

»Du lügst!«

»Nein!« Tränen stiegen ihr in die Augen, weil sie sich ihm nicht verständlich machen konnte. Sie hatte ihn gehaßt und gegen ihn gekämpft, doch diesmal war sie wirklich unschuldig, und außerdem liebte sie ihn. »Mehr weiß ich nicht zu sagen!« schrie sie. »Zerre mich doch vor ein Gericht oder hänge mich meinetwegen auf, aber laß mich endlich in Ruhe!«

»Dich in Ruhe lassen!« höhnte er, während er auf seine

beschmutzte, zerrissene Uniform wies. »Man hat mich aus New York zurückgerufen, weil meine Frau meinen Untergang plant! Vielleicht hast du das Haus ja selbst in Brand gesteckt!«

»Nein! Ganz im Gegenteil! Ich habe sie gebeten, Cameron Hall zu schonen. Statt dessen habe ich angeboten, freiwillig mitzugehen, wenn –«

»Halt den Mund!« fauchte er und hätte sie beinahe geschlagen. »Was hast du getan?«

»Ich habe angeboten, freiwillig mitzugehen, wenn Sie das Haus verschonen. Sie haben Wort gehalten, Eric –«

»Du bist tatsächlich freiwillig in Tarrytons Arme gelaufen? Offenbar hast du vergessen, daß wir verheiratet sind! Verschenkst dich ausgerechnet an Robert Tarryton! Die Armee und ich haben wahrlich Besseres zu tun, als die Hure eines Briten zu befreien!«

»Wie kannst du es wagen!« schrie sie ihn an, wobei ihr Tränen der Wut und Machtlosigkeit in den Augen standen. Als sie auf ihn losprügeln wollte, packte er sie nur mit machtvollem Griff und warf sie aufs Bett. Mit seinem Körper drückte er sie in die Kissen und blickte ihr unverwandt in die Augen, während er mit Daumen und Zeigefinger ihre Schläfen streichelte. »Wenn ich nachts wach lag, habe ich mir vorgestellt, wie du allein in diesem Bett liegst. Ich habe mir Vorwürfe gemacht, dich alleingelassen zu haben, doch Tag für Tag glaubte ich an deine Loyalität gegenüber dem Versprechen, das du mir gegeben hast. Ich habe davon geträumt, wie zauberhaft du nach dem Bad duftest und mich immer wieder gegen die Vorstellung gewehrt, daß Tarryton eines Tages seine Hände auf deine Brüste legen würde, wie ich das gerade tue.«

»Ich habe dich nie mit einem anderen Mann betrogen!« rief sie, aber innerlich bebte sie. »Ich kann Robert Tarryton nicht mehr ertragen, und das weißt du.«

»Ich weiß nur, daß du heute morgen freiwillig mit ihm fortgegangen bist.«

»Die Dienstboten –«

»Die Dienstboten lügen mich nicht an.«

»Aber ich –«

»Ja?« fragte er ärgerlich.

Sofort erstarb ihr die Liebeserklärung auf den Lippen. Aber die Worte hallten noch lange in ihrem Kopf. Es war zu spät. Eric würde ihr ohnehin nicht mehr glauben. »Ich habe es wirklich nicht getan«, sagte sie schließlich, doch Eric grinste nur höhnisch.

»Am liebsten hätte ich Tarryton umgebracht – und dich auch.«

»Eric –«

»Keine Angst, mein Schatz, aber so weit werde ich nicht gehen.«

»Laß mich los!«

Amanda wußte genau, daß Eric sie in diesem Moment haßte, genau wie sie dieses spöttische Lächeln nicht ertragen konnte. Und trotzdem spürte sie sein Gewicht auf ihrem nackten Körper – Liebe und Haß lagen wirklich sehr nah beieinander. Sie wollte fort von ihm, doch gleichzeitig empfand sie größtes Verlangen danach, ihm nahe zu sein, seine Hände und seine Lippen auf ihrer Haut zu spüren.

»Du vergißt, daß du meine Frau bist«, erinnerte er sie.

»Eine Frau, die du verachtest und der du nicht glaubst. Laß mich los!«

»Nein, ganz gleich wie dieser Krieg ausgeht – die heutige Nacht gehört jedenfalls mir!«

Sie wollte und durfte dem Fieber, das in ihr brannte, nicht nachgeben. Zwei Monate lang hatte sie Eric entbehren müssen, zwei Monate, in denen sie Cameron Hall verwaltet und bewahrt hatte – Tarryton hatte alles kaputtgemacht. Seitdem spürte sie Erics Haß in jeder Berührung, in jedem Blick. Sie öffnete die Lippen, um etwas zu sagen, doch dann schwieg sie doch lieber, weil Eric sie so eindringlich ansah und sie seine Gedanken nicht erraten konnte.

Während Erics Hände über Amandas Wangen streichelten und er ihr schön geschnittenes Gesicht und ihre

Lockenpracht mit bewundernden Blicken streifte, dachte er an die unendlich vielen Nächte, in denen er sie im Traum im Arm gehalten hatte. Ihre Kraft und ihre Lebenslust hatten ihn immer wieder fasziniert, und jetzt – jetzt lagen ihre Lippen leicht geöffnet direkt vor ihm. Und ihm war klar, daß er sie heute Nacht besitzen würde, daß er ohne die Erinnerung an diese Stunden den kommenden Tag nicht überstehen würde.

Sein Mund kam näher und näher. »Nein! Nicht! Tu es nicht!« protestierte Amanda. »Nicht so! Nicht, wenn du mich gar nicht liebst!«

»Seit wann ist dir Liebe wichtig? Nicht einmal bei unserer Hochzeit war davon die Rede, und auch dann nicht, als du die Karte in meiner Bibliothek gefunden und deinem Vater gegeben hast, und erst recht nicht bei diesem letzten Verrat!«

»Aber das habe ich nicht getan, Eric! Sei kein Narr und hör auf mich! Vielleicht bin ich ja an vielem schuld, aber – Ach, du verstehst gar nichts! Sie hatten doch Damien –«

»Wovon sprichst du?« fragte er in scharfem Ton.

Amanda schluckte einige Male. »Mein Vater hat mich immerfort mit Damien erpreßt. Anfangs hat er gedroht, ihn zu verhaften und zu hängen, doch dann hatten sie ihn ja wirklich gefaßt! Das Pferd! Erinnerst du dich, wie es in der Neujahrsnacht vergiftet wurde? Mein Vater hätte bestimmt nicht gezögert, Damien dasselbe anzutun!«

»Aha, aber Damien ist schon eine ganze Zeit lang frei!«

»Genau das versuche ich dir ja klarzumachen! Es muß noch eine andere Spionin geben! Ich bin es jedenfalls nicht gewesen!«

Er lächelte. »Eine hübsche Geschichte!«

»Eric, bitte –« Sie versuchte, unter ihm wegzurutschen, doch dadurch wurde sie nur näher an ihn gepreßt. Sie zitterte vor Begierde, und gleichzeitig haßte sie sich, weil ihr Stolz und Vernunft völlig gleichgültig waren, solange er sie nur in den Armen hielt. »Wir können es nicht tun!«

»Aber du bist meine Frau!«

»Die dich betrogen hat, wie du behauptest.«

»Heute nacht zählt das nicht.«

»Nein, Eric!« Sie war den Tränen nahe, doch als sie sein erregt pulsierendes Glied durch den Stoff seiner Uniform fühlte, summte ihr das Blut in den Ohren. Aber gleichzeitig wehrte sie sich wie eine Verrückte. »Eric, nein!«

Plötzlich grinste er provozierend. »Aber Mady! Möchtest du denn gar nicht, daß ich dir verzeihe?«

Augenblicklich hielt sie inne und befeuchtete ihre Lippen. »Wie bitte?«

»Vielleicht werde ich es ja tun.«

Mißtrauisch sah sie ihn an. »Du willst wirklich, daß ich dich auf diese Art um Verzeihung bitte?«

»Es wäre zumindest ein Anfang«, entgegnete er und lachte.

»Ich käme mir vor wie eine Hure, die ein Geschäft machen will. Nein, Eric! Niemals –«

In heißem Verlangen preßten sich seine Lippen auf ihren Mund. Zuerst versuchte Amanda, sich zu wehren, doch als seine Zunge ihre Lippen und dann auch ihre Zähne auseinanderdrängten, versank sie augenblicklich in einer Welle heißer Leidenschaft, die alle Gedanken ausschaltete. Sie liebte ihn, und sie konnte weder ihm noch sich selbst widerstehen.

Zitternd vor Gier glitten seine Hände über ihre Haut, erforschten ihren Körper, bis schließlich seine Lippen seinen Händen folgten. Sie schnappte nach Luft, als er ihre Brustwarzen umschloß und mit seiner Zunge badete. Irgendwann stellte sie fest, daß sie Eric längst umschlungen hatte.

»Gib dich mir ganz, mein Liebes!« flüsterte er an ihrem Ohr, während sein vibrierender Körper sich hart gegen den ihren drängte. »Erfülle mich mit deiner Schönheit, mit dem Zauber dieser Nacht.«

In diesem Augenblick war alle Zwietracht vergessen. Die ganze Welt war versunken, nur der salzige Windhauch vom Fluß berührte Amandas Körper, wo Eric ihn nicht bedeckte, und sie dachte daran, wie lange es her war, seit sie zum letzten Mal so umschlungen auf dem Bett gelegen hatten. Ohne jede Gegenwehr ergab sie sich seinen streichelnden Händen, seinen Lippen, seinen Zähnen, seiner Zunge, die immer hemmungsloser über ihren Körper glitten. Irgendwann erhob sich Eric, und Amanda beobachtete ihn aus den Augenwinkeln. Doch er zog sich nicht aus, wie sie angenommen hatte, sondern packte ihren Fuß und liebkoste die Wölbung und die Zehen. Dann wanderten seine Lippen über die Innenseite ihres Schenkels, bis seine Schultern ihre Beine spreizten und seine Zunge tief in ihre Scham eintauchte. Ein heftiges Zucken durchlief Amanda, ihre Hände krallten sich in seine Haare, und ihr Kopf rollte unruhig von einer Seite auf die andere. Immer heftiger wurden ihre Bewegungen, bis nur noch wildes Stöhnen und laute Lustschreie aus ihrem sich aufbäumenden Körper hervorbrachen. Ohne Rücksicht reizte Eric sie weiter und weiter, und als sie am Ende ihrer Kräfte war, löste er sich plötzlich von ihr.

Diesmal zog er sich aus, aber wenige Augenblicke später war er schon wieder über ihr und drang in ihren weichen, zuckenden Körper ein. Die Arme hatte er aufgestützt, so daß Amanda seinen wilden, verbissenen Gesichtsausdruck sehen konnte, als er immer wieder in sie hineinstieß. War das Liebe – oder Haß? Die Leidenschaft raubte ihr schließlich die Sinne, und als sie Sekunden später zitternd und erschauernd in seinen Armen lag, spürte sie deutlich, wie Eric sich mit einem gewaltigen Stoß in ihr entlud.

Zart küßte er ihre Lippen, bevor er von ihr herunterrollte und sie in seine Armbeuge bettete. Als Amanda etwas sagen wollte, verschloß er ihr mit dem Finger den Mund. »Nein, nicht heute nacht.«

»Eric, hör mir doch bitte zu!« rief Amanda verzweifelt. »Ich – ich liebe dich!«

Sofort verkrampften sich alle seine Muskeln, so daß

Amanda regelrecht Angst bekam. »Bitte! Laß diese Spielchen!« stieß er unmutig hervor.

»Aber das ist kein Spiel, Eric!« entgegnete sie mit tränenerstickter Stimme.

Heftig stieß er die Luft aus. »Wenn ich dir doch nur glauben könnte!« seufzte er.

»Bitte –«

»Ich will nichts mehr davon hören! Du kannst es mir höchstens beweisen!«

Amanda lag stocksteif da, doch schon nach wenigen Augenblicken riß Eric sie mit einem tiefen Stöhnen in seine Arme und küßte ihre schweißnasse Haut. Wieder überkam sie das Verlangen, und wieder liebten sie sich. Diesmal waren Amandas Hände überall. Ihre Haare kitzelten seinen nackten Bauch, während sie sein Glied fand und streichelte. Sacht berührte sie es mit der Zungenspitze, bevor ihre Lippen es umschlossen und sie es schließlich mit ihrer Zunge streichelte.

Nachdem ihre Leidenschaft abgeebt war, hielten sie einander eng umschlungen und sanken in einen tiefen, traumlosen Schlaf. Als Amanda am nächsten Morgen die Augen öffnete, stand Eric bereits angezogen am Fenster und hatte offenbar nur auf ihr Erwachen gewartet. Instinktiv erspürte sie die veränderte Atmosphäre und zog die Decken ängstlich bis ans Kinn. Als Eric sich endlich zu ihr umwandte, blickten seine Augen kühl und fremd.

»Du gehst fort«, stellte sie fest.

»Wir müssen Lord Dunmore verfolgen, wie du weißt.«

»Ja«, hauchte sie. »Muß ich – muß ich mich als Gefangene betrachten?«

Als er den Kopf schüttelte, schöpfte Amanda für Sekunden Hoffnung. Wenn sie nur genug Zeit hätten, könnte sie ihm vielleicht erklären, daß sich in ihrem Herzen nichts geändert hatte. Sie war seine Frau und spürte deutlich, wie sehr sie zu ihm gehörte. »Dann bin ich also frei?«

»Nein.«

»Wie bitte?«

Eric durchquerte den Raum und legte seine Waffen an. »Du wirst nach Frankreich reisen.«

»Nach Frankreich? Nein, Eric!«

»O doch!«

Hastig schlang Amanda eine Decke um ihren Körper und sprang aus dem Bett. Dabei verlor sie das Gleichgewicht und stolperte genau in Erics Arme. »Eric, ich bitte dich! Laß mich hierbleiben! Ich habe dich nicht hintergangen, und ich werde es auch nicht –«

»Leider kann ich dir nicht glauben«, erklärte er mit tonloser Stimme. »Ich verzeihe dir zwar, doch ich traue dir nicht!«

»Nach Frankreich gehe ich nicht! Dann fliehe ich nach England!« drohte sie, während ihr die Tränen aus den Augen tropften. Er wollte sie loswerden!

»Das wird dir nicht gelingen, denn du wirst nicht allein sein.«

»Eric –«

»Hör auf! Das Betteln nützt nichts! Dieses eine Mal wirst du mir gehorchen! In Frankreich kannst du unserer Sache nicht schaden. Zieh dich jetzt an. Deine Begleiter werden jeden Augenblick kommen.«

»Welche Begleiter?«

»Cassidy, Pierre und Jacques Bisset.«

Bisset! Ihm würde sie nie entwischen können! »Das kannst du doch unmöglich tun!« beschwor ihn Amanda noch einmal und klammerte sich an ihn. »Eric, ich habe es wirklich nicht getan! Du bist dumm, wenn du mir nicht glaubst! Diese Person wird dir bestimmt wieder schaden!« Als er nicht auf sie hörte, sondern sie nur von sich wegdrängte, wurde sie wütend. »Verdammt, ich werde dich hassen und dir das niemals verzeihen!«

»Sei ganz ruhig, mein Schatz! Vielleicht falle ich ja Dunmore in die Hände. Wirst du dann weinen – wo du mich doch so sehr liebst?«

»Oh, Eric! Bitte schicke mich nicht fort!«

Wortlos nahm er sie auf die Arme und legte sie aufs Bett, aber als er ihre smaragdgrünen, in Tränen schwimmenden Augen auf sich gerichtet fühlte, wäre er beinahe schwach geworden. Wie gern hätte er ihren Beteuerungen geglaubt, doch nach dieser traurigen Erfahrung durfte er es nicht noch einmal riskieren. Dafür standen zu viele Menschenleben auf dem Spiel. Lächelnd beugte er sich zu ihr hinunter und konnte nicht widerstehen, sie noch einmal zu küssen. Dabei strichen seine Hände über ihren Körper, als ob er sich jede Einzelheit einprägen wollte. Schließlich riß er sich los. »*Au revoir*, mein Liebes!« sagte er knapp, bevor er auf dem Absatz kehrtmachte und fluchtartig das Zimmer verließ.

Voller Verzweiflung stürzte Amanda ihm nach. »Eric!« hörte er sie rufen. Als er nicht antwortete, hämmerte sie fluchend gegen das Holz der Tür und schließlich hörte er sie weinen. Energisch straffte er seine Schultern. Wenigstens war sie in Frankreich weit von Tarryton entfernt und somit in Sicherheit. Vor ihm lagen schwierige Aufgaben. Zunächst mußte er Lord Dunmore die Stirn bieten und dann so schnell wie möglich zu Washington zurückkehren. Der Continental Congress konnte jeden Tag zusammentreten und die Freiheit der Kolonien verkünden. Eric war sehr stolz, daß ein Virginier wie Thomas Jefferson an der Unabhängigkeitserklärung mitarbeitete.

Eric hatte seine gesamte Existenz für dieses Ziel aufs Spiel gesetzt und nicht die Absicht, alles zu verlieren. Falls er den Briten in die Hände fiel, würden sie ihn mit Sicherheit hängen, dachte er, und seinem alten Freund Dunmore dürfte dafür kein Ast zu hoch sein! Wie wunderbar wäre es doch, wenn Amanda dieselben Ziele hätte wie er, oder wenn sie ihn wenigstens liebte! Am liebsten wäre er umgekehrt und hätte sie noch einmal gestreichelt, doch zu guter Letzt besann er sich und ging die Treppe hinunter.

Vor der Haustür erwartete ihn Cassidy mit seinem Hengst. »Ich habe eine Flasche Whiskey in die Satteltasche gepackt. Wahrscheinlich werden Sie sie heute abend brauchen können!« Eric nickte. »Ja, das mag sein, aber vorher gibt es eine Menge Arbeit!« Er schwang sich in den Sattel und blickte zu Cassidy hinunter. »Sie werden sie nach Frankreich begleiten?«

»Sie können sich auf mich verlassen, Mylord!«

Da beugte sich Eric hinunter und schüttelte seinem schwarzen Diener die Hand. »Ich danke Ihnen, Cassidy, und Pierre ebenfalls. Mir ist es wichtig, daß Jacques auch mitkommt.«

Cassidy nickte. »Jacques wird sie wie seinen Augapfel hüten. Er ist Lady Cameron sehr ergeben.«

»Das will ich auch hoffen«, murmelte Eric.

»Mylord?«

Nach kurzem Zögern beugte sich Eric noch einmal zu Cassidy hinunter. »Ich glaube, daß sie seine Tochter ist«, sagte er und lachte herzlich, als Cassidy verblüfft dreinschaute. »Bewahren Sie Stillschweigen!«

»In Ordnung!« stimmte Cassidy zu. »Soll das heißen, daß Lord Sterling –«

»Er ist ein wahres Monster!« war alles, was Eric dazu sagte. »Ich werde so bald wie möglich nachkommen, doch Gott allein weiß, wann das sein wird. Falls ich getötet werde –«

»Bitte sagen Sie so etwas nicht!«

Doch Eric winkte ungeduldig ab. »Es ist nur noch eine Frage der Zeit, bis die Unabhängigkeit und damit der Krieg erklärt werden wird. Virginia wird zu den ersten gehören, und im Krieg wird nun einmal gestorben! Also: Falls ich getötet werde, sollen Sie sich um meine Frau kümmern, denn ich liebe sie von Herzen.«

»Sie können sich auf mich verlassen«, versicherte Cassidy mit ernstem Gesicht.

Eric salutierte und ritt dann über die Wiese hinunter zum Ufer, wo seine Männer kampiert haben. Er wagte nicht, sich umzudrehen, denn er wußte, daß er schwach werden würde, wenn er ihr Gesicht am Fenster sähe.

16. Kapitel

Während der ersten Julitage wurde Dunmores kleine Flotte gegenüber von Gwynn's Island vernichtend geschlagen. Später erfuhr man, daß bereits der erste Schuß die Kabine des Gouverneurs getroffen hatte, bei der zweiten Salve waren einige Soldaten umgekommen, und beim dritten Einschlag war Lord Dunmores Porzellan zu Bruch gegangen. Wer konnte, machte sich davon, und Eric überlegte flüchtig, ob Nigel Sterling und Robert Tarryton wohl zu den Verletzten oder Getöteten gehörten. Für den Augenblick war die Bedrohung jedenfalls vorbei, und alle atmeten erleichtert auf.

In den Nächten lag er häufig wach und erinnerte sich an Amandas Gesicht, ihre Augen und an ihre verzweifelten Unschuldsbeteuerungen. Aus Wut hatte er nicht zugehört, doch nun, da Dunmore endgültig vertrieben war und auch der britischen Armee bei Charleston von den Kolonisten erhebliche Verluste beigebracht worden waren, bereute er seine Sturheit. Anstatt sich auf dem schnellsten Weg nach New York zu begeben, beschloß er, noch einmal nach Cameron Hall zu reiten. Vielleicht war Amanda ja noch nicht fort, und er konnte sie anhören und vielleicht sogar einige seiner schrecklichen Anschuldigungen zurücknehmen.

Frederick blieb weit zurück, so sehr beeilte Eric sich, doch als er sich dem Haus näherte, sank sein Herz. Auf den ersten Blick hatte er vom Hügel herab die leere Anlegestelle gesehnen. Demnach war die *Good Earth* unterwegs nach Frankreich. Trotzdem ging er noch kurz ins Haus, wo ihn Richard und einige Hausmädchen begrüßten. Während er langsam die Treppe nach oben stieg, fühlte er sich plötzlich grenzenlos einsam. Ohne Amandas Stimme, ihr Parfum und das Rascheln ihrer Röcke war das Haus seltsam leer und seelenlos.

»Lord Cameron!«

Hastig drehte er sich um und sah, wie Frederick durch

die Tür hereinstürmte. »Lord Cameron! Die Unabhängigkeit! Der Continental Congress hat tatsächlich die Unabhängigkeitserklärung verlesen, und jetzt wird sie noch in allen Zeitungen abgedruckt! Wir sind freie und unabhängige Bürger!«

Erics Hand umklammerte das Geländer. Bis zu diesem Tag hatten sie wahrlich einen weiten Weg zurückgelegt. Nun ließ sich das Rad der Geschichte hoffentlich nie mehr zurückdrehen! Heftiges Zittern erfaßte ihn, und er war zutiefst dankbar, daß er diese Nachricht ausgerechnet hier, in Cameron Hall, erhalten hatte. Jetzt wußte er wieder, daß sich der Kampf lohnte!

Rasch lief er die Treppe hinunter. »Richard! Brandy, und zwar den besten. Kommt alle her! Wir wollen anstoßen! Auf die – auf die Freiheit!«

Daß sich der Kampf lohnte –

Die Bedeutung dieses Satzes traf Eric mit voller Wucht, als er nach New York zu Washington zurückkehrte. Die Briten unter Howe hatten inzwischen zweiunddreißigtausend Mann in Staten Island zusammengezogen, von denen sich rund zwanzigtausend mit der Hälfte der Colonial Army Ende August eine Schlacht auf Long Island lieferten. Das Kriegsglück war leider mit den Briten, so daß Washington seine Männer von Long Island zurückziehen mußte. Nach und nach mußten sie auch Stützpunkt um Stützpunkt räumen, doch es gelang Washington immerhin, den Vormarsch der Briten ganz beträchtlich zu verlangsamen.

Ende September befand sich Eric gerade in Washingtons Zelt und studierte mit ihm die Karten von New York und New Jersey, als eine Nachricht eintraf. Während Washington las, wurde er blaß und sank förmlich in sich zusammen. »Sie haben meinen jungen Spion gefaßt!«

Eric konnte sich daran erinnern, daß Washington unter einigen tapferen jungen Männern einen Freiwilligen gesucht hatte, der die britischen Positionen ausspionieren sollte. Ein junger Mann namens Nathan Hale hatte sich gemeldet und sich als holländischer Lehrer getarnt.

Washington rieb sich heftig die Stirn. »Er war höchstens einundzwanzig! Er ist verraten worden, und Howe hat ihn aufgehängt.« Mit einem tiefen Seufzer blickte er wieder auf das Blatt. »Seine letzten Worte waren – hören Sie nur, Eric, wirklich eindrucksvoll – ›Ich bedauere zutiefst, daß ich nur ein Leben habe, um es für dieses Land zu opfern.‹ Ein Leben. Mein Gott!«

»Es ist Krieg«, erinnerte ihn Eric nach einer langen Pause.

»Ja, es ist Krieg, und wir werden noch viele verlieren –. Aber dieser junge Hale! Daß ein so mutiger Mensch so grausam sterben muß!«

Grausam. Ja, das stimmt, dachte Eric, als er am folgenden Tag seine Truppen anführte. Aber nicht nur grausam. Nathan Hales Worte hatten unter den Männern die Runde gemacht, und man sagte sie weiter. Dieser junge Mann hatte einer ganzen Armee förmlich Flügel verliehen und damit die Unsterblichkeit gewonnen!

Nachts träumte er, wie unendlich viele Männer in schwarzem Pulverqualm ums Leben kamen, und mitten aus diesem schwarzen Nebel blickten ihn Amandas vorwurfsvolle Augen an. Hale war verraten worden. Was wäre, wenn Amanda damals tatsächlich die Wahrheit gesagt und sie das alles jemand anderem zu verdanken hätten? Stöhnend erwachte er und wußte, daß er auch heute wieder Männer in den Tod führen würde.

Am achtundzwanzigsten Oktober kam es zur Schlacht bei White Plains, wo sich die Amerikanische Armee erst nach verblüffend entschlossenen Gefechten und dem Einsatz von Verstärkungen den Briten geschlagen gab. In diesen Tagen fand Eric häufig Trost in der Gesellschaft von Sir Thomas und Anne Marie, die sich nicht nur um ihren Vater sondern auch aufopfernd um die Verwundeten kümmerte. Gelegentlich aß er bei ihnen, und eines Abends während eines kleinen Spaziergangs fiel ihm

Anne Marie urplötzlich um den Hals. Eric erwiderte ihren Kuß mit hämmerndem Herzen, doch als sie seine Hände auf ihre Brüste legte, wich er zurück und streichelte ihr sanft über die Wange.

»Ich bin ein verheirateter Mann, Anne Marie, und als Geliebte sind Sie mir einfach viel zu schade!«

»Und wenn mir das nichts ausmacht?« flüsterte sie.

Eric blickte sie nur schweigend an. Anne Marie hatte ihn auch so verstanden. »Früher wollte ich immer zuerst heiraten, doch jetzt ist mir das so herzlich gleichgültig. Aber Sie haben natürlich recht, Eric. Fahren Sie lieber nach Frankreich und holen Sie Ihre Frau zurück. Ich kann mir nicht denken, daß sie Sie so gänzlich betrogen hat!«

Eric legte Anne Maries Hände ineinander. »Das kann ich nicht, Anne Marie. Vielleicht ist es besser, wenn ich nicht mehr herkomme.«

Rasch legte sie ihm den Finger auf die Lippen. »Nein! Entziehen Sie mir Ihre Freundschaft nicht! Ich brauche Sie und auch Damien!«

»Der kleine Heißsporn! Er hat mir noch nicht verziehen und spricht nur dienstlich mit mir.«

»Wußten Sie, daß er verliebt ist?«

»Nein, ich hatte keine Ahnung!«

Reizende Grübchen erschienen auf Anne Maries Wangen. »Lady Geneva ist die Auserkorene. Ich glaube, das Ganze hat schon vor einiger Zeit in Williamsburg begonnen. Er hat schreckliche Sehnsucht nach ihr, und da er nicht zu ihr fahren kann, wird sie ihn besuchen.«

»Tatsächlich? Geneva liebt doch ihre Bequemlichkeit über alles!«

»Kennen Sie sie denn so gut?«

»Das ist lange her. Wahrscheinlich hat sie das Revolutionsfieber gepackt. Nun, die Zeit wird es weisen.«

»Das ist wahr«, bemerkte Anne Marie und küßte Eric schwesterlich auf die Wange. »Holen Sie Ihre Frau zurück, Eric!«

»Das kann ich nicht!« wiederholte Eric noch einmal und sah dabei so finster drein, daß Anne Marie verstummte.

Im November fiel Fort Washington im nördlichen Manhattan, und zweitausendachthundert amerikanische Soldaten gerieten in Gefangenschaft. Auch Fort Lee in New Jersey wurde aufgegeben, und dabei gingen leider auch eine große Anzahl Waffen verloren. Beim Rückzug durch New Jersey wurde Charles Lee, der die Nachhut befehligte, in der Nähe von Morristown mit viertausend Männern gefangen genommen.

Washington wurde blaß, als er die Nachricht erhielt, und zog sich auf der Stelle mit den verbleibenden dreitausend Mann in Richtung Süden über den Delaware nach Pennsylvania zurück. Der Continental Congress war bereits von Philadelphia nach Baltimore geflohen und betraute Washington unmittelbar mit weitreichenden Vollmachten.

Eric schlüpfte wieder in seine Indianerkleidung und kundschaftete die Stellungen der Engländer aus, wobei er unablässig an den unglücklichen Nathan Hale denken mußte. Mit der allergrößten Freude würden ihn die Briten hängen sehen. Doch er kam ungeschoren davon und konnte melden, daß General Howe sich sehr siegessicher mit dem größten Teil seiner Armee in New York und im südlichen New Jersey ins Winterquartier begeben hatte, um in aller Ruhe das Frühjahr abzuwarten.

Als Weihnachten langsam näherrückte, saß Eric mit anderen bei Washington und sah zu, wie dieser unruhig auf und ab stiefelte und immer wieder auf die Karten blickte. »Wir befinden uns in einer verzweifelten Lage, Gentlemen. Die Armee ist fast aufgerieben, und die wenigen Männer, die ich noch habe, sind des Kämpfens müde und wollen nach Hause. Ich habe allerdings einen Plan –«

Es war ein risikoreicher, verzweifelter und sehr gefährlicher Plan – aber gleichzeitig war er brillant! In der Weihnachtsnacht überquerten zweitausendvierhundert Männer fünfzehn Kilometer nördlich von Trenton in einem Schneesturm den Delaware, doch diesmal in der anderen Richtung. Es war bitterkalt und der Wind peitschte das Wasser so heftig, daß die aufspritzende Gischt zu winzigen Eisnadeln gefror. Washington stand eisern aufrecht im Boot, so daß die Männer folgen konnten und niemand die Orientierung verlor.

Im Morgengrauen überfielen sie die völlig überraschten Briten und nahmen mindestens eintausend schlaftrunkene Soldaten gefangen. Die Verluste waren auf beiden Seiten sehr gering, und die Amerikaner erbeuteten zahlreiche leichte Waffen und Munition. Die Freude währte jedoch nicht lange, denn bereits vierundzwanzig Stunden später näherte sich General Lord Cornwallis mit einer beträchtlichen Streitmacht der Position der Amerikaner, während weitere zweitausendfünfhundert Männer in Princeton auf seine Befehle warteten.

»Diese Schlacht können wir nicht bestehen«, brummte Washington. »Die Feuer vor den Zelten –«

»Lassen wir sie brennen?«

»Wir lassen sie brennen.«

Im Schutz der Nacht schlichen sie davon und überfielen die Verstärkung aus Princeton, die auf dem Weg zu Cornwallis war. Es war eine grausame Schlacht, doch diesmal blieben die Amerikaner Sieger und machten sich auf der Stelle auf den Weg nach Princeton, wo sie eine Menge militärischer Ausrüstung erbeuteten, bevor sie sich in Richtung Morristown absetzten.

In dieser Nacht gab es Anlaß zum Feiern.

»Sie werden noch als einer unser besten Kommandeure in die Geschichte eingehen«, bemerkte Eric zu Washington.

»Sobald ich wieder einige Schlachten verliere, wird man mich kreuzigen!«

»Mein Gott, mehr kann man wirklich nicht mehr tun!«

Lächelnd streckte der General die Beine aus. »Bis zum Frühling bin ich ein Held. Cornwallis muß sich aus dem westlichen New Jersey zurückziehen, weil wir seine Nachschublinien unterbrochen haben. Es wird Zeit, daß wir uns ein Quartier für den Winter suchen. Übrigens, ich habe einige Briefe für Sie!«

Sofort zitterten Erics Hände vor Aufregung. »Etwa von meiner Frau?« Washington schüttelte den Kopf. »Nein, aber aus Frankreich. Der eine ist von Ihrem Diener Cassidy und der andere von Mr. Franklin.«

»Franklin?«

»Ja, der arme Ben. Der Continental Congress hat ihn als Botschafter nach Frankreich entsandt, um die Franzosen für unsere Sache zu gewinnen. Wie es scheint, war es genau die richtige Wahl, denn offenbar sind alle vom Charme des alten Herrn begeistert.«

»Ja, er ist ein wirklich beeindruckender Mann«, entgegnete Eric, während er Cassidys Brief aufriß und kurz überflog. Demnach war alles zufriedenstellend verlaufen, doch Cassidy bat ihn trotzdem sehr eindringlich, nach Frankreich zu kommen. Als Eric feststellte, daß der Brief bereits im September geschrieben worden war, sah er Washington stirnrunzelnd an.

»Der Brief ist erst nach Virginia gegangen und dann von dort nachgeschickt worden«, erklärte Washington.

Eric nickte nur und wandte sich dem zweiten Brief zu. In wohlgesetzten Worten teilte ihm Franklin darin mit, daß er Vater wurde. »Ich finde es bedauerlich, daß das Kind nicht auf amerikanischem Boden zur Welt kommen kann, besonders da es einen so aufrechten, charaktervollen Mann zum Vater hat! Ich habe mich verpflichtet gefühlt, Sie über diese Neuigkeit zu informieren, da ich aus Unterhaltungen mit Ihrer Frau entnehmen konnte, daß Sie nicht korrespondieren.« So ging es weiter, doch Eric begriff nichts mehr. Endlich war wahrgeworden, was er so lange erträumt hatte – und ausgerechnet jetzt befand sich Amanda auf der anderen Seite des Ozeans! Er versuchte nachzurechnen, aber auch das wollte nicht gelingen. Im Juni hatte er sie zuletzt gesehen.

»Eric?« Washington war besorgt.

»Sie – sie bekommt endlich ein Kind!« stieß Eric hervor.

»Endlich?« Washington zog die Augenbrauen hoch. »Wenn ich mich nicht irre, sind Sie doch erst seit zwei Jahren verheiratet?«

»Drei«, verbesserte Eric ihn. »Ich habe schon befürchtet, daß wir –« Er verstummte und erinnerte sich an die Anschuldigungen, die er Amanda an den Kopf geworfen hatte. Er war nur froh, daß Jacques bei ihr war. »Oh, Gott!« stöhnte er.

Washington lehnte sich zurück und ließ seine Augen nachdenklich auf Eric ruhen. »Während des Winters wird ohnehin nicht allzuviel geschehen. Vielleicht könnte ich Sie ja mit einigen wichtigen Briefen nach Paris schicken, falls – falls Sie ein Schiff auftreiben können!«

Eric grinste. »Das ist keine Schwierigkeit. Ich werde einfach die *Lady Jane* nehmen. George, das werde ich Ihnen nie vergessen! Zum Ausgleich werde ich ein britisches Schiff mit einer Ladung Waffen kapern. Das verspreche ich!«

Washington beugte sich über seinen Schreibtisch. »Ich werde sofort die nötigen Papiere schreiben lassen.«

»Lady Cameron!«

Amanda hatte sich auf eine Bank in einem der kleinen Gärten in der Nähe des *tapis vert* gesetzt, das den grünen Mittelpunkt des Parks von Versailles bildete. Sie wollte eigentlich allein sein, doch als sie Franklins freundliche Stimme erkannte, strahlte sie wie immer. Er war ein wenig außer Atem, aber ein wirklich alter Mann war er nach ihrem Empfinden noch lange nicht, denn er besaß strahlend junge Augen, die von Ideen und Träumen erzählten.

»Hier bin ich, Mr. Franklin!« rief sie, damit er sie in ihrer versteckten Ecke auch fand.

»Guten Tag, meine Liebe!«

»Setzen Sie sich, falls noch Platz genug ist!« forderte ihn Amanda auf. Sie war inzwischen so umfangreich geworden, daß sie die ganze Bank auszufüllen meinte. »Wie geht es voran?« fragte sie ihren neuen Freund, nachdem er strahlend neben ihr Platz genommen hatte.

»Ah, nicht schlecht!« antwortete er. »Aber gut nun auch wieder nicht. Ich habe zwar schon einige Unterstützung gefunden und hoffe, daß ich auch den König überzeugen kann. Die Königin ist ganz auf meiner Seite.«

»Marie Antoinette? Sie ist doch regelrecht hingerissen von Ihnen, oder etwa nicht?« neckte ihn Amanda, denn es war allgemein bekannt, daß die Damen von Benjamin Franklins Charme ganz bezaubert waren.

Franklin seufzte. »Ach, wissen Sie, manchmal denke ich, daß sie eigentlich noch Kinder sind, die den Ernst der Lage gar nicht so richtig begreifen.«

»Man sagt, daß Louis sich allergrößte Mühe gibt, einmal ein kluger König zu werden. Das wird die Zukunft zeigen. Ach, sehen Sie nur, wie riesig dieser Palast ist! Man kann sich ja glatt verlaufen.«

Das stimmte wahrhaftig, und unter normalen Umständen hätte Amanda ihren Aufenthalt sicher genossen, doch im Augenblick fühlte sie nur Bitterkeit. Sie hätte nie gedacht, daß Eric einfach so wegreiten könnte, doch als sie ihm nachgesehen hatte, hatte er sich nicht einmal umgedreht. Und wie sehr hatte sie gehofft, daß er sich umschauen und vielleicht sogar zurückkommen würde!

Statt dessen hatte man sie aus ihrem eigenen Haus weggebracht, obwohl sie absolut unschuldig war! Auf der Überfahrt hatte sie heftig unter Seekrankheit gelitten, doch es hatte lange gedauert, bis sie den wahren Grund dafür entdeckt hatte. Ihre Stimmungen hatten entsetzlich geschwankt. Manchmal hatte sie Eric so sehr vermißt, daß sie fast verrückt geworden wäre. Doch kurz darauf hatte sie regelmäßig geschworen, ihm dies niemals zu verzeihen. Je mehr sie ihn verflucht hatte, desto mehr Angst hatte sie gehabt, daß der Teufel sie womöglich erhören würde!

Erst bei ihrer Ankunft in Frankreich war ihr klargeworden, daß sie ein Kind erwartete, einen Erben für Cameron Hall! Vor diesem Wissen verblaßten alle übrigen Gedanken, und sie hoffte nur, daß das Haus den Krieg überstand. Mittlerweile befanden sich die Kolonien im Krieg, nachdem sie sich zu dreizehn vereinigten Staaten zusammengeschlossen hatten.

Anfangs hatte Amanda ihr Wissen für sich behalten, doch als Danielle ihr Geheimnis erraten hatte, hatte sie ihren Schützling angefleht, unverzüglich an Eric zu schreiben. Doch so leicht wollte Amanda es ihm nicht machen. Womöglich hätte er ihr das Kind weggenommen! Wenn er sich tatsächlich überwinden und ihr nach Frankreich folgen sollte, dann würde er es noch früh genug erfahren! Aber es gab auch noch einen anderen Grund, dachte sie und erschauerte. Sie konnte nicht vergessen, daß er sie des Ehebruchs mit Robert Tarryton beschuldigt hatte. So kalt und so wütend hatte sie Eric noch nie erlebt, und sie war fest entschlossen, ihn zu hassen.

Aber so einfach war das nicht, denn Nacht für Nacht betete sie darum, daß er diesen Krieg überleben sollte. Die Nachricht über Nathan Hales Tod war bis nach Frankreich gedrungen, und Amanda hatte ebenfalls erfahren, daß sich die Armee langsam aber stetig zurückziehen müsse bis zu Washingtons großartigen Aktionen zur Jahreswende. Da sich Eric immer in Washingtons Nähe befand, durfte sie annehmen, daß er bisher alles heil überstanden hatte.

Bisher. Mittlerweile war es allerdings bereits März und für die Männer wurde es Zeit, wieder in den Krieg zu ziehen. Womöglich würde Eric sterben, ohne erfahren zu haben, daß er Vater wurde! Amanda rechnete täglich, vielleicht sogar stündlich mit der Geburt.

»Sie sehen aus, als ob Ihnen kalt wäre.« Franklin war ehrlich besorgt. »Vielleicht sollten Sie nicht so allein im Park herumspazieren.«

»Oh, ich bin keine einzige Sekunde allein, Mr. Franklin. Aber das dürfte einem Mann von Ihrer Scharfsichtigkeit doch nicht entgangen sein. Der Diener meines Mannes behält mich unentwegt im Auge, außerdem begleiten mich noch ein Akadier und meine Kammerzofe. Selbstverständlich ist auch der Comte de la Rochelle pausenlos um mich.«

Franklin nickte und tätschelte gleichzeitig ihre Hand. »Nun, meine Liebe, es hat ja auch Gerüchte gegeben, daß Sie mit den Briten sympathisieren.«

»Manches ist wahr. Lange Zeit hat man mich mit meinem Vetter erpreßt, doch am letzten Vorfall war ich absolut unschuldig. Zu diesem Zeitpunkt war mein Vetter bereits frei, und sie hatten nichts mehr gegen mich in der Hand. Ich habe nicht das Geringste verraten!« Vor lauter Aufregung war sie aufgesprungen. »Wenn doch wenigstens Sie mir glauben würden!«

»Ist ja schon gut. Beruhigen Sie sich!« Sofort war Franklin an ihrer Seite und zog sie sanft an der Hand zur Bank zurück. »Sie müssen vorsichtig sein und dürfen das Baby nicht so erschrecken! Machen Sie sich keine Sorgen, meine Liebe! Ich verstehe Sie sehr gut. Dieser Konflikt geht für viele von uns bis an die Wurzeln. Wenn Sie sagen, daß Sie unschuldig sind, dann glaube ich Ihnen!«

»So einfach?«

»Aber selbstverständlich. Ich kenne Sie doch inzwischen recht gut.«

Amanda mußte lachen. »Mein Ehemann sollte mich besser kennen!«

Franklin seufzte. »Er ist ein feiner Mensch, Lady Cameron. Sie dürfen nicht vergessen, daß er sich täglich neu im Kampf bewähren muß! Sie haben erwähnt, daß Sie nicht miteinander korrespondieren, doch ich bitte Sie inständig, ihm wenigstens nach der Geburt zu schreiben!«

Brüsk entzog ihm Amanda ihre Hände. Sie konnte den Gedanken nicht ertragen, daß er fallen und für immer von ihr gehen könnte. Der Schmerz packte sie plötzlich so heftig, daß sie sich vornüberbeugen mußte und keine Luft mehr bekam.

»Lady Cameron?« rief Franklin besorgt.

Amanda schüttelte den Kopf. »Es geht schon wieder.«

Da sie sich tatsächlich erholt zu haben schien, lächelte Franklin. »Ich muß Ihnen ein Geständnis machen, meine Liebe. Ich habe Ihrem Mann schon vor einer ganzen Zeit geschrieben.«

»Was?!«

»Ich mußte es einfach tun, meine Liebe! Sehen Sie, man hat mich vor kurzem im Auftrag meines Landes nach London geschickt, und in der Zwischenzeit ist meine Frau gestorben. Das Leben ist entsetzlich kurz, und vielleicht ist es irgendwann einfach zu spät. Verzeihen Sie –«

»Oh!« unterbrach ihn Amanda stöhnend. Wieder hatte sie der durchdringende Schmerz überfallen, und diesmal war klar, daß die Wehen begonnen hatten. Erschrocken sprang sie auf. »Mr. Franklin –«

Doch er stand bereits und hatte auch schon den Arm um sie gelegt. »Beruhigen Sie sich! Die erste Geburt kann viele Stunden dauern. Ich fürchte allerdings, daß ich nicht allzu viel –«

»Lady Cameron!« Als Cassidy und Jacques auf sie zustürzten, lächelte Amanda Franklin zu. »Sehen Sie, ich bin niemals allein!«

Und diesmal war sie froh, daß sie nicht allein war, denn die nächste Wehe ließ sie beinahe umsinken. Starke Arme hoben sie hoch, und sie blickte in Jacques' besorgtes Gesicht. »Ich danke Ihnen«, murmelte sie.

Es war ein weiter Weg bis ganz zum äußersten Ende des Palastes, doch für Jacques bedeutete seine Last keine Schwierigkeit. Der Comte de la Rochelle reagierte blitzschnell, als Jacques die Tür zu seinem Appartement aufstieß. »Danielle! Die Geburt hat begonnen! Rasch! Ich werde einen Arzt rufen lassen.«

Jacques trug Amanda bis in ihr Zimmer, wo Danielle bereits die Bettvorhänge zurückgezogen und die Decke abgenommen hatte. Nachdem er seine Last abgesetzt hatte, preßte sie seine Hand und wollte ihn um keinen Preis fortlassen. Doch Jacques beruhigte sie in seinem sanften Französisch und streichelte ihr flüchtig über die Stirn, bevor er mit guten Wünschen den Raum verließ.

Beim Auskleiden überfiel der Schmerz Amanda bereits wieder, so daß sie laut aufschrie.

»Halten Sie sich am Bettrand fest!« riet Danielle. »Wahrscheinlich wird es noch ein wenig schlimmer, bevor es dann besser wird.«

Danielle sollte nur zu recht behalten, denn stundenlang quälten Amanda die Schmerzen in immer kürzeren Abständen. Nur die Freude auf das Kind hielt sie aufrecht – endlich jemand, den sie lieben konnte und der sie brauchte! Irgendwann wurde es allerdings so schlimm, daß sie lieber gestorben wäre. Sie fluchte laut und schrie und wußte manchmal gar nicht recht, was sie alles sagte. Völlig erschöpft sank sie immer wieder in Halbschlaf und träumte, daß Eric Cameron sie beschimpfte. Heftig wies sie alle seine Beschuldigungen zurück, doch es war umsonst! Als Eric irgendwann ihr Kind auf den Armen hielt und es davontrug, schnitt ihr die Qual wie mit Messern durch den Leib.

»Nur ruhig, *ma petite*! Bald wird es besser!« In ihrem Dämmerzustand nahm Amanda ganz vage Danielles Stimme wahr.

Als sie das nächste Mal laut aufschrie, betupfte man ihre Stirn mit einem feuchten Tuch und strich ihr die Haarsträhnen aus dem Gesicht. »Nein!« schrie sie. »Er bekommt mein Kind nicht! Dieser verlogene Kerl. Er darf es mir nicht wegnehmen!«

»Falls du mich meinst, mein Liebes, kann ich dir versprechen, daß ich nicht die Absicht habe, dir das Baby wegzunehmen! Ich würde es nur gern endlich sehen!«

Entsetzt und ungläubig riß Amanda die Augen auf und glaubte zu träumen. Eric stand in voller Größe neben ihr und beugte sich mit einem feuchten Schwamm über sie. Das durfte doch nicht wahr sein. Daß er sie ausgerechnet so sehen mußte! Obwohl er in ganz sanftem Ton mit ihr gesprochen hatte, meinte sie, Bitterkeit und Kälte in seiner Stimme gehört zu haben.

»Nein!« flüsterte sie ungläubig.

»O doch!« entgegnete Eric und grinste. Wie in ihrem Traum trug er seine Uniform, allerdings hatte er die Jacke abgelegt und die Hemdsärmel über seine muskulösen Arme hochgekrempelt.

Es widerstrebte ihr zutiefst, daß er sie in diesem Zustand sah und womöglich nie mehr attraktiv finden würde. Doch als ihre Augen seinem Blick zum Fußende des Betts folgten, erblickte sie Danielle und den französischen Arzt. Sie mußte heftig schlucken, doch noch bevor sie etwas sagen konnte, wurde sie von einer neuen Wehe gepackt und schrie ihren Schmerz laut heraus.

Danielle beugte sich zu Erics Ohr. »Das geht nun schon länger als vierundzwanzig Stunden so! Ich weiß nicht, wie sie das aushält!«

»Es ist bald soweit!« verkündete der Arzt. »Jetzt muß sie sich anstrengen!«

Erics Arme umfaßten Amanda. »Geh weg!« bat sie ihn.

»Er hat gesagt, daß du pressen mußt, Amanda. Ich werde dir dabei helfen.«

»Aber ich will deine Hilfe nicht –«

»Tu genau, was er dir sagt!«

Auf einmal war es gar nicht mehr schwer, denn plötzlich empfand Amanda einen überwältigenden Drang. Als er jedoch nachließ, war Eric da und drückte sie nach vorn. »Pressen! habe ich gesagt!«

»Ich gehöre nicht zu deinen Soldaten!« japste sie und sog tief die Luft ein, als er sie endlich zurückfallen ließ.

»Los, los, das Köpfchen war schon fast da!«

»Los, Amanda!«

»Eric, bitte –«

»Pressen!«

Wieder gehorchte sie fast automatisch, und diesmal wurde sie mit dem Gefühl allergrößter Erleichterung belohnt. Das Kind war geboren, und der Arzt hob das winzige Wesen hoch.

»Ein Mädchen!« rief Danielle. »*Une petite jeune fille, une belle petite jeune fille!*«

»Oh!« stöhnte Amanda aufgeregt und glücklich zugleich, bis der Schmerz ganz plötzlich zurückkehrte und sie um ihr Leben fürchtete.

»Was ist los?« fragte Eric voller Panik.

»Der Schmerz –«

Der Arzt versorgte die Nabelschnur, und dann trug Danielle das kleine Mädchen fort. Amanda wollte noch etwas sagen, doch eine starke Wehe ließ sie aufstöhnen.

»Alors! Wir bekommen Zwillinge!« lachte der Arzt voller Erleichterung.

»Los, pressen!« kommandierte Eric, aber Amanda war völlig kraftlos. Kurz entschlossen nahm Eric sie in die Arme und zwang sie zum Pressen.

»*Bon, très bon!*« rief der Arzt begeistert und nickte Eric zu, worauf dieser Amanda eine Pause gönnte.

Mit geschlossenen Augen lehnte sie in seinen Armen, in denen sie einmal vor der Welt Schutz gesucht hatte. Doch jetzt waren sie einander fremd geworden. Aber Eric war gekommen, und er hielt sie! Er wollte ihr Kind!

»Diesmal ist es ein Junge, Lord Cameron! Ein kleiner Junge, aber er wird schon wachsen! Alles ist in Ordnung!«

Ein Sohn. Sie hatte eine Tochter und einen Sohn. Sie waren beide gesund, wie sie hörte. Gar zu gern wollte sie sie sehen, doch sie konnte ihre Augen einfach nicht öffnen!

»Amanda?«

Sie hörte Erics besorgte Stimme und fühlte seine Arme, doch sie konnte beim besten Willen nicht die Augen aufmachen.

»Sie waren phantastisch, Lord Cameron! Aber ihre Frau hat viel Blut verloren und ist sehr schwach. Sie braucht erst einmal Ruhe. Danielle versorgt Ihre Tochter, und ich muß Sie bitten, ihr zur Hand zu gehen und Ihren Sohn zu nehmen.«

»Meinen Sohn. Aber nur zu gern, Sir. Natürlich nehme ich meinen Sohn!«

Diesen Satz hörte Amanda noch ganz deutlich, doch dann versank die Welt um sie.

Sie mußte lange und tief geschlafen haben, denn als sie erwachte, war sie gebadet, frisch angezogen, und Danielle hatte ihr das Haar mit einem blauen Band aus der Stirn zurückgebunden. Als sie lautes Schreien hörte, blinzelte sie.

Danielle trat mit zwei Bündeln an das große Bett. »Ihre Tochter oder lieber Ihren Sohn?« neckte sie Amanda.

»Wenn ich das wüßte!« lachte Amanda und beschloß, die Kleinen ruhig noch einen Augenblick schreien zu lassen und sie erst einmal auszupacken und anzuschauen. »Oh, wie wunderschön!« Sie lachte, denn ihre kleine Tochter hatte eindeutig einen roten Schimmer in ihren Härchen, während ihr Sohn dunkle Haare hatte. Glücklich zählte sie sämtliche winzige Zehen und Fingerchen. »Oh, sie sind beide einfach wunderschön!«

»Nur ein bißchen klein. Lord Cameron wollte ursprünglich sofort aufbrechen, doch angesichts dieser Winzlinge hat er die Abreise verschoben.«

»Die Abreise?« stieß Amanda hervor.

»Natürlich, wir fahren nach Hause!« verkündete Danielle.

»Wir – wir alle?«

»*Mais oui!* Was denn sonst?«

Erlöst atmete Amanda aus. Natürlich, nicht einmal Eric würde seine zwei Kinder nehmen und seine Frau zurücklassen! Aber das änderte nichts an der Distanz zwischen ihnen.

»Sie sollten versuchen, beide zu stillen. Die Amme der Königin meint, daß sie dazu in der Lage sind.« Mit diesen Worten bettete Danielle ihr die Kinder in die Arme. Amanda schnappte nach Luft, als die beiden gierigen Mäulchen sich an ihren Brustwarzen festsaugten und ein herrliches Gefühl in ihrem Bauch hervorriefen.

»Sie sind so klein«, sagte sie, während sie mit dem Kinn den weichen Flaum eines Köpfchens berührte und vorsichtig mit dem Finger über die kleine Wange streichelte. »Ich hatte fast Angst um sie.«

»Pst! Gott wird sie schon beschützen. Freuen Sie sich lieber an Ihren Kindern!«

Als plötzlich die Tür ohne Klopfen geöffnet wurde, erstarrte Amanda und hätte am liebsten ihr Nachthemd zusammengerafft. Finster starrte sie Eric an, obwohl sie ihm am liebsten gesagt hätte, daß sie sich freute, daß er am Leben und daß er zu ihr gekommen war. Aber als sie ihm ihre Liebe eingestanden hatte, hatte er sie eine Lügnerin genannt, und diesen Fehler wollte sie nicht noch einmal wiederholen.

»Du hättest ruhig anklopfen können«, bemerkte sie nur.

»Das ist wahr, doch seit wann muß ich am Zimmer meiner Frau anklopfen?« Er blickte zu Danielle hinüber. »Mademoiselle, bitte –«

»Danielle!« schrie Amanda schrill, doch da war Danielle längst verschwunden.

Eric trat ans Bett und nahm seine kleine Tochter, die inzwischen erschöpft die Brustwarze losgelassen hatte und eingeschlafen war, und legte sie sich über die Schulter. Gegen das kleine Körperchen waren seine Hände gigantisch groß. »So macht man das doch, nicht wahr?«

Nervös knöpfte Amanda ihr Nachthemd zu und legte sich ihrerseits ihren kleinen Sohn über die Schulter und klopfte ihm zart den Rücken. Dabei waren ihre Augen unablässig bei Eric, der ganz vertieft seine kleine Tochter versorgte. »Ich würde sie gern Lenore nennen«, sagte er schließlich.

»Das war –«

»Der Name deiner Mutter, ja. Gefällt er dir?«

»Ja«, antwortete sie leise. »Und wie soll – unser Sohn heißen?«

»Jamie«, sagte Eric ohne langes Überlegen. »Mit einem Jamie Cameron hat alles angefangen, und dieser Jamie Cameron beginnt sein Leben in einem freien Land!«

»Der Krieg ist aber noch nicht gewonnen«, bemerkte Amanda düster. Als sie seinem kalten Blick begegnete, reckte sie trotzig ihr Kinn in die Höhe. »Nach allem, was du mir bei unserer letzten Begegnung an den Kopf geworfen hast, wundert es mich, daß du die beiden überhaupt als deine Kinder anerkennst!« Sie wußte nicht, was sie dazu getrieben hatte, denn eigentlich wartete sie doch so verzweifelt auf ein liebes Wort und hoffte, daß er seine Beschuldigungen zurücknehmen würde.

Kühl blickte er sie an. »Ich kann rechnen, Amanda.«

Ihr schossen die Tränen in die Augen. »Ich wünschte, sie wären nicht von dir!« log sie.

Erics Rücken wurde sehr gerade. »Und du hast behauptet, daß du mich liebst!« Langsam legte er seine Tochter in eine der Wiegen, die man neben Amandas Bett geschoben hatte, und trat dann zu ihr. Als er ihr über das Haar streicheln wollte, zuckte sie zurück, so daß er ihr nur den Sohn abnahm und ihn ebenfalls zum Schlafen legte. Dann trat er noch einmal neben das Bett. Er langte kurz in seine Tasche und nahm dann Amandas Hand, und während sie noch versuchte, ihm ihre Finger zu entziehen, steckte plötzlich ein großer Smaragd, der von vielen kleinen Diamantsplittern umrahmt war, an ihrem Finger. »Ich danke dir«, sagte er mit einer weichen Stimme, die ihr Herz erzittern ließ. Wie gern hätte sie die Hand ausgestreckt und seine Wange gestreichelt, doch sie wagte es nicht. »Ich wollte nicht so roh sein, doch ich warte immer noch auf den Tag, an dem ich Tarryton einmal gegenüberstehe! Du hast vergessen, daß ich dich einmal in seinen Armen überrascht habe!«

Unwillkürlich mußte Amanda lächeln. »Du hast mich aus ihnen gerettet, wenn ich mich recht erinnere!«

»Ja, das stimmt. Doch die Angst, daß du ihn immer noch lieben könntest, hat mich lange Zeit bis in meine Träume verfolgt. Ich danke dir für die Kinder und wünschte nur, sie wären zu Hause zur Welt gekommen!«

»Du hast mich ja hierher geschickt!«

»Und ich bringe dich jetzt wieder nach Hause. Aber du mußt mir schwören, daß du nichts mehr gegen mich unternehmen wirst.«

»Das habe ich nicht getan –«

»Es geht mir um die Zukunft.«

Sie senkte rasch den Kopf, weil sie fast in Tränen ausgebrochen wäre. Er glaubte ihr noch immer nicht! So wunderschöne Augenblicke hatten sie miteinander geteilt, doch er glaubte ihr trotzdem nicht! Sie wußte nicht, wie sie die Kluft überbrücken sollte. »Ich schwöre es«, sagte sie leise.

Mit den Fingerknöcheln fuhr er über ihre Wange und hielt inne, als er etwas sagen wollte. Doch im selben Augenblick wandte Amanda ihr Gesicht ab. »Es ist schon seltsam: als du mich geliebt hast, habe ich es nicht erwidert, doch seit ich mich in dich verliebt habe, bist du kühl und fremd geworden. Und jetzt ist alles tot, oder?«

Seine Hand sank herab und dann ging er zur Tür, aber bevor er in den Flur hinaustrat, drehte er sich noch einmal um. »Doch, es gibt noch etwas«, sagte er, und als sie die Augen hob, blickte er ihr mitten in die Seele. »Du irrst dich nämlich, mein Schatz. Von dem Augenblick an, als ich dich zum ersten Mal gesehen habe, habe ich dich geliebt und niemals damit aufgehört!«

Sekunden später fiel die Tür ins Schloß, und Amanda war allein.

17. Kapitel

Es dauerte einige Tage, bis Amanda Eric wiedersah. Wenn sie wach war, dachte sie unablässig an seine Worte, doch meistens schlief sie und erholte sich von der überstandenen Strapaze. Vom Comte de la Rochelle, von Benjamin Franklin und selbst vom König und von der Königin trafen Geschenke ein. Nach wenigen Tagen wurden die Kinder getauft, wobei Danielle und Benjamin Franklin als Paten fungierten.

Nach Ablauf der ersten Woche fühlte Amanda sich schon wesentlich kräftiger. Sie schmuste mit ihren Kindern und versuchte, Ähnlichkeiten zu erkennen. Doch dazu waren die Zwillinge wirklich noch viel zu klein. Jamie allerdings schien sie manchmal bereits mit den ernsten Augen seines Vaters anzuschauen. Sie war glücklich über ihre Kinder – und sie hatte Eric. Und er hatte gesagt, daß er sie liebte und schon immer geliebt hatte. Aber war das genug? Er war zwar gekommen, aber sie war ziemlich sicher, daß er ihr noch immer nicht traute.

Und er hielt sich von ihr fern. Er besuchte zwar täglich die Kinder, wie Danielle ihr berichtete, doch ansonsten konferierte er praktisch pausenlos mit französischen Ministern und verbrachte viele Stunden mit Mr. Franklin. Die Abreise war für Anfang April festgesetzt worden, damit Eric rechtzeitig zu den bevorstehenden neuen Auseinandersetzungen im Sommer und Herbst zurück sein konnte. Falls der junge Staat überhaupt so lange Bestand hatte! Manchmal machte es Amanda schon zu schaffen, daß sie ihre beiden Kinder der ungewissen Zukunft aussetzen sollte.

Eines Morgens schlug Amanda die Augen auf und sah, wie Eric mit ernstem Gesicht seine Kinder in der Wiege betrachtete. »Bist du einverstanden, wenn wir uns am ersten April auf den Heimweg machen?«

Sie nickte und wünschte nur, daß er sie nicht so unvorbereitet überfallen hätte. Ihr Haar war noch nicht gekämmt, und sie hätte doch so gern frisch und hübsch ausgesehen. Obwohl er ihr seine Liebe gestanden hatte, fühlte sie sich, als wären sie Fremde, die einander nur immer wieder flüchtig zwischen Kanonendonner und Gefechtslärm begegneten.

Rasch schlüpfte sie aus dem Bett und lief zu Eric hinüber. »Vielleicht sollten wir hierbleiben«, meinte sie, während sie ihm liebevoll die Hand auf den Arm legte.

»Was?« Er starrte ihre Hand wie einen Fremdkörper an, so daß Amanda sie augenblicklich sinken ließ. »Bist du verrückt geworden?«

Kopfschüttelnd wich Amanda einen Schritt zurück. »Ich fürchte mich! Die Briten haben eine mächtige Armee und reichlich Nachschub, die Kolonien dagegen –«

»Die Vereinigten Staaten von Amerika«, korrigierte er sie ein ganzes Stück sanfter.

»Wir können nicht einmal unsere eigenen Truppen bezahlen!« rief Amanda. »Falls wir diesen Krieg verlieren sollten –«

»Wir?«

»Wie bitte?«

»Du hast *wir* gesagt, mein Schatz! Gehörst du jetzt dazu? Hast du etwa die Seiten gewechselt?«

Unsicher und mißtrauisch sah sie ihn an. Sie kam sich, nur im Nachthemd und mit zerzausten Haaren, regelrecht winzig gegenüber ihrem großen Mann vor, den die Uniform noch eindrucksvoller erscheinen ließ. Völlig unvorbereitet fühlte sie Sehnsucht nach ihm, doch gleichzeitig bemühte sie sich, ganz kühl zu wirken. »In gewisser Weise habe ich meine Ansichten tatsächlich geändert, aber das habe ich nicht dir zu verdanken. Meine ausführlichen, langen Gespräche mit Mr. Franklin haben vieles bewirkt. Im Augenblick habe ich allerdings eher Angst.«

»Glaubst du, daß die Amerikaner es nicht schaffen werden?«

Errötend senkte Amanda den Kopf. »Bisher habe ich

nicht genau gewußt, was es bedeutet, jemanden zu lieben und ihn gleichzeitig auch schützen zu wollen.«

Eric schwieg einige Augenblicke. »Du weißt, daß ich nicht hierbleiben kann. Von Anfang an kanntest du meine Einstellung und wußtest, wie sehr mir die Freiheit dieses Landes am Herzen liegt.«

»Und du kanntest die meine«, erinnerte sie ihn leise.

»Ich hätte aber nie gedacht, daß –«, kopfschüttelnd ließ er den Satz unvollendet. »Wir wollen lieber nicht schon wieder darüber diskutieren.«

»Wenn wir darüber nicht reden können, brauchen wir über gar nichts mehr zu reden!« schrie Amanda aufbegehrend. Sofort versteifte sich Erics Haltung. Doch statt Amanda einfach in die Arme zu nehmen, verbeugte er sich nur kurz. »Ich lasse dich jetzt allein, denn ich nehme an, daß du Vorbereitungen für die Reise treffen mußt.«

Das Schloß von Versailles zu verlassen, fiel Amanda nicht besonders schwer, doch daß sie sich von Benjamin Franklin verabschieden mußte, machte ihr zu schaffen. Seine Freundschaft hatte sie durch die dunkelsten Tage ihres Lebens begleitet, und so küßte sie ihn impulsiv auf die Wange, bevor sie zu Danielle und den Zwillingen in den Wagen stieg. Natürlich würde sie auch den Comte nicht vergessen, der ihr eine Heimat gewährt hatte. Doch als die Peitsche knallte, existierte nur noch ihre fast kindliche Vorfreude auf Cameron Hall. Nach Erics Aussagen hatte sich der Krieg bisher eher im Norden der Vereinigten Staaten abgespielt, so daß Amanda Grund zu der Hoffnung hatte, das Haus unverändert vorzufinden. Eric hatte es vorgezogen, hinter dem Wagen zu reiten, und auch bei der Übernachtung im Gasthof hielt er sich fern von ihr. Jacques dagegen kümmerte sich aufopfernd um alles, und jedesmal wenn er am Bettchen der Zwillinge vorbeiging, betrachtete er sie mit solch bewundernden liebevollen Blicken, daß Amanda sich immer wieder fragte, welches Schicksal diesen Menschen geformt hatte.

Am fünften April befanden sie sich bereits auf hoher See. Eric hatte Amanda und den Kindern die geräumige Kapitänskajüte zur Verfügung gestellt und sich selbst in der Kabine des Ersten Offiziers einquartiert. Dieser wiederum mußte mit dem Mannschaftsraum vorliebnehmen. Anfangs fühlte Amanda sich ein wenig befangen, da die meisten der Matrosen bereits im vergangenen Juni an Bord gewesen waren, als die *Lady Jane* gekapert worden war. Da jedoch keiner der Männer ihr etwas nachzutragen schien, faßte sie sich bald ein Herz und brachte ihre Kinder an Deck, sobald es das Wetter zuließ. Auf dieser Überfahrt ging es ihr prächtig, und sie erholte sich zusehends. Es amüsierte sie besonders, wenn die erwachsenen Männer wie kleine Kinder um die Zwillinge herumhüpften und Grimassen schnitten. In solchen Augenblikken spürte Amanda immer wieder, wie Erics Blicke aus der Entfernung nachdenklich auf ihr und seinen Kindern ruhten.

Je näher sie den Gewässern vor Virginia kamen, desto häufiger schickte Eric Amanda und die Kinder unter Deck. Frederick, der Eric auf dieser Reise begleitet hatte, erklärte Amanda, daß sie auf dem Hinweg zwei britische Kriegsschiffe aufgebracht hatten.

»Nur zu gern hätte Lord Cameron Tarryton oder Sterling in die Finger bekommen –« Er verstummte, als er sich daran erinnerte, daß Nigel Sterling Amandas Vater war. »Verzeihen Sie, Mylady, aber der Überfall auf Cameron Hall –«

»Sie müssen sich nicht entschuldigen, Frederick. Was geschah mit den beiden Schiffen?«

»Wir haben sie mit einer Notbesatzung nach Charleston geschickt, wie Lord Cameron es mit George Washington besprochen hatte. Auf diese Weise hat er sich gewissermaßen die Zeit für die Reise nach Frankreich verdient. Natürlich möchte er nicht gerade jetzt in Schwierigkeiten geraten, da er sie und die Kinder an Bord hat!«

Am letzten Abend der Reise ließ Amanda die Zwillinge

in der Obhut von Danielle und stieg an Deck, um Eric zu suchen. Er lehnte an der Reling und starrte über das Meer in die Nacht hinaus. Der Sternenhimmel leuchtete so hell, daß sich seine Silhouette deutlich vor dem samtschwarzen Hintergrund abhob. Leise näherte sich Amanda ihm, und als sie ihn fast erreicht hatte, fuhr er herum und griff automatisch nach seiner Waffe. Erleichtert atmete er auf, als er sie erkannte, und Amanda begriff, wie sehr der Krieg und der Kampf sein Leben verändert hatte.

»Was gibt es, Amanda? Du solltest dich nicht an Deck aufhalten. Es ist zu gefährlich.«

»Du hast behauptet, daß es viel ungefährlicher geworden ist. Sonst hättest du mich und die Kinder wohl kaum mitgenommen. Außerdem kann ich es nicht leiden, wenn du mich wie deine Dienstboten herumkommandierst.«

Eric lächelte. »Du bist zwar meine Frau, aber gleichzeitig halten dich doch auch viele noch für eine Verräterin. Deine Stellung ist also nicht ganz ungefährdet.«

»In diesem Fall möchte ich dich nicht länger belasten.«

»Was soll das heißen?«

Amanda zuckte in gespielter Gleichmütigkeit die Achseln. »Ich nehme an, daß Sterling Hall noch steht. Ich werde meine Kinder nehmen und nach Hause gehen.«

»Den Teufel wirst du tun!«

»Lord Cameron!« tönte es in diesem Augenblick vom Ausguck. »Kriegsschiff voraus! Ein Engländer!«

»Verdammt!« fluchte Eric und fuhr herum. »Frederick, das Glas! Alarm an die Kanoniere! Können Sie die Zahl der Kanonen erkennen?«

»Höchstwahrscheinlich sechs.«

»Das können wir wagen«, murmelte Eric und erinnerte sich wieder an Amanda. »Geh in die Kabine, Amanda!«

»Eric –«

»Um Himmels willen, tu mir den Gefallen! Schließlich sind unsere Kinder dort unten!«

Amanda war kaum in die Kajüte getreten, als bereits eine Kanonensalve abgefeuert wurde, und das Schiff vibrierte. »Nehmen Sie Jamie!« rief Amanda, während sie selbst Lenore aus ihrem Bettchen nahm und das wimmernde Kind an sich drückte.

Keine Sekunde später erzitterte das Schiff. »Das war ein Treffer!« rief Danielle aufgeregt.

Gleich darauf wurde das Schiff so heftig erschüttert, daß Amanda das Gleichgewicht verlor und rückwärts zu Boden stürzte. Glücklicherweise gelang es ihr instinktiv, ihr Kind bei dem Fall zu schützen. Von überallher ertönte Schreien und Fluchen. Ganz offensichtlich hatten die ersten Briten das Schiff gestürmt. Amanda schloß die Augen, als der Gefechtslärm immer lauter wurde und man sogar Musketenfeuer hörte. Sie verkroch sich in die hinterste Ecke der Koje und deckte Lenore mit ihrem Körper. Dieser verdammte schreckliche Krieg! Wieviele solcher Kämpfe konnte ein Mann überstehen – und vor allem überleben?

Irgendwann war nichts mehr zu hören, und selbst als Amanda ihr Ohr an die Tür legte, war alles still. Sofort lief sie zu Danielle hinüber und drückte ihr auch noch Lenore in den Arm. »Ich bin gleich wieder da.«

»Amanda, bleiben Sie hier!«

Doch Amanda hörte sie schon nicht mehr. Keuchend stolperte sie an Deck, weil der Pulverdampf unerträglich in ihrer Lunge brannte. Unablässig mußte sie über gefallene Soldaten beider Seiten steigen, doch nichts konnte sie aufhalten. Es war so unnatürlich still! Und dann sah sie sie. Hinter dem Ruder waren einige Rotröcke mit den Kolonisten in heftige Zweikämpfe verwickelt. Unablässig suchten Amandas Augen nach Eric, bis sie ihn endlich entdeckt hatte. Er focht gerade mit einem jungen Sergeanten, als sich von hinten ein zweiter Mann an ihn heranschlich. Als Eric herumfuhr, um den Schlag aus dem Hinterhalt abzuwehren, traf ihn der andere so unglücklich, daß ihm die Waffe aus der Hand flog. Mit einem Aufschrei stürzte Amanda nach vorn.

»Amanda!«

Sie sah seinen fassungslosen Blick, sein Entsetzen und seine Angst um sie, doch da hatte sie seinen Säbel längst gepackt und ihm gereicht. Als der Griff in seine Hand glitt, hielten ihre Blicke einander für Sekunden fest, bevor er sich wie ein Besessener auf seine Gegner stürzte, sie täuschte und sie schließlich so manövrierte, daß er erst den einen und dann den anderen ausschalten konnte.

Nachdem es vorüber war, wandte er sich um und streichelte Amanda über die Wange. »Habe ich dir nicht befohlen, in die Kabine zu gehen?«

»Das habe ich doch getan!«

Er lächelte. »Du solltest aber auch dort bleiben!«

»Dann hätte ich dir aber nicht das Leben retten können.«

»Sicher, mein Schatz, das ist wahr!«

»Lord Cameron!« rief Frederick, während er quer über das Deck hinkte. »Das Schiff sinkt, und es schwimmen noch eine Menge Männer im Wasser!«

Erics Augen ließen Amanda nicht los, und er antwortete lächelnd: »Wir müssen sie herausfischen, auch wenn sie gleich darauf ins Gefängnis wandern!«

Während Frederick sich an die Arbeit machte, bat Eric: »Würdest du jetzt bitte wieder nach unten gehen?«

Diesmal nickte Amanda widerspruchslos und gehorchte.

Der Empfang an der Anlegestelle unterschied sich gewaltig von dem im vergangenen Juni. Alle waren zur Begrüßung erschienen, und Eric hob die Zwillinge hoch und nahm voller Stolz die Glückwünsche seiner Bediensteten und seiner Arbeiter entgegen. Amanda fuhr mit den Kindern und Danielle allein im Wagen zum Haus hinauf, denn Eric mußte sich noch um die Gefangenen kümmern. Tränen der Wiedersehensfreude glänzten in ihren Augen, während sie sich dem Haus näherten. Sie liebte diesen Besitz über alles und hoffte sehr, daß die Bewohner inzwischen anderen Sinnes geworden wären.

»Willkommen, Mylady!« Aufgeregt kam ihr Richard entgegen und nahm ihr die Kinder ab. »Es sind ja zwei! Das hat uns Lord Cameron aber nicht verraten! Der Kleine schaut seinem Vater ähnlich, nicht wahr? Sie müssen schrecklich müde sein nach dieser langen Fahrt! Kommen Sie, ich helfe ihnen!«

Lächelnd folgte Amanda Richard in die Halle des Hauses, wo Margaret still und bleich auf der untersten Treppenstufe wartete. Sie knickste und lief Amanda entgegen.

»Ich bin nur geblieben, Mylady, weil ich das Geld brauche, aber ich werde selbstverständlich gehen, wenn Sie das wünschen.«

»Sie müssen nicht gehen. Ich kann verstehen, daß Sie damals glauben mußten, ich hätte den Verrat begangen. Ich kann nur schwören, daß ich es nicht getan habe, und wenn Sie mir glauben wollen, können Sie gern hierbleiben.«

Margaret schluchzte. »Ich danke Ihnen, Mylady. Gilt dasselbe auch für Remy?«

Amanda erinnerte sich, wie er vor ihr ausgespuckt hatte, doch wie konnte sie den Diener verurteilen, wenn nicht einmal ihr eigener Ehemann ihr glaubte? »Ja«, gab sie leise zur Antwort, »er kann ebenfalls hierbleiben.« Mit diesen Worten wandte sie sich ab und folgte Richard und Danielle nach oben.

Man hatte das ehemalige Kinderzimmer wiederbelebt und mit Wickelkommode, Badewännchen und einem bezaubernden Kinderbett samt Moskitonetz ausstaffiert. »In diesem Haus hat es bereits einmal Zwillinge gegeben, Mylady«, erklärte Richard. »In kürzester Zeit werden wir auch die anderen Sachen herbeigeschafft haben!«

»Das ist wunderbar. Ich werde mich jetzt mit den Kindern für eine Weile zurückziehen.«

»Ich bin ehrlich froh, daß Sie wieder da sind, Mylady. Wir haben Sie wirklich vermißt!«

»Mir ging es ähnlich, Richard. Ich danke Ihnen.«

Nachdem Amanda die Kinder gestillt und schließlich

zusammen mit Danielle gebadet und ins Bett gebracht hatte, betrat sie zum ersten Mal seit langer Zeit wieder ihr gemeinsames Schlafzimmer. Erfreut stellte sie fest, daß Richard ihr eine Wanne mit dampfend heißem Wasser, französische Seife und ein großes Badehandtuch hatte bringen lassen. Daneben erwartete sie ein Silbertablett mit kleinen Erfrischungen und einer Flasche Wein. Voller Wonne ließ sie sich in die Wanne sinken, nachdem sie während der Überfahrt neun Wochen lang auf diesen Luxus hatte verzichten müssen. Anschließend wickelte sie sich in das große Tuch und setzte sich an ihren Frisiertisch, um sich die Locken auszubürsten.

Und genau in diesem Augenblick trat Eric ein und kam rasch zu ihr herüber. Mit angehaltenem Atem hielt Amanda still, als er neben ihr niederkniete und ihr langsam das Tuch abstreifte. Sofort packte sie unerträgliche Sehnsucht, und es wurde ihr mit einem Schlag klar, daß sie einander seit fast einem Jahr nicht mehr berührt hatten. Auch wenn zwischen ihnen nicht alles in Ordnung war, hätte sie es nicht geschafft, sich ihm zu verweigern. Sie war schließlich seine Frau, und sie spürte deutlich seine Sehnsucht. Instinktiv wußte sie, daß er nie eine andere Frau so begehrt hatte wie sie.

»Vielleicht sollte ich besser gehen«, murmelte er, während seine Finger ganz zart ihre Brüste liebkosten.

»Ich habe auf dich gewartet«, entgegnete Amanda einfach.

»Und ich bin der größte Dummkopf aller Zeiten.« Mit diesen Worten nahm er sie auf die Arme und trug sie zum Bett. Sekundenlang hielt er inne und ließ seine Augen über ihren hingestrecken Körper gleiten, bevor er sich mit einem unterdrückten Schrei über sie warf. Nie hatte er sie liebevoller gestreichelt, nie zarter geküßt, nie aufregender gereizt. Als sie schließlich nur noch stöhnte und mit heiserer Stimme um Gnade flehte, weil sie es nicht länger aushalten konnte, drang er so tief in sie ein, daß sie ihn erschauernd mit ihren Gliedern umklammerte.

Sie war so aufgewühlt, daß sie ihm fast eine Liebeserklärung gemacht hätte, doch in letzter Sekunde schreckte sie davor zurück und schrie ihre Sehnsucht, ihre Begierde nur laut heraus, als die Ekstase sie beide vereinte.

Schon der nächste Tag trennte sie wieder voneinander, da Eric sich um die Pflanzungen und sonstige Arbeiten auf seinem Besitz kümmern mußte. Doch nach dem Abendessen erwartete ihn eine sehnsuchtsvolle Amanda mit ihrem seidenweichen Körper, und sie liebten einander bis zum Morgengrauen.

Am darauffolgenden Tag mußte Eric wieder nach Norden aufbrechen, denn Washington rechnete täglich mit ihm. Wie es Tradition war, trat Amanda auf die Veranda, als Eric schon auf seinem Pferd saß, und reichte ihm den Pokal.

»Ich habe dieses Haus niemals verraten, Eric«, sagte sie schlicht.

Er beugte sich hinunter und küßte sie auf die Lippen. »Gib auf die Kinder acht, Amanda! Falls mir etwas zustößt, dann erhalte ihnen dieses Haus. Es ist schließlich ihr Erbe.« Dann küßte er sie ein weiteres Mal.

Tränen stiegen ihr in die Augen, während sie ihm nachsah. Es mochte sein, daß er sie liebte, aber er vertraute ihr noch immer nicht. »Ich liebe dich«, flüsterte sie, doch niemand hörte sie.

Im Dezember saß Amanda eines Tages auf dem obersten Balken der Pferdekoppel und sah zu, wie Jacques die Jährlinge trainierte. Als Danielle wild gestikulierend auf sie zueilte, sprang Amanda besorgt vom Zaun, doch gleich darauf erhellte sich ihre Miene, denn hinter ihr war Damien aufgetaucht. Mit einem schrillen Schrei rannte sie auf ihren Vetter zu und warf sich ihm halb lachend, halb weinend in die Arme. Übermütig wirbelte er sie einmal rundherum, bevor er sie absetzte.

»Damien! Ich kann es nicht glauben!« Erneut fiel sie ihm

um den Hals. Erst als sie zum Haus gingen und sie ihn in Ruhe anschauen konnte, fiel ihr auf, daß er ziemlich mitgenommen aussah. Seine Stiefel waren abgelaufen, und seine Uniform war bereits fadenscheinig.

Nachdem sie Damien zum Sitzen genötigt und ihm ein Glas Brandy eingeschenkt hatte, prostete er ihr zu. »Du bist zwar ein bißchen dünn und blaß, aber sonst bist du schöner denn je, meine liebe Kusine! Kann ich jetzt endlich meine neuen Verwandten sehen?«

»Danielle wird sie herunterbringen, sobald sie aufgewacht sind. Aber sag mir, wie es steht! Wie geht es – wie geht es Eric?«

Damien zog die Stirn kraus. »Wie es steht? Nun, eine gute Nachricht gibt es: Seit einiger Zeit befindet sich der Marquis de Lafayette in unseren Diensten, und ich muß sagen, daß wir von seinem Geschick sehr beeindruckt sind. So oft haben die Briten nun versucht, die Kolonien zu spalten, doch bisher ist es ihnen noch nicht gelungen. General Howe ist es mit Hilfe seines Bruders, dem Admiral, gelungen, Washington bis Philadelphia zurückzudrängen, aber wir haben jedes Stück Boden mit Zähnen und Klauen verteidigt. Inzwischen haben die Briten die Stadt besetzt und werden es sich den Winter über in den Häusern der Stadt bequem machen, während Washington mit seinen Männern in Valley Forge kampieren muß.«

»Und Eric?«

»Eric geht es gut«, antwortete Damien knapp.

Amanda wunderte sich und hakte nach. »Aber Damien, weshalb redest du so komisch? Ist etwas vorgefallen?«

Statt zu antworten, ging Damien zum Kamin hinüber und starrte lange in die Flammen. »Ich finde es schlimm, wie er dich behandelt hat.«

»Damien, ich habe ihn hintergangen.«

Irritiert fuhr Damien herum. »Wie bitte?«

Es tat Amanda zwar leid, doch irgendwann mußte er einmal die Wahrheit erfahren. »Den Verrat des Waffenverstecks hier in Cameron Hall hat jemand anderer zu verantworten, der die Virginier auch weiterhin hintergehen wird, wenn Eric mir nicht endlich glaubt. Aber –« Sie zögerte, doch dann faßte sie sich ein Herz, »Vater hat mich immer wieder mit dir erpreßt.«

»Mit mir?«

»Sie wußten von Anfang an, daß du Waffen aus dem Westen von Virginia nach Boston und Philadelphia geschmuggelt hast. Anfangs haben sie gedroht, dich zu verhaften und dich zu hängen. Außerdem haben sie dein Pferd vergiftet. Erinnerst du dich?«

»O Gott!«

»Und als sie dich tatsächlich gefangen hatten, drohten sie, dich zu quälen.«

»Oh, Amanda!« Er kniete neben ihr nieder und umfaßte ihre Hände. »Das tut mir so entsetzlich leid! Ich hatte ja keine Ahnung! Warum hast du nur soviel für mich riskiert?«

Sie tätschelte seine Wange. »Wie du weißt, mag ich dich. Du kannst es getrost vergessen, denn jetzt ist ja alles vorbei.«

Er stand auf und ging wieder zum Kamin zurück. »Nichts ist vorbei«, sagte er nach einiger Zeit.

»Was soll das bedeuten?«

»Du solltest den Winter bei deinem Mann im Lager verbringen.«

»Aber –«

»Washingtons Frau ist bereits dort, und du mußt auch kommen!«

»Man hat mich aber nicht gefragt«, entgegnete Amanda seufzend. »Eric traut mir noch immer nicht, und bestimmt fürchtet er, daß ich etwas verraten könnte.«

»Du mußt aber trotzdem kommen!« wiederholte Damien.

»Und weshalb?«

Er räusperte sich ausführlich. »Anne Marie ist auch dort.«

»Anne Marie Mabry?«

»Ja. Sie versorgt ihren Vater und kocht auch oft für Eric und –«

»Und?« Eiskalte Finger griffen nach ihrem Herzen. Wie kam er dazu, über sie zu richten, solange er – Anne Marie hatte Eric schon immer gemocht, dachte sie und erinnerte sich an die Nacht in Boston. Sie versuchte, ruhig und vernünftig zu bleiben. Wenn er eine andere Frau brauchte, dann sollte er das ruhig tun. Schließlich konnte sie ihn nicht überallhin begleiten, und sie konnte ihn auch nicht zwingen, sie zu lieben. Sie beschloß, sich Klarheit zu verschaffen, und wenn er sich für Anne Marie entschied, wollte sie wenigstens nicht länger zu Hause auf seine Rückkehr warten! »Also gut, ich werde dich begleiten. Wann ist es soweit?«

»Ein mutiges Mädchen bist du! Das mag ich. Was wird aus den Kindern?«

Bei Danielle waren sie in besten Händen. Sie mußte ihnen nur, wenn auch schweren Herzens, eine Amme besorgen. »Die Kinder sind bestens versorgt. Höchstens *ich* werde sie vermissen.«

»Na wunderbar! Ich freue mich wirklich sehr, daß du mitkommst. In einer Woche bin ich wahrscheinlich startbereit. Ich muß noch einige Dinge in Williamsburg erledigen und Lady Geneva besuchen.«

»Lady Geneva?«

»Ja, meine liebe Kusine, auch ich kann mich verlieben.«

»In Geneva?« Weshalb eigentlich nicht, fragte sich Amanda. Geneva war hübsch, gefühlvoll und vielleicht genau die Richtige für Damien. »Wie lange geht das Ganze schon?«

»In Kriegszeiten ist manches anders. Das Ganze, wie du es nennst, dauert nun schon einige Jahre.«

»Ich freue mich sehr für dich! In dieser Woche werde ich mich bemühen, noch einige Ausrüstungsgegenstände wie Decken und ähnliches und vielleicht auch ein paar

Nahrungsmittel zusammenzusuchen. Ich denke, das könnt ihr gebrauchen.«

»Und wie! Ich bin schon sehr auf die Gesichter gespannt, wenn wir dort ankommen.« Mit diesen Worten hob er sein Glas. »Auf den Winter in Valley Forge!«

18. Kapitel

Damien hatte Amanda, Geneva und auch Jacques Bisset zwar ausführlich auf das Elend vorbereitet, das sie erwartete, aber so schlimm, wie es dann tatsächlich war, hatte es sich Amanda beim besten Willen nicht vorstellen können. Nachdem sie den Posten passiert hatten, sahen sie nur noch gewaltige Schneehaufen, zwischen denen sich armselige, selbstgezimmerte Hütten duckten. Hunderte von Männern standen entlang des Weges und salutierten, winkten oder starrten teilweise auch nur stumpf vor sich hin. Sie zitterten vor Kälte und drängten sich eng aneinander, da sie nur dürftige Decken über ihren Uniformen trugen und meistens nicht einmal Stiefel besaßen, sondern die Füße in Lumpen gewickelt hatten.

»Oh, Gott!« hauchte Amanda und war den Tränen nahe. »Oh, Gott! Wäre es nicht besser, einfach aufzugeben?«

»Washington teilt die Strapazen und Leiden seiner Männer«, berichtete Damien. »Ich habe noch nie einen Kommandeur erlebt, der so etwas getan hätte! Hier vor uns liegt das sogenannte Hauptquartier. Diese Hütte dort drüben ist dein Heim, Amanda.«

»Und wo ist meins?« fragte Geneva.

Amanda wandte sich der Freundin zu, die sich voller Eifer angeboten hatte, Damien und sie zu begleiten und sich um die Verwundeten zu kümmern. Doch angesichts dieses Elends schien sie ihrer Sache nicht mehr ganz so sicher zu sein.

»Selbstverständlich wird es das erste Haus am Platz sein«, scherzte Damien.

»Das will ich doch hoffen!« gab Geneva zurück, und Amanda konnte förmlich spüren, wie die Funken zwischen diesen beiden sprühten. Sie lächelte Jacques kurz zu und senkte dann den Kopf. Diese beiden Menschen waren so eigenwillig und schienen sehr entschlossen, so daß sie einander wahrscheinlich verdienten.

Als Damien die Pferde zügelte, erschien Eric an der Tür seiner Hütte. Seine Uniform sah zwar ebenfalls ein wenig mitgenommen aus, und die Messingknöpfe glänzten längst nicht mehr, doch aus seiner ganzen Haltung sprach große Entschlossenheit und Energie, und er sah Amanda voller Skepsis entgegen.

Sie hatte sich darauf gefreut, ihm entgegenzulaufen, doch angesichts seiner Reaktion blieb ihr das Herz in der Kehle stecken.

»Lady Cameron!« Washington war hinter Eric aus der Tür getreten und begrüßte die Neuankömmlinge. »Da Ihrem Mann offenbar die Sprache weggeblieben ist, möchte ich Sie an seiner Stelle in Valley Forge willkommenheißen. Martha, komm und begrüße Erics Frau! Lady Cameron –«

»Amanda«, verbesserte sie ihn rasch und war von der warmherzigen, freundlichen Art der älteren Dame sofort gefangen.

»Sie sind mir vielleicht einer, Damien!« scherzte Washington. »Sie verschwinden und kommen dann gleich mit zwei wunderschönen Damen zurück! Willkommen, Lady Geneva! Guter Gott, Eric, wachen Sie endlich auf! Wir werden mit den Damen teilen, was wir haben!«

»Wir haben aus Cameron Hall Vorräte mitgebracht«, verkündete Amanda, doch angesichts dieses Elends wußte sie, daß es nur ein Tropfen auf den heißen Stein war.

»Amanda?« Eric streckte die Hand nach ihr aus und zog sie an sich, doch sein Kuß war kühl. Rasch erkundigte er sich nach den Kindern, doch als sie über die Schwelle traten, erstarrte Amanda. Anne Marie stand am Herd und kochte Kaffee.

»Amanda!« begrüßte Anne Marie die Freundin und küßte sie leicht auf die Wange.

Amanda versuchte ein höfliches Lächeln, weil die anderen gerade eintraten und alle durcheinandersprachen. »Wie ich gehört habe, begleitest du deinen Vater?« erkundigte sich Amanda freundlich.

»Ja, ich bin so ziemlich von Anfang an dabei.«

»Hier herrschen entsetzliche Zustände«, berichtete Washington. »Elftausend Männer hausen hier, die ich kaum ernähren kann. Vom Kongreß kommt keine Hilfe. Eigentlich sollten Sie das nicht sehen müssen, meine Damen!«

»Ach, hör auf!« protestierte Mrs. Washington. »Wenn ich dich nicht wenigstens im Winter besuchen könnte, hätte ich bald überhaupt keinen Ehemann mehr! Es gibt Eintopf zum Abendessen. Bitte setzen Sie sich!«

Amanda fühlte sich im Quartier ihres Mannes wie ein ungebetener Gast, während Anne Marie hier zu Hause zu sein schien. Sie mußte all ihre Selbstbeherrschung aufbieten, als sie auch noch den Mantel einer Frau am Kleiderhaken an der Tür entdeckte. Ansonsten enthielt der Raum lediglich den großen Tisch mit selbstgezimmerten Stühlen und einen Ofen. Eine Tür führte außerdem in einen Nebenraum, in dem Amanda ein Bett mit grüner Decke und ein Schreibpult erspähte. An Erics Grinsen konnte sie feststellen, daß er die ganze Zeit über ihren Blicken gefolgt war und sich amüsierte. In seinen Augen war sie bestimmt mit nichts zufrieden und wünschte sicherlich, daß sie nicht hergekommen wäre!

Mrs. Washington unterbrach die allgemeine Unterhaltung, indem sie aufstand und den Eintopf austeilte. Sie war eine sehr energische Frau, die tatkräftig für alle sorgte und auch durch das verspätete Eintreffen des Barons von Steuben nicht aus der Ruhe gebracht wurde. Sie setzte auch ihm einen Teller vor, und fast automatisch wandte sich das Gespräch der militärischen Lage zu, die in allen Einzelheiten erörtert wurde. Als es Zeit zum Schlafengehen wurde, bot Mrs. Washington Geneva ein Bett im Nebenraum ihrer Hütte an, was diese erfreut akzeptierte. Damit begann der allgemeine Aufbruch.

»Ich nehme an, daß Jacques und ich hier auf dem Fußboden schlafen können, nicht wahr?« fragte Damien und hatte wieder diesen seltsamen Unterton in der Stimme.

»Mehr kann ich Ihnen leider nicht bieten«, erwiderte Eric kühl.

»Ich muß jetzt gehen«, erklärte Anne Marie.

»Ich werde Sie begleiten«, erbot sich Eric und nahm seinen Mantel vom Haken.

Anne Marie verabschiedete sich von den Anwesenden und trat dann vor die Hütte, wo sie ein heftiger Windstoß fast von den Füßen riß. Mit zusammengebissenen Zähnen registrierte Amanda Erics fürsorgliche Bewegung, als er Anne Maries Arm stützte.

Was ging hier vor? Sie wollte unbedingt vernünftig und logisch bleiben, doch es fiel ihr schwer, wenn sie daran dachte, daß er sie eine Lügnerin nannte, obwohl er offenbar im Feld immer eine Frau an seiner Seite hatte. Da Jacques und Damien im Vorraum schliefen, blieb ihr nichts weiter übrig, als ein freundliches Gesicht zu machen und im Schlafzimmer ihres Mannes zu verschwinden. Viel lieber hätte sie allerdings mit etwas geworfen – und am allerliebsten nach Eric!

Sie zog die Decke vom Bett, legte sie sich um die Schultern und setzte sich neben den fast erkalteten Ofen auf den Boden, um auf Eric zu warten. Einige Zeit später hörte sie ihn leise mit Jacques reden, und wenig später trat er ein und streifte seine Handschuhe ab, bevor er leise die Tür schloß und sich dagegen lehnte.

Etwas verwundert blickte er auf Amanda hinunter. »Du hast also die Strapaze dieser Fahrt auf dich genommen, nur um hier neben dem kalten Ofen zu hocken?«

Sie hielt die Decke über der Brust zusammen, während sie mit dem Schürhaken ein Stück Holz an die letzte Glut heranschob. »Nein, eigentlich war das nicht meine Absicht, aber nach allem, was ich vorgefunden habe, bleibt mir nichts anders übrig.«

Wütend trat er zu ihr und zerrte sie an den Händen in die Höhe. »Was soll das heißen?« herrschte er sie an.

»Anne Marie«, war alles, was Amanda herausbrachte.

»Ah.«

»Ah! Ist das alles, was du dazu zu sagen hast?«

»Was soll ich denn sonst noch sagen? Ich nehme an, daß Damien das schon besorgt hat!«

Amanda entwand sich seinem Griff und funkelte ihn mordlüsternd an. »Demnach hast du nichts zu deiner Verteidigung zu sagen?«

»O doch, eine ganze Menge sogar! Ich habe sie niemals berührt – nun, das ist nicht ganz richtig. Ich habe sie einmal geküßt, als ich von deinem Verrat erfahren habe, und dann noch einmal ganz unschuldig vor meinem Aufbruch nach Frankreich.« Er ließ sich gegen die Wand sinken und kreuzte die Arme vor der Brust. »In jeder anderen Beziehung bin ich gänzlich unschuldig!«

Ihre Knie zitterten so heftig, daß sie fürchtete, die Gewalt über sich zu verlieren. Die Kluft zwischen ihnen war größer denn je. »Ich – ich glaube dir nicht!« flüsterte sie.

»Amanda, du lieber Himmel –« Ungeduldig trat er einen Schritt näher, doch Amanda hob nur die Hand und hielt ihn mit tränenerstickter Stimme zurück. »Du hast mir nie geglaubt, Eric. Nun ist es umgekehrt, fürchte ich. Faß mich nicht an!«

»Amanda!«

»Ich meine, was ich sage, Eric!«

Er runzelte die Brauen. »Soll das heißen, daß ich bestraft werde? Daß du mir deinen Charme entziehst und mir meine Rechte verweigerst?«

»Nun, ich weiß sehr wohl, daß du vor unserem gemeinsamen Leben auch nicht gerade einsam warst. Schließlich hattest du eine Affäre mit Geneva!« Als Eric sie nur verwundert ansah und die Schultern zuckte, wurde Amanda plötzlich von heftiger Eifersucht befallen. Eric und Thomas Mabry waren Partner und kannten sich schon so lange, und Eric und Anne Marie –

»Amanda, du kannst mich doch nicht –« Unwillkürlich mußte er lachen. »Amanda, wir reden über Dinge, die schon viele Jahre zurückliegen. Verdammt, komm jetzt her!«

»Nein! Ich will nicht, daß du mich anfaßt!«

Eric knirschte wütend mit den Zähnen, doch dann lächelte er plötzlich. »Nun gut, mein Schatz, ich will Rücksicht auf Damien und Jacques nehmen. Aber täusche dich nicht! Du glaubst doch wohl nicht im Ernst, daß du mich daran hindern könntest, mir mit Gewalt zu nehmen, was mir gehört?«

Mit zwei langen Schritten war er neben ihr, und schon hatte er sie hochgehoben, und noch bevor sie schreien konnte, landete sie bereits unsanft auf dem schmalen Bett.

»Mistkerl!« zischte sie.

Formvollendet trat Eric einen Schritt zurück und verbeugte sich. »Du kannst das Bett haben. Du bekommst, was du verlangst! Du mußt wirklich nicht auf dem Boden schlafen! Ich werde schon ein anderes Plätzchen finden.«

Nachdem er verschwunden war, warf Amanda sich herum und weinte in die Kissen. Offenbar gab es außer diesen wenigen leidenschaftlichen Augenblicken nichts zwischen ihnen! Sie hatte die Entscheidung gesucht, und nun war sie allein.

Fluchend lief Eric in die Nacht hinaus. Heftige Wut auf Damien hatte ihn gepackt, der ganz offensichtlich den Keim zu Amandas ablehnender Haltung gelegt hatte. Er hatte doch nur neben ihr liegen und ihr weiches Fleisch spüren wollen!

Nachdenklich legte er eine Hand auf den noch unausgepackten Wagen, den Amanda mitgebracht hatte, und lächelte. Hier im Lager türmten sich täglich neue, fast unüberwindliche Probleme. Wie gern hätte er sie manchmal hinter sich gelassen und lieber im angenehmen Klima von Cameron Hall überwintert. Und vielleicht einen neuen Anfang mit Amanda versucht. Und nun war sie da – und er hatte nichts Besseres zu tun, als in die Nacht hinauszurennen! Er ballte die Fäuste. Verdammt! Begriff sie denn nicht, daß man nicht so leicht aus seiner Haut konnte? Er knirschte mit den Zähnen und schimpfte, wobei weiße Atemwolken aus seinem Mund hervorquollen. Keinesfalls wollte er nachgeben! Darum mußte sie ihn schon bitten.

Eine Woche später arbeitete Amanda in der riesigen Sanitätsbaracke, in der überwiegend Pockenkranke lagen. Als sie gerade von einem Bett zum anderen ging, fühlte sie plötzlich, wie Hände von hinten ihre Taille umfaßten.

»Übrigens, er schläft nicht mit der schönen Anne Marie. Thomas Mabry ist viel zu korrekt, um derartige Sachen zu dulden.«

Wütend fuhr Amanda herum. »Damien, ich habe dich nicht gebeten –«

»Oh, bist du denn überhaupt nicht neugierig?«

»Nicht im geringsten«, log Amanda. Damit wandte sie sich wieder ihren Patienten zu. »Ich habe zu tun, Damien.«

Damien lehnte sich gegen einen der Stützpfeiler und sah zu, wie sie den Kranken kalte Tücher auflegte. »Während der letzten drei Tage hat er Lebensmittel besorgt, und wo er vorher war, weiß ich auch!«

»So?«

»Ich denke, du bist nicht daran interessiert?«

Mit voller Wucht trat sie ihn gegen das Schienbein. »Damien –«

»Er hat mit von Steuben das Training der Armee besprochen, denn Erics Erfahrungen waren für von Steuben sehr wichtig.«

»So«, bemerkte Amanda und verstummte, denn zumindest in diesem Augenblick wußte sie sehr genau, wo sich ihr Mann befand. Er stand am Eingang und beobachtete sie beide.

»Ah, Major General Lord Cameron!« Damien salutierte und verabschiedete sich von Amanda. Während sie ihm noch nachsah, wurde sie plötzlich heftig am Arm gepackt.

»Was hast du hier zu suchen?« herrschte Eric sie wütend an.

»Ich versuche zu helfen.«

»Diese Männer haben die Pocken!«

Amanda lachte. »Die hatten Damien und ich schon als Kinder«, und nach einer kleinen Pause: »Und was machst du hier?«

»Ich versuche, dich hier herauszuholen.«

»Lord Cameron, geht es wieder los? Reiten wir?« stöhnte einer der fiebernden Männer.

Ohne Angst vor Ansteckung, beugte sich Eric zu ihm hinunter. »Nein, Roger, das hat noch Zeit. Erst im Frühjahr geht es wieder los! Von Steuben wartet schon, um dir die richtigen Tricks beizubringen! Keine Angst!«

Der Kranke lachte und sackte plötzlich zurück. Rasch befühlte Eric erst sein Herz und dann seine Stirn. »Er atmet noch. Vielleicht bekommt ihn von Steuben tatsächlich noch einmal in die Finger!« Dann richtete er sich auf und sah Amanda an. »Komm bitte einen Augenblick mit hinaus. Ich muß mit dir reden.«

Rasch blickte sie zu den zahlreichen Frauen hinüber, die sich um ihre kranken Männer kümmerten, und schon stiegen ihr Tränen in die Augen. Falls dieser Krieg gewonnen werden sollte, so war es nicht zuletzt auch diesen aufopferungswilligen Frauen zu verdanken.

»Amanda?«

»Ich komme schon.« Rasch legte sie ihre Schürze ab und folgte Eric ins Freie.

Bevor sie frieren konnte, hatte er ihr schon seinen Mantel um die Schultern gelegt. Dann hakte er sie unter und führte sie in einen der Ställe, wo es ein wenig geschützt war.

»Nun?« fragte Amanda, während sie sich gegen die Holzwand sinken ließ.

Eric lächelte. »Weißt du, wo Howe und seine Männer den Winter verbringen?«

Alle Muskeln in ihrem Körper spannten sich. »In Philadelphia, soviel ich weiß.«

»Zweiunddreißig Kilometer von hier! Beim Beschaffen neuer Vorräte sind einige unserer Leute in Gefangenschaft geraten. Na, vielleicht geht es ihnen bei den Briten ja sogar besser als bei uns!«

»Und weshalb erzählst du mir das?«

»Weil nach wie vor irgend jemand den Briten Informationen zukommen läßt!«

Amanda war völlig überrascht, denn sie war nur ein einziges Mal mit Damien an einem Nachmittag ausgeritten. Als sie schließlich ihre Sprache wiederfand, zitterte ihre Stimme vor unterdrückter Wut. »Ich kann einfach nicht glauben, daß du mich schon wieder verdächtigst!«

»Amanda –«

Mit Tränen in den Augen drückte sie ihn von sich weg. »Sei still! Ich will nichts mehr hören! Und solche widerlichen Verdächtigungen erst recht nicht! Verdammt!«

In wilder Panik rannte sie davon und achtete nicht auf seine Rufe. Es war ihr völlig gleichgültig, wer sie sah und hörte, denn bestimmt wußte das halbe Lager ohnehin schon, daß Eric nicht bei ihr schlief. Völlig atemlos stürzte sie in ihre Hütte, wo Jacques auf der Bank saß und Gewehre reinigte.

»Was ist geschehen, Mylady?« fragte er besorgt.

Amanda schüttelte nur den Kopf, während ihr die Tränen über die Wangen liefen. »Oh, Jacques! Wie kann er nur so blind sein! Ich habe getan, was ich konnte, und trotzdem...« Sie sank neben Jacques auf die Bank und war erleichtert, als er einfach die Arme um sie legte. Mochte kommen, was da wollte, sie hatte einen Beschützer!

Während er ihr beruhigende Worte ins Ohr flüsterte, krachte die Tür auf, und Eric stürmte herein. Eigentlich hätte sie erwartet, daß er neue Beschuldigungen finden würde, wenn er sie in Jacques Armen fand, doch zu ihrer Überraschung sagte er überhaupt nichts. Jacques ließ sie nicht los, sondern blickte Eric nur wortlos an, bis dieser kehrtmachte und die Hütte verließ.

In dieser Nacht lag sie zitternd im Bett und konnte vor Kälte nicht einschlafen. Plötzlich wurde die Tür aufgerissen, und Amanda hörte Stimmen im Vorraum. Danach war alles still, doch nur Sekunden später flog auch ihre Tür auf und Eric polterte mit seinen schweren Stiefeln ins Zimmer. Voller Angst schoß sie in die Höhe. Er muß betrunken sein, war ihr erster Gedanke, aber sie irrte sich.

»Sag noch einmal, daß du unschuldig bist!« verlangte er mit leiser, fast heiserer Stimme.

»Ich bin unschuldig«, antwortete sie und sah ihm dabei geradewegs in die Augen.

Als er lächelnd auf sie zukam, wich sie zurück. »Eric, du kannst doch nicht einfach so –«

»O doch, mein Schatz, ich kann!« Schon hatte er ihre Handgelenke gepackt und sie trotz ihres Protestes und ihrer wilden Flüche in seine Arme gezogen. Als sie dann auch noch gegen seine Brust trommelte, lachte er nur und hob sie hoch. Doch durch ihre Zappelei verlor er das Gleichgewicht, und sie krachten zusammen aufs Bett.

»Eric Cameron –«

»Sei jetzt still und hör mir zu, Amanda!«

Sie hatte gar keine andere Wahl, denn er hielt immer noch ihre Handgelenke gepackt, und sein Schenkel preßte sie auf die Matratze. Und als er redete, berührte sein Mund fast ihre Lippen, und seine tiefe, ruhige Stimme drang bis ins Innerste ihres Herzens. »Ich glaube dir. Ich glaube, daß du unschuldig bist. Und jetzt hör mir zu, Liebes, aber höre gut zu, denn ich werde es nicht noch einmal sagen: Ich bin ebenfalls unschuldig. Ich muß zwar zugeben, daß ich an einsamen Tagen manchmal Sehnsucht nach einer Frau gehabt habe, doch außer dir existiert niemand mehr für mich! Niemand hat so wundervolles seidenweiches Haar, so verzaubernde smaragdgrüne Augen oder gar deine samtweiche Stimme! Seit der Nacht, als ich dich zum ersten Mal sah, habe ich einzig und allein nur dich begehrt. Und das wird sich nie ändern. So, mein Schatz, und jetzt kannst du mich vor die Tür werfen, wenn du möchtest!«

Ganz langsam breitete sich ein Lächeln über ihr Gesicht. »Würdest du denn gehen?«

»Nein.«

»Dann laß meine Handgelenke los!«

»Und weshalb?«

»Weil ich dich sonst nicht streicheln kann.«

Mit zitternden Fingern berührte sie zuerst tastend seine Wange, und dann schlang sie plötzlich die Arme um ihn und suchte seine Lippen. Verführerisch spielte sie mit seiner Zunge, saugte sie tiefer und tiefer in ihren Mund und imitierte dabei die Bewegungen ihres Körpers. Irgendwann ertrug Eric die Folter nicht länger. Mit einem heiseren Schrei stürzte er sich auf ihren Mund, während seine Hände wie im Fieber über ihr Gesicht und durch ihre Haare tasteten.

Mit unmenschlicher Anstrengung riß er sich los und zerrte sich blitzschnell die Kleider vom Leib, während ihre Hände unentwegt überall waren, sein Glied fanden, streichelten und rieben, bis Eric sie aufs Bett zurückdrückte, sich zwischen ihre Schenkel drängte und endlich in sie eindrang. Amanda spürte keine Kälte mehr, sondern ließ ihre Augen nicht von Erics Gesicht. Er hatte sich hochgestützt und blickte sie mit großem Ernst an, während er sich in ihr bewegte.

Als ihre Gefühle sie zu überschwemmen drohten, befeuchtete sie ihre trockenen Lippen. »Ich liebe dich, Eric. Ich liebe dich«, hauchte sie beinahe flüsternd.

Liebevoll umfaßte er ihr Gesicht, ihre Haare, ihre Wangen, und als seine Lippen den ihren ganz nahe waren, flüsterte er: »Sag das noch einmal!«

»Ich liebe dich.« Bei diesem Geständnis traten ihr die Tränen in die Augen. »Ich liebe dich mit meinem ganzen Herzen!«

Stöhnend vergrub er sich in ihr und gestand ihr wieder und wieder seine Liebe, während der Höhepunkt sie beide vereinte. Als Amanda ihm später erzählte, daß sie ihn eigentlich bereits geliebt hätte, als sie ihn noch gehaßt hatte, schloß er sie lachend in die Arme, und dann liebten sie einander noch einmal, bis sie schließlich der Schlaf übermannte.

Irgendwann mitten in der Nacht erwachte Amanda und überlegte, was sie wohl geweckt hatte. Es mußte ein Geräusch gewesen sein. Ihre Tür war nur angelehnt, doch der Vorraum schien leer zu sein. Sie zog die Decke über Erics nackten Körper hoch und schlief in seinen Armen wieder ein.

Als sie viel, viel später die Augen aufschlug, war es bereits hell, und die Sonne schien fröhlich ins Zimmer.

»Amanda! Wach doch endlich auf, um Himmels willen!«

Schlaftrunken nahm Amanda wahr, daß Geneva vor ihrem Bett stand und sie mit riesigen Augen anstarrte.

»Amanda! Wach auf! Du mußt mitkommen. Eric ist verletzt!«

»Was?« Entsetzt schreckte Amanda hoch und zerrte die Decke um sich, um ihre Nacktheit zu verhüllen.

»Sie waren unterwegs, um Lebensmittel zu besorgen. Dabei muß Eric sich das Bein gebrochen haben. Damien organisiert gerade den Transport. Eric hat nach dir verlangt. Los, komm mit!«

»Guter Gott!« So rasch, wie es mit zitternden Händen ging, schlüpfte Amanda in die Kleider, doch zum Frisieren blieb keine Zeit. Oh, Himmel! Wenn ein Mann erst einmal verwundet war, hatte er in dieser Umgebung nicht viel Chancen. Nein! Nein, das durfte nicht geschehen, nachdem sie einander doch gerade erst gefunden hatten! »Geneva, wie geht es ihm?« fragte sie, während sie in den Mantel schlüpfte.

»Genau weiß ich das nicht. Ich weiß nur, daß er nach dir gefragt hat. Los, komm, wir müssen uns beeilen!«

Sie rannten hinaus, wo bereits zwei Pferde warteten. »Und wo ist Damien?« rief Amanda ängstlich.

»Er holt einen Wagen. Darum brauchen wir uns nicht zu kümmern.«

Kurz überlegte Amanda, ob wohl Washington oder Frederick Bescheid wüßten. »Geneva, vielleicht sollten wir noch anderen Bescheid sagen?«

»Das macht Damien schon. Ich kann auf den ersten Blick niemanden entdecken. Los, komm jetzt!«

Blitzschnell schwangen sie sich auf die Pferde und peitschten sie zum Galopp, so daß sie das Lager schon nach kurzer Zeit hinter sich gelassen hatten. Der Schnee lag hoch, so daß das Vorwärtskommen schwierig war, doch Geneva folgte einer Spur. Eiskalt brannte der Wind auf Amandas Wangen, und die Hände, die die Zügel hielten, spürte sie schon nach kürzester Zeit nicht mehr. Ihr Herz dagegen schlug wie rasend. Rund um sie dehnte sich eine endlos weite Schneefläche, und das Camp lag schon so weit hinter ihnen, daß die Hütten wie Kinderspielzeug wirkten.

»Geneva, wie weit ist es noch? Haben wir vielleicht den Weg verfehlt?«

»Nein, nein!« schrie Geneva zurück. Sie galoppierten in unvermindertem Tempo weiter, bis kurz darauf ein Fichtendickicht vor ihnen auftauchte. »Dort drüben ist es.«

»Gott sei Dank!« rief Amanda und schloß zu ihrer Freundin auf. »Dort drüben?«

Geneva nickte. »Ja, dort drüben im Wäldchen«, bestätigte sie und senkte dabei den Blick.

Doch plötzlich tauchten zwischen den Stämmen rote Uniformen auf. Blitzartig zügelte Amanda ihr Pferd und wollte umkehren. »Los, Geneva, wir müssen weg. Das sind Briten!«

»Ich weiß«, entgegnete Geneva in aller Ruhe. »Es hat keinen Sinn zu fliehen, denn wir sind längst umzingelt.«

Verständnislos starrte Amanda ihre Freundin an, und dann traf sie die Erkenntnis wie ein Blitz aus heiterem Himmel. »*Du* bist es also! Du bist *Highness*! Und du hast auch Robert und meinen Vater nach Cameron Hall geschickt! Du hast nur mit meinem Vetter geschlafen, um Informationen zu erhalten! Du – du Hure!«

»Aber, aber, Lady Cameron!«

Amanda fuhr herum, um den Reiter, der dies gesagt hatte, näher in Augenschein zu nehmen. Es war tatsächlich Robert Tarryton!

»Wie kann man nur so schreckliche Dinge zu einer Freundin sagen!« empörte er sich.

»Verräterin!« fauchte Amanda und spuckte vor Geneva aus.

»Oh, Mylady, sie irren sich. In diesem Fall sind Sie die Verräterin! Aber keine Angst! So schöne Frauen hängen wir nicht auf! Mit Ihrer Hilfe werde ich endlich Ihren Ehemann zu fassen bekommen und vielleicht noch ein paar andere berühmte Patrioten. Vielleicht können wir ja gleich die ganze Kommandozentrale der Continental Army unschädlich machen!«

»Das wird Ihnen niemals gelingen!«

»Das werden wir ja sehen. Die Leute verhungern doch einfach!«

»Sie haben noch immer nichts begriffen, Robert! Eine Revolution ist weder auf Gewehre noch auf Schlachten angewiesen – sie findet allein in den Herzen der Menschen statt. Und die kann kein Howe, kein Cornwallis und nicht einmal König George erobern!«

»Tapfere Worte, Amanda! Wetten, daß ich dem Henker heute noch mehrere Opfer präsentieren kann? Machen Sie sich auf den Weg, Geneva, und holen Sie uns Lord Cameron!«

Es durfte ihnen nicht gelingen, Eric in dieselbe Falle zu locken! Voller Panik riß Amanda ihr Pferd herum, dabei peitschte sie es mit den Zügeln und erwischte Robert mitten im Gesicht.

»Schnappt sie!« Blitzschnell hatten die Rotröcke sie überwältigt und drückten ihr Gesicht in den Schnee, bis sie keine Luft mehr bekam. Nachdem sie sich aufgerappelt hatte, gab Robert ihr eine schallende Ohrfeige. »Hexe!« fauchte er mit maliziösem Lächeln und zwang sie mit eisernem Griff zu seinem Pferd hinüber. Rasch hob er sie hinauf und schwang sich hinter ihr in den Sattel.

»Ich überlege noch, ob ich mich zuerst mit Ihnen oder zuerst mit Ihrem Ehemann vergnügen soll. Mit ihm habe ich noch ein Hühnchen zu rupfen!«

»Er wird Sie umbringen!« fauchte Amanda.

Tarryton brach in grelles Gelächter aus und peitschte sein Pferd mitleidslos. »Nein, ganz im Gegenteil! Er wird Sie umbringen, denn ich werde ihm schon beibringen, daß allein Sie alles von langer Hand geplant und vorbereitet haben!«

19. Kapitel

Nach einem schweren Arbeitstag auf dem Exerzierplatz, wo er zusammen mit von Steuben die Truppen trainiert hatte, hatte Eric es sich in seiner Unterkunft bequem gemacht. Plötzlich wurde hysterisch nach ihm gerufen, worauf er hinauseilte und gerade noch sah, wie Geneva völlig ausgepumpt vom Pferd sank. Glücklicherweise war Damien, der gerade gegenüber beim Schmied gearbeitet hatte, rechtzeitig zur Stelle, um sie aufzufangen.

»Damien! Eric! Gott sei Dank!«

»Was ist los?« fragte Damien aufgeregt.

»Bringen Sie sie erst einmal herein. Sie ist ja beinahe erfroren!«

Kurz darauf saß Geneva mit einer Decke um die Schultern auf der Bank in der Hütte und trank ein Glas Brandy. »Amanda hat darauf bestanden, daß wir auf eigene Faust Lebensmittel besorgen! Dabei ist sie gestürzt. Ich glaube, sie hat sich den Fuß gebrochen. Jedenfalls hat sie nach Ihnen gejammert, Eric.«

Eric stellte sich vor, wie Amanda hilflos im Schnee lag, und geriet in Panik, wenn er an das Wetter dachte. Es zog ein Sturm auf, und sie mußten unverzüglich handeln! Wahrscheinlich wollte sie nur beweisen, daß sie ein loyaler Patriot war! »Guter Gott!« flüsterte Eric und setzte sich augenblicklich in Bewegung. »Damien, bitten Sie Frederick, einen Wagen herzurichten! Können Sie uns beschreiben, wo es ist, Geneva? Frederick wird Sie als Führer brauchen! An Decken und Brandy müssen wir auch noch denken!«

»Aber natürlich kann ich das!« sagte Geneva und stand auf.

In diesem Augenblick flog die Tür auf. Jacques Bisset trat ein und musterte Geneva mit finsterem Gesicht. »Diese Frau lügt!« sagte er schlicht.

»Wie bitte?« fragte Eric in scharfem Ton.

»Diese Frau lügt!«

»Wie können Sie es wagen!« ereiferte sich Geneva. »Eric, Damien, Sie werden doch diesem – diesem Diener nicht glauben?«

Ihr Ton gefiel Eric ganz und gar nicht. Lächelnd lehnte er sich gegen die Wand. »Meine liebe Geneva, ich kenne Jacques schon fast mein ganzes Leben lang. Bisher hat er noch nie die Unwahrheit gesagt. Also, Jacques! Ich möchte hören, was Sie zu sagen haben.«

»Lady Geneva kam heute morgen hierher und hat Lady Cameron aufgefordert, mit ihr zu kommen, ich folgte den beiden heimlich und konnte von ferne beobachten, wie sie von einer Gruppe Rotröcke eingekreist wurden. Es war eine eiskalt geplante Entführung, Lord Cameron!«

Erics Herz krampfte sich zusammen, und er fragte mit

völlig ausgetrocknetem Mund: »Wer – wer hat sie entführt, Jacques?«

»Es war Tarryton. Lord Robert Tarryton. Man hat sie genauso in die Falle gelockt, wie man das jetzt mit Ihnen machen wollte. Ich konnte ihr leider nicht beistehen, weil ich Sie unbedingt warnen mußte! Ihre Frau ist der Köder, um Sie in den Tod zu locken, Lord Cameron!« Dabei starrte er Geneva an, als ob er sie umbringen wollte.

Als Damien einen Schritt auf sie zutrat, wich sie zurück. »Das ist eine Lüge! Ich verstehe überhaupt nichts mehr.«

»Dafür verstehe ich um so besser!« unterbrach Eric sie und packte Geneva an den Schultern. »Sie waren es! Sie haben Nigel Sterling und Robert Tarryton das Waffenlager in Cameron Hall verraten! Sie waren es!«

»Nein!«

»Doch!« sagte Damien mit leiser Stimme. »Ich habe es ihr erzählt! Ich habe es ihr erzählt, als wir miteinander geschlafen haben. Diese Hure!«

Geneva spuckte empört vor Damien aus, doch als Antwort schlug er sie mit der flachen Hand ins Gesicht, so daß sie zu Boden stürzte. »Eric, er soll aufhören!« schrie sie.

»Was machen wir mit ihr, Eric?« wollte Damien wissen. »Gott möge mir verzeihen! Wie konnte ich ihr nur vertrauen?!«

Eric packte Geneva an den Handgelenken und zerrte sie auf die Füße. »Wieviele Männer hat Tarryton bei sich?«

»Zwanzigtausend«, antwortete sie trotzig.

Lächelnd sah Eric Damien an. »Ist Ihnen eigentlich schon einmal aufgefallen, wie eitel unsere liebe Lady Geneva ist? Ihr Gesicht ist ihr Leben. Jacques, bringen Sie das Schüreisen! Wir wollen der Dame nicht ans Leben, sondern lediglich an ihre Schönheit!«

Ungläubig riß Geneva die Augen auf, während Damien sie festhielt und Jacques mit dem glühenden Schürhaken näherkam. Wie eine Wilde wand sie sich in Damiens eisernem Griff. »Eric, hören Sie auf damit! Sie werden doch nicht –« Sie stieß einen schrillen Schrei aus, als ihr das Eisen fast die Wimpern versengte.

»Die Wahrheit, Geneva!«

Als das Eisen immer näher kam, gab sie schließlich auf. »Also gut. Knapp hundert Männer. Howe sitzt mit seiner Armee nach wie vor in Philadelphia. Dieses Unternehmen war Sterlings Idee. Er will Sie, und Robert möchte Amanda haben! Außerdem wäre Ihr Tod eine Warnung an alle Patrioten!«

Eric ignorierte ihren Sarkasmus. »Was plant er? Wo hält er Amanda gefangen?«

»In einem – in einem Haus. Ungefähr dreizehn Kilometer von hier. Es liegt hinter einem Kiefernwäldchen. Bis dorthin sollte ich Sie bringen. Dort wollte sie die Kavallerie erwarten.«

»Jacques, bringen Sie sie zu Washington! Damien, sie holen Frederick und bitten ihn, meine Männer aus Virginia zusammenzutrommeln! Kommen Sie sofort zurück, damit ich Ihnen meinen Plan erklären kann!«

Jacques packte Genevas Arm und drehte ihn ihr brutal auf den Rücken, so daß sie vor Schmerzen aufschrie und aus der Hütte stolperte. Sie konnte sich zwar nicht erklären, weshalb dieser Mann so wütend war, doch klugerweise schwieg sie.

»Oh, Himmel, es ist alles meine Schuld!« brach es aus Damien hervor, als Geneva die Hütte verlassen hatte. »Können Sie mir jemals verzeihen, Eric?«

»Ich war nicht nur blind, sondern auch taub, Damien! Doch jetzt ist nur noch wichtig, daß wir sie gesund zurückholen, bevor Tarryton –«, ihm versagte die Stimme, doch beide wußten, was er meinte, »Sie ist mein Leben. Ohne sie ist alles sinnlos. Also hören Sie gut zu: Ich habe mir einen Plan ausgedacht, wie wir die Briten überlisten können und vielleicht nicht einen einzigen Mann opfern müssen!«

Nach dem Elend im Lager kam Amanda das luxuriöse Haus völlig unwirklich vor. Robert Tarryton hatte sie in einen prächtig ausgestatteten Wohnraum geführt und sie mit einem Glas Brandy in einen Sessel verfrachtet. Draußen dunkelte es bereits, als er eintrat, sich ebenfalls ein Glas eingoß und sich dann gegen die Tischplatte lehnte.

»Es tut mir leid, daß ich Sie alleinlassen mußte.«

Amanda beachtete ihn gar nicht, sondern starrte unverwandt durch das Fenster. Wie lange hatte Geneva wohl für den Rückweg gebraucht? Entweder würde Eric von den Wachsoldaten erschossen, oder man würde ihn aufhängen! Im Hinterhof hatte Robert das Seil an ihrer Wange gerieben und ihr genüßlich erklärt, wie ein männlicher Körper im Todeskampf reagierte. Anschließend hatte er sie in dieses Zimmer gebracht und dann alleingelassen, um seine mörderische Falle aufzubauen.

Nur wenige Augenblicke später war ihr Vater eingetreten. »Ich habe immer gehofft, daß es dir bei Cameron nicht gutgehen würde, doch statt dessen hast du dich in diesen Kerl verliebt! Nun, dann wirst du eben jetzt leiden!«

Nachdem Sterling mit diesen Worten die Tür wieder hinter sich geschlossen hatte, war Amanda zum Fenster hinübergestürzt, um nach einem Ausweg zu suchen. Zu ihrem Entsetzen hatte sie jedoch feststellen müssen, daß nicht nur die Fenster vernagelt waren, sondern auch ein Wachposten vor dem Haus auf und ab lief und jede ihrer Bewegungen verfolgte.

Robert folgte ihrem Blick. »Es dämmert schon. Jetzt kann es nicht mehr allzu lange dauern. Ich habe angeordnet, ihn unverzüglich herzubringen. Vor seinem Tod soll er seine Frau noch einmal sehen.«

»Sie können ihn doch nicht einfach so aufhängen! Sie müssen ihn erst einmal vor Gericht stellen!«

»Wollen Sie handeln, Amanda?«

»Dazu müssen Sie ihn erst einmal haben.«

»Keine Sorge, Amanda, das schaffen wir schon!«

Während er das sagte, war er neben sie getreten und

spielte mit seinen Fingern an ihrem Mieder, doch plötzlich packte er so heftig zu, daß der Stoff zerriß. Wütend krallte Amanda ihre Fingernägel in seine Hand, und als er nur lachte, schlug sie ihm heftig ins Gesicht. Brutal packte er daraufhin ihre Finger und quetschte sie, indem er die widerstrebende Amanda zur Wand neben dem Kamin hinüberzerrte. Dort preßte er sie mit seinem Körper so heftig gegen die Wand, daß sie kaum atmen konnte.

»Es ist ein hübsches Haus, nicht wahr? Der Besitzer hat sich offenbar schon vor einiger Zeit verdrückt. Im oberen Stockwerk gibt es ein traumhaft schönes Schlafzimmer! Genau das richtige für uns. Aber vielleicht sollte ich es doch gleich hier an dieser Wand mit Ihnen treiben! Wie mit einer Hure. Ja, genau hier, vor den Augen Ihres Ehemanns!«

Amanda schrie vor Entsetzen laut auf, als seine Finger in ihr Mieder fuhren und sich um ihre Brüste legten.

»Ja, genau hier werde ich es tun!« Als es klopfte, ließ er seine Hände, wo sie waren, und rief ungerührt: »Herein!«

Amanda wand sich wie eine Wilde unter Tarrytons Griff, doch dann erstarrte sie unversehens. Zwei Männer, die die Hüte tief ins Gesicht gezogen hatten, schleppten Eric zwischen sich ins Zimmer. Sein Hemd war blutverschmiert, und man hatte ihm die Arme brutal auf den Rücken gedreht.

»Willkommen!« höhnte Tarryton. »Ich habe mich gerade mit Ihrer Frau unterhalten – oder besser, ich habe mich schon ein wenig mit ihr amüsiert!«

Eric fluchte heftig.

»Mandy und ich werden zusehen, wenn man Sie aufhängt!«

»Sie sind praktisch ein toter Mann, Tarryton!«

»Genau umgekehrt ist es, mein Lieber!«

»Nein!« schrie Amanda. »Töten Sie ihn nicht! Ich werde alles tun, was Sie verlangen. Alles! Bitte –«

»Amanda!« brüllte Eric.

»Ich biete Ihnen mein Leben für seines an!«

»Wollen Sie noch einen letzten Blick auf Ihre schöne Frau werfen, Cameron? Vielleicht auf ihre Brüste? Schauen Sie her –«

»Sie sind ein toter Mann, Tarryton!« schrie Eric, während er die Hände seiner Wächter abschüttelte und dem einen den Säbel aus der Scheide riß. Als der Rotrock seinen Kopf hob, schnappte Amanda nach Luft, denn es war Frederick.

Auf der Stelle ließ Tarryton Amanda los und schrie nach den Wachen. Als eilige Schritte vor der Tür zu hören waren, flog eine Gestalt von außen durch das Fenster herein und rollte über den Fußboden. Es war Damien, der mit dem gezückten Säbel in der Hand auf die Füße sprang und sich den eindringenden Wachen entgegenwarf.

Amanda drückte sich flach gegen die Wand und raffte ihr Mieder über dem Busen zusammen, während Robert und Eric unmittelbar vor ihr in einen tödlichen Zweikampf verwickelt waren. Die Klingen blitzten, während sie die Stöße des Gegners parierten, bis Robert plötzlich zurückwich und einen Stuhl als Hindernis zwischen sie warf. Eric ließ sich jedoch nicht verblüffen, sondern sprang einfach darüber und drang energisch auf seinen Gegner ein, bis dessen Klinge im hohen Bogen durch die Luft wirbelte und Amanda genau vor die Füße fiel. Rasch bückte sie sich und hob die Waffe auf, doch inzwischen hatte Eric Robert bereits die Klinge an die Kehle gesetzt.

»Voller Wonne würde ich Sie jetzt einfach abstechen! Aber General Washington soll auch etwas von Ihnen haben!«

»Amanda, nimm allen übrigen die Waffen ab!« rief Damien, der zusammen mit Frederick und dem jungen Captain zwei der Wachen erstochen hatte und die anderen beiden in Schach hielt.

Amanda gehorchte unverzüglich, doch als sie wenige Augenblicke lang mit dem Rücken zur Tür stand, fühlte sie plötzlich eine kalte Klinge an ihrem Hals.

»Aber, aber, meine Herren, welch ein Lärm!« sagte

Nigel Sterling mit sanfter Stimme und preßte dabei Amanda das Messer gegen die Kehle.

Während alle wie gebannt auf Sterling blickten, schob Tarryton lachend die Klinge von seiner Kehle und rieb sich die Stelle, an der die Waffe auf seine Haut gedrückt hatte. »Demnach werden Sie doch noch hängen, Cameron!«

»Nur ein Leben, um es für dieses Land zu opfern. Was, Cameron?« höhnte Sterling. »Aber wir wollen unsere Zeit nicht vergeuden! Cameron soll endlich hängen, und du, meine liebe Tochter, sollst deinen Spaß –«

Mitten im Satz brach Sterling ab, und gleichzeitig ertönte eine energische Stimme mit einem leichten französischen Akzent. »Lassen Sie sie augenblicklich los, Sie mieses Schwein!«

Die Stimme von Jacques Bisset!

»Vorher werde ich sie töten, ihr die Kehle aufschlitzen!« drohte Sterling, und gleichzeitig grub sich die Schneide immer tiefer in Amandas Haut.

Ganz plötzlich war der Druck verschwunden. Amanda fuhr herum und schrie laut auf, als ihr Vater blutüberströmt zusammensackte. Entsetzt sprang sie zurück und blickte fassungslos zu Jacques, der reglos unter der Tür stand. »Es gab keinen anderen Ausweg.«

Mit wildem Geschrei stürzte Tarryton los und versuchte, Eric seinen Säbel zu entreißen, doch Eric hob die Waffe lediglich ein kleines Stück, so daß Robert direkt hineinrannte. »Das wäre erledigt!« brummte Eric und packte dann Amandas Hand. »Los, wir müssen schnellstens verschwinden!«

Die Schritte in der Halle konnten nur bedeuten, daß die Soldaten vom Wäldchen zurückgekommen waren, um weitere Befehle zu erhalten.

»Los, aus dem Fenster!« schrie Eric und schob Amanda auf das Fensterbrett hinauf. Dann faßte er sie um die Taille und sie sprangen gemeinsam in den tiefen Schnee. Hinter ihnen folgten Damien, Frederick und schließlich auch der

Captain. »Los, weg hier!« drängte Eric und riß sie auf die Füße, doch der Schnee war so tief, daß sie nur schwer vorwärts kamen.

Sekunden später stieß Amanda einen kleinen Schrei aus, und dann verlor sie das Gleichgewicht und fiel eine Böschung hinunter. Geistesgegenwärtig ließ Eric sich ebenfalls fallen, und so rollten sie durch den eiskalten Schnee, bis sie schließlich japsend liegenblieben und ihnen die Tränen aus den Augen liefen.

Erleichtert umarmte Amanda Eric. »Ich habe zwar auch nur ein Leben, aber ich würde es mit Wonne für dich geben!«

»Für dich«, stimmte er lächelnd zu, »und für dieses Land.«

Sie küßte ihn wild, denn wenigstens diese letzte Erinnerung wollte sie mitnehmen!

»Amanda, ich liebe dich!«

»Ich liebe dich.«

»Unsere Chancen sind noch nicht alle verspielt, meine Liebe, denn ich habe Soldaten mitgebracht, die im Wäldchen auf uns warten. Ich denke, wir sollten uns auf den Weg machen und versuchen, sie zu erreichen.«

»Oh! Und du hast mich alle diese Sachen sagen lassen –« Als er grinste, mußte sie lachen. Dann schlang sie die Arme um ihn. »Oh, Eric! Geneva war übrigens die Verräterin.«

»Ich weiß.«

»Der arme Damien!«

»Er ist hart im Nehmen. Er wird es schon überleben:«

»Mein Vater ist tot.«

Statt etwas zu erwidern, zog Eric Amanda hoch. Oberhalb der Böschung erklang Gefechtslärm, und außerdem hörten sie einige Schüsse. Rasch packte Eric Amandas Hand. »Los, komm! Ich setze dich auf ein Pferd und bringe dich weg von hier!«

»Ich gehe nicht ohne dich!« keuchte Amanda, während sie hinter ihm durch den Schnee stolperte.

»Du wirst tun, was ich –« Er verstummte, denn auf den ersten Blick konnte er sehen, daß alles überstanden war. Über zwanzig Rotröcke lagen tot im Schnee, während die anderen flüchteten.

»Damien, die Stiefel!« kommandierte Eric. »Wir brauchen die Stiefel. Falls der Boden weich genug ist, werden wir die Toten begraben. Frederick, bringen Sie bitte meine Frau zurück ins Camp!«

»Aber, Eric –«

Er faste sie um die Schultern und küßte ihre Lippen. »Bitte Amanda! Damien, Jacques und ich werden so rasch wie möglich nachkommen. Und dann müssen wir miteinander reden.«

Verwundert sah sie ihn an. Was er wohl meinte? Sein letzter Satz hatte so ernst geklungen! »Also gut«, stimmte sie zu. »Aber beeilt euch!«

Sie bedankte sich bei Frederick für den Mantel, den er ihr fürsorglich um die Schulter gelegt hatte, und nahm dann seinen Arm.

»Ich hätte nie gedacht, daß sie gehen würde!« bemerkte Damien. »Ein hartnäckiges kleines Biest, nicht wahr?«

Amanda wollte sich schon umdrehen, um ihrem Vetter ein paar passende Worte zu sagen, als Eric das bereits an ihrer Stelle erledigte. »Wie die wirklichen Patrioten eben!« sagte er, worauf die beiden lachend davongingen.

Amanda tat so, als ob sie nichts gehört hätte, doch als Frederick ihr aufs Pferd half, lächelten sie einander sekundenlang an.

Einige Stunden später kehrten die Männer nach Valley Forge zurück. Amanda saß in Erics Unterkunft am Tisch und starrte Eric, Damien und Jacques fragend an, die sich wie Schuljungen vor ihr aufgebaut hatten.

Eric räusperte sich, um etwas zu sagen, doch Jacques kam ihm zuvor. »Ich habe Ihren Vater getötet, Amanda.«

»Er wollte doch mich töten, Jacques«, entgegnete sie ruhig. »Er – er war wirklich drauf und dran! Schrecklich!«

Eric räusperte sich ein zweites Mal. »Amanda, Nigel Sterling war nicht dein Vater.«

»Wie bitte?« Vor Überraschung sprang sie auf.

Damien zog sie jedoch auf die Bank zurück und hockte sich neben ihr nieder. »Hast du dich denn nie gefragt, wie ein Mann seinem eigenen Kind gegenüber so grausam handeln kann? Natürlich erinnere ich mich auch an Gerüchte. Ich kann mich nur noch sehr schwach an deine Mutter erinnern. Jedenfalls war sie äußerst liebenswert und –«

»Großherzig«, unterbrach ihn Jacques. Er sah zwar Amanda an, aber irgendwie schien er durch sie hindurchzusehen. »Sie war wunderschön und gleichzeitig sanft und liebenswert. Sie hat sich um ihre Mitmenschen gekümmert und mir nach der Flucht aus Nova Scotia eine neue Heimat gegeben.« Einen Augenblick lang zögerte er, während seine dunklen Augen auf Amanda ruhten. »Wir haben uns ineinander verliebt und wollten zusammen nach Louisiana gehen, doch er hat uns erwischt. Mich hat er beinahe totgeschlagen, aber glücklicherweise hat mich Lord Camerons Großvater gefunden. Er hat mir das Leben gerettet, aber erst durch das Wiedersehen mit Danielle ist mir alles wieder eingefallen!«

Amanda war wie erstarrt. »Was – was soll das heißen?«

»Das soll heißen«, sagte Eric schlicht, »daß Jacques dein Vater ist.«

Vor lauter Aufregung sprach Jacques englisch und französisch durcheinander. »Ich konnte es dir doch nicht sagen! Ich habe es nicht einmal Lord Cameron gesagt, denn ich hatte Angst, daß du entsetzt sein könntest, wenn du plötzlich nicht mehr die Tochter eines großen Lords, sondern nur noch die Tochter eines einfachen Arbeiters bist. Als ich sah, *mon dieu,* was er dir antat, habe ich geschworen, ihn eines Tages zu töten! Dein Mann hat darauf bestanden, daß ich es dir sage. Ich habe dich immer aus der Ferne geliebt. Durch dich ist mein Leben reich geworden, durch dich und jetzt auch durch meine Enkel.«

Amanda blickte fassungslos von einem zum anderen, doch dann packte es sie plötzlich. Sie sprang auf und umarmte Jacques. »Mein Vater, mon père! Oh, bin ich froh!« Mit diesen Worten küßte sie ihn auf die Wange.

»Dann bist du also nicht entsetzt über alles?« fragte Jacques mit brüchiger Stimme.

»Entsetzt? Aber nein, ich bin aufgeregt und schrecklich stolz! Ich habe kein Monster zum Vater, sondern einen Mann, der mich liebt! Oh, Eric, ist das nicht wunderbar?«

Erleichtert ließ Eric sich gegen die Wand sinken. »Ja, Amanda, das ist es!« Es war wunderbar, ihre Freude zu teilen. »Es ist allein der Mensch, der zählt, und genau dafür kämpfen wir in diesem Land. Und einen feineren Menschen kann ich mir als Schwiegervater nicht wünschen!« Mit diesen Worten reichte er Jacques die Hand.

Ergriffen drückte Jacques Erics Hand, und dabei lächelten die beiden Männer einander über Amandas Lockenkopf hinweg zu. Danach räusperte sich Eric noch einmal und versetzte dem hingerissen strahlenden Damien einen Schubs in die Seite. »Ich glaube, wir sollten die beiden für einige Minuten allein lassen.«

Bevor die Tür hinter ihnen ins Schloß fiel, hörten sie gerade noch, wie Amanda jubelte: »Dann ist Danielle ja meine Tante! Ich kann es gar nicht erwarten, sie endlich wiederzusehen!«

Als Eric eine ganze Zeit später in seine Unterkunft zurückkehrte, war Amanda bereits im Bett. Im ersten Augenblick glaubte er, daß sie bereits schlief, doch als er sich über sie beugte, blickte er direkt in ihre riesengroßen grünen Augen, die ihn träumerisch ansahen. »Hallo!« sagte er nur.

»Oh, Eric!« Heftig schlang sie die Arme um ihn und drückte sich an ihn. »Ich danke dir! Ich danke dir so sehr! Du hast mir nicht nur deine Liebe geschenkt, sondern auch unsere zauberhaften Kinder und jetzt auch noch einen Vater!«

Er lachte leise. »Eigentlich kann ich gar nichts dafür.«

»Und du hast uns allen eine Heimat gegeben, Eric. Erst heute habe ich so richtig begriffen, daß sich alles Kämpfen und Leiden lohnt. Ach, ich kann dir überhaupt nicht sagen, wie glücklich ich bin! Es ist schrecklich, wenn man so gehaßt wird! Jacques ist ein wundervoller Mensch!«

»Ja, mein Schatz, da hast du recht.«

»Was wird aus Geneva?« erkundigte sich Amanda besorgt.

»Zuerst wird man sie nach Baltimore und später dann nach England bringen.«

»Sie hat alles verraten!«

»Nun – zumindest fast alles!« bemerkte Eric.

Amanda errötete. »Das stimmt. Ein wenig schuldig bin ich auch. Aber wegen ihr hast du mich nach Frankreich geschickt!«

»Wofür ich dich ganz ausdrücklich um Verzeihung bitten möchte!«

Sie schmiegte sich an ihn. »Es hört sich wunderschön an, wenn du mir solche Sachen sagst!«

»Möchtest du noch mehr davon hören?«

»Hm –«

Rasch zog er sich aus, und als er dann zu ihr unter die Decke schlüpfte, nahm er ihr Gesicht in beide Hände und küßte sie.

»Endlich ist es vorbei«, flüsterte Amanda zwischen seinen Küssen.

Eric stützte sich auf den Ellenbogen und sah Amanda sehr ernst an. »Amanda, es ist noch lange nicht vorüber.«

»Der Krieg. Das stimmt. Er ist entsetzlich und macht mir Angst, aber für uns, mein Liebster, ist er endgültig vorbei. Unser Krieg ist vorbei!«

Eric lächelte. »Ja, mein Liebes, das ist allerdings richtig. Ganz gleich, was noch geschehen wird, uns kann jedenfalls nichts mehr trennen! Wir haben unsere Liebe gefunden – und das Vertrauen.«

Epilog

Weihnachten 1783

Trotz des leichten Schneefalls hatte Amanda den einsamen Reiter, der sich dem Haus näherte, sofort entdeckt. Einen so riesigen schwarzen Hengst ritt nur einer.

»Er ist da!« rief sie Danielle zu und stürzte eilig zur Tür und aus dem Haus hinaus. Richard und Cassidy, die den Ruf ebenfalls vernommen hatten, folgten langsamer, während Jacques lächelnd am Kaminfeuer sitzenblieb.

Als Eric Amanda erkannte, zügelte er Joshua und sprang vom Pferd, das seinen Heimweg jetzt genausogut auch allein finden konnte. Oh, Himmel, tat es gut, nach diesem langen Krieg endlich zu Hause zu sein!

»Eric!«

Er begann ebenfalls zu laufen, und je näher er ihr kam, desto klarer erkannte er ihr Gesicht, sah ihre wunderbaren grünen Augen, in denen Tränen schimmerten und ihre Liebe zu ihm leuchtete.

»Amanda!« Er riß sie ungestüm in seine Arme und wirbelte sie rundherum, so daß ihr Atem weiße Wolken zwischen ihnen bildete.

»Ist jetzt endgültig alles vorbei?«

Er nickte. Schon seit einiger Zeit war alles vorbei. Nach dem entsetzlichen Winter in Valley Forge waren die Kämpfe wieder aufgeflammt, doch von Steubens Drill hatte die Männer zusammengeschweißt. Nach anfangs wechselndem Kriegsglück hatte der große Sieg in der Schlacht bei Saratoga die Franzosen endgültig davon überzeugt, einen Beistandspakt mit den Amerikanern zu schließen. Als Folge davon hatten die Briten im Norden keine durchschlagenden Erfolge mehr erzielen können.

Daraufhin hatten sie sich nach Süden gewandt, doch außer der Besetzung von Charleston war ihnen dank des tapferen Widerstands der Armee und der örtlichen Milizen so gut wie gar nichts geglückt. Schon fast verzweifelt hatte Cornwallis wieder den Rückweg nach Norden angetreten und in Virginia in zahlreichen Scharmützeln beträchtliche Unruhe gestiftet. Letzten Endes hatte er sich mit dem größten Teil seiner Männer in Yorktown verschanzt.

In dieser Zeit hatte Amanda häufig um die Sicherheit von Cameron Hall gefürchtet. Die Zwillinge hatte sie mit Danielle weiter nach Norden geschickt, doch entgegen Erics Befehl waren sie und Jacques auf dem Besitz geblieben und hatten wenigstens für die Ahnenbilder und das Familiensilber ein unterirdisches Versteck angelegt. Eric war damals gerade dazugekommen, als sie die letzte Schaufel Erde auf dem Versteck festgetrampelt hatten.

Mit Washingtons Einverständnis hatte Eric seine Männer mit der Miliz in Virginia vereinigt, während Washington von New York aus mit dem französischen General Rochambeau den Einsatz von Admiral de Grasse vereinbart hatte. Eilends hatte er daraufhin eigene Kräfte unter Lafayette und von Steuben und weitere französische Truppen des Generals Rochambeau nach Yorktown verlegt, während Admiral de Grasse den Nachschub der britischen Truppen von See her blockiert hatte. Nach dreiwöchiger Belagerung hatten die Engländer am 19. Oktober 1781 endgültig die Waffen gestreckt, und damit waren die Vereinigten Staaten endlich Realität geworden. Diese Tatsache war dann zum ersten Mal 1782 von George III. in seiner Thronrede anerkannt und letztlich im Vertrag von Versailles 1783 endgültig bestätigt worden.

Eric lächelte auf Amanda hinunter. »Erst vor wenigen Wochen hat der letzte Brite amerikanischen Boden verlassen! Anfang Dezember hat sich General Washington dann endgültig von seinen Truppen verabschiedet. Wir hatten alle Tränen in den Augen, und ich möchte behaupten, daß es allein seinem Mut und seiner Entschlossenheit zu verdanken war, daß wir uns in aussichtslosen Situationen doch immer wieder aufgerappelt haben!«

Liebevoll umfaßte Amanda Erics Gesicht und küßte ihn. »Er ist mit Sicherheit ein Held«, pflichtete sie ihm bei. »Aber genauso gehörst du dazu! Ich bin allerdings froh, meinen Helden wieder zu Hause zu haben!«

Innig drückte er Amanda an sich und fuhr ihr mit den Fingern durch ihre Lockenpracht. Zehn lange Jahre waren seit den Ereignissen in Boston ins Land gegangen. In seinen Haaren zeigten sich die ersten Silberfäden, doch seine Amanda war auch heute noch mindestens genauso schön wie damals. Genauso wie das Land sich seine Unabhängigkeit erkämpft hatte, so hatten auch sie beide nur durch Kämpfe zueinander gefunden, und ihre strahlenden Augen und ihr sanftes Lächeln waren ihm nur um so kostbarer geworden.

»Du zitterst ja!« stieß er hervor, als er ihre kalten Hände fühlte, und sofort zog er den Mantel aus und legte ihn ihr um die Schultern.

»Komm endlich ins Haus! Alles ist schon geschmückt, und das Weihnachtsessen wartet!« Energisch zog sie ihn weiter.

»Vater! Vater!« jubelten die Zwillinge, die von Jacques und Danielle gefolgt, aus dem Haus gerannt kamen. Der kleine Jamie trug zur Feier des Tages einen richtigen kleinen Gehrock mit Kniehosen und Schnallenschuhen, während Lenore in ihrem bezaubernden Spitzenkleid ganz das Abbild ihrer Mutter war.

»Mein Gott, sind sie groß geworden!« stöhnte Eric. »Bei meinen seltenen Besuchen habe ich viel zu wenig davon mitbekommen.«

Während die Kinder auf ihren Vater zuliefen, bemerkte Amanda ganz beiläufig: »Nun, ich denke, daß du bald noch einmal Gelegenheit haben wirst, Kinder aufwachsen zu sehen.«

Während die Zwillinge Eric mit Küssen und Liebkosungen überschütteten, hatte er Amandas Worte nicht so recht mitbekommen, doch nachdem er die Quälgeister auf die Arme genommen hatte, starrte er Amanda plötzlich an. »Wie bitte?«

»Ich kann zwar nicht garantieren, daß es noch einmal Zwillinge werden, aber ungefähr im Juni wirst du deine zweite Chance bekommen!«

»Wirklich?«

»Wirklich.«

Irgendwie gelang es ihm, auch Amanda noch in seine Arme zu schließen und sie über die Köpfe der Kinder hinweg zu küssen.

»*Alors*!« rief Danielle ungeduldig von der Veranda herüber. »Kommt jetzt endlich ins Haus! *Il fait froid*!«

»Lauft schon!« rief Eric, als er die Kinder absetzte, und dann umarmte er seine Frau und legte mit ihr gemeinsam das letzte Stück des Weges zurück.

HEYNE BÜCHER

Johanna Lindsey

Fesselnde Liebesromane voller Abenteuer und Zärtlichkeit
»Sie kennt die geheimsten Träume der Frauen ...«

ROMANTIC TIMES

Zorn und Zärtlichkeit
01/6641

Wild wie der Wind
01/6750

Die gefangene Braut
01/6831

Zärtlicher Sturm
01/6883

Das Geheimnis ihrer Liebe
01/6976

Wenn die Liebe erwacht
01/7672

Herzen in Flammen
01/7746

Stürmisches Herz
01/7843

Geheime Leidenschaft
01/7928

Lodernde Leidenschaft
01/8081

Wildes Herz
01/8165

Sklavin des Herzens
01/8289

Fesseln der Leidenschaft
01/8347

Sturmwind der Zärtlichkeit
01/8465

Geheimnis des Verlangens
01/8660

Gefangene der Leidenschaft
01/8851

Wilhelm Heyne Verlag
München

GWEN
BRISTOW
Celia Garth
Roman